Widmung

Für meine Leser, viele von euch in **C.N. Crawfords Coven** auf Facebook.

Ich liebe es, euch Eskapismus zu bieten.

Zuerst 2021 erschienen unter dem Titel *Garden of Serpents*
ISBN: 978-3-910990-17-3
Übersetzung: Katharina Stegen
Cover: Yocla Book Cover Design
Deutsche Erstveröffentlichung: Berlin 2023

C.N. CRAWFORD

GARDEN OF SERPENTS

KÖNIGIN DER DÄMONEN

BUCH III

VON MORGEN VERLAG

KAPITEL 1

Rowan

Sonnenlicht fiel durch die Herbstblätter und ließ sie wie Flammen leuchten. Ich starrte aus einem Fenster im dritten Stock auf die Straße und beobachtete einen kleinen Jungen, der sich auf dem Bürgersteig gegenüber den Mund mit Zuckerwatte vollstopfte. Neben ihm unterhielt sich seine Mutter mit einer Freundin. Ihre Haare leuchteten in demselben Rot wie die Herbstblätter über ihr.

Der kleine Junge griff nach der Hand seiner Mutter. Rosa Zucker war auf seiner Wange verschmiert und hob sich von seiner blassen Haut ab. Von der Eiche über ihm fiel ein orangefarbenes Blatt auf sein kastanienbraunes Haar und glitt dann zu Boden. Seine grünen Augen folgten der Bewegung des Blattes.

Meine Brust zog sich zusammen.

Inzwischen rechnete ich jeden Tag damit, dass Orion durch die Straßen zog und sie alle umbrachte. Dieses niedliche Kleinkind mit Pflastern an beiden Knien war für nichts verantwortlich, was vor vierhundert Jahren passiert war. Es wollte nur seine Mom und seine Zuckerwatte.

Ich beobachtete die friedliche Szene, während mein Atem das Glas beschlug. Es könnte für eine Weile der letzte Moment des Friedens sein.

Heute um Mitternacht würde mein Kopf entweder auf einem seidenen Kissen ruhen oder an den Toren vor dem

Turm von Baal hängen. Nach der ersten Prüfung gab es nur diese beiden Möglichkeiten. Nichts anderes.

Aber wenn Tammuz, der Sterbende Gott, der Meinung war, dass ich eine Chance auf die Krone hatte, wie konnte ich da widersprechen?

Als ich einen Schritt vom Fenster zurücktrat, fing ein Lichtstrahl das Wort *Liebe* ein, das vor langer Zeit mit einem Diamanten in das Glas geritzt worden war. Kurz stellte ich mir eine Welt vor, in der mich ein liebevoller Orion in der City of Thorns willkommen hieß. Eine Welt, in der wir gemeinsam herrschten. Aber das war nicht die Realität. Schließlich hatte er mich aus der City of Thorns verbannt, was bedeutete, dass ich mich gegen Dämonenjäger zur Wehr setzen musste, während meine Magie schwand.

In Wirklichkeit hatte Orions Seele den Kerker nie verlassen. Selbst wenn er körperlich entkommen war, etwas von ihm war noch immer dort gefangen.

Mit zugeschnürter Kehle drehte ich mich um und betrachtete das Herrenhaus aus dem achtzehnten Jahrhundert. Das Haus von Shais Tante war einer der schönsten Orte, die ich je gesehen hatte. Die Böden waren herrlich krumm und knarrten, und die Wände waren aus geschnitztem Mahagoniholz. Die eine Hälfte des Wohnzimmers ging in eine Küche mit Marmorarbeitsplatten über. Auf der anderen Seite des Raumes blickten diamantverglaste Fenster auf den aufgewühlten, von der Sonne geküssten Atlantik.

Bernsteinfarbenes Sonnenlicht fiel durch das alte Glas auf das Porträt eines Verwandten von Shai, ein Kapitän der Neuengland-Handelsmarine mit brauner Haut, weißer Krawatte und einem Marinemantel mit Messingknöpfen.

Sein Aussehen machte es unmöglich zu sagen, ob er wie Shai zum Teil ein Dämon war.

Ich liebte dieses Haus über alles. Es war mein Versteck, während Shais Tante in Paris Urlaub machte. So lange hatte ich es für mich allein.

Ich atmete tief ein und schloss für einen Moment die Augen, um die Ruhe vor dem Sturm zu genießen. In dieser Nacht hatte ich kein Auge zumachen können. Meine Gedanken wirbelte herum. Die Polizei der Sterblichen war noch immer auf der Suche nach mir, weil ich einen Abgeordneten getötet hatte. Außerdem ließ mich das Wissen, welche Grausamkeiten Orion geplant hatte, nicht zur Ruhe kommen.

Ich setzte mich auf das antike Sofa und zog mein Handy heraus, um die Uhrzeit zu überprüfen. Es war fast Mittag. Shai sollte jeden Moment mit etwas kommen, das ich dringend brauchte.

Als ich wieder aufblickte, lief mir ein kalter Schauder über die Haut. Schatten hatten sich im Raum ausgebreitet, und das elektrische Knistern von Magie lief mir den Rücken hinunter.

Ich sprang wieder auf und ging zum Fenster. Unnatürliche eisengraue Sturmwolken hatten den Himmel erobert.

Der kleine Junge hielt immer noch die Hand seiner Mutter, aber jetzt erschienen Sorgenfalten auf seiner Stirn. Er starrte hinauf zu den sich verdunkelnden Wolken und wischte seine klebrige Hand an seinem Hemd ab, wobei er rosa Flecken hinterließ.

Eine Böe fegte durch die Bäume und riss die Blätter von den Ästen der Eiche. Plötzlich öffneten sich die Wolken. Ein wilder Regensturm entfesselte sich, der gegen das Fenster hämmerte.

Mein Herz begann zu rasen, als ich meinen Hals reckte, um durch das alte Glas den Hügel hinunterzuschauen.

Es geht los. Ich konnte nicht mehr atmen. Dort kamen sie – eine Horde Dämonen, ihre silbernen Klauen ausgefahren, die Augen schwarz wie Pech. Die Erde schien zu beben, als sie sich näherten. Das war sie – die Rache, von der Orion besessen war, seine Gier nach dem Blut der Sterblichen.

Ich schlug gegen die Scheibe und schrie, um die Aufmerksamkeit der Mutter auf mich zu lenken. Warum rannte sie nicht weg? Sie musste den kleinen Jungen verdammt noch mal in Sicherheit bringen. Meine Stimme schien in dem Raum gefangen zu sein und ich bedauerte bitterlich, dass ich meine Magie hatte versiegen lassen.

Endlich drehte sich die Mutter des Jungen um. Als sie die Horde sah, wurde ihr Gesicht weiß. Sie packte ihn unter den Achseln und begann zu rennen. Aber sie war langsam und menschlich, kein Gegner für die Dämonen. Ich konnte das nicht mit ansehen.

Ich rannte die knarrende Treppe hinunter. Mein Körper zitterte vor Adrenalin. Als ich die Haustür aufriss, waren die Schreie der Mutter und des kleinen Jungen bereits verstummt.

Mein Herz blieb stehen, als ich mich umdrehte und in Richtung der City of Thorns schaute.

In einen Umhang gekleidet kam Orion näher, sein Gesicht halb verhüllt. Er war der leibhaftige Tod. Blut tropfte von seinen Krallen. Mein Herz schlug mir bis zum Hals.

Was war nur mit mir los, dass ich mich zu ihm hingezogen fühlte?

KAPITEL 2

Rowan

Ich wachte keuchend auf, mein Gesicht gegen bestickte Seide gepresst. Mein Herz schlug heftig. Langsam setzte ich mich auf dem Sofa auf und fasste mir an die Brust.

Verdammt, es hatte sich so *real* angefühlt.

Es ist noch Zeit.

Ich war noch immer im Haus von Shais Tante. Draußen schien die Sonne. Mein Blick glitt durch den Raum, nahm die ruhigen Mahagoniflächen und das Porträt an der Wand wahr, das noch immer in goldenes Licht getaucht war. Langsam begann der Albtraum zu verblassen.

Ein Buch lag vor mir auf dem Couchtisch. Vergoldete Sterne und Buchstaben waren in die tiefblaue Oberfläche eingraviert: *Prüfung durch Kampf in der Dämonenwelt.*

Ich schlug die erste Seite auf und starrte auf den seltsamen Text, der darauf stand.

Ich werde dir immer helfen, wenn ich kann.

-Sabazios

Das war mein Geschenk vom alten Mr. Esposito – und auch die einzige Möglichkeit, den Albtraum zu beenden, den ich gerade gesehen hatte. In den letzten Wochen hatte ich alles darüber gelesen, wie ich Orion entthronen konnte.

Mit einem dumpfen Gefühl der Angst stapfte ich barfuß zum Fenster. Die Sonne schien durch Blätter, die die Farbe von Kürbissen und Honig hatten. Eine Frau mit pinken Haaren ging mit einer orangefarbenen Katze auf dem Arm spazieren, ein schläfriges Wesen mit flachem Gesicht, dessen Augen langsam blinzelten.

Keine Dämonen, kein Blut, kein mit Zuckerwatte bedeckter kleiner Junge. Keine Dämonenhorde, die über die Straße heranraste. Nur ein schöner Oktobertag in Neuengland.

Draußen drehte sich die pinkhaarige Frau um, und ihr Blick glitt zu meinem Fenster, während sie ihre Katze streichelte. Unbehagen durchzuckte mich. Ich hatte sie schon einmal gesehen und mich überkam das beunruhigende Gefühl, dass sie mir nachspionierte. Unwillkürlich fragte ich mich, ob die Dämonenjäger mich gefunden hatten.

Ich verschwand aus ihrem Blickfeld und ließ mich wieder auf das Sofa fallen. Nach einer weiteren Minute hörte ich, wie jemand die alte, knarrende Treppe hinaufstieg. Erleichterung durchströmte mich, als Shai in der Wohnzimmertür erschien.

Ihr Haar war ein Heiligenschein aus braunen Locken, und eine kleine Ledertasche hing von ihrer Schulter, die gegen ihren Rock drückte. „Hey, meine Liebste. Bist du gerade aufgewacht?“

„Ist das so offensichtlich?“ Als ich an mir herunterschaute, sah ich mein verfilztes rotes Haar über den zerknitterten Pyjama hängen. Ich rieb mir die Augen. „Ich konnte letzte Nacht nicht schlafen. Irgendwann nach Sonnenaufgang bin ich hier eingeschlafen, glaube ich. Ich hatte gerade einen schlimmen Albtraum. Über Orion.“

Sie durchquerte das Wohnzimmer und ging in die Küche. „Ich mache uns einen Cappuccino.“

„Ich liebe dich“, rief ich.

„Du wirst mich noch mehr lieben, wenn du siehst, was ich dir mitgebracht habe.“

Aufregung packte mich. „Ist das zufällig der eiserne Fehdehandschuh?“

„Natürlich“, rief sie aus der Küche über das Geräusch von schäumender Milch hinweg. „Und ich habe schon damit begonnen, die Nachricht zu verbreiten, dass du nicht Mortana bist. Die ganze City redet schon davon.“

Ein paar Minuten später kam sie mit zwei weißen Kaffeetassen auf Untertassen zurück ins Wohnzimmer und schob sie auf den Tisch.

Ich nahm meine Tasse und stellte erfreut fest, dass sie den Milchschaum mit Kakao bestäubt hatte. *Ihr Götter*, es war wirklich schön, wenn jemand für einen sorgte. „Wie bist du an den Fehdehandschuh gekommen?“

Sie setzte sich in den Sessel gegenüber von mir, machte aber keine Anstalten, ihre Tasche zu öffnen. „Bist du sicher, dass du das *heute Abend* durchziehen willst?“, fragte sie und ignorierte meine Frage. „Es scheint mir noch etwas zu früh, um es mit dem Sohn eines Dämonengottes aufzunehmen.“

Ein herrlicher Koffeinrausch schoss durch meine Adern und machte mich wach. „Es ist nie ein guter Moment, um einen Dämonenkönig herauszufordern, und ich habe nicht viel Zeit. Da ist eine Frau mit einer Katze, die ständig am Haus vorbeiläuft, als ob sie mir nachspionieren würde.“

„Okay ...“ Shai verstummte. Dann sagte sie: „Ich weiß, dass du die Lichtbringerin bist.“ Sie klang nicht überzeugt.

„Shai. Heute Nacht ist *die* Nacht.“ Ich starrte auf das Samtbuch. „Heute Nacht findet das Mondscheinfest statt.

Es ist perfekt. Jeder wird den Kampf, die Prüfung sehen. Falls ich gewinne, wird es Tausende von Zeugen geben."

Sie klopfte an den Rand ihrer Tasse. „Nun, wenn du das wirklich durchziehen willst, lass uns nicht ständig sagen, *falls* du gewinnst. Sagen wir, *nachdem* du gewinnst. Alles andere ist inakzeptabel und darf einfach nicht passieren. Hast du das verstanden?"

Ich hatte das Gefühl, dass Shai sauer auf mich war, weil ich mein Leben in Gefahr brachte, aber ich hatte keine andere Wahl.

„Es wird alles gut." Ich hatte immer noch das rosa gezuckerte Gesicht des kleinen Jungen im Kopf. „Ich bin eine Lichtbringerin, schon vergessen?"

Sie holte tief Luft und ihr Gesichtsausdruck entspannte sich. „Wenn du sagst, dass du es schaffst, dann glaube ich dir."

Sie griff in ihre Tasche und zog einen antik aussehenden Eisenhandschuh heraus, ein Stück einer sorgfältig gefertigten Rüstung. Vorsichtig legte sie ihn auf den Tisch neben das Buch. Ich starrte auf die Scharniere und die filigranen Metallplatten, die es den Fingern eines Kriegers einst ermöglicht hatten, sich zu bewegen und den Griff eines Schwertes zu halten. In einem honigfarbenen Sonnenstrahl schimmerte der Stern Luzifers auf der Rückseite des Handschuhs – ein heller Goldfunke auf dem Eisen. Ich streckte die Hand aus und strich mit den Fingerspitzen darüber. Als ich ihn berührte, überraschte mich die uralte Magie, die in meine Finger schoss. Ein Lächeln umspielte meine Lippen. Es fühlte sich an wie ein Zeichen des Dämonengottes selbst.

„Shai, wie genau bist du an den Handschuh gekommen? Ich dachte, er wäre in einem geheimen Tempel versteckt."

„Legion hat mir geholfen."

Sein Bild flackerte in meinem Kopf auf – ein schwarzhaariger Dämon mit goldener Haut und Tattoos, die sich über seine muskulösen Unterarme schlängelten. „Der Anführer des Sathanas-Bezirks weiß also, dass ich Orion herausfordern möchte."

„*Jeder* weiß es. Das Gerücht hat sich bereits verbreitet. Sie wissen, dass Mortana tot ist und dass du ihre Schwester bist. Oder was auch immer. Sie wissen, dass du eine Lichtbringerin bist." Sie nippte an ihrem Kaffee, dann leckte sie sich den Schaum von der Oberlippe. „Alle haben dein Zeichen gesehen, als du versucht hast, Cambriel zu töten. Du hast einen Anspruch auf den Thron. *Jeder* Dämon würde es versuchen." Sie lehnte sich in ihrem Stuhl zurück und schaute mich über ihre Kaffeetasse hinweg an. Dampf kräuselte sich vor ihrem Gesicht. „Auch wenn sie nicht wissen, dass du heute Abend kommst, gehen sie davon aus, dass du Orion entweder herausfordern oder ihn heiraten willst. So oder so, wenn du überlebst, wirst du Königin sein."

„Ihn heiraten." Ich schnaubte. „Haben die verpasst, dass er mich aus der City geworfen hat?"

„Nein, aber du bist ein Sukkubus. Schwer zu widerstehen. Und jeder weiß, dass er ein Inkubus ist." Sie stellte ihren Kaffee zurück auf den Tisch. „Und da er dich noch nicht umgebracht hat, denken die Leute immer noch, dass es mit einer Heirat endet."

„Das wird nicht passieren. Orion ist von Grund auf kaputt. Ich glaube nicht, dass er wirklich die Fähigkeit hat, jemanden zu lieben. Ihm geht es nur darum, Menschen zu ermorden. Rache. Das ist alles."

Sie schaute mich über ihre Kaffeetasse hinweg an. „Ja, ich glaube, die Leute haben ziemlich viel Angst vor ihm. Einige von ihnen haben während des Lilu-Massakers schon gelebt und es nicht verhindert. Niemand weiß, ob er ihnen nicht den Kopf abreißt, wie er es mit König Nergal getan hat." Sie schmunzelte leise. „Deshalb hat Legion mir auch geholfen, den Handschuh zu finden."

„Ich bin überrascht, dass Orion nicht schon ein Blutbad angerichtet hat."

Sie nahm einen Schluck von ihrem Kaffee. „Niemand weiß wirklich, was er vorhat. Heute Abend wird eine seiner ersten öffentlichen Veranstaltungen stattfinden." Sie warf mir einen prüfenden Blick zu. „Und du wirst auftauchen und ... was genau tun?"

Ich holte tief Luft. „Es ist ganz einfach. Wir kämpfen, und wer zuerst zu Boden geworfen wird, hat verloren. Alles, was ich tun muss, ist, Orion auf die Erde zu werfen, und dann werde ich zum Schattennachkommen. Seiner offiziellen Herausforderin."

Sie ließ sich in ihren Stuhl zurücksinken und dachte darüber nach. „Oder die Person verliert, die getötet wird."

Angst tanzte meine Wirbelsäule hinauf. „Nun, das *ist* eine Möglichkeit, auf den Boden geworfen zu werden."

„Das ist der Punkt, an dem ich es nicht wirklich verstehe", sagte sie. „Ich meine, du hast gerade gesagt, dass er kaputt und blutrünstig ist, und das macht mich nicht gerade zuversichtlich, dass er sich zurückhalten wird. Er wird versuchen, dich zu ermorden, oder?"

„Shai! Ich versuche gerade, *nicht* an das schlimmstmögliche Szenario zu denken. Ich versuche mir vorzustellen, wie mich alle ansehen werden, nachdem ich erfolgreich war. Wenn ich heute Abend gewinne, bin ich für die

Auswahl der zweiten Prüfung verantwortlich. Ich werde also einen Vorteil haben." Ich nickte in Richtung des Buches. „Da gibt es eine ganze Menge zur Auswahl." Ich stellte meinen Kaffee auf einen Untersetzer, schlug den weichen blauen Band auf und blätterte durch die alten Seiten. „Es könnte eine Suche nach etwas sein. Ein Ausdauertest. Ein Kampf mit Magie. Ein Ritterturnier. Ich habe mir alle Möglichkeiten durchgelesen. Aber sie alle erfordern Zaubersprüche in Dämonisch, also brauche ich deine Hilfe."

Sie grinste. „Bitte sag mir, dass du das Ritterturnier auswählst."

„Das habe ich schon ausgeschlossen. Aber ich verpflichte mich noch zu nichts. Ich will erst sehen, wie es ist, gegen Orion zu kämpfen."

„Ich möchte mit einer Königin befreundet sein." Shai nahm mir das alte Buch ab und fing an, es durchzublättern. „Bei den Zaubersprüchen kann ich dir auf jeden Fall helfen. Aber ich habe auch zwei Freunde, die dich unterstützen können. Legion und sein Freund Kas haben mir Magie beigebracht. Sie sind die besten Professoren in der Geschichte der Dämonenwelt."

Ich verengte meine Augen. „Ich war nur zwei Wochen weg, und du hast neue Freunde. Muss ich eifersüchtig sein?"

„Auf keinen Fall! Du wirst sie lieben. Sie sehen echt gut aus. Und sie haben mir geholfen, meine verborgenen dämonischen Kräfte zu entdecken."

Ich zog eine Augenbraue hoch. „Okay. Zeig mal, was du gelernt hast."

Sie stand auf und ging über den knarrenden Boden zu einem der Fenster mit Blick auf das Meer, dann drehte sie sich zu mir um. Ihre braunen Augen funkelten. „Sieh und staune." Sie wandte sich wieder dem Fenster zu und hob ihre Hände gegen das Glas. Dann begann sie etwas zu murmeln.

Zuerst passierte nichts. Ich trank einfach meinen Kaffee und wartete. Doch nach ein paar Minuten rauschte ein elektrischer Strom durch den Raum, der mir die Haare im Nacken aufstellte. Magie summte durch meine Arme und Beine. Um Shais Körper herum glühte die Luft silbern, und ihre Locken stiegen von ihren Schultern empor.

Ein Schauder lief mir über den Rücken. Dann begannen Schatten durch die Wolken zu kriechen. Die Luft wurde dünner und dunkler.

Draußen schlugen die Wellen des Meeres gegen die felsige Küste. Genau wie in meinem Albtraum ließen die Gewitterwolken dicke Regentropfen fallen. Innerhalb weniger Augenblicke hämmerten sie gegen das Fenster und flossen in Rinnsalen herunter.

Fassungslos hielt ich den Atem an.

Langsam ließ Shai ihre Hände sinken. Als sie sich umdrehte und mich ansah, leuchteten ihre Augen mit einer gewissen Wildheit.

„Oh mein Gott, Shai."

„Ich habe versucht einen Blitz zu beschwören, aber es klappt noch nicht." Sie ließ sich noch einmal in den Samtsessel fallen. „Aber cool, oder? Ich bin keine gewöhnliche sterbliche Studentin mehr."

„Du warst nie gewöhnlich."

Sie beugte sich vor und griff nach ihrem Kaffee. „Ich wünschte, ich könnte dir bei den Prüfungen helfen. Ich könnte Orion einfach mit Blitzen erschlagen." Sonnenstrahlen lugten durch die Wolken und ließen Shais braune

Haut und ihre roségoldenen Wangenknochen erstrahlen. „Also, wie kaputt und blutrünstig ist er?"

Mein Atem beschleunigte sich. „Ich meine, er hat Jahrhunderte im Gefängnis verbracht und an nichts anderes gedacht, als die Lilu zu rächen. Er fühlt sich, als wäre er in diesem Kerker gestorben. Wo früher seine Seele war, ist jetzt nur noch die Lust auf Rache."

„Mist."

„Und du musst mir helfen, mich nicht ablenken zu lassen, Shai. Denn wenn ich den ersten Kampf gewinne, wird er jeden Trick aus dem Inkubus-Register anwenden, um mich zu verwirren. Ein Inkubus ist verführerisch und charmant, und er wird all das einsetzen, um mich zum Aufgeben zu bringen. Nicht, weil er sich um mich sorgt oder weil er mich mag. Ein Inkubus benutzt seine Schönheit und seine Magie als Waffe, um andere Dämonen zu kontrollieren, und genau das wird er auch mit mir versuchen. Eine unerbittliche, verführerische Charmeoffensive aus sinnlicher Magie und schönen Worten."

Shai zog eine Augenbraue hoch. „Beunruhigend. Aber gleichzeitig auch unheimlich heiß?"

„Der Herr des Chaos spielt gern Psychospielchen, aber darauf falle ich auf keinen Fall herein. Wenn es so aussieht, als würde ich nicht mit voller Kraft kämpfen, erinnere mich bitte daran, dass er mich aus der City of Thorns geworfen hat, sobald er mich nicht mehr gebraucht hat. Er hat den Mann getötet, den ich gejagt habe, obwohl er wusste, dass das mein Lebensziel war. Erinnere mich daran, dass er gesagt hat, ich wäre langweilig und dass er mich nicht respektiert."

Sie kniff ihre Augen leicht zusammen. „Okay, er ist vielleicht kaputt, aber er hält dich *nicht* für langweilig. Es ist offensichtlich – er ist irgendwie besessen von dir. Sonst würde ein König seine Rivalin nicht am Leben lassen. Aber ja, er ist total verkorkst, sonst hätte er nicht so etwas Verrücktes gesagt."

Er hatte es in einem Moment der Leidenschaft zwar zurückgenommen, aber das hieß nicht viel. „Das liegt daran, dass wir beide Lilu sind. Wir ernähren uns von Lust und sind die einzigen, die noch übrig sind. Unsere Gefühle sind nicht echt, sondern nur eine Täuschung der Magie."

„Auf jeden Fall. Vergiss Orion! Ich glaube wirklich, dass du Kas mögen wirst. Er hat riesige Muskeln und Tattoos …"

„Ich habe die Nase voll von Männern, Shai", unterbrach ich sie. „Du kennst doch Königin Elisabeth I., die rothaarige Königin, die nie geheiratet hat? Sie war die beste Monarchin, die England je hatte, weil sie keinen Mann hatte, der ihr den Kopf verdreht und versucht hat, die Macht zu übernehmen. Sie war mit ihrem Königreich verheiratet. *So* werde ich sein."

„Cool, aber wir reden nochmal, wenn du Kas' Stimme gehört hast. Sie ist tief und rau. Aber Legion kannst du nicht haben. Legion gehört mir."

„*Wirklich*? Du hast etwas mit einem Herzog?"

Ihre Lippen verzogen sich zu einem Lächeln. „Ich *werde* etwas mit einem Herzog haben. Und wenn du Kas erst triffst, hilft er dir bestimmt, diese ganze traurige-verbitterte-Frau-Tour abzulegen."

„Ich bin nicht verbittert", protestierte ich. „Ich denke nur, dass die meisten Romanzen Schwachsinn sind. Sie sind wie Zuckerwatte. Sie sieht schön aus und schmeckt am Anfang auch ganz gut, aber am Ende will man nur noch kotzen."

„Du hast einen ganz schönen Hass auf Zuckerwatte.“

Orions und meine Gefühle füreinander waren eine Illusion, das Produkt der Lilu-Lustmagie. Sie waren gesponnener Zucker, der sich beim ersten Anzeichen eines Sturms auflöste.

Shai nickte. „Kein Orion mehr. Ich sage nur, dass es bessere, weniger völkermordende Optionen gibt, die auch verdammt heiß sind. Du weißt schon, sobald du die Prüfungen gewonnen hast. Find einen neuen Mann, einen weniger mörderischen.“

Jeder Zentimeter meines Körpers spannte sich vor Entschlossenheit an. „Ich bin vollkommen zufrieden. Aber jetzt geht es darum, einen Tyrannen zu stoppen, bevor er alle Menschen umbringt.“ Ich hob meinen Kaffee zum Toast. „Und heute Abend fange ich damit an.“

Sie holte tief Luft. „Okay. Aber du solltest wissen, dass die Dämonenjäger den Eingang bewachen und darauf warten, dass du zum Tor der City of Thorns kommst.“

Vorfreude machte sich in mir breit. „Gut, dass Orion mir das Tunnelsystem gezeigt hat.“

KAPITEL 3

Rowan

Unter der City of Thorns war die Welt still wie der Tod. Ich pirschte in geliehener Kleidung durch die Schatten, ganz in Schwarz. Mit jedem Schritt schlug eine Tasche gegen meine Hüfte, schwer vom Gewicht des Fehdehandschuhs.

Unter der Stadt konnte ich Schwingungen durch die Steine hören – Klänge von Tanz und Gesang.

Bei der ersten Kampfprüfung waren keine Waffen erlaubt. Zum Glück hatte Tammuz mir beigebracht, wie eine Dämonin zu kämpfen: unbewaffnet, bis auf meine Krallen.

Die Magie, die hier direkt unter der Dämonenstadt floss, lockte mich. Sobald ich in ihrer Welt – meiner Welt – war, würden Macht und Anmut durch meinen Körper fließen. Bilder tauchten in meinen Gedanken auf: Orions Augen, die sich schwarz färbten, seine Lippen, die sich von seinen Reißzähnen zurückzogen, sobald er sich auf mich stürzte…

Es war schwer, seine Worte nicht in meinem Kopf zu hören. *Du hast es nicht in dir, Liebes.*

Meine Finger schlossen sich zur Faust, und eiskalte Wut schoss durch meinen Körper. Sie war wie ein Orkan, der alle Gedanken in meinem Kopf übertönte.

Als ich die Stelle erreichte, an der Licht durch Spalten in die Dunkelheit drang, hatte ich keine Worte mehr, in denen ich denken konnte.

Ich krallte mich mit Fingern und Zehen in die Lücken zwischen den Steinen und kletterte die Tunnelwand hoch. Mit einer Hand schob ich die Metallabdeckung zur Seite. Die sternenklare Nacht wölbte sich über mir, und ich atmete die duftende, feuchte Luft der City of Thorns ein.

Als ich mich am dunklen Flussufer aus dem Untergrund zog, strömte meine Magie in mich hinein und breitete sich von meinen Lungen durch meinen ganzen Körper aus. Kraft glitt meine Oberschenkel und Waden hinunter – heiß und köstlich, eine schwirrende Wärme. Ich glühte, überwältigt von dem Drang, zu rennen und zu fliegen, durch die Luft zu sausen und zu den Sternen zu singen. Die Rückkehr meiner Kraft war wie der erste Atemzug, nachdem ich unter Wasser gehalten worden war – *herrlich.*

Ich zwang mich, mich zu konzentrieren, ging in die Hocke und schob die Abdeckung über die Öffnung zurück. Dann richtete ich mich auf und nahm meine Umgebung in Augenschein. Der Fluss Acheron rauschte links an mir vorbei und dahinter breitete sich dunkel die Elysische Wildnis aus, deren Schatten seltsam einladend wirkten. Mir lief das Wasser im Mund zusammen. Ich sehnte mich danach, durch diese urwüchsige Dunkelheit zu jagen, wie ich es in der Unterwelt getan hatte.

Ich hatte einmal in der Elysischen Wildnis gekämpft, aber ich war nicht mehr die Rowan, die einen behelfsmäßigen Flammenwerfer brauchte, um eine Schlacht zu überleben. Ich war in die Unterwelt gereist. Ich war durch die Hand eines rasenden Mobs gestorben. Ich war ins

Leben zurückgekehrt. Ich hatte meine Lektionen durch die Hand eines Gottes gelernt.

Ich war nicht so dumm zu glauben, dass es einfach werden würde, aber ich hatte eine *Chance*.

Ich drehte mich um und sah mir das Apartment an, in dem ich gewohnt hatte, mit Blick auf den Pool. Ein kleiner Stich durchfuhr meine Brust, als ich mich an das Bündnis erinnerte, das Orion und ich einst gehabt hatten – damals, als er mir beigebracht hatte, mich wie ein Sukkubus zu verhalten. Wie sich dann herausgestellt hatte, hatte ich diese Lektionen gar nicht nötig gehabt.

Ich eilte in Richtung des Festes. Meine Nerven lagen blank. Ich ging schnell am Asmodean-Bezirk vorbei und in den Abaddon-Bezirk. Hier, weiter entfernt vom Fluss, überragten mich goldene Steinbauten. Als ich mich dem Turm von Baal am östlichen Rand der Stadt näherte, wehte der Klang des Festes im Wind, rhythmisch und berauschend.

Meine Haut kribbelte vor Vorfreude, als ich mich durch eine Gasse schlich, und ich spürte, wie meine Hüften mit dem Selbstbewusstsein eines Sukkubus schwangen. Durch einen Torbogen gelangte ich auf den großen Platz vor dem Turm von Baal. Eine glitzernde, mit Juwelen geschmückte Menge aus Dämonen bewegte sich vor mir im Rhythmus der Musik.

Eins musste ich Orion lassen. Er wusste, wie man eine Party schmiss, selbst nach all den Jahren der Isolation. In der Luft hingen wie von Zauberhand Lichter, manche in Form von Halbmonden, andere in der von Vollmonden. Auf der anderen Seite des Platzes projizierten silberne Lichtstrahlen die Mondzyklen auf die Mauern außerhalb des Turms.

Dämonen wirbelten und tanzten zu einem hypnotisierenden Rhythmus, über den sich der Klang von Gesang legte. Die meisten Gäste trugen Weiß und Silber, und ihre Champagnerflöten glänzten schillernd. In der Mitte des Platzes stand ein Baum, der vor Wochen noch nicht da gewesen war. Er überragte die Feiernden und von seinen knorrigen Ästen hingen perlenförmige Laternen wie pralle Juwelen.

Heute Nacht schienen die Sterne heller als je zuvor, und der strahlende Vollmond erweckte fast den Eindruck, als wäre er gekommen, um mit seinen Anbetern zu feiern.

Noch hatte mich niemand bemerkt. Ich hielt mich in den Schatten. Langsam griff ich in die Tasche an meiner Hüfte und zog den Handschuh heraus.

Von der Ecke des Platzes aus ließ ich meinen Blick über die Menge schweifen, auf der Suche nach dem König. Die meisten neuen Monarchen würden es genießen, im Rampenlicht zu stehen. Aber anscheinend war das nicht Orions Stil. Ein Fest zu Ehren der Nacht war perfekt für ihn, wo er doch selbst so viel wie möglich im Dunkeln ließ – auch die Wahrheit über sich selbst.

Ich ließ die leere Tasche zu meinen Füßen fallen.

Mit dem eisernen Fehdehandschuh machte ich ein paar Schritte auf den Platz. Langsam richteten sich die Blicke auf mich, und einige Tanzpaare hielten inne. Schweigen breitete sich über dem Fest aus. Die Musik verstummte, und die Menge teilte sich um mich herum. Spannung lag in der Luft.

Schließlich hörte ich nur noch das Klopfen meines Herzens. *Wie würde Orion reagieren?*

„Rowan." Die Stimme des Königs strich mir wie Samt über den Rücken und ein heißer Schauder durchfuhr jeden Zentimeter meines Körpers.

Ich drehte mich um und sah ihn hinter mir stehen. Eine Haarsträhne fiel ihm über die Augen. Er hatte keine Krone auf dem Kopf und sah völlig entspannt aus, die Hände in den Taschen. Er trug ein einfaches dunkelblaues Button-Down-Hemd, das sich über seine muskulösen Arme und Schultern spannte, und eine dunkelgraue Hose.

Schatten hüllten ihn ein, aber seine Augen glühten in eisigem Licht. Wären da nicht sein schockierend schönes Gesicht und sein silbernes Haar gewesen, wäre er mit der Dunkelheit hinter ihm verschmolzen.

Ich warf den Fehdehandschuh vor seine Füße, und das Metall klirrte auf den Boden. Trotzdem hielt er seine Augen auf mich gerichtet.

Mit geübter Zunge beschwor ich die uralte dämonische Herausforderung an den König. *„Parzilu Sarrum Tahuzu.*"

„Du bist wegen der Krone gekommen", sagte er und ein schwaches Lächeln umspielte seine Lippen.

„Du scheinst nicht überrascht zu sein."

Er zuckte langsam mit den Schultern. „Vielleicht habe ich dich ein wenig vermisst."

Ah. Da war er, der Inkubus-Charme. Die Fassade. Es war ein Trick, den Tammuz mir beigebracht hatte: *Verwirr deinen Gegner, bis er nicht mehr weiß, wie er reagieren soll, und bring ihn dazu, seine Deckung aufzugeben.*

Aber Orion hatte keine Wahl mehr. Die Prüfung würde so oder so beginnen.

Er legte den Kopf schief. „Du scheinst keine Angst zu haben, was erstaunlich ist, wenn man bedenkt, was du vorhast."

Meine Finger zuckten. „Natürlich habe ich Angst", sagte ich so leise, dass nur er es hören konnte. „Aber ich werde dir trotzdem in den Hintern treten."

Seine Antwort war ein strahlendes und echtes Lächeln. Entwaffnend. Das traf mich unvorbereitet.

Er zog eine Augenbraue hoch und machte ein paar anmutige Schritte nach vorne. „Denkst du nicht, dass wir uns zusammentun sollten, Liebes? Alle anderen scheinen das zu denken, auch Luzifer selbst. Immerhin hat er uns beide gezeichnet."

War da ein Hauch von Spott in seinem Ton? Schwer zu sagen.

Nach den alten höfischen Gepflogenheiten des Dämonenkampfes musste ich warten, bis er bereit war, den Kampf zu beginnen – wenn er den Fehdehandschuh in die Hand nahm und damit die Prüfung offiziell akzeptierte. Aber dieser Teil war kein Gesetz, sondern nur eine Konvention. Und je länger ich wartete, desto mehr gab ich ihm die Gelegenheit, mit mir zu flirten, bis ich nicht mehr wusste, wo oben und wo unten war.

Ich stürzte nach vorne. Blitzschnell schlug ich meine Faust gegen seinen Kopf.

KAPITEL 4

Rowan

Die Wucht des Schlags hallte von den Steinen wider, und er verlor fast das Gleichgewicht. Sofort kam er wieder zu sich und schlug zurück, aber ich blockte ihn mit meinem rechten Unterarm ab. Mit meiner Faust prügelte ich auf seine Schulter ein.

Meine Füße landeten auf dem Boden und meine Krallen schossen aus meinen Fingerspitzen hervor. Im Bruchteil eines Herzschlags griff ich nach Orions Kehle, aber er streckte seinen Rücken durch und wich mit dem Kopf aus. Dabei packte er mein Handgelenk. Für einen kurzen Moment schien die Welt langsamer zu werden, als wir uns anstarrten und ein salziger Wind mit meinem Haar spielte. Warum sah er dabei so verdammt erheitert aus? Als ob er sich amüsieren würde?

„Ich wollte Rache", flüsterte ich. „Du hast sie mir genommen."

Seine blassen Augen hatten einen so traurigen Ausdruck, dass ich *fast* Mitleid mit ihm hatte … bis er mir den Arm auf den Rücken drehte.

Schmerz schoss in meine Schulter und er beugte sich hinunter, um mir ins Ohr zu flüstern: „Es tut mir leid."

Mein Kiefer krampfte sich zusammen. *Verdammte Inkubus-Psychospielchen.*

Ich rammte ihm meinen Ellenbogen mit so viel Wucht in die Rippen, dass er seinen Griff um meinen Arm lockerte. Sofort drehte ich mich und schlug meine Krallen in seinen Bauch. Aber irgendetwas hielt mich davon ab, meine Klauen tiefer in sein Fleisch zu bohren – auch wenn er überleben würde. Es war ein Instinkt, den ich nicht überwinden konnte.

Orion hatte seine Krallen noch immer nicht ausgefahren und schlug erneut zu – aber ich blockte ab. Die Wucht seines Handgelenks gegen meinen Unterarm war wie ein Vorschlaghammer, und ich war mir ziemlich sicher, dass meine Knochen einen Moment lang gebrochen waren. Aber als Dämonin in der City of Thorns heilte ich schnell.

Ich ließ meine Flügel erscheinen und hob vom Boden ab. Orion war schneller in der Luft, als ich erwartet hatte, und seine Flügel schlugen in der Nacht.

Meine Hoffnung, ihn ängstlich oder wütend zu sehen, wurde enttäuscht.

In der Luft warf er mir einen schelmischen Blick zu. Seine blassen Augen funkelten. Wir hätten genauso gut tanzen können. „Hast du mich so sehr vermisst wie ich dich?"

„Nur wenn du mich nicht vermisst hast." Meine Krallen glitzerten im Mondlicht, aber bevor ich zuschlagen konnte, flog er an mir vorbei und verschmolz mit der Dunkelheit. War er gerade ... verschwunden?

Ich hatte ihn noch nie so etwas tun sehen. Wie viele verborgene Kräfte hatte dieser eingebildete Mistkerl? Und wie sollte ich gewinnen, wenn ich ihn nicht einmal sehen konnte?

Ich atmete ein und vertraute auf meine dämonischen Instinkte, um ihn zu finden. Sofort spürte ich seine exotische Magie auf meiner Haut, und ich nahm seinen Duft wahr. *Zedernholz.* Er war näher an die Mauern des Turms herangeflogen. Ich schwebte durch die Luft und folgte seiner verführerischen, duftenden Spur, aber ich konnte ihn noch immer nicht sehen.

Ich suchte die Nachtluft und die Menge unter mir ab. In dem Moment tauchte er wieder auf – der Körper eines mächtigen Kriegers, geboren aus Mondlicht. Er stürzte auf mich zu, und ich flog ihm entgegen, um als Erste zuzuschlagen.

Aber er war zu schnell. Hart schleuderte er mich gegen die Turmwand. Ich zuckte zusammen und erwartete den Schmerz, der meinen zersplitterten Rücken durchfahren würde. Aber da war kein Schmerz. Orion hatte es geschickt geschafft, den Schlag abzufedern – eine Hand lag um meine Taille, die mich näher an seine harte Brust presste, und die andere drückte gegen die Steinmauer, um zu verhindern, dass ich sie berührte.

Seine warme Magie umspielte mich und sang über meine Haut. Der Nachtwind peitschte über uns hinweg. Ich hatte mich noch nie so lebendig gefühlt.

„Ich hätte dich nicht aus der City werfen sollen", sagte er leise. Hier oben strömte das silberne Licht über seine perfekten Wangenknochen und funkelte in seinen Augen. Zum ersten Mal bemerkte ich, dass das blasse Blau seiner Augen von silbernen Flecken durchzogen war wie Mondlicht. „Es tut mir leid, dass ich dir die Rache genommen habe, die dir zustand."

„Ich habe mich schon gefragt, wann du sie einsetzt", zischte ich und drückte mich an ihn. „Die verwirrendste Waffe eines Inkubus. Charme."

Seine Finger legten sich fest um meine Taille. „Weißt du, was ich an dir mag, Rowan? Diese Stadt ist voller mächtiger Dämonen, und kein einziger von ihnen hat den

Mut zuzugeben, dass er vor irgendetwas Angst hat. Aber wir haben alle vor etwas Angst."

„Was macht dir Angst?", hauchte ich.

Sein Mund war jetzt nur noch wenige Zentimeter von meinem entfernt und er starrte auf meine Lippen, als ob er mich küssen wollte. „Du." Seine Augen trafen wieder meine. „Unter anderem."

„Unter anderem?"

Sein Atem wärmte meine Halsbeuge. „Eines Tages werde ich es dir sagen."

Sein Geständnis traf mich vollkommen unvorbereitet. Ich ließ meine Handflächen über seine Brust gleiten und stieß ihn mit aller Kraft, die ich aufbringen konnte, von mir weg. Er fiel zurück, aber schaffte es, in der Luft zu bleiben. Erschrocken sah er mich an.

Ich stürzte nach vorne und winkelte meine Flügel an, um schneller zu werden. Dann holte ich mit meinen Krallen aus, bereit, wieder zuzuschlagen. Aber Orion stürmte vor, packte mich um die Taille und zog mich wieder an sich heran. Unsere Flügel schlugen hinter uns und wir schwebten in der Luft wie der Mond selbst.

Ich schlang meine Arme um seine Schultern.

Er sah mir tief in die Augen und murmelte: „Warum verbündest du dich nicht mit mir, Liebes." Sein Atem wärmte meine Halsbeuge.

„Weil du, *Liebes*", sagte ich, „alle umbringen willst."

Er leugnete es nicht. Stattdessen umfasste er mein Gesicht und strich mit dem Daumen sanft über meine Wange. „Willst du nicht frei sein?", flüsterte er. „Dämonen sind nicht dazu bestimmt, eingesperrt zu sein. Cambriel mag derjenige gewesen sein, der deine Eltern ermordet hat, aber die Sterblichen sind der Grund, warum sie sich überhaupt verstecken mussten. Verletzlich, ohne die Macht, die ihnen gehört."

Der kleine Junge aus meinem Albtraum blitzte in meinem Kopf auf. Ein lang vergrabener animalischer Instinkt ließ Wut durch meine Nerven strömen.

Ich war nicht mehr sterblich.

Dämonen jagten.

Ich wollte das schöne Ding vor mir verschlingen, mich von seiner Essenz ernähren.

Meine Reißzähne verlängerten sich und ich versenkte sie tief in Orions Kehle. Sein Blut floss in meinen Mund – köstlich süß und mit einem metallischen Geschmack, eine Art dunkle Ambrosia. Das war Leben. Das war Macht. Ich beherrschte ihn.

Kein Wunder, dass Dämonen gern Blut tranken.

Mit einem Knurren stieß er mich weg.

Er hielt seine Hand gegen die Wunde und runzelte die Stirn. „Mich hat noch nie jemand gebissen."

Weißt du noch, als du gesagt hast, ich hätte es nicht in mir? Dass du mich nicht genug respektierst, um mich zu hassen?

Ich wischte mir mit dem Handrücken über den Mund. „Das ist nur fair. Du hast in der ersten Nacht, in der wir uns getroffen haben, mein Blut getrunken."

Ich hatte etwas aus diesem Kampf gelernt – Orion war immer noch stärker als ich, immer noch schneller. Aber er war anfällig für das Element der Überraschung.

Seine Mundwinkel zuckten. „Du hast dich verändert, Rowan."

Zwing deinen Feind, seine Deckung aufzugeben.

Ich flog ein bisschen näher und zog die Augenbrauen hoch. „Natürlich habe ich mich verändert. Ich habe mit dem Sterbenden Gott trainiert. Dem Chaos-Gott. Du hast eine ziemlich zerrüttete Familie. Er ist dein Vater und trotzdem hat er mir beigebracht, wie ich dich töten kann."

Sein Lächeln schwankte vor Unsicherheit.

Jetzt.

Der Nachtwind fegte über mich hinweg und ich schnappte mit meinen Krallen nach seiner Kehle. Blut spritzte durch die Luft. Ich nutzte meine Flügel, um die Geschwindigkeit eines Wirbelsturms zu erreichen. Dann stieß ich mit Orion zusammen. Wir schleuderten gemeinsam Richtung Boden. Unsere Wucht zerbrach das Gestein unter ihm und löste eine Stoßwelle aus. Orions Flügel waren immer noch ausgebreitet und lagen in dunklen Federbögen unter ihm. Ich saß auf ihm, die Beine um seine Taille geschlungen. Er starrte zu mir hoch und keuchte.

Ich hatte gewonnen.

Um uns herum schnappte die Menge der Schaulustigen nach Luft.

Es musste höllisch weh getan haben, als seine Flügel den Boden getroffen hatten, aber der Schmerz war seinen perfekten Gesichtszügen nicht anzumerken. „Tammuz", sagte er mit rasselnder Stimme.

Auf seiner Stirn glühte jetzt der Stern Luzifers. Ich streckte meine Hand aus, um ihn zu berühren.

„Dein richtiger Vater", sagte ich. „Er ist derjenige, der uns diese Zeichen gegeben hat. Um Chaos zu verursachen."

Er strich mit der Fingerspitze über meinen Unterarm. Ich erkannte, dass es die Stelle war, an der das Tattoo des Skelettschlüssels meine Haut markierte.

„Stimmt das?", fragte er.

Das Blut an seinem Hals begann bereits zu trocknen, und die Wunde an seiner Kehle heilte langsam.

Ich zuckte mit den Schultern. „Es ist das, was er gesagt hat. Aber ich traue keinem von euch zu, die Wahrheit zu sagen, also wer weiß?"

„Er hat mir gesagt, dass du hinter meiner Krone her bist."

Ich beugte mich hinunter, so fasziniert von dem Kitzel des Sieges, dass ich die schweigende Menge um uns herum fast vergaß. „Er hatte recht."

Er packte meinen Kiefer und flüsterte: „Du hättest deine Beine auch sanfter um mich schlingen können. Aber vielleicht war es das wert."

Ich rutschte von ihm herunter und betrachtete die schweigende Menge um uns herum. Orion stand auf. Die Menge der Schaulustigen starrte uns an, als ob sie immer noch auf mehr Blutvergießen warteten. Ich hatte fast das Gefühl, dass diese Prüfung eine Enttäuschung für sie war, dass sie sich nach einem frischen, schlagenden Dämonenherz sehnten, das Blut verspritzte. Aber alles, was sie bekommen hatten, waren ein paar gebrochene Flügel.

Ich sah mich nach Shai um, die mit großen Augen ganz vorne in der Menge stand. Sie strahlte mich an. Legion war an ihrer Seite. Der Anführer des Sathanas-Bezirks trug ein weißes Hemd, dessen Ärmel hochgekrempelt waren, um seine Tätowierungen zu zeigen. Seine langen schwarzen Haare waren hochgesteckt. An Shais anderer Seite stand ein blonder Dämon mit stechenden bernsteinfarbenen Augen und dornigen Tätowierungen, die sich über seine Unterarme schlängelten und bis zu seinem Nacken reichten. Mit einem schwachen Lächeln nickte er mir zu – fast wie eine Verbeugung. Ich nahm an, dass es sich bei ihm um Shais Freund Kas handelte. An meiner Seite glühte Orions Körper schwach silbern wie der Mond, den wir feierten.

Ich hob eine Hand. „City of Thorns! Ihr habt jetzt zwei Anführer, einen König und einen Schattennachkommen. Und wenn die Prüfungen abgeschlossen sind, hoffe ich, eure Königin zu werden.“

„Versucht nicht, meine Gunst zu gewinnen, indem ihr sie angreift“, dröhnte Orions Stimme über den Platz. „Die alten Gesetze der Dämonenprüfungen schützen sie, und ich werde persönlich jedem das Herz herausreißen, der sie auch nur mit einem Finger berührt.“ Er hielt meinen Blick einen Moment lang fest, bevor er sich wieder seinen Untergebenen zuwandte. „Die Frau, die ihr vor euch seht, ist nicht das Monster, das die Lilu ermordet hat. Macht nicht denselben Fehler, den ich gemacht habe. Das ist Rowan Morgenstern, nicht Mortana, und die beiden könnten nicht unterschiedlicher sein.“ Er warf mir einen Seitenblick zu. „Rowan ist hier willkommen, und als König werde ich ihr alles geben, was ich zu bieten habe, bis die Prüfungen enden.“ Sein Lächeln war umwerfend.

Die Inkubus-Charmeoffensive.

Als er seine freundliche Rede beendet hatte, wurde es dunkel um ihn herum. Er schlüpfte wieder in die Menge, umhüllt von Schatten.

Luzifer war der ursprüngliche Lichtbringer. Sein Zwilling Tammuz herrschte über die Dunkelheit. Und hier war Tammuz’ Sohn, eine Kreatur des Chaos und der Nacht.

Gab es noch etwas, das ich nicht über ihn wusste? Eine andere göttliche Macht, die ich noch nicht gesehen hatte?

Wie immer hielt Orion die Wahrheit über sich selbst in der Dunkelheit verborgen.

KAPITEL 5

Rowan

Orion war verschwunden, ohne mir zu erklären, was ich tun sollte, also konnte ich mich genauso gut amüsieren. Schließlich war dies ein Fest. Vor langer Zeit wäre eine Lilu wie ich auf vielen gewesen. Die Musik schwoll wieder an und sterbliche Diener eilten mit Tabletts voller Gebäck und Champagner herum.

Auch wenn ich nur ein Schattennachkomme war, wurde ich schon wie eine Königin behandelt. Eine kleine Menge hatte sich um mich herum gebildet, und jemand reichte mir eine Champagnerflöte. Eine andere Person gab mir einen halbmondförmigen Kuchen mit silbrigem Zuckerguss. Ich biss hinein und stellte erfreut fest, dass jemand beschlossen hatte, dass der Mond nach Schokolade und Himbeere schmeckte.

Shai stand an meiner Seite, und so wie sie schwankte, schätzte ich, dass sie mindestens schon drei Gläser Sekt getrunken hatte. „Ich schwöre bei den Göttern, Rowan. Mein Herz hat mir bis zum Hals geschlagen. Ich komme mit diesem Mist nicht klar."

Neben mir lehnte sich eine Frau mit platinfarbenem Haar und einem silbernen Kleid näher heran. „Was hat er zu dir gesagt, als ihr gekämpft habt? Hat er dir einen Waffenstillstand vorgeschlagen?"

Orion war berechenbar, sogar für sie. Vor Wochen hatte

er mich ins Exil geschickt. Aber jetzt, da ich zurückgekehrt war, um ihn herauszufordern, hatte er beschlossen, dass Teamwork der richtige Weg war – und ich es vielleicht aufgeben sollte, ihm die Krone wegnehmen zu wollen.

Ich zuckte mit den Schultern. „Ach, weißt du, er war einfach so charmant wie immer. Er wollte mich bloß ablenken."

Um mich herum reckten die anderen Dämonen ihre Hälse und lauschten jedem Wort, das ich von mir gab.

„Du strahlst förmlich!", sagte eine andere Frau von hinten.

Ein männlicher Dämon mit bronzenen Hörnern hob seine Champagnerflöte. „Wahrhaft königlich, Schattennachkomme!"

Ich warf einen kurzen Blick auf Shai, die nur mit den Schultern zuckte. Ich war es nicht gewohnt, mit Komplimenten überhäuft zu werden, und wusste nicht, wie ich darauf reagieren sollte. Natürlich wollten sie sich nur absichern und sich mit der nächsten Herrscherin gutstellen. Sobald ich weg war, würden sie das Gleiche mit Orion machen.

„Braucht Ihr etwas, Lady Morgenstern?", fragte jemand von hinten.

Was ich jetzt nach diesem anstrengenden Kampf wirklich brauchte, war, nicht im Mittelpunkt zu stehen.

Ich hob mein leeres Glas und bevor ich ein weiteres Wort sagen konnte, schnappte es mir jemand weg, um es wieder zu füllen. Doch ich war seit gefühlt einem Jahr allein gewesen – erst in einer dunklen Unterwelt und dann in einer ruhigen Wohnung. Ich hatte mich noch nicht daran gewöhnt, unter so vielen Leuten zu sein. Selbst der

Mond schien irgendwie zu hell. Warum hatte ich das Gefühl, dass ich jeden atmen hören konnte?

Ich hielt eine Hand hoch. „Danke, ich habe genug Champagner getrunken. Ich werde mich etwas ausruhen und über die nächste Prüfung nachdenken."

Ich bahnte mir einen Weg aus der Menge auf der verzweifelten Suche nach Platz. Als ich den Rand des Festes erreichte, schweifte mein Blick zum Fluss. Dem Acheron zu folgen war der einfachste Weg durch die City of Thorns. Wenn ich am Ufer entlang nach Westen ging, kam ich zurück zu meiner Wohnung mit Blick auf den Pool. Auf der einen Seite ragten steinerne Gebäude über mir auf. Auf der anderen Seite schien mir der Wald zuzuwinken. Als ich zum ersten Mal hier angekommen war, hatte ich die Wildnis als unheimlich empfunden. Jetzt sah sie wie der Himmel aus. Der Anblick ließ meine Reißzähne länger werden und mein Herz schneller schlagen. Ich fuhr mir mit der Zunge über die Zähne und war einen Moment lang schwindelig vor Hunger.

Wonach war ich hungrig? Nach etwas, das ich nicht benennen konnte, nach einer Macht, die ich einst besessen hatte.

Ich blickte auf die Tätowierung auf meinem Arm hinunter und fuhr mit den Fingerspitzen über die dunklen Konturen des Skelettschlüssels. In der Unterwelt hatte ich mit Tammuz wie eine echte Dämonin gelebt. Mit ihm hatte ich in jener ursprünglichen Welt trainiert, um ein Raubtier zu werden. Eine Erinnerung blitzte in meinem Kopf auf: Ich hatte einen Hirsch mit bloßen Händen erlegt und meine Zähne in seinen Hals gebohrt, um mich an seinem Blut zu laben.

Ich schluckte schwer, schockiert, als ich mich daran erinnerte, wie ich das Fleisch roh gegessen hatte.

Ich machte mich auf den Weg zur steinernen Flusspromenade und atmete die feuchte Luft ein. Jetzt musste ich mich entscheiden. Als Schattennachkomme würde ich die nächste Prüfung auswählen. Die Zeit, den Ort, die Aufgabe …

Was ich heute Abend gelernt hatte, war, dass alles, was mit körperlicher Kraft zu tun hatte, ein Risiko war. Vielleicht würde ich gewinnen, vielleicht auch nicht.

Als ich die Uferpromenade überquerte, hörte ich, wie Shai meinen Namen rief. Der Klang hallte von den Steinen wider. Ich drehte mich um und sah sie zwischen Legion und dem blonden Dämon laufen. Sie waren wirklich ein wunderschönes Trio.

„Ich wollte dich meinen Freunden vorstellen“, sagte Shai atemlos, als sie näherkam.

Der Blonde streckte seine Hand aus, und ich schüttelte sie, wobei mein Blick über die Tätowierungen an seinen Armen wanderte. Seine Augen hatten die Farbe von Whiskey. „Ich bin Kasyade. Aber fast alle nennen mich Kas. Und ich bin hocherfreut, einen echten Sukkubus zu treffen.“ Mit seinen zerzausten Haaren sah er fast jungenhaft aus, was seine tiefe, raue Stimme unerwartet machte. „Ich war schon von Mortana fasziniert, aber angesichts ihres Rufs wollte ich ihr nicht zu nahe kommen.“

Er war viel lässiger gestylt als die meisten Dämonen, die ich gesehen hatte. Seine dunkle Jeans und das T-Shirt ließen ihn wie einen tätowierten, muskulösen James Dean aussehen.

Ich warf einen Blick auf Legion, der glatt rasiert und förmlicher gekleidet war. „Wir sind uns schon einmal begegnet“, sagte ich, „aber da war ich wohl noch Mortana.“

Das Mondlicht glitzerte in seinen kantigen braunen Augen. „Es hat lange gedauert, bis Shai mich davon überzeugt hat, dass du jemand anderes bist. Aber wenn du die echte Mortana wärst, hätte dir der Lilu-König wohl schon längst das Herz herausgerissen. Und er könnte es natürlich immer noch tun, da du versuchst, ihm die Krone wegzunehmen.“

Kas seufzte. „Bitte entschuldige meinen schroffen Freund.“ Er warf einen Blick über die Schulter. „Aber er hat recht. Du bist hier nicht sicher, egal, was der König gesagt hat.“

Ich schüttelte den Kopf. „Ich bin sicher, Orion weiß, dass die Regeln sehr streng sind. Er darf mich außerhalb der Prüfungen nicht verletzen.“

Shai hakte sich bei mir unter. „Wir begleiten dich trotzdem nach Hause.“

Kas verzog das Gesicht zu einem schiefen Lächeln, wobei seine Wange auf einer Seite ein Grübchen hatte. „Ich wollte mir die Chance nicht entgehen lassen, die erste Königin unserer Stadt kennenzulernen.“

„Ich mag dein Vertrauen in mich, Kas“, sagte ich.

Als wir losgingen, wurde die Musik des Fests in der Ferne langsam leiser.

Legions schwarze Augenbrauen zogen sich zusammen, als er mich ansah. „Der Asmodean-Bezirk … Findest du das nicht ein bisschen …“

„… gruselig?“, fragte Kas.

Ich schaute zwischen den beiden hin und her. „Beendet ihr beide immer die Sätze des anderen?“

„Wir kennen uns schon, seit wir kleine Jungs waren“, sagte Kas. „Schon bevor die City of Thorns gegründet wurde.“

„Du bist also älter als Orion?“

„Alt und weise“, sagte Shai. „Genau deshalb sind sie perfekt, um dir bei der Vorbereitung auf die nächste Prüfung zu helfen.“

Mein Blick huschte zwischen den beiden männlichen Dämonen hin und her. „Was ist, wenn ich verliere? Und was, wenn Orion seine Wut an euch beiden auslässt?“

„Wir haben den verrückten König Azriel überlebt“, sagte Legion. „Wir können den verrückten König Orion überleben.“

„Wenn alles eh beim Alten bleibt“, sagte Kas, „dann würden wir jemanden bevorzugen, der noch alle Tassen im Schrank hat. Deshalb werden wir dir helfen.“

Der Wind rauschte vom Fluss her und verursachte mir eine Gänsehaut. Zu unserer Rechten kamen wir an einem steinernen Gebäude mit Türmchen und Fenstern vorbei, das in warmes Licht getaucht war.

„Was haltet ihr von Orion?“, fragte ich.

„Sie wissen, dass er alle Sterblichen ermorden will“, sagte Shai. „Weil ich es ihnen gesagt habe.“

Legions dunkle Augen sahen mich an. „Ich weiß noch, wie es damals war, als die Sterblichen nach dem Krieg in unsere Stadt eingedrungen sind. Zuerst haben sie unsere Magie geschwächt. Dann haben sie den Lilu, die sich wehrten, die Köpfe abgeschlagen und sie auf Spieße gesteckt. Jeder, der überlebt hat, musste an den Überresten seiner Familie vorbeimarschieren. Wir haben gedacht, dass alle Lilu in den Tod geführt worden sind. Keiner von uns konnte sich vorstellen, dass einige von ihnen überlebt haben. Wir haben nie über sie gesprochen, weil wir uns alle schuldig gefühlt haben. Wir hatten keine Ahnung, dass Orion noch da unten war. Jemand, der nach all dem allein in einem Kerker eingesperrt war, kann unmöglich klar im Kopf sein."

Kas fuhr sich mit der Hand durch sein unordentliches Haar. „Ehrlich gesagt, der Gedanke, dass jemand so etwas aushalten muss, ist unerträglich."

„Hör auf", sagte ich, „bevor ich noch Mitleid mit ihm bekomme, denn dann werde ich verlieren."

„Denk dran", sagte Shai, „er hat gesagt, du wärst langweilig. Das ist wirklich das Schlimmste, was jemand sagen kann, selbst wenn er es nicht so gemeint hat."

Kas runzelte die Stirn. „König Nergal hat uns gesagt, dass die Rache der Sterblichen an den Lilu der Preis war, den wir für die Niederlage im Krieg zahlen mussten. Es war ein Opfer. Aber die Wahrheit ist, dass er die Lilu auch loswerden wollte. Sie waren eine Bedrohung für ihn. Sie waren zu mächtig, und er hatte keinerlei Gewissensbisse. Und deshalb frage ich mich manchmal, ob die Sterblichen es richtig machen. Vielleicht sollten wir, ich weiß nicht, einen Anführer wählen, anstatt irgendwelche Leute zu nehmen, die jemandem das Herz aus der Brust reißen können." Er lächelte mich an. „Aber wenn ich die rohe Kraft von jemandem unterstützen muss, dann soll es deine sein. Du hast immerhin unter den Sterblichen gelebt. Du weißt, wie sie denken. Sie modernisieren sich. Das tun wir nicht. Du könntest uns das beibringen, oder?"

Ich verengte die Augen. „Und warum sollte ich euch zwei alten Dämonen vertrauen?"

„Weil ich es tue", sagte Shai.

„Nun, das ist deine erste Lektion." Kas' Gesichtsausdruck war ernst geworden. „Du solltest uns nicht trauen. In der City of Thorns solltest du nichts und niemandem trauen, außer deinen eigenen Sinnen."

„Und manchmal", fügte Legion hinzu, „kannst du nicht einmal denen trauen."

„Stimmt", sagte Kas. „Du kannst Dinge vor dir selbst verbergen. Du wusstest zum Beispiel nicht, dass du eine Dämonin bist, richtig?"

„Wann hast du zum ersten Mal deine Magie gespürt?", fragte Legion.

Ich biss mir auf die Lippe. „Ich glaube, in der Nacht, in der meine Mutter gestorben ist. Ich habe das Spiegelbild meines Dämonenmals in einer Pfütze gesehen. Aber ich habe die Erinnerung daran jahrelang verdrängt. Also ja, man kann seinen Sinnen und Erinnerungen nicht immer trauen."

„Ah", sagte Kas leise. „*Blicke nicht mehr in das bittere Glas.*

Die Dämonen, mit ihrer subtilen Tücke
erheben sich vor uns, wenn sie vorbeigehen,
oder sie schauen nur ein wenig;
denn dort wächst ein fatales Bild,
das die stürmische Nacht empfängt."

Seine Worte ließen meine Haut kribbeln und für einen Moment wurde es still um uns.

„Bitte keine Yeats-Zitate", sagte Legion und brach das Schweigen. „Ich habe genug von deinen wahllosen Gedichten."

Kas lehnte sich nah an mich heran. Seine Stimme war leise. „Die Sache mit den Dämonen ist die, dass wir die meisten unserer Kräfte verstecken, bis wir sie wirklich brauchen. Das ist ein Teil unserer Kultur. Wir alle tun das.“ Kas kreuzte vor mir den Weg und ging rückwärts, um seine funkelnden bernsteinfarbenen Augen auf mich zu richten. „Jeder hier hat Geheimnisse. Ich bin sicher, du hast auch welche.“ Der Wind streifte sein Haar, während er ging, und seine Bewegungen waren so anmutig wie die eines Tänzers. „Also vertraue niemandem. Nicht einmal mir.“

Mein Blick glitt über seine Tätowierungen, die wilden Wirbel und Muster auf seinen muskulösen Unterarmen.

Ein wehmütiger Gedanke nagte an meinem Hinterkopf. Ich hatte nie herausgefunden, was es mit Orions Schlangentattoo auf sich hatte, und im Moment bezweifelte ich, dass ich es jemals erfahren würde.

Vor mir blieb Kas abrupt stehen und ich stieß fast mit ihm zusammen. Sein Blick war auf etwas über meinem Kopf gerichtet, und Schatten glitten durch seine goldenen Augen. Ich sah auf und im nächsten Augenblick wusste ich genau, warum.

Orions verlockende Magie sang über meine Haut. Ich wirbelte herum.

Da stand der König, in Schatten gehüllt. Der Wind spielte mit seinem silbernen Haar. „Danke, dass ihr unseren Schattennachkommen nach Hause gebracht habt, aber jetzt übernehme ich.“ Unter seiner sanften, samtenen Stimme hörte ich eine deutliche Schärfe. Er schlich näher heran und legte seine Hand auf meine Taille.

Zu meiner Überraschung hörte ich ein Knurren von Kas und Legion hinter mir, und die Luft knisterte vor Spannung.

KAPITEL 6

Rowan

Ich starrte zu Orion hoch, der über meinen Kopf hinweg zu den beiden anderen Dämonen blickte. Die ganze Zeit, in der ich mit ihm gekämpft hatte, waren seine Augen blassblau geblieben. Erst jetzt, als wir ohne den geringsten Hinweis auf eine Bedrohung am Ufer eines Flusses standen, verdunkelten sie sich zu schwarz.

Orions Blick glitt von Kas zu Legion, als wollte er sie beide ermorden. „Als König“, sagte er leise, „ist es meine Aufgabe, für die Sicherheit des Schattennachkommen zu sorgen.“

„Sicherheit vor *wem* genau?“, fragte Kas.

Orions Hand legte sich fester um meine Taille. Vielleicht war es an der Zeit, dass ich ihn dazu brachte, mit diesem Machogehabe aufzuhören, bevor meine neuen Freunde als Aschehäufchen auf den Steinen endeten.

„Okay, also …“, begann ich.

Ein Blitz aus heißer Magie unterbrach mich und versengte die Luft. Hitze glitt durch mein Blut, und ich stolperte vor der Kraft von Orions Magie zurück.

Einen schrecklichen Moment lang war ich mir sicher, dass Orion gerade alle um uns herum verbrannt hatte, bis ich merkte, dass ich zurück in Kas’ mächtige Brust gestoßen worden war.

Als ich mich zu den anderen umdrehte, starrten sie mich benommen und mit offenen Mündern an. Shai schwankte. Ein kleines Lächeln umspielte ihre Lippen.

Ich berührte ihren Arm. „Shai?“

Ohne mich zu beachten, trat sie näher an Orion heran und klimperte mit den Wimpern. Sie streckte die Hand aus und berührte seine Brust. „Eure Majestät! Trainiert Ihr etwa?“

Mit einem leisen Knurren packte Legion Shais Arm. Dann drehte er sie zu sich herum. „Warum vergisst du ihn nicht und zeigst mir dein Zimmer?“

Sie biss sich auf die Lippe und starrte verträumt in Legions Gesicht.

Mir fiel die Kinnlade runter, als mir klar wurde, was er getan hatte. Orion hatte sie mit seiner Inkubusmagie angegriffen, und jetzt waren sie alle vor Lust wie betrunken. Irgendwo tief im Inneren hatte ich diese Kraft auch. Ich hatte nur nie gelernt, sie zu benutzen – und ich würde sie auch nie bei meinen Freunden einsetzen, denn *was zum Teufel war hier los?*

Als ich Kas’ Blick auffing, war er brennend, sinnlich, seine Augen dunkel wie Stahl. Sein Blick schweifte schamlos an mir herunter, um jeden Zentimeter von mir zu erfassen. „Rowan.“ Seine Stimme klang wie ein tiefes, heiseres Grollen.

Von Schatten umgeben fegte Orion um mich herum und legte seine Finger sanft um Kas’ Hals. „Ich schlage vor, du findest jemand anderen für deine Aufmerksamkeit.“

Kas schwankte einen Moment lang auf seinen Füßen und starrte Orion wie betäubt in die Augen. Er seufzte tief und wiederholte dann: „Jemand anderen.“

„Orion. Hör auf, dich über sie lustig zu machen“, schnauzte ich. „Deshalb hassen alle die Lilu.“

Auch ich konnte die Auswirkungen seiner Lustmagie spüren – die Wärme, die sich in meinem Inneren zusammenzog, die Empfindlichkeit meiner Haut –, aber als Sukkubus hatte ich mehr Kontrolle über mich.

Kas wandte sich von ihm ab und schlenderte zurück zum Fest. Ich fühlte einen Stich der Enttäuschung. Es wäre wirklich schön gewesen, einmal eine Gruppe von Freunden zu haben.

Ich warf Orion einen scharfen Blick zu. „Du bist schon ein bisschen mein Stalker, findest du nicht? Du folgst mir und verjagst meine neuen Freunde?“

Er legte den Kopf schief. „Alle hassen unsere Art. Wir sind die letzten beiden Lilu, und ich werde nicht zulassen, dass dir etwas zustößt. Außerdem muss ich dir dein neues Zimmer zeigen.“

„Du lässt nicht zu, dass mir etwas zustößt?“ Ich begann schnell zu laufen, obwohl ich keine Ahnung hatte, wo mein neues Zimmer war. „Vor nicht allzu langer Zeit hast du mich aus der City of Thorns geworfen und mich ohne Magie und umgeben von Dämonenjägern, die mich töten wollen, allein gelassen. Und plötzlich soll ich glauben, dass du dich um meine Sicherheit sorgst?“

„Ich habe dich nicht allein gelassen“, sagte er sanft. „Ich hatte Wachen, die auf dich aufgepasst haben. Erst im Hotel, dann im Haus von Shais Tante.“

Ich schluckte schwer. „Wachen?“

„Anna, mit den rosa Haaren. Und ihre Katze, Taffy. Ich dachte, du hättest sie bemerkt.“

„Hmm.“ *Vertrau ihm nicht, Rowan.* Ich war auf seinen Charme vorbereitet, und meine eiserne Abwehr würde ihm standhalten. „Es ist so nett von dir, dass du dich um mich sorgst. Und trotzdem hast du meinen Halbbruder Cambriel getötet, obwohl du wusstest, dass ich meine Mutter rächen wollte."

Als er meinen Blick erwiderte, leuchteten seine großen blauen Augen. „Ich habe auch ein Versprechen gegeben, Rowan. Ein Versprechen an alle toten Lilu, dass ich sie rächen werde. Deshalb muss ich König sein. Und ich wusste, dass du versuchen würdest, mich aufzuhalten. Aber ich habe es Ashur in einem Blutschwur versprochen, bevor ich zusehen musste, wie er in den Tod geschleift wurde. Ich habe es dem Andenken an meine Mutter versprochen. Jedem von ihnen."

Ich atmete tief ein. „Aber es ist nicht das Beste für die Dämonen, die noch leben, einen Krieg mit den Sterblichen zu beginnen."

Schweigen breitete sich zwischen uns aus, und ich lauschte dem Rauschen des Acheron, der vorbeifloss. „Ich bin losgezogen, um dich zu suchen, Rowan", sagte er schließlich. „Als du noch in der Unterwelt warst und ich endlich gemerkt habe, dass du nicht Mortana bist. Eines Nachts bin ich mit der schrecklichen Erkenntnis aufgewacht, dass du gestorben warst. Nicht Mortana, sondern Rowan. Und ich fühlte mich, als hätte man mir das Herz herausgerissen." Er berührte meinen Ellbogen und führte mich vom Fluss weg unter einen dunklen Torbogen.

Ein Schauer der Lust durchfuhr mich an der Stelle, an der seine Finger meinen Arm berührten. Offensichtlich wirkte seine Inkubusmagie noch immer auf mich, denn das Verlangen strömte in meinen Bauch und ließ sich dort nieder, sodass es mir schwerfiel, mich zu konzentrieren. „Okay“, war alles, was ich sagen konnte.

„Warum sollte ich deinen Tod spüren, Rowan, wenn wir nicht verbunden wären? Wir sind die Zwillingssterne. Unsere Schicksale sind miteinander verwoben.“

Meine Absätze klapperten über die Steine und hallten von der engen Gasse wider. *Eiserne Abwehr.* „Ich werde die Prüfungen nicht aufgeben, Orion, wenn du darauf hinauswillst. Wo bringst du mich eigentlich hin?“

„In deinen neuen Palast.“

„Palast?“, wiederholte ich.

„Im Luzifer-Bezirk, in meiner Nähe.“ Er drehte sich um und sah mich an. Seine Augen durchdrangen die Dunkelheit. „Hör zu, als ich dachte, du wärst tot, bin ich in die Unterwelt gereist. Ich wollte dich unbedingt wiederfinden. Und ich wusste wirklich nicht, dass ich so etwas noch fühlen kann.“

„*Was* fühlen?“

Mit einem scharfen Einatmen schaute er weg. „Irgendetwas“, sagte er undeutlich. „Ich wusste nicht, dass ich etwas für die Lebenden empfinden kann. Und nachdem ich durch das Fegefeuer gegangen bin und Tammuz gefunden habe, wusste er genau, was er sagen musste, denn es war schon seit Jahrhunderten mein Mantra. Er wusste die ganze Zeit über genau, was ich mit Mortana erlebt habe. Tammuz hat keinen Finger gerührt, um es zu verhindern, denn das Chaos hat ihm gefallen. Er hat mit uns beiden gespielt. Er wollte sich nur amüsieren.“

„Was hat er zu dir gesagt?“, fragte ich.

Orion hörte auf zu laufen und drehte sich zu mir um. „Er hat gesagt: *Orion, weißt du nicht, dass du dir niemals Hoffnungen machen darfst?* Er wusste, dass ich diese

Lektion von Mortana gelernt habe. Das Hoffen war es, was mich im Kerker langsam umgebracht hat. Mortana hat mir immer versprochen, dass ich freigelassen werde, und mir dann jedes Mal ins Gesicht gelacht, wenn ich ihr geglaubt habe. Aber vielleicht ist es an der Zeit, dass ich aufhöre, meine Lektionen von ihr zu lernen."

„Heißt das, du willst dich nicht mehr rächen?" Kaum waren die Worte aus meinem Mund, fragte ich mich schon, ob ich nicht wieder in Orions verführerische Falle tappte.

Anstatt mir zu antworten, führte er mich in eine Gasse, die in einen runden Hof mündete, in dem Myrtenbäume blühten. Ihre purpurnen Blütenblätter verteilten sich wie Blutstropfen auf den Steinen. Hier roch die Luft nach Salz und Zitronen. Für mich roch es wie zu Hause.

Auf der einen Seite des Hofes befand sich etwas, wovon ich nur annehmen konnte, dass es der Palast war – drei Stockwerke mit Türmchen und schmalen, leuchtenden Fenstern. Schornsteine ragten aus den Dächern, und über riesigen Eichentüren war der Stern Luzifers eingraviert. Um den Innenhof herum standen Gebäude aus Stein mit steilen Spitzdächern, einige mit Balkonen. *So ein schöner Ort.*

Orion drehte sich zu mir um. „Ich habe Ashur versprochen, dass ich mich rächen werde. Ich habe nicht gesagt, *wie*. Aber ich glaube, die Dämonen müssen frei sein, sonst könnte es wieder passieren."

„Die Dämonen freizulassen, würde einen Krieg auslösen."

Er sah mich eindringlich an. „Du meinst, die Sterblichen würden einen Krieg beginnen. Aber wir würden gewinnen. Und es ist meine Aufgabe, die Dämonen zu schützen, nicht die Sterblichen. Wenn die Sterblichen sich auf ein Selbstmordkommando einlassen wollen, nur weil wir hier nicht mehr gefangen sind, dann ist das wohl ihr Problem.“

Ich schüttelte den Kopf. „Ich habe das Gefühl, dass du deine Rache nur als ‚Freiheit' verpackst.“

Er zog eine Augenbraue hoch. „Die Dämonen in der City of Thorns müssen befreit werden. Das ist die Aufgabe eines Lichtbringers. *Lucifer urbem spinarum libarabit* – der Lichtbringer wird die City of Thorns befreien. Das ist unser Schicksal, ob du es einsiehst oder nicht.“

„Frei, damit sie sich wieder von Sterblichen ernähren können?“, fragte ich. „Wie sie es einst getan haben?“

„Ja, mir gefällt die Idee, die Welt wieder so zu machen, wie sie einmal war. Du weißt, dass etwas fehlt. Wir sind Geschöpfe des Waldes, der Wildnis. Wir sind nicht für Städte aus Stein gemacht.“ Er griff nach meiner Wange. Dann zog er seine Hand weg, wobei sich seine Finger zur Faust ballten. „Wir sollten jagen – und ja, manchmal bedeutet das, dass wir Sterbliche jagen. Das ist unsere Natur, Liebes. Und wir sind dazu bestimmt, anderen Angst zu machen.“

Meine Augen verengten sich, und ich trat einen Schritt näher. „Die Dämonen scheinen hier glücklich zu sein. Dieser Ort ist unglaublich.“

Eine Strähne seines silbernen Haares streifte seine Wangenknochen. „Aber das ist nicht genug. Dieser Ort ist ein Gefängnis der *Zivilisation*.“ Verachtung schwang in seinem Ton mit. Er beugte sich zu mir herunter und sein Atem wärmte mein Gesicht, als er flüsterte: „Warum gibst du nicht dem nach, was du wirklich willst? Ich weiß, dass du es auch spürst.“ Die Wärme, die von seinem muskulösen Körper ausging, ließ mir den Atem stocken.

Vielleicht war es der übrig gebliebene Lustzauber, aber mein Puls geriet außer Kontrolle.

„Ich will nicht, dass Menschen sterben.“

„Und doch kann ich hören, wie dein Herz bei dem Gedanken an Freiheit rast.“

Ich riss mich von ihm los und ging auf die Holztüren zu. Natürlich konnte ich nicht erwarten, dass Orion sich ändern würde – er war schon seit Jahrhunderten so.

Weißt du nicht, dass du dir niemals Hoffnungen machen darfst?

Auf der Treppe drehte ich mich zu ihm um. „Ich gehe jetzt schlafen, Orion. Ich sage dir Bescheid, wenn ich mich wegen der nächsten Prüfung entschieden habe.“

„Vertrau den Dämonen nicht, mit denen du unterwegs warst“, rief er mir nach.

„Ich traue niemandem.“ Ich schenkte ihm ein schiefes Lächeln. „Am allerwenigsten dir.“

KAPITEL 7

Orion

Am Fenster meiner Bibliothek sitzend schlürfte ich einen Scotch. Auf meinem Schreibtisch waren Bücher und Kerzen verteilt. Von hier aus hatte ich einen Blick auf den mit roten Blütenblättern gesprenkelten Abraxas-Hof und Rowans Palast auf der anderen Seite. Die Fenster ihres neuen Hauses erstrahlten in warmem Licht.

Ich sah zu, wie sie durch die schweren Eichentüren trat und sie hinter sich schloss.

Dann stand ich auf und fuhr mir durch die Haare, während ich die Bibliothek durchquerte. Vor drei Wochen, als ich König geworden war, war ich in dieses Haus eingezogen.

Ich hatte die Protzigkeit des Turms von Baal immer gehasst und hatte nicht die Absicht, dort zu leben. *Niemals.* Ich wollte nicht im Mittelpunkt der Aufmerksamkeit stehen – das war etwas für Leute wie Cambriel und Nergal. Und jetzt, wo ich nicht mehr so tun musste, als wäre ich ein Herzog, brauchte ich auch keine protzige Wohnung am Meer. Ich wollte nur ein kleines Häuschen im Schatten.

Aber ich musste hier auf nichts verzichten. Ich hatte eine Bibliothek, einen Balkon, Schlafzimmerwände, die mit Büchern ausgekleidet waren. Alles war aufgeräumt und genau am richtigen Platz.

Abends aß ich mit meinem Koch am Esszimmertisch vor dem lodernden Feuer zu Abend. Amon war vor dem Massaker an den Lilu der Koch meiner Familie gewesen. Er war zu mir zurückgekehrt, sobald er erfahren hatte, wer ich wirklich war. Er war die einzige Person hier, die bereit schien, mit mir über die Lilu zu reden, und der Einzige, der mit mir wie mit einer normalen Person sprach.

Jeden Abend rollten sich seine beiden schwarzen Labradore unter unseren Füßen zusammen und hofften auf ein paar Krümel. Sie hießen Castor und Pollux.

Ich trat in mein Schlafzimmer. Es war ein altes Haus, etwa aus der Zeit, als ich geboren worden war. Die Wände waren aus dunklem Holz, mit zwei geschnitzten Mahagonisäulen in der Mitte. Ein kleines Feuer brannte im Kamin. In meinem Zimmer standen die Balkontüren offen und ließen die Flammen tanzen. An den Wänden hing ein einziges Gemälde: der Sukkubus Lilith mit einer Schlange, die ihr nacktes Bein umschlang. Ihr Haar war leuchtend rot.

Mit dem Whisky in der Hand trat ich auf den Balkon und blickte zu den Sternen hinauf. Ich ließ mich in einem Holzstuhl nieder, von dem aus ich den Abraxas-Hof überblicken konnte.

Unbewusst fuhr ich mit dem Finger über meinen Hals. Obwohl ich geheilt war, konnte ich immer noch spüren, wo Rowan mich mit ihren Krallen aufgerissen hatte. Ich hatte den Eindruck, dass sie es genossen hatte. Bösartigkeit stand ihr gut.

Das Problem war nur, dass sie nicht ihrer wahren Natur nachgeben wollte.

Ich hörte das leise Klacken von Labradorkrallen auf dem Fliesenboden und drehte mich um. Castor schlenderte mit silbrig schimmerndem Fell zu mir herüber. Das Mondlicht glitzerte in seinen dunklen Augen und er schaute mich mit einem schuldbewussten Blick an. Als ich die Butterflecken in seinem Gesicht bemerkte, verstand ich, warum.

„Castor“, sagte ich. „Du absoluter Vielfraß.“

Er senkte den Kopf und machte es sich mit einem Seufzer zu meinen Füßen gemütlich, wo er sich zusammenrollte. Ein salziger Wind fegte über uns hinweg und brachte sein dunkles Fell zum Rascheln.

Hinter mir hallten Schritte an den Holzwänden wider.

Ich drehte mich um und sah Amon auf mich zukommen, ein Glas Whisky in der Hand. Sein dunkelbraunes Haar hing ihm über die breiten Schultern.

Drinks auf dem Balkon – unser nächtliches Ritual in den letzten Wochen.

Als er sich auf den Stuhl neben mir setzte, blieb mein Blick an der gezackten Narbe hängen, die sich von seiner Kopfhaut über seine Nase bis zu seinem kantigen Kiefer zog. Als die Sterblichen gekommen waren, um uns zu holen, hatte er versucht meine Mutter zu beschützen. Ich erinnerte mich daran, wie sie seinen Kopf in zwei Hälften gespalten hatten und ich angenommen hatte, er wäre tot.

Er nahm einen Schluck von seinem Whisky. „Du hättest den Kampf heute Abend gewinnen können.“

Ich schaute ihn aus den Augenwinkeln an. „Ich werde sie überreden, auf meine Seite zu kommen.“

Seine Augenbrauen hoben sich. „Glaubst du immer noch, dass du sie verzaubern kannst, nach allem, was du gesagt und getan hast?“

In dem Moment, in dem ich sie aus der Stadt geworfen hatte, hatte ich begonnen, es zu bereuen. Rivalin oder nicht, ich hatte sie *vermisst*.

Ich holte tief Luft. „Das Problem ist, dass sie nicht damit einverstanden ist, die Dämonen zu befreien."

Amon warf mir ein verschmitztes Lächeln zu. „Vielleicht, weil du ihr gesagt hast, dass du einen blutrünstigen Rachefeldzug gegen die Sterblichen führen und sie alle ermorden willst, obwohl sie nichts mit den Ereignissen vor vierhundert Jahren zu tun haben? Ich kann mir nicht vorstellen, warum sie etwas gegen diesen Plan haben sollte. Das klingt doch ganz vernünftig."

Ich grunzte, irritiert darüber, dass Amon ihr zustimmte. „Es könnte etwas damit zu tun haben." Ich nippte an meinem Whisky. „Gut. Vielleicht hat sie ja recht. Aber wir müssen trotzdem den Bann brechen, der uns hier gefangen hält. Die Sterblichen sind hinter ihr her, und sie werden nicht lockerlassen, bis ich sie ausliefere. Solange wir hier festsitzen, könnte die Sache weiter eskalieren."

„Ist es tatsächlich möglich, den Bann zu brechen, Eure Majestät?"

„Hör auf, mich so zu nennen, Amon."

„Gut. Orion, wenn du so genannt werden willst. Aber warum ausgerechnet dieser Name? Es ist nicht dein richtiger."

Ich starrte in den Nachthimmel, der hier in der City of Thorns so hell war. „Es hat mich getröstet, im Kerker an die Sterne zu denken. Das war der einzige Funke Helligkeit – der Gedanke an Sternbilder wie Orion. Ich habe versucht sie in die Mauern zu ritzen, damit ich sie sehen konnte."

Mein Blick glitt hinüber zum Sternbild Zwillinge, den Zwillingssternen, die in der Nähe des Orion leuchteten und sich in der Dunkelheit gegenseitig zu erreichen schienen.

Ich erinnerte mich nicht mehr an meinen alten Namen, und ich wollte es auch nicht. Wer auch immer ich vorher gewesen war, dieses Kind war im Kerker gestorben. Wenn ich die Gedenkstätte für die toten Lilu errichtete, würde ich es auch für einen namenlosen silberhaarigen Jungen tun.

Amon atmete tief ein und starrte in den Himmel. „Die Zwillingssterne. Die beiden Lichtbringer. Rowan und Orion."

„Ich habe nachts von ihnen geträumt, wenn ich nicht von Essen geträumt habe. Zwillingssterne. Ich wusste nie, was sie bedeuten."

„Ah", sagte er leise. „Und deshalb sitzt du auf dem Balkon und starrst wie ein Verrückter mit gebrochenem Herzen auf das Haus deiner Ex-Geliebten? Euer Schicksal steht buchstäblich in den Sternen."

Ich räusperte mich. „Es ist besser, wenn sie in meiner Nähe bleibt. Es gibt hier viele Dämonen, die die Rückkehr der Lilu fürchten."

Als ich dachte, sie wäre in der Unterwelt gestorben, hätte mich das fast gebrochen. Ich konnte den Gedanken nicht ertragen, dass sie starb, während sie hier unter meinem Schutz stand.

Rowan machte mir genauso viel Angst wie Mortana. Mortana war eine Sadistin gewesen, die mein Leben in ihren Händen gehalten hatte. Rowan hingegen hatte mein Herz in ihren Händen.

Als ich sie das erste Mal getroffen hatte, war sie zerbrechlich und leicht zu erschrecken gewesen. Unschuldig. Jetzt sah sie aus, als wollte sie mir den Kopf vom Körper reißen. Aber es war nicht der Tod, der mir Angst machte. Es war der Blick in ihren Augen, ihre Wut auf mich, die mich so verängstigte, dass ich kaum noch atmen konnte.

Im Kerker war die Rache das Versprechen gewesen, das mich bei Verstand gehalten hatte. Ohne ein Ziel wäre ich völlig verrückt geworden. Der Blutschwur war die einzige Möglichkeit gewesen, dem Grauen einen Sinn zu geben – ein kleiner Lichtblick in der Dunkelheit.

Rache war die Wiedergutmachung eines Unrechts.

„Orion", sagte Amon mit rauer Stimme, „wann wirst du mir sagen, was mit dir passiert ist?"

Im Gegensatz zu mir hatte Rowan keine Angst, die Wahrheit über sich zu erzählen. Mein Geheimnis würde mit mir sterben, aber Rowan war nicht wie der Rest von uns Dämonen. Sie war besser.

„Was ist mit mir passiert?", sagte ich. „Nichts. Nur eine Menge Langeweile und Hunger. Ich habe mehr als ein paar Ratten gegessen." Noch ein Schluck Scotch. „Was weißt du über Legion und seinen Freund Kas?"

Als ich sie mit den beiden Dämonen die Uferpromenade entlanggehen gesehen hatte, hatte ich einen überwältigenden Drang verspürt, die beiden in Rauch zu verwandeln.

Amon starrte mich an. „Du erinnerst dich wirklich auch nicht an sie?"

Eine verschwommene, ferne Erinnerung tanzte durch meinen Kopf – ein dunkelhaariger Junge mit braunen Augen, der mich in die Elysische Wildnis führte. Ältere Kinder, zu denen ich einst aufgesehen hatte.

„Oh. Ein bisschen.“ Aber ich wollte mich nicht an diese Zeit erinnern.

„So viele Geheimnisse“, murmelte Amon. „Sogar vor dir selbst hast du Geheimnisse.“

Ich hatte noch ein anderes Geheimnis: Ich würde Rowan lieben, bis ich starb.

Und deshalb bedauerte ich zutiefst, was ich als nächstes tun musste.

KAPITEL 8

Rowan

Ich musste hier nicht Orions Befehlen folgen. Als Schattennachkomme konnte ich selbst entscheiden, wo ich übernachten wollte. Aber ich wollte, dass Orion mich für die unbeholfene Sterbliche hielt, der er zuerst begegnet war. Ich wollte, dass er seine Deckung aufgab und sich nicht auf die nächste Prüfung vorbereitete. Was er wahrscheinlich auch nicht tun würde, denn sein Ego würde ihm in die Quere kommen.

Die untere Etage des Palastes sah geradezu mittelalterlich aus. Im Eingangsbereich erwarteten mich Soldaten. Jeder von ihnen trug die blaue Uniform der Armee und die königlichen Insignien am Revers – eine Krone mit einem Stern darüber.

Alles Männer des Königs ...

Als ich eintrat, starrten mich die Männer des Königs schweigend an, still wie Statuen auf dem schwarzweiß gekachelten Boden. Ohne ein Wort zu sagen, führte mich einer von ihnen in mein Zimmer.

Als er die Tür hinter mir geschlossen hatte, atmete ich erleichtert aus.

Mein Zimmer lag zum Meer hin. Eichenholzregale säumten zwei der hellen Steinwände, und ein paar Kerzenflammen warfen ein warmes, tanzendes Licht in den Raum. Neben den offenen Balkontüren stand ein Bett mit einer cremefarbenen Bettdecke und riesigen Kissen.

Daneben befanden sich ein Holztisch und eine Messinglampe zum Lesen.

Als ich den ganzen Raum in Augenschein nahm, zog sich mein Herz schmerzhaft in meiner Brust zusammen. An einer der Wände hingen die Porträts meiner Eltern, die aus ihrer Villa im Asmodean-Bezirk stammten.

Benommen kam ich näher. Vor mir stand der Vater, den ich nie kennengelernt hatte, Herzog Moloch – mit demselben roten Haar wie ich, das um das Kinn herum in blond überging, mit hohen Wangenknochen und dunkelbraunen Augen wie meine. Neben ihm schaute meine Mutter über meinen Kopf hinweg, ihr dunkles Haar hochgesteckt – so elegant, wie ich sie nie erlebt hatte.

Die vergoldeten Rahmen sahen brandneu aus.

Warum hatte Orion sie neu rahmen und hierherbringen lassen? Er hatte nicht gewusst, dass ich an diesem Abend kommen würde. Er musste das Fest nach der Prüfung verlassen haben, um den Raum einzurichten.

Ich starrte zu Mom hoch. Natürlich versuchte Orion, es mir bequem zu machen. Er würde alles tun, um mich zu umgarnen und zu verwirren.

Als ich einen Blick auf den Nachttisch warf, sah ich einen Stift neben einem kleinen Block Papier liegen, was mir seltsam vorkam. Aber als ich mich ihm näherte, merkte ich, dass es nicht *irgendein* Stift war. Benommen fuhr ich mit den Fingerspitzen über das kleine glitzernde Regenbogensymbol an der Seite, das von der Zeit etwas abgenutzt war. Da war er – mein Glücksstift. Ich hatte ihn in der Nacht, in der ich Orion das erste Mal getroffen hatte, bei mir gehabt. Das bedeutete natürlich, dass er mir nicht viel Glück gebracht hatte.

Noch immer fassungslos drehte ich den Stift in meinen Fingern herum. Orion hatte ihn *die ganze Zeit über* aufbewahrt? Ich hatte ihn sogar in der Gefängniszelle danach gefragt, und er hatte ihn mir nicht zurückgegeben.

All diese charmanten Versuche, mich für sich zu gewinnen …

Ich ließ den Stift auf den Tisch fallen und betrachtete den Rest der Einrichtung.

An der Wand mit Blick auf das Meer strömte Licht durch eine Glastür. Draußen lag ein Balkon aus sandfarbenem Stein. Hinter einer niedrigen Steinmauer erstreckte sich das dunkle, silbern schimmernde Meer und verschmolz mit der Nacht. *Wunderschön.*

Ich öffnete die Tür und trat hinaus in die salzhaltige Luft. Als Dämonin waren meine Augen viel besser und ich konnte sogar steinige Inseln weit draußen im Meer sehen, die vom Mondlicht versilbert wurden. Die Wellen schlugen gegen die Felsen unter mir. In einer Ecke des Balkons befand sich ein kleiner, beheizter Pool, vom dem aus Dampfschwaden in den dunklen Himmel stiegen.

Als ich über das Geländer des Balkons spähte, entdeckte ich Soldaten, die am Ufer standen wie stumme Wächter. Was erwarteten sie denn – dass jemand aus dem Wasser kam? Wenn ich raten müsste, hatte Orion ihnen wahrscheinlich gesagt, dass sie ihm Bescheid geben sollten, wenn ich von diesem Balkon aus in die Nacht flog.

Mit einem Seufzer ging ich zurück in mein neues Zimmer, schloss die Balkontür und riss ein Stück Papier vom Block ab. Ich kritzelte eine Notiz an Orion darauf:

Ich brauche ihn nicht mehr.

Dann riss ich die Tür auf. In der dunklen Palasthalle standen mir zwei Wachen gegenüber. Ich ging auf einen von ihnen zu und drückte ihm den Zettel und den Stift in die Hand. „Bitte grüßen Sie den König von mir, wenn Sie ihm diesen Stift zurückgeben.“

Die Morgensonne umspielte mich, als ich durch die verschlungenen Straßen des Luzifer-Bezirks ging und nach einem Ort suchte, an dem ich frühstücken konnte. Ein Diener hatte heute Morgen an meine Tür geklopft und mir angeboten, mir etwas zu essen zu bringen, aber ich wollte raus und bei Tageslicht umherspazieren.

Auf der einen Seite verlief ein Kanal zwischen Steinmauern, die im goldenen Morgenlicht funkelten. Auf der anderen Seite säumten mit Weinreben bedeckte Steinhäuser mit spitzen Dächern die gepflasterte Straße. Ich hielt inne, um einen Blick in das Schaufenster eines Ladens zu werfen, der Kuriositäten und magische Gegenstände für Hexen verkaufte – einen menschlichen Schädel, Blutphiolen und große Zauberbücher, in deren Rücken silberne Schrift geätzt war.

Sterbliche Hexen lernten Magie von Dämonen an der Belial Universität und an Universitäten in anderen Dämonenstädten. Wenn ein Sterblicher sehr gut in Magie wurde, konnte er eine Hexe oder ein Hexer werden.

Und für die nächste Prüfung, die mir vorschwebte, würden wir einen mächtigen toten Hexer aus der Unterwelt beschwören. Ich hatte also neun Tage Zeit, Nekromantie zu lernen.

Ich riss die Tür auf und hörte das Bimmeln der Glocken, als ich eintrat. Die Wände waren schwarz gestrichen und in den schiefen Regalen standen Glasglocken – ausgestopfte Vögel, eine Messinghand mit verkrümmten Fingern und Gläser mit Kräutern und Tränken.

Ein sterblicher Mann mit einem langen Bart saß hinter der Theke und starrte mich an. „Schattennachkomme …“, murmelte er.

Als die Glocken hinter mir läuteten, drehte ich mich um und sah Kas in der Tür gegen den Rahmen gelehnt stehen. Seine Ärmel waren hochgekrempelt und offenbarten die tätowierten Sterne auf seinen Unterarmen. Sein Kinn war nach unten geneigt, und ein Lächeln geisterte über seine Lippen. Eine Strähne seines unordentlichen blonden Haars fiel ihm vor die Augen. „Schattennachkomme“, dröhnte seine tiefe, raue Stimme durch den Raum. „Wir haben nach dir gesucht.“

Meine Augenbrauen hoben sich. „*Wir*?“

Er hielt mir die Tür auf. „Shai und Legion. Frühstück wartet auf euch.“

Ich folgte ihm und blinzelte in das helle Sonnenlicht. „Wir sind verabredet?“

Mit einem kleinen Lächeln wandte er sich wieder mir zu. „Ja, sind wir. Ich mache uns Pfannkuchen und Kaffee, und dann überlegen wir uns, wie wir dich zur Königin machen.“

Fasziniert ging ich neben ihm her. „Du hast mir gesagt, ich soll dir nicht vertrauen.“

„Auf keinen Fall.“ Er zog eine Augenbraue hoch. „Aber ich werde dir trotzdem helfen.“

KAPITEL 9

Orion

Hier in dem alten Backsteinhaus, in dem meine Familie einst gelebt hatte, spukte es. Meine Schritte hallten auf dem staubigen Fliesenboden wider. Ich hätte das Haus reinigen lassen können, aber etwas hielt mich davon ab, es wieder zum Leben zu erwecken. Es war jetzt ein Mausoleum. Die Luft roch muffig und abgestanden. Dieses Haus war ein Grab.

Warum zum Teufel war ich dann hier?

Ich nahm an, dass dies der einzige Ort war, an dem ich das Feuer meiner Lust löschen konnte. Denn wenn Rowan in der Nähe war, konnte ich nicht denken. Ich konnte nicht atmen, wenn mir ihr Bild in den Sinn kam. Jedes Mal, wenn ich an sie dachte, blieb mein Herz stehen. Ihre tiefbraunen Augen mit dem schwachen Goldrand. Ihre vollen, roten Lippen, die winzigen Sommersprossen auf ihrer Nase, die Rundung ihrer Hüften. Wie sie gestöhnt hatte, als ich sie genommen hatte …

Aber was wäre ich für ein König, wenn ich nur an sie denken könnte?

Dies war der einzige Ort, an dem ich mich von den Bildern, die durch meinen Geist schwebten, erholen konnte. Traurigkeit durchzog diesen Ort wie ein schwerer Nebel.

Von den alten Büsten in den Nischen des Flurs waren die Gesichter zertrümmert und teilweise auf den Boden geschmettert worden.

Ich spürte, wie die Welt unter mir kippte, als mein Blick über den tiefroten Fleck auf dem Boden wanderte. Das war die Stelle, an der mein Bruder Molor ermordet worden war, während ich zugesehen hatte.

Mein Atem beschleunigte sich und ich bekam nicht genug Luft.

Er hatte versucht sich vor unsere Mutter zu stellen, weil er so stark war. Zumindest war mir mein älterer Bruder damals groß und stark vorgekommen. Ich war schockiert gewesen, dass die Soldaten ihn so einfach niedergeschlagen hatten. Damals hatte ich ihn für einen Gott gehalten. Einen Titanen. Jemanden, der mich immer beschützen würde. Vielleicht war das der Grund, warum ich das Feuer, das ich in mir hatte, nicht entfesselt hatte, denn wenn ich nur klar gedacht hätte, hätte ich die Sterblichen zu Asche verbrennen können. Sie hatten unsere Magie vor der Invasion geschwächt, aber ich hatte noch etwas davon gehabt.

Aber Molor würde sie sicher aufhalten.

Molor war derjenige, der mir Zaubersprüche beigebracht hatte und wie man richtig zuschlug. Jedes Mal, wenn er das Haus verlassen hatte, hatte ich geschrien, dass ich mit ihm gehen wollte.

Benommen ging ich durch den Flur zu seinem alten Zimmer. Er war schon immer ordentlich gewesen, und auch jetzt war es noch ordentlich, trotz des Staubs und der Spinnweben. Es war ein einfaches, elegantes Zimmer mit weißen Wänden und dunklen Holzbalken an der Decke, einem alten Fliesenboden und einem abgenutzten Teppich. Ein Hirschgeweih ragte aus der Wand über dem Kaminsims. Sein Bett war ein Himmelbett, die Mahagonipfosten mit Dornen verziert. Fahles Licht strömte durch die Sprossenfenster auf einen Schreibtisch mit alten Büchern.

Ich öffnete seinen Kleiderschrank und war erstaunt, wie klein seine Kleidung war. War er wirklich so *klein* gewesen?

Und die Kinderspielzeuge hier drin – eine Puppe in einem weißen Kleid mit schwarzen Perlen als Augen und ein Holzkreisel mit schwarzen Zahlen darauf. Ich hob den Kreisel auf und drehte ihn zwischen meinen Fingern. Wären die Sterblichen nicht gekommen, hätte Molor mir beigebracht, wie man dieses Spiel spielte. So aber hatte ich keine Ahnung.

Ich zog einen seiner alten Anzüge heraus, einen mit schwarzem Samtstoff, der mit Gold verziert war. Ich erinnerte mich an diesen Anzug … Molor war so stolz auf ihn gewesen. Er hatte vorgehabt, ihn an seinem vierzehnten Geburtstag zu tragen. Für Dämonen war der vierzehnte Geburtstag wichtig, und meine Eltern hatten das Fest schon ein Jahr im Voraus geplant.

Ich legte den Anzug auf das Bett und starrte ihn an. Als Molor getötet worden war, hatte ihm das Kleidungsstück noch nicht ganz gepasst, und er war auch nie hineingewachsen.

Mit einem Kloß im Hals ging ich zum Fenster und starrte auf die Turmuhr des Asmodean-Bezirks. Irgendwann war sie stehen geblieben. Die Zeiger waren auf sechs Uhr eingefroren. Ich fragte mich, ob die Zeit stehen geblieben war, als die Sterblichen in der Abenddämmerung gekommen waren, denn damals war meine Welt stehen geblieben. Oder vielleicht war sie mit Molors Tod stehen geblieben.

Als die Puritaner Molors Herz auf dem Wohnzimmerboden herausgeschnitten hatten, hatte es sich wirklich so angefühlt, als ob sie meins mitgenommen hätten. Der Schmerz war überwältigend gewesen.

Die Wolken schoben sich über die Sonne und warfen Schatten auf den verlassenen Stadtplatz.

Ich starrte durch das alte Glas auf den Uhrenturm, ein wunderschönes Kunstwerk – ein steinernes Gebilde mit goldbemalten Scheiben, die sich einst bewegt hatten. Sie zeigte nicht nur die Zeit an, sondern auch den Stand von Sonne und Mond und die Sternzeichen. Eine erstaunliche technische Meisterleistung, die wir von den Sterblichen gelernt hatten. Eine schwache Erinnerung flackerte in den Tiefen meines Geistes auf – mechanische Statuen, die einst aus den Türen auf beiden Seiten der glänzenden Scheiben erschienen waren: die Figur des Königs und eine des Gottes Luzifer, die ihm eine Krone zu überreichen schien.

Vor langer Zeit hatte jeder in der Stadt seine Taschenuhr nach diesen goldenen Zeigern gestellt. Ich erinnerte mich daran, wie ich darauf gestarrt und darauf gewartet hatte, dass der König aus der Tür kommen würde.

Ich konnte hier drinnen nicht mehr atmen.

Als die Sterblichen aufgetaucht waren, war meine Welt stehen geblieben, der Himmel war dunkel geworden und die Luft hatte sich in Asche verwandelt.

Ich konnte nie wieder zulassen, dass ich so einen Verlust erlebte. Und was, wenn ich *ihr* diesen Schmerz zufügte, weil ich ihr erlaubte, mich zu lieben? Denn es gab wirklich nichts Schlimmeres.

Ich drehte mich um und wollte unbedingt aus dieser Gruft heraus.

Ich hatte versucht Gefängnismauern um mich herum zu errichten, um mich zu schützen, aber Rowan riss sie ein. Das war ein Problem.

Ich zog ihren Stift aus der Tasche und starrte auf das absurde, abgeplatzte Regenbogensymbol an der Seite. Ein lächerliches Ding. Es schockierte mich, wie sehr es weh getan hatte, als sie ihn mir zurückgegeben hatte. *Was zum Teufel ist mit dir los, Orion?*

Wütend auf mich selbst stieß ich die Haustür auf und trat auf den steinernen Platz.

Einer meiner Soldaten stand an der Tür, um mich zu beschützen – als ob *ich* Schutz bräuchte. Mit seiner blassen Haut und seinen langen, schwarzen Haaren sah er aus wie ein Geist aus der Unterwelt. „Jasper", sagte ich, „ich habe eine sehr wichtige Aufgabe, die du für mich erledigen musst."

Denn ich würde alles tun, um zu verhindern, dass ich den Schmerz des Verlustes noch einmal spürte.

KAPITEL 10

Rowan

Kas wohnte an einer belebten Straße, in einem Haus mit einer weißen Fassade im Tudor-Stil und kreuz und quer verlaufenden Holzbalken. Im Gegensatz zu Orions makelloser Wohnung war dieses Haus voller Krimskrams und Kuriositäten: ein mit Büchern übersäter Schreibtisch vor einem Sprossenfenster, ein Teleskop, ein alter Globus.

Kas stand an einem eisernen Ofen vor dem Küchenfenster und machte uns Pfannkuchen, und der Duft von Butter erfüllte die Luft. Das alles wirkte fast … menschlich. Normal.

Shai und Legion saßen mir gegenüber und tranken Kaffee an einem Tisch, der mit handgeschriebenen Notizen, Tellern und einem kleinen Stapel Besteck übersät war. Ein Fenster zu meiner Rechten bot einen Blick auf eine schmale Straße und mit Efeu bewachsene Geschäfte.

Shai nahm eines der Papiere in die Hand. „Was ist das?"

„Oh, ihr Götter." Mit der Pfanne in der Hand blickte Kas über seine Schulter. „Das ist meine Kunst. Schau's dir nicht an."

Natürlich schauten wir es uns an. Ich sah wunderschöne Bleistiftzeichnungen der Natur – Vögel, Bäume, Schmetterlinge. Ein Selbstporträt lag dazwischen, perfekt gezeichnet. Sein Können war wirklich bemerkenswert, fast fotorealistisch.

Legion nippte an seinem Kaffee und nahm eine Skizze von zwei Fliegenpilzen in die Hand. „Wirst du jemals etwas mit deiner Kunst machen?"

„Vielleicht noch mehr Tattoos", brummte Kas. Von einem großen Stapel Pfannkuchen legte er mir zwei auf den Teller. „Aber wir sind nicht hier, um über meine Hobbys zu reden."

Shais Mundwinkel zuckten. „Dann Legions Hobbys? Er sieht nämlich aus wie ein riesiger, tätowierter harter Kerl, aber er bemalt kleine Zinnsoldaten."

Legion starrte sie an. „Ich würde nicht erwarten, dass jemand aus dem Reich der Sterblichen die hohe Kunst der Nachbildung von Miniaturschlachten versteht."

„Gib einfach zu, dass du ein Nerd bist." Kas ließ Pfannkuchen auf seinen Teller fallen.

Mir lief das Wasser im Mund zusammen und ich schüttete Ahornsirup auf meine Pfannkuchen. „Was steht heute auf dem Programm?"

„Wir planen die nächste Prüfung", sagte Shai. „Haben wir schon entschieden, was wir machen?"

„*Wir*?" Ich biss in die Pfannkuchen – dünn und buttrig, genau wie ich sie mochte. „Nun, *ich* habe mich entschieden. Ich werde es heute noch bekannt geben. Für die Prüfung muss ein Hexer aus der Unterwelt herbeigerufen und sein magischer Talisman gestohlen werden. In diesem Fall eine Krone aus Schlehdorn, die seine magischen Kräfte verstärkt."

„Zauberei", sagte Shai. „Beschwörungen in Dämonisch. Das hast du nicht an der Uni gelernt."

„Das hat Orion auch nicht. Ich habe einmal gehört, wie er in der Unterwelt einen dämonischen Zauber benutzt hat, aber er hatte nie eine formale Ausbildung." Ich nahm meine Kaffeetasse und wärmte mir die Hände daran. „Auf jeden Fall beinhalten *alle* Prüfungen dämonische Beschwörungen. Sie sollen nicht nur körperliche Stärke und Strategie testen, sondern auch die alte Kunst der dämonischen Zauberei. Und heute Abend ist meine Deadline, um die Prüfung anzukündigen."

„Wie gewinnt man?", fragte Shai. „Man stiehlt einfach die Krone?"

„Die Person, die bei der Beschwörung erfolgreich ist, wird einen Vorteil haben. Sie ist mit dem Hexer verbunden, und das macht es einfacher, ihn zu finden. Aber das ist keine Garantie für einen Sieg."

„Um die Toten zu beschwören, braucht man extrem mächtige Magie", sagte Legion. „Kannst du da mit Orion mithalten?"

Shai sah mich an. „Sie ist eine Lichtbringerin, genau wie er. Sie hat genauso viel Macht wie er, und sie hat den Vorteil, dass sie nicht verrückt ist."

„Stimmt", sagte Legion. „Aber keiner von uns weiß wirklich, was die Macht der Lichtbringer bewirkt. Wir haben sie nie gesehen oder erlebt."

„Magie ist neu für mich", gab ich zu. „Aber es führt kein Weg daran vorbei. Alle Prüfungen beinhalten irgendeine Art von Beschwörung, also Magie. Und da es bei dieser Prüfung nicht zu einem direkten Kampf zwischen Orion und mir kommt, ist das eine der am wenigsten gefährlichen Optionen."

„Okay." Kas sah mich über seinen dampfenden Kaffee hinweg an. „Beschwörungen erfordern Präzision. Wie gut sprichst du dämonische Zaubersprüche aus?"

Ich zuckte zusammen. „Vielleicht könnt ihr drei mir beim Üben helfen."

„Wer ist dieser Hexer, den du von den Toten zurückholen willst?“, fragte Shai. „Ist er gefährlich?“

„Vor sechzehnhundert Jahren war er ein König, Alarich von den Westgoten. Mächtig genug, um Rom zu plündern. Also, so funktioniert es. Zuerst markieren Orion und ich unsere Stirn mit dem Blut einer toten Hexe. Das wird helfen, die Barriere zu den toten Menschen zu durchbrechen. Dann singen wir die gruseligen dämonischen Gesänge. Derjenige, der den toten Hexer zuerst heraufbeschwört, hat eine Verbindung zu ihm und diese Verbindung wird uns helfen, ihn zu finden. Ich hoffe also, dass ich ihn beschwöre, das Band nutze, um ihn zu finden, ihn mit Magie fessle und die Krone an mich reiße. Und dann regiere ich ein goldenes Zeitalter lang als eure unverheiratete rothaarige Königin.“

Legion starrte mich über seinen Kaffee hinweg an. „Wir müssen vielleicht ein paar magische Begriffe durchgehen.“

„Klar“, sagte ich.

„Einem Sterblichen die Krone zu entreißen, ist nicht schwer“, fügte er hinzu. „Nur mit der Nekromantie wirst du Schwierigkeiten haben.“

„Nicht schwer?“ Kas’ Augenbrauen hoben sich. „Er ist ein Hexer, kein gewöhnlicher Sterblicher. Hast du eine Ahnung, wie gefährlich die mächtigsten Hexen sind? Die aus den großen Generationen?“

Draußen wurde der Himmel immer dunkler und Wolken glitten über die Sonne.

Legion runzelte die Stirn. „Hast du Angst vor Sterblichen?“

„Ich auf jeden Fall.“ Shais Augen blitzten auf. „Und wenn du keine Angst hast, unterschätzt du sie. Hast du schon mal von *la sorcière de Brocéliande* gehört?“

„Wer ist das?“, fragte ich. Ein kaltes Kribbeln der Magie lief mir über die Haut, während ich an meinem Kaffee nippte. Draußen prasselte ein leichter Regen auf die Fenster und glitt in Rinnsalen an den Scheiben herunter.

Shai beugte sich vor. Ihre Mahagoniaugen leuchteten. „Sie war die schrecklichste Hexe, die je gelebt hat. Im fünfzehnten Jahrhundert hat sie in Rennes-le-Château im Alleingang eine ganze Armee von Dämonen getötet. Sie hat sie beschuldigt, ihre Familie ermordet zu haben, und hat sie von Raben in Stücke reißen und ihr Fleisch unter Steinen zermalmen lassen.“ Blitze durchzuckten die Dunkelheit draußen und der Regen hämmerte gegen die Fensterscheiben. „Sie hat Dämonen abgrundtief gehasst.“

Donner dröhnte durch den Raum und Kas erschrak. „Machst du das, Shai?“

Sie zuckte mit den Schultern und nahm ihren Kaffee in die Hand. „Ich wollte ein bisschen Atmosphäre schaffen.“

Legion zuckte mit den Schultern. „Nun, sie ist jetzt tot. Das tun Sterbliche nun mal. Sie sterben.“

Kas begegnete meinem Blick. „Bis sie von einem Lichtbringer wieder auferweckt werden.“

„Ich werde nicht *la sorcière de* was-auch-immer auferstehen lassen“, sagte ich. „Alaric ist schlau und mächtig, aber nicht wahnsinnig und mörderisch. Die Dämonen, die die Prüfungen zusammengestellt haben, wollten nicht, dass irgendwelche unbeteiligten Dämonen ermordet werden. Wir sollen den besten Anführer finden, nicht die dämonische Spezies ausrotten.“

Der Regen prasselte immer noch gegen die Fenster, ein sanftes Geräusch.

„Und du glaubst, du kannst gewinnen?“, fragte Legion.

„Das ist möglich“, sagte ich. „Ich habe Orion schon öfter Beschwörungszauber benutzen hören, aber ich glaube nicht, dass er viel Zeit damit verbracht hat, Magie zu praktizieren. Im Kerker hat seine Magie nicht funktioniert und er hatte niemanden, von dem er lernen konnte, nachdem er sich befreit hatte. Und ich habe euch alle, um mir zu helfen. Orion versteht nicht, wie man andere um Hilfe bittet oder sich überhaupt auf etwas vorbereitet.“

„Tote auferstehen zu lassen funktioniert immer am besten in der Wildnis, wo die Magie am mächtigsten ist“, sagte Shai. „Das habe ich im ersten Jahr gelernt.“

Ich nickte. „Dann gehe ich zum Üben dorthin.“

Kas rieb sich mit einer Hand über den Nacken und sah besorgt aus. „Bevor du übst, Tote auferstehen zu lassen, sollten wir noch ein paar Grundlagen besprechen, ja?“

Nebel hing zwischen großen, gewundenen Eichen in der Elysischen Wildnis.

Um anzufangen, übte ich die richtige Aussprach von *Alaric*. „Alaric“, sagte ich zum zwanzigsten Mal.

„Betone das *Ala* mehr“, sagte Legion. „Sprich es wie ein Deutscher aus.“

Es war bezaubernd, dass er dachte, ich könnte Deutsch.

Shai stand mit verschränkten Armen an den Stamm einer knorrigen Eiche gelehnt, gehüllt in einen schwarzen Mantel. „Sie hat es fast geschafft.“ Sie warf mir ein verruchtes Lächeln zu und ging näher, wobei die Blätter unter ihren Füßen knirschten. „Können wir nicht ein paar echte Zaubersprüche ausprobieren? Ich will sehen, was sie kann.“

„Was hast du vor?“, fragte ich.

Eine Brise wehte über uns hinweg und spielte mit Kas' blondem Haar. „Es gibt drei Arten von Magie, die wir praktizieren", sagte er.

Shai räusperte sich. „Entschuldige mich, Kas. Ich wollte gerade damit angeben." Sie hob einen Finger. „Also, wir haben die Medizin – wenn wir natürliche Materialien für die Magie verwenden, wie das Blut, das du auf deine Stirn aufträgst. Dann gibt es noch die Thaumaturgie. Nur Dämonen können sie anwenden, nicht Sterbliche. Das ist die angeborene, elementare Kraft, die du hast, wenn du zum Beispiel dein Feuer rufst. Und dann gibt es noch die Beschwörungen. Mit der Dämonensprache kannst du die Magie der Götter anziehen und sie nach deinem Willen lenken."

Ich war mir nicht ganz sicher, ob ich das alles richtig verstanden hatte. „Ich kann also versuchen, etwas von den Toten auferstehen zu lassen?"

Shai stand direkt vor mir. „Magie ist mit Gefühlen verbunden", fuhr sie fort. „Wenn du innerlich tot oder apathisch bist, kannst du deine elementare Feuermagie nicht einsetzen. Wenn ich das Wetter kontrollieren will, denke ich an etwas, das mich wütend macht. Wie zum Beispiel, dass meine Mutter vergessen hat zu erwähnen, dass ich eine Dämonin sein könnte, weil sie sehr viel Wert auf Angepasstheit mit Sterblichen gelegt hat." Sie lächelte strahlend.

Ich nickte. „Okay. Ich habe da eine Menge intensiver Emotionen."

Mit den Händen in den Taschen trat Kas einen weiteren Schritt näher. „Die Magie fühlt sich bei jedem anders an. Meine ist glatt und seidig", sagte er, „wie Bänder, die über meine Haut gleiten."

Legion hob seine Hand und ich sah, wie dunkle, silberne Magie um seine Fingerspitzen tanzte. „Meine fühlt sich eiskalt an."

„Und meine vibriert." Shai hielt die Hände vor den Mund, um mir gespielt zuzuflüstern: „Jetzt weißt du, warum ich so viel geübt habe."

Ich musste lächeln. Ich wusste bereits, wie sich meine Elementarmagie anfühlte – heiß und hell, genau wie die von Orion.

Legion hielt ein dickes Buch mit Zaubersprüchen in der Hand, dessen Buchrücken mit goldenen Buchstaben verziert war. „Als Dämon geht es bei der Zauberei darum, deine angeborene Kraft zu nutzen und mit Hilfe der Sprache etwas Neues zu schaffen. Die Aussprache und die Syntax sind entscheidend, aber du musst auch eine klare Absicht haben. Du nimmst eine rohe Kraft – deine angeborene Macht – und formst sie nach deinem Willen."

„Mach schon." Shai winkte mir mit einer Hand zu. „Sag es mit psychologischen Worten. Ich weiß, dass du es willst."

Ich atmete aus. „Das ist so, wie Kreativität funktioniert", sagte ich. „Es gibt die traumähnlichen Zustände in deinem okzipitalen Kortex. Das ist wie die Kraft der Götter, die rohe, ungeformte Kreativität. Und dein präfrontaler Kortex an der Vorderseite deines Gehirns muss sie in etwas Sinnvolles umwandeln."

Legion starrte mich an und blies sich dann eine schwarze Haarsträhne aus den Augen. „Klar. Wie auch immer. Vielleicht versuchst du es einfach mit einem Zauberspruch."

Er reichte mir das Buch, schlug eine Seite mit einem kurzen Zauberspruch auf, und ich nahm es ihm ab.

Ich überflog den Text und atmete tief ein. Das dämonische Alphabet war anders als unseres und ich hatte leider nicht die magische Fähigkeit, es zu lesen. Zum Glück gab es eine phonetische Übersetzung auf der rechten Seite der Seiten.

„Was macht man damit?“, fragte ich.

„Es ist ein einfacher Zauberspruch“, sagte Legion. „Er bringt einfach nur Wolken in den Himmel. Das sollte jeder können.“

Shai starrte ihn an. „So einfach ist das nicht.“

Legion lächelte sie an. „In Zukunft werde ich daran denken, dass du die Sensibilität einer Sterblichen hast, und ich werde meine Gedanken vorsichtiger formulieren.“

„Es ist okay.“ Sie grinste ihn an. „Eines Tages werde ich lernen, so herablassend und gefühllos zu sein wie der Rest von euch.“

„Aber Gefühle und Leidenschaft sind unsere Kraftquelle“, murmelte er. „Wir heben sie nur für die wichtigsten Anlässe auf. Wie Magie und ... andere Dinge.“

Sie starrten sich gegenseitig an und hielten so lange Augenkontakt, dass es unangenehm wurde.

„Genau.“ Kas seufzte und zeigte auf das Buch. „Ignorier sie und kanalisier deine Gefühle. Während du den Spruch liest, behalte deine Absicht im Kopf. Stell dir die Wolken vor. Du lenkst die Magie der Götter. Es gibt zwei Grundpfeiler der Magie: Macht und Kontrolle. Verstehst du?“

Erstens, die Macht. Die kam von den Gefühlen, also hielt ich das Buch aufgeschlagen in meinen Händen und stellte mir Orion vor. Das war immer gut, um ein paar Gefühle zu wecken. Wut mischte sich mit Bedauern, als ich mir die perfekten Konturen seines Gesichts vorstellte. Mein Blut begann sich zu erwärmen, und ich spürte, wie die Luft um mich herum feuchter wurde. Ein schwaches Glühen strahlte von meinen Fingerspitzen aus.

Dann begann ich den Zauberspruch so zu rezitieren, wie er aufgeschrieben war, und achtete dabei auf meine Aussprache.

Aber als ich zum Himmel hinaufschaute, stellte ich frustriert fest, dass das Sonnenlicht immer noch durch die Blätter schien.

„Das war gut“, sagte Shai. „Vielleicht ein bisschen mehr Gefühl.“

Ich starrte auf das Buch und beschwor mehr Magie. Diesmal dachte ich an Orion, der aus der Luft herabstürzte, um Cambriel zu töten. Um mich aus der Stadt zu vertreiben. In mir brannte ein Gefühl des Verlustes.

Ein Feuer entfachte meine Brust, und es begann durch mein Blut zu fließen, als ich den Zauberspruch las. Um mich herum nahm der Wind zu und rauschte durch die Blätter der nahen Bäume. Mein Blick wanderte nach oben und sah immer noch Blau.

Ich sang den Zauberspruch wieder und wieder. In den Höhlen meines Geistes hörte ich Orion sprechen, seine Stimme kalt und emotionslos: *Bringt diese Frau aus meinem Reich.*

Während ich den Zauberspruch las, strahlte Licht von meinem Körper aus und beleuchtete die Seiten des Buches. Sie begannen zu flattern, umgeblättert vom Wind. Magie knisterte um mich herum. Meine Brust strahlte vor Macht. Der Wind peitschte durch meine Haare, und eisengraue Gewitterwolken ergossen sich wie Tinte über den Himmel. Blitze durchzuckten die Wolken und versengten die Luft. Als er in der Spitze einer nahen Eiche einschlug, schoss eine elektrische Ladung vom Boden bis zu meinen Füßen.

„Rowan“, rief Shai über den Wind hinweg. „Zu viel! Zu viel!“

Über uns öffnete sich der Himmel und ließ eiskalten Regen und Hagel auf uns niederprasseln. Wind peitschte durch die Bäume. Blätter verfingen sich in den Strömungen und tanzten durch die Luft. Der Blitzschlag hatte die Eiche in Brand gesteckt, und sie leuchtete wie eine riesige Fackel unter dem dunklen Himmel.

„Mist.“ Kas schob sich die tropfenden Haare aus der Stirn. „An der Kontrolle müssen wir noch arbeiten.“

KAPITEL 11

Rowan

Klatschnass, mit heißen Tassen Tee in der Hand, saßen wir vier um den knisternden Kamin in Kas' Haus. Er hatte jedem von uns eine weiche Decke zum Aufwärmen gegeben. Keiner von uns hatte es geschafft, den Regen und den Hagel aufzuhalten, und er hämmerte immer noch an die Fenster und drohte das Glas zu zersprengen. Zum Glück hatte der Eissturm es geschafft, die brennende Eiche zu löschen.

Die beiden Männer saßen ohne Hemd da und zeigten ihre Muskeln im tanzenden Feuerschein. Shai und ich beschwerten uns nicht.

„Warum fangen wir das nächste Mal nicht mit etwas weniger Gefährlichem an?", fragte Shai.

„Ein schwebendes Papier", sagte Legion. „Das ist das erste bisschen Magie, das Schüler in der Zauberschule lernen. Ein einfacher Zauberspruch, und keine Bäume fangen Feuer."

Kas warf mir einen abfälligen Blick zu. „Ich würde es nicht ausschließen."

„Wir haben Zeit", sagte ich. „Es sind noch neun Tage."

„Du schaffst das schon." Er nickte. „Nur wer von den Göttern gesegnet ist, kann so weit kommen. So heißt es zumindest in den heiligen Texten."

„In den heiligen Texten?", fragte Shai. „Du bist doch nicht wirklich gläubig?"

Kas zuckte mit den Schultern. „Die Götter scheinen mir ein bisschen verrückt zu sein. Jedes Wesen, das so alt ist wie die Zeit, muss verrückt sein. Ich frage mich manchmal, wie es wäre, wenn wir einfach einen Anführer wählen würden, anstatt es den Launen der Götter zu überlassen."

„Mach dich nicht lächerlich", sagte Legion.

„Du hast recht", sagte Kas. „Es macht viel mehr Sinn zu sehen, wer zuerst die magische Krone eines toten Hexers in die Finger bekommen kann."

„Hey." Ich zuckte mit den Schultern. „Ich habe die Regeln nicht gemacht." Gerade als ich meinen Satz beendete, fiel mir etwas im Regen auf.

Ich atmete tief durch und sah verärgert, dass draußen ein Dämon in einer marineblauen Uniform lauerte. Mit seiner milchig weißen Haut und den langen schwarzen Haaren, die vom Regen durchnässt waren, sah er aus, als wäre *er* von den Toten auferweckt worden. „Einer von Orions Soldaten spioniert uns aus."

„Kein sehr guter Spion", sagte Legion, „wenn er wie ein Spanner am Fenster steht."

Der unheimliche Mann verschwand, und einen Moment später klopfte es an der Tür.

Mit nacktem Oberkörper riss Kas die Tür auf und hob sein Kinn. „Kann ich dir helfen?"

Die dunklen Augen des Mannes glitten zu mir, und er nickte knapp. „Der König bittet den Schattennachkommen heute Abend um ihre Anwesenheit bei einer Gedenkfeier für die Toten der Lilu. Sie beginnt im Asmodean-Bezirk beim Uhrenturm."

Natürlich hatte Orion jemanden geschickt, um mir hierher zu folgen – zweifellos um zu erfahren, was ich tat.

Kas lehnte sich gegen den Türrahmen, und seine Decke rutschte von ihm herunter. „Entschuldigung, wer bist du?“

„Jasper. Loyaler Diener des Königs.“ Er warf mir einen scharfen Blick zu. „Möge der wahre König herrschen, bis die Sonne die Erde mit ihren Flammen verzehrt.“

„Okay“, sagte Kas. „Danke für … das.“ Er löste sich vom Türrahmen und knallte die Tür zu. „Spinner“, murmelte er.

Ich begegnete Shais Blick. Wollte Orion mich wirklich dort haben, um der Toten zu gedenken, oder hatte er etwas vor?

In meinem Palast am Meer wählte ich ein langes schwarzes Kleid mit leicht angeschnittenen Ärmeln aus.

Als ich kurz vor sechs auf dem Platz eintraf, hatten einige von Orions Dienern kleine silberne Schiffsmodelle verteilt, in deren Rümpfen Kerzen brannten. Jedes hatte einen Griff, damit wir es mitnehmen konnten. Ich wusste nicht, wofür die Schiffe gedacht waren, aber ich hielt meins jetzt in der gedämpften Stille, während sich eine Menge um den alten Uhrenturm versammelte. Über uns färbte die untergehende Sonne den Himmel karmesinrot.

Es musste das erste Mal seit Hunderten von Jahren sein, dass der Asmodean-Platz mit Dämonen gefüllt war.

Als ich mich umsah, hatte ich das Gefühl, dass Orion so weit weg war wie ein Stern. Eine bewundernde Menge versammelte sich um ihn. Jasper stand direkt an Orions Seite, sein Kiefer war angespannt. Er erinnerte mich an einen Wachhund. Orion hingegen sah entspannt aus. Sein schönes Gesicht wurde von der untergehenden Sonne vergoldet. Er war größer als die meisten anderen Dämonen und beugte sich herunter, um mit jedem zu sprechen, der sich ihm näherte. Um ihn herum flackerte ein Meer von Kerzen und Flammen tänzelten in den silbernen Schiffen.

Ich bekam den Eindruck, dass abgesehen von Shai, Kas und Legion alle Orion als König bevorzugten.

Ich hielt mein Modellschiff hoch und betrachtete es. Für etwas, das metallisch aussah, war es erstaunlich leicht, und auf seiner Oberfläche waren dämonische Worte eingraviert. „Diese Dinger sind wunderschön."

Kas lehnte sich näher zu mir und flüsterte mir ins Ohr: „So haben einst die Lilu getrauert. Sie waren Geschöpfe der Nacht und des Meeres. Die Gedenkfeiern wurden *Challariu* genannt. Das bedeutet …" Seine Augenbrauen zogen sich zusammen. „Nach Hause gerufen zu werden. Die Götter haben sie nach Hause gerufen, wenn sie gestorben sind." Kas hielt meinen Blick länger fest, als es normal wäre, und seine bernsteinfarbenen Augen musterten mich. Er strich mir eine Strähne meines roten Haares aus dem Gesicht. „Die Kerzen sollen ihren Weg in die Unterwelt beleuchten. Es ist ein Weg von dieser Welt in die nächste."

Als ich meinen Blick von ihm abwandte, bemerkte ich, dass Orion den anderen Dämonen in seiner Umgebung keine Aufmerksamkeit mehr schenkte. Jetzt bohrten sich seine Augen in Kas und sein Kiefer spannte sich an. Der Blick, den er Kas zuwarf, jagte mir einen Schauder über den Rücken.

Orion schlenderte zu uns herüber, seine Augen auf meinen neuen Freund gerichtet. „Ich werde den Schattennachkommen eskortieren. Du kannst dir jemand anderen suchen, der dich amüsiert."

Wie unhöflich. Ich sah, wie Kas die Augen verdrehte, bevor er sich davonschlich.

„Lass uns zum Fluss laufen“, sagte Orion unwirsch. „Ich kenne eine Abkürzung. Wir müssen reden. Weit weg von allen.“

Er führte mich in eine schmale Gasse, die zwischen zwei steinernen Gebäuden verlief. Eigentlich sollte es mich nervös machen, dass mein blutrünstiger Rivale mich in eine abgelegene Gasse führte, aber in Orions Nähe hatte ich einfach keine Angst. So nah bei ihm atmete ich den Duft von verbranntem Zedernholz ein, berauschend und männlich. *Verdammt.* Ich hatte vergessen, wie gut er roch. Angestrengt bemühte ich mich, nicht auf seine breiten Schultern zu starren oder an das dunkle Hemd zu denken, das sich über seine Muskeln spannte.

Als wir weitergingen, schaute ich hinter uns. „Reden wir jetzt über deine Spione, die mir überallhin folgen?“

„Spione? Betrachte sie als Beschützer.“

Ich zog eine Augenbraue hoch. „Genau. Krieg ist Freiheit, und Spione sind meine Beschützer. Du hast eine erstaunliche Gabe, Worte mit anderen Bedeutungen zu versehen.“

Eine Falte bildete sich zwischen seinen Augenbrauen. „Solange ich König bin, Rowan, ist es meine Aufgabe, dafür zu sorgen, dass du in Sicherheit bist. Und apropos, vertraust du wirklich zwei alten Dämonen, die du gerade erst kennengelernt hast? Du weißt, dass sie da waren, als der Rest unserer Art umgebracht wurde.“

Natürlich wusste er, dass sie mich trainierten. „Außer Shai vertraue ich niemandem. Und das gilt auch für dich, also verzeih mir, wenn ich nicht alles, was du sagst, für bare Münze nehme.“

„Kommst du wenigstens zu mir, wenn du in Gefahr bist? Als ich dachte, du wärst tot, Rowan …“ Ein Muskel zuckte in seinem Kiefer und seine Augen verdunkelten sich. „Wie ich schon sagte, ist es meine Aufgabe, dich hier zu beschützen. Deshalb habe ich den Tunnel versiegelt, damit niemand hineingelangen kann – die Dämonenjäger sind von dir besessen, und jemand hat ihnen gesagt, dass du hier bist.“

Ich holte tief Luft. „Aber es gibt doch eine Abmachung, oder? Wenn ein Sterblicher ohne Erlaubnis eindringt, kann er getötet werden.“

„Und doch sind sie bereit, den Tod zu riskieren, nur damit sie dich hier wegholen und töten können. Aber in der Zwischenzeit setzen sie sich bei den Politikern dafür ein, dass sie Notmaßnahmen ergreifen, um uns anzugreifen.“

Ein Schauder durchlief mich. „Die ganze City of Thorns angreifen? Nur wegen mir?“

„Nicht nur wegen dir.“ Orion blieb stehen und drehte sich zu mir um. Auf der anderen Seite des Flusses krochen die Schatten des Waldes über das Gras. Kristallklares Wasser rauschte an uns vorbei. Ich neigte meinen Kopf, um seinem kühlen Blick zu begegnen. „Meine Spione sind dir und den Dämonenjägern in Osborne gefolgt. Ich habe sie nicht in deine Nähe kommen lassen. Aber leider hat das zu neuen Problemen geführt. Einige ihrer Agenten haben von deinem Aufenthaltsort erfahren. Wir mussten mit ihnen fertig werden, bevor sie die Nachricht weitergeben konnten.“

Ich holte scharf Luft. „Du hast noch mehr Dämonenjäger getötet.“

„Normalerweise gehe ich so mit Dingen um, ja, aber es war auch die einzige Möglichkeit, sie davon abzuhalten, dich in der Wohnung von Shais Tante zu ermorden. Das war erst vor zwei Tagen. Ich wollte dich gerade hierher zurückbringen, als du dich entschlossen hast, von alleine aufzutauchen.“ Seine Miene verfinsterte sich. „Wenn du die Prüfung gegen mich gewinnst, wenn du Königin wirst, musst du wissen, womit du es zu tun hast. Wenn es ihnen gelingt, die sterblichen Politiker davon zu überzeugen, dass wir eine Bedrohung sind, könnten sie die ganze City auslöschen. Und alles, was ich im Moment tun kann, ist zu versuchen, einen Angriff mit Hilfe unserer magischen Schutzwälle abzuwehren.“

Ich schloss meine Augen. „Das alles hat damit angefangen, dass ich den Abgeordneten getötet habe.“

„Du musstest es tun, Rowan. Er wollte dich wie ein Tier abschlachten. Und Tatsache ist, dass es immer so kommen musste – wir gegen sie.“

Und schon säte er Zweifel in mir.

Ich wandte mich von ihm ab und starrte auf den Fluss, der vorbeirauschte. „Aber sie haben noch keinen Krieg gegen uns geführt. Du brauchst keinen anzufangen.“

„Fürs Erste werde ich meine stärksten Hexer bitten, uns vor den tödlichen Geschossen zu schützen, die jeden Moment auf uns herabregnen könnten. Aber solange die Macht der Dämonen außerhalb dieser Stadtmauern schwindet, werden wir immer in Gefahr sein. Das war vor Jahrhunderten nicht der Fall, aber jetzt haben sie Waffen, die alle Mauern auf einmal zum Einsturz bringen könnten. Also, Rowan.“ Er berührte meinen Arm, und ich drehte mich zu ihm um. „Wenn ich bei der Prüfung sterbe, musst du die Arbeit zum Schutz der Stadt fortsetzen.“

Seine Worte raubten mir den Atem, und ich starrte ihn an. „Mach dich nicht lächerlich. Du wirst nicht *sterben*.“

„Warum nicht?“

Gute Frage. Schließlich war das normalerweise ein Hauptbestandteil dieser Prüfungen. Und doch … Ich packte ihn am Arm. „Wir müssen uns nicht gegenseitig umbringen, um die Prüfungen zu gewinnen. Bei der Prüfung, die ich wähle, geht es darum, einen toten Hexer zu beschwören und seine Krone zu stehlen. Ich werde dich nicht töten, ich habe nur vor zu gewinnen. In neun Tagen ist es so weit. Das ist deine offizielle Ankündigung. Wir holen Alaric von den Toten zurück.“ Ich rechnete in meinem Kopf nach. „Am einunddreißigsten Oktober.“

Die Tatsache, dass die Prüfung auf Halloween fiel, war entweder ein fantastisches Omen für meinen Erfolg oder eine schreckliche Idee.

Er legte den Kopf schief. Seine blassen Augen funkelten in der Dunkelheit. „Du würdest deinen Rivalen am Leben lassen? Machst du dir keine Sorgen, dass das zu Problemen führen könnte?“

„Um diese Probleme kümmere ich mich später“, sagte ich und holte tief Luft. „Ich will nicht, dass du verletzt wirst.“

Sein Blick war ernst und starr auf mich gerichtet. „Ich will auch nicht, dass du verletzt wirst.“

„Aber das heißt nicht, dass wir auf der gleichen Seite stehen. Wir wissen beide, dass die Befreiung der Dämonen eine Kriegshandlung ist. Die Straßen werden voller Blut sein und unschuldige Menschen werden sterben. Und ich weiß, dass du genau das willst.“

Er wandte sich achselzuckend von mir ab. „Wenn die Sterblichen unsere Freiheit als Vorwand für ihre Angriffe benutzen, sind sie für ihr moralisches Versagen verantwortlich, nicht wir. Und Rowan, die Spannungen haben bereits begonnen. Du und ich waren die Brandherde, die den Funken entzündet haben. Die Enthüllung deiner Anwesenheit hat sie zu Tode erschreckt. Ein Dämon, der in der Welt der Sterblichen lebt, der jahrelang in der Nähe eines Dämonenjägers war – sie fühlen sich jetzt extrem verwundbar. Sie wissen nicht mehr, wer sterblich und wer ein Dämon ist, und die Panik geht wie ein Lauffeuer durch ihre Welt. Sie haben Angst, dass es noch mehr von uns da draußen gibt. Sie werden uns nicht am Leben lassen."

Ich schluckte schwer. „Hast du irgendwelche Beweise, oder soll ich alles, was der Herr des Chaos sagt, für die Wahrheit halten?"

„Du wirst mir vertrauen müssen."

Nein. „Sicher. Aber wie wäre es, wenn wir die Götter entscheiden lassen, wer regieren soll? Durch die Prüfungen, wie wir es vereinbart haben. Und was auch immer als Nächstes passiert – wir überqueren diese Brücke, wenn wir sie erreichen."

„Gut." Seine Mundwinkel zuckten in einer Art Lächeln. „Die Götter werden entscheiden. Weil sie immer so verdammt rational sind."

KAPITEL 12

Rowan

Aus der Ferne hörte ich einen klagenden Gesang, der von den Steinen der Stadt widerhallte, schön und unheimlich zugleich. Mein Herz fühlte sich schwer an.

„Es geht los“, sagte Orion leise.

Er griff in seine Tasche und holte zwei Gegenstände heraus, eine blasse weiße Tonpfeife und eine Perlenkette. „In der Nacht von *Challariu* ist dies eine Möglichkeit, die Toten zu ehren. Die Lilu haben früher geglaubt, dass Flüsse und das Meer uns mit der Unterwelt verbinden. Bevor wir zu singen begonnen haben, haben wir dem Fluss etwas geschenkt, das den Verstorbenen gehört hat, damit die Toten im Jenseits etwas von ihren Lieblingssachen haben würden. Dann sind wir am Wasser entlang gegangen und haben die Lieder der Toten gesungen. Wir haben geglaubt, das würde ihnen die Reise in die Unterwelt erleichtern.“

„Haben die deinen Eltern gehört?“, fragte ich und starrte auf die Pfeife und die Halskette.

Er schüttelte den Kopf. „Nein. Die sind für dich. Ich habe sie im Haus deiner Eltern gefunden. Du kannst sie natürlich behalten, wenn du willst, oder du kannst sie dem Fluss übergeben. Es ist deine Entscheidung.“

Meine Augen brannten, als ich ihm die Halskette und die Pfeife abnahm. Meine Mutter hatte in Osborne nie etwas so Schönes besessen. „Danke“, sagte ich leise.

Das erschien mir … seltsam rücksichtsvoll von ihm?

Tränen stiegen mir in die Augen, als ich ein paar Schritte zum Flussufer ging und mir vorstellte, wie die glatten Perlen der Halskette wohl an Mom ausgesehen hatten. Vielleicht würde sie damit in der Unterwelt wunderschön aussehen …

Ich ließ sie in den Fluss fallen und sah zu, wie das dunkle Wasser sie aufnahm. Dann drehte ich die Pfeife zwischen meinen Fingerspitzen um – ein Mann, den ich nie gekannt hatte, der mich aber geschützt hatte, als er starb. Auch sie ließ ich los und sah zu, wie sie in den Fluten verschwand. Jetzt, wo der Himmel dunkel geworden war, schimmerte das Mondlicht auf der Oberfläche des Flusses.

Orion kniete sich neben mir an das Ufer. Er strahlte Wärme aus. „Das silberne Schiff gehört auch ins Wasser“, murmelte er. „Es soll den Weg beleuchten.“

Ich ließ das Schiff in den Fluss fallen und sah zu, wie es auf der Oberfläche schwamm und in den Strudeln herumwirbelte.

„Eines für jede Seele“, sagte Orion. Er ließ sein Schiff ebenfalls zu Wasser und unsere beiden Lichtfunken bewegten sich auf den Ozean zu.

Ich schaute ihn mit verschwommenen Augen an. Hatte er gewusst, dass ich das nicht vor den Augen der Menge tun wollte?

Ich konnte seinen Gesichtsausdruck nicht lesen, als er mir eine Hand hinhielt, um mir aufzuhelfen.

Als ich spürte, wie eine Träne meine Wange hinunterlief, wischte ich mir mit einer Hand über das Gesicht. „Was hast du für deine Familie mitgebracht?“

Sein Mund öffnete und schloss sich, und er brauchte einen Moment, um zu antworten. „Ich habe sie heute schon in den Fluss geworfen. Für meine Mutter habe ich ihr Lieblingsbuch mitgebracht. Meinem Stiefvater habe ich seine Taschenuhr zurückgegeben. Meinem großen Bruder Molor habe ich einen Anzug zurückgegeben …“ Seine Stimme brach und er blickte in die Gasse, aus der wir gekommen waren. Er räusperte sich. „Die anderen sollten bald hier sein.“

Ohne mir ganz bewusst zu sein, was ich da tat, legte ich meine Hand auf seine Brust. Er sah mich an, die Lippen vor Überraschung geöffnet. Ich wollte meine Hand lösen, aber er bedeckte sie mit seiner. Er atmete tief ein, als die Menge näherkam.

Ein Meer von Kerzen schwebte auf uns zu, wie Sterne in der Nacht, und der Klang des Gesangs wehte im Wind.

„Wir werden sie jetzt zu dem Eibenhain in der Elysischen Wildnis führen“, sagte Orion. „Ich habe dort das Denkmal errichtet.“

Als ich zum ersten Mal gehört hatte, dass wir die Nacht an einer Gedenkstätte verbringen würden, war es mir wie eine Ablenkung von meinen Vorbereitungen vorgekommen, wie eine Art Trick. Aber jetzt, als wir unter dem Sternenlicht spazieren gingen und die traurige Musik die Luft erfüllte, schien es notwendig ... und richtig. Als wir vorbeikamen, warfen einige der Dämonen ihre Modellschiffe in den Fluss, und das Wasser trug sie fort.

„Ist alles in Ordnung mit dir?“, fragte Orion.

„Ja. Und mit dir?“

Er hielt meinen Blick lange fest. Sein Ausdruck war unlesbar. „So wie immer.“

Ich hatte keine Ahnung, was das bedeutete. „Voller stiller Wut und lautem Selbstvertrauen?“

„Nicht ganz.“

Wir überquerten die Brücke. Leuchtende silberne Schiffe schaukelten auf dem Wasser. Auf der anderen Seite des Flusses hingen Laternen an den Ästen der Bäume und schwangen ein wenig in der Brise. Orion führte mich in einen Eibenhain, wo warme Lichtpunkte die Baumstämme beleuchteten. Rund um den Hain waren dämonischen Buchstaben in große, raue Steine eingemeißelt worden, die Formen der Buchstaben schlangenförmig und elegant. Eine passende Ruhestätte für eine Kultur, die in die Wildnis gehörte.

Ich schritt durch den moosbewachsenen Wald und wünschte, ich könnte die Namen lesen. Die Steine schienen endlos zu sein, was an sich schon herzzerreißend war.

„Es ist ein schönes Denkmal“, sagte ich.

„Hexer haben diese Laternen erschaffen. Die Kerzen werden nie ausgehen.“ Er berührte leicht meinen unteren Rücken. „Hier.“ Er nickte in Richtung von ein paar großen Steinen an einem der Nebenflüsse.

Ich ging hinüber, um mir die Steine anzusehen, und meine Augen brannten, als ich die Namen sah. Sie waren die einzigen hier, die sowohl in dämonischer als auch in englischer Sprache eingemeißelt waren. Ich ging in die Hocke und fuhr mit den Fingerspitzen über Moms Namen: *Aria Morgenstern, Herzogin von Asmodean*.

Wie seltsam, dass ich weder ihren vollen Namen noch den meines Vaters kannte. *Baal de Moloch, Herzog von Asmodean*, neben ihr. Gold und Schatten tanzten von den Laternen über die Steine und erweckten die Schnitzereien zum Leben.

Meine Kehle fühlte sich eng an. „Warum sind die auf Englisch?“

„Sie sind für dich. Sie sind deine Familie.“

Aber auch hier gab es einen dritten Stein, der seitlich im Schatten versteckt war.

Lady Mortana de Moloch.

„Du hast ein Denkmal für Mortana gesetzt“, flüsterte ich. „Das ist … unerwartet.“

„Ich habe eines für jede tote Lilu gesetzt.“

Ich drehte mich um und sah zu ihm auf. „Warum sie?“

Wieder bildete sich eine Falte zwischen seinen Augenbrauen. „Als ich erfuhr, dass sie in der Unterwelt gestorben ist, nachdem sie den Verstand verloren hatte … Ich weiß nicht. Die Bedrohung ist weg. Vielleicht hat sie Nergal geholfen, weil es die einzige Möglichkeit war, zu überleben. Oder vielleicht war sie wirklich böse.“ Schatten tanzten auf seinen Zügen. „Ich weiß nicht, was sie sich dabei gedacht hat, und es ist mir auch egal. Sie ist tot, und ich bin es nicht. Jede tote Lilu bekommt einen Grabstein.“

Ich erhob mich und starrte auf den Wald aus glitzernden Lichtern und die Steine unter ihnen. „Wie hast du all ihre Namen herausgefunden?“

„Ich habe mich an sie erinnert. Im Kerker gab es nicht viel anderes zu tun, als an ihre Namen zu denken, sie in mein Herz einzuprägen und zu versprechen, sie zu rächen.“

Ich schluckte schwer. „Du warst erst fünf.“

Er steckte die Hände in die Taschen. Seine Miene war ernst. „Ich hatte Ashur, der mir geholfen hat, mir jeden Namen zu merken.“

Mein Herz fühlte sich an, als würde es zerspringen. O-rion würde sein Versprechen gegenüber Ashur niemals brechen. Und ich war mir nicht einmal sicher, ob ich es ihm verübeln konnte. Aber ich würde trotzdem versuchen, ihn aufzuhalten.

Näher am Fluss füllten die Dämonen den Wald. Orion wandte sich von mir ab, und sein Gesicht verschwand in den Schatten. „Wir sollten uns den anderen anschließen, um die Gedenklieder zu singen.“

Meine Mutter musste alle Texte dieser Lieder gekannt haben, aber sie hatte sie mir nie beigebracht.

„Ich kenne die Lilu-Lieder nicht“, flüsterte ich.

„Du wirst sie lernen“, sagte er leise.

Das klang nicht wie die Worte eines Mannes, der mich loswerden wollte. Aber woher sollte man auch wissen, was jemand, der so unberechenbar war wie Orion, wirklich dachte?

KAPITEL 13

Rowan

Ich stand auf dem Balkon meines Zimmers und starrte auf das Meer. Nach der *Challariu* fühlte ich mich emotional ausgelaugt. Ich war erschöpft von dem Spiel meiner Gedanken, davon, herauszufinden, was real und was eine Lüge war. Also saß ich allein auf dem Balkon unter den Sternen. Orions Diener hatten mir eine Flasche Malbec und gegrillten Lachs mit fein gewürztem Reis gebracht.

Jetzt schwirrte mir der Kopf und ich machte mir Sorgen um die bevorstehende Prüfung. Auf der einen Seite hatte ich mich heute ein bisschen besser unter Kontrolle gehabt. Kurz vor der Gedenkfeier hatte ich es geschafft, ein Stück Papier quer durch den Raum zu Shai schweben zu lassen, ohne etwas in Brand zu setzen.

Andererseits war Orion so unberechenbar, dass ich nicht gut vorhersagen konnte, was er vorhatte.

Während der Seewind über mich hinwegfegte, schenkte ich mir ein weiteres Glas Wein ein. Ich nippte daran und blickte zum Himmel hinauf. Die Wolken schoben sich langsam vor den Mond und der Wind wurde stärker. Ein plötzlicher Windstoß warf die Weinflasche um, sodass ein kleiner Tropfen direkt auf mein Kleid spritzte.

Hatte ich das meiste von der Flasche schon ausgetrunken? Hoffentlich bekamen Dämonen keinen Kater wie Sterbliche.

Als ich mich beeilte, den vergossenen Wein aufzuwischen, durchzuckte ein Blitz den Himmel. Die Wolken hatten die Sterne verdunkelt und ein heftiger Regen begann zu fallen. Ich griff nach meinem Glas Malbec.

Ich musste mein Leben auf die Reihe kriegen und meinen Kopf frei bekommen. Ich *konnte* gewinnen und Königin werden.

Zu diesem Zeitpunkt war ich mir nur in einem Punkt sicher: Trotz all meiner Warnungen an mich selbst hatte Orion sich in meinen Gedanken eingenistet.

Als ich dachte, du wärst tot …

Irgendetwas ließ meine Wangen heiß werden, und das waren in der Tat schlechte Nachrichten.

Durchnässt vom Regen lag ich im Bett und hatte die Laken fest um mich gezogen. Draußen tobte ein Sturm, und das Meer klang heftig und wütend. Der Donner dröhnte über den Ozean und ließ die Wände wackeln. Jedes Mal, wenn ich einschlief, erhellte ein Blitz den Himmel und weckte mich wieder auf.

Ich drehte mich um und stellte mir vor, wie die silbernen Boote sanft den Fluss hinuntertrieben. Mit geschlossenen Augen lauschte ich dem Regen, der gegen die Fenster und die Steinmauern hämmerte.

Schließlich begann ich einzuschlafen, und ich glaubte fast den Grabgesang der Lilu zu hören, der vom Meer herüberschwebte …

Mein Herz setzte einen Schlag aus, als eine namenlose Panik mir den Atem raubte. Der Raum fühlte sich unnatürlich kalt an.

Ich riss die Augen auf, aber Schatten verschlangen jegliches Licht. Ich versuchte mich im Bett aufzusetzen, aber etwas schnürte mir die Kehle zu. *Was zum Teufel war los?* Jemand oder etwas drückte mir den Hals zu. Ich begann wild um mich zu schlagen, ohne meinen Angreifer sehen zu können. Angst durchzuckte meine Nerven. Meine Lunge brannte.

Panik beschwor meine Magie herauf, und goldenes Licht flammte aus meinem Körper – so viel, dass ich die Person sehen konnte, die mich würgte. Blasse Haut, langes schwarzes Haar und Augen in derselben Farbe. *Jasper.* Die rechte Hand des Königs. Wie konnte er nur so verdammt *stark* sein?

Er legte eine Hand um meine Kehle und hob die andere über mich. Lange elfenbeinfarbene Krallen schossen hervor und zielten auf mein Herz. Verzweifelt blockte ich den Schlag ab. Seine Krallen bohrten sich in meinen Unterarm und schnitten in den Knochen.

Schmerz durchzuckte mich und weckte meinen Überlebensinstinkt. Ich trat nach Jasper, so fest ich konnte, und stieß ihn vom Bett. Als ich mein Feuer beschwor, raste es meinen Arm hinunter bis zu meinen Fingerspitzen. Aber im selben Moment wurde der Raum kalt und dunkel … und die Flammen erloschen an meinen Fingerspitzen. Schatten umhüllten mich.

Verdammt. Ich konnte Jasper nicht mehr sehen. Die eisige Luft stach mir in die Lungen, als ich einatmete.

Als es draußen wieder blitzte, erhaschte ich einen Blick auf ihn.

In meiner Handfläche züngelten Flammen auf und ich schleuderte einen Feuerball in die Ecke des Raumes, in der ich ihn gerade gesehen hatte. Doch bevor das Feuer sein Ziel erreichte, glühten die Flammen kurz auf und erstarben dann in der eisigen Dunkelheit. Die arktische Luft stach auf meiner Haut und ließ meine Glieder zittern.

„Warum versuchst du mich zu töten, Jasper?“ Irgendwie schien die kalte Luft den Klang meiner Stimme zu verschlucken.

„Weil ich die Befehle von König Orion befolge“, zischte er.

„Von König Orion?“ Hitze begann sich in mir auszubrechen. Risse aus Licht zersplitterten meine Haut. Wenn ich nur losließ, konnte ich die Welt zu Asche verbrennen. Flammen stiegen auf und züngelten aus meinen Fingerspitzen.

Die Tür flog auf, und eine muskulöse Gestalt zeichnete sich im Licht des Flurs ab.

„Was zum Teufel glaubst du, was du da tust?“ Orions Stimme klang leise und kontrolliert, sein Blick war auf Jasper gerichtet.

Jaspers Augen leuchteten aus den Schatten. „Ich werde nicht nachgeben, bis Eure Befehle ausgeführt sind. Wie Ihr sagtet, Eure Majestät.“

Orions muskulöser Körper sah angespannt aus – eine Schlange, die gleich zuschlagen würde. „Ich habe dir befohlen, sie zu *beschützen*.“ Er drehte sich zu mir um und schaute mich an, golden in dem wenigen Licht, das zur Tür hineinfiel. „Hat er dir wehgetan?“

Wütende Magie knisterte immer noch in meinem Körper. Was auch immer hier vor sich ging, es bestätigte nur eines: In der City of Thorns waren die Dinge nie ganz so, wie sie schienen. „Nichts, was von Dauer wäre.“

Jaspers dunkle Augen waren auf mich gerichtet. „Selbst wenn Ihr versucht mich aufzuhalten, Eure Majestät, Ihr habt gesagt, ich muss …“

Die Luft wurde eisig, und Jasper stürzte sich mit gezogenen Elfenbeinkrallen auf mich. Doch mit einer schnellen Bewegung holte Orion aus und schlitzte Jasper mit seinen Krallen das Herz aus der Brust. Mit einem Knurren warf er das Herz auf den Boden, und Jaspers bleicher Körper sackte auf die Fliesen.

Blut bedeckte Orions Arm und Brust, sein Körper leuchtete. „Was ist mit all den Soldaten passiert, die ich rund um den Palast stationiert habe? Warum hat keiner von ihnen eingegriffen?“

Ich starrte ihn an. „Das fragst du *mich*? Sie stehen unter deinem Kommando. Ich habe geschlafen.“

„Komm mit mir“, sagte er abrupt. „Hier kannst du nicht bleiben. Es ist nicht sicher.“

„Er hat gerade gesagt, dass er nur deine Befehle ausgeführt hat.“ Ich folgte ihm trotzdem, weil ich nicht allein bei Jaspers Leiche bleiben wollte.

Draußen auf dem Flur stand ein einzelner Soldat in der Marmorhalle. Orion pirschte sich an ihn heran, packte ihn am Hals und hob ihn hoch in die Luft. „Warum hast du jemanden hier reingelassen? Du hattest den Auftrag, den Schattennachkommen zu beschützen.“

Die grünen Augen des Dämons waren weit geöffnet, sein Mund bewegte sich wortlos. Orion drückte ihm die Kehle zu.

„Ich glaube nicht, dass er dir so antworten kann“, sagte ich.

Orion ließ den Soldaten fallen und die Wucht seines Aufpralls auf den Boden ließ die Kacheln splittern. Das

Gesicht des Dämons wurde weiß wie Milch, als er zu O-rion hinaufstarrte. „Eure Majestät? Ihr habt uns gebeten, ihn hereinzulassen. Ihr habt allen anderen Soldaten befohlen, zu gehen, und mich gebeten, nicht einzugreifen, egal was passiert."

Orion starrte ihn an, und er wich einen Schritt zurück, als ob er geschlagen worden wäre. „Wann ist das passiert?"

„Vor dreißig Minuten …", stammelte der Soldat und sah verwirrt aus.

Orion starrte den Soldaten an, dann mich, als ob er von mir eine Antwort auf dieses Rätsel erwartete.

Ich verschränkte die Arme. „Hast du das alles zufällig inszeniert, damit du mich retten kannst?"

Ein Wechselbad der Gefühle durchzog seine Züge. „Und welchen Zweck würde das genau erfüllen?"

„Um mich dazu zu bringen, dir zu vertrauen."

Sein vernichtender Blick bohrte sich in mich. „Wenn ich eine Gelegenheit schaffen wollte, um dich zu retten, glaubst du wirklich, ich würde es so *schlecht* machen? Glaubst du, ich hätte all diese Spuren hinterlassen, damit die Leute dir davon erzählen können?"

Er hatte nicht ganz Unrecht … Ich zuckte mit den Schultern. „Ich weiß es nicht. Vielleicht machst du dir Sorgen, dass ich dir die Krone stehlen könnte."

Er verengte seine Augen. „Ganz klar, jemand hat meine Soldaten verzaubert. Das ist offensichtliche Gedankenkontrollzauberei. Jemand versucht uns gegeneinander auszuspielen. Jemand versucht dich glauben zu lassen, ich sei eine Bedrohung."

Ich rümpfte die Nase. „Das wäre Zeitverschwendung, wenn man bedenkt, dass wir ohnehin schon zerstritten sind."

Orions Blick senkte sich für den Bruchteil eines Augenblicks und er biss die Zähne zusammen. Erst dann bemerkte ich, dass ich ohne BH in einem Tank-Top und Unterwäsche steckte, die noch nass vom Regen war. *Ah, aber das war Macht*. Ich trat näher an ihn heran. „Sag mal, woher wusstest du, dass ich genau in diesem Moment in Schwierigkeiten steckte?"

Er starrte mich mit seinem intensiven Blick an. „Genauso, wie ich wusste, dass du in der Unterwelt in Schwierigkeiten steckst. Ich habe gespürt, wie mein Herz rast, und lange Zeit wusste ich nicht, was das für ein Gefühl ist. Aber dann hast du mich daran erinnert. Es ist Angst. Und ich spüre es, wenn du in Gefahr bist. Wir sind miteinander verbunden. Wir sind die Zwillingslichtbringer, und ich weiß, wenn du nicht sicher bist."

„Hmm. Ich habe nie gefühlt, dass *du* in Gefahr bist."

„Ich bin nie in Gefahr", sagte er ungeduldig, als wäre das eine lächerliche Vorstellung. „Nicht mehr, seit ich aus dem Kerker raus bin." Er schlenderte die Treppe hinunter. „Du wirst jetzt bei mir bleiben. Ich kann niemandem außer mir selbst trauen."

„Aber kannst du dir selbst trauen, Orion?" Meine Stimme hallte von den Wänden wider. „Vielleicht verlierst du ja den Verstand."

Er drehte sich um und marschierte die Treppe wieder hoch zu mir. Mit steinerner Miene hob er mich in seine kräftigen Arme, wie ein Bräutigam seine Braut, und trug mich die Treppe hinunter.

Die Wärme seiner Haut glitt über mich und ich spürte jede Stelle, an der sich unsere Körper berührten. Orion trug einen dünnen schwarzen Pullover, unter dem ich seine Muskeln fühlen konnte. Draußen war die Luft ein kühler Salznebel – und Orions Körper war stählern und heiß und umhüllte mich.

„Ich bin durchaus in der Lage zu gehen“, sagte ich. „Und ich war auch kurz davor, Jasper selbst zu töten.“

Orions blasse Augen starrten geradeaus, als er mich aus dem Palast trug. „Du warst zu langsam.“

Vielleicht wollte er nur seinen Feind in seiner Nähe behalten. Aber das funktionierte in beide Richtungen.

Wenn ich in seinem Haus wohnte, könnte ich aus erster Hand erfahren, was mein Rivale so trieb. Ich schlang meine Arme um seine breiten Schultern.

„Ich hoffe, du weißt“, sagte ich, „dass ich mein eigenes Zimmer brauche. Du kannst nicht in meiner Nähe sein, wenn ich die nächste Prüfung plane. Und ich will auch nicht, dass deine Spione mich beobachten.“

„Rowan.“ Er sah mich gleichmütig an und zog mich dicht an sich heran, um mir etwas ins Ohr zu flüstern. „Ich verspreche, fair zu spielen“, sagte er in einem samtigen Ton, dem ich überhaupt nicht traute.

KAPITEL 14

Rowan

Das Haus von Orion war überraschend klein – und überraschend nahe gelegen. Ein zweistöckiges Steinhaus, das eher wie das Torhaus eines Schlosses als wie ein Palast aussah. Er hatte keine Soldaten, die die Außenmauern bewachten, aber als wir durch ein schmiedeeisernes Tor gingen, verriet mir das Zischen der Magie auf meiner Haut, dass es mit Zaubern geschützt war.

Drinnen folgten uns zwei schwarze Hunde die dunkle Holztreppe hinauf.

Als er mich in den zweiten Stock trug, hob sich mein Blick und traf auf Orions Augen. Ich spürte ein seltsames Flattern in meinem Bauch. Natürlich sollte ich nicht hier sein, und doch fühlte ich mich bei ihm sicher. Meine verrückten tierischen Instinkte vertrauten ihm und sagten mir, dass er mich beschützen würde, auch wenn meine rationale Seite es besser wusste.

„Ich habe das nicht angeordnet." Sein silbernes Haar war zerzaust, und er wirkte ungewöhnlich aufgewühlt.

„Ich weiß nicht mehr wirklich, was ich glaube", gab ich zu.

„Rowan." Seine Stimme klang rauer als sonst. „Ich war mit Amon hier. Er kann das bezeugen. Ich werde herausfinden, wer hinter diesem Angriff steckt."

Er trug mich die Treppe hinauf in ein aufgeräumtes Schlafzimmer, dann in ein zweites Schlafzimmer, das mit dem ersten verbunden war. Dunkle Balken zierten die Decke. Wie Orions Wohnung war auch dieses Zimmer ordentlich und sparsam eingerichtet – nur weiße Wände und elegante Mahagonimöbel. Eine cremefarbene Kaschmirdecke bedeckte das Bett. Die einzige Farbe im Zimmer waren die Buchrücken in einem großen Regal und ein paar Bücher, die auf einem Schreibtisch am Fenster lagen. Eine weitere Tür führte zu einem kleinen Bad mit Dusche.

Orion setzte mich auf dem Holzboden ab und wies auf das erste Schlafzimmer – nur etwas größer als dieses, mit einem Himmelbett und dunkleren Wänden. „Wenn du etwas brauchst, ich bin da drin."

„Gemütlich." Ich ging zu einem großen, vergitterten Fenster und schaute auf den mondbeschienenen Garten unter mir. „Wenn ich also ins und aus dem Haus gehe, komme ich an dir vorbei?"

„Viel wichtiger: Wenn jemand versucht *ins* Haus zu kommen, kommt er an mir vorbei."

Für einen Moment gab ich mich einer Fantasie hin – einer Fantasie, in der Orion und ich zwei normale Leute in einem Haus wie diesem waren, mit zwei schwarzen Hunden. Wir hatten keine Zeichen von Luzifer, keine ermordeten Mütter, keine schrecklichen Erinnerungen oder Jahrhunderte der Gefangenschaft. In dieser Phantomwelt waren wir zwei normale Leute, die ineinander verschlungen aufwachten und zum Morgenkaffee in den Garten gingen. Wir lebten umgeben von Büchern und Ruhe …

Aber es war dumm, dass ich mich dieser Fantasie hingab.

Ich drehte mich um und sah, dass Orion mich beobachtete. Dann kam er zu mir herüber. „Er hat einen blauen Fleck an deinem Hals hinterlassen, der noch nicht einmal richtig verheilt ist." Er legte den Kopf schief. „Da wünschte ich mir, ich hätte ihn langsamer getötet."

„Ich spüre es gar nicht mehr."

Seine Augen hatten sich schwarz verfärbt. „Rowan, ich bin heute in den Kerker zurückgekehrt. Erinnerst du dich an die Zelle, in der ich dich in der ersten Nacht, in der wir uns getroffen haben, gefangen gehalten habe?"

„Vom Herrn des Chaos gefangen gehalten zu werden, ist nichts, was man vergisst, Orion."

„Diese Zelle war genau die Zelle, in der meine Mutter und ich zuerst eingesperrt wurden. Kurz bevor sie getötet wurde, brachten mich die Wachen in eine andere Zelle, ganz allein. Aber als ich in die erste Zelle schaute, sah ich, dass sie etwas in die Wand geritzt hatte."

„Lucifer urbem spinarum libarabit", sagte ich und beendete seinen Gedanken. *„Der Lichtbringer wird die City of Thorns befreien."*

Seine dunklen Augenbrauen zogen sich zusammen. „Das dachte ich auch, als ich es zum ersten Mal gesehen habe. Aber einige der Linien waren schon halb verblasst, und Efeu hat einen Teil davon bedeckt. Als ich über alles nachgedacht und versucht habe, mein Schicksal zu verstehen, bin ich zurückgegangen, um ihre Worte zu lesen. Ich habe die Ranken weggezogen. Da steht: *„Luciferi urbem spinarum liberabunt."*

Ich schluckte. „Es ist Plural. *Die Lichtbringer* werden uns befreien."

„Wir sind dazu bestimmt, das gemeinsam zu tun. Ich habe nur zu lange gebraucht, um es zu erkennen."

Ich ging mein Versprechen an mich selbst durch, all die Gründe, warum ich mich nicht von ihm beeinflussen lassen würde. „Du hast mir gesagt, dass du mich nicht einmal genug respektierst, um mich zu hassen. Du hast mich neurotisch, langweilig und in allem unbegabt genannt. ‚Abgesehen von unserer kleinen Affäre'", sagte ich und ahmte seinen britischen Akzent nach, „‚finde ich dich ermüdend und erbärmlich.' Und dann bin ich gestorben und habe gelernt, dass ich viel stärker bin, als ich je gedacht hätte. Ich sollte hier regieren, nicht du, Orion."

Sein Kiefer presste sich zusammen. „Nichts von dem, was ich gesagt habe, ist wahr. Ich habe nur versucht dich von mir fernzuhalten. Ich dachte, ich hätte nicht die Kraft, dir zu widerstehen, also habe ich versucht dich auf Abstand zu halten, weil ich Angst davor hatte, was passieren könnte …"

Meine Finger verkrampften sich. „*Was* genau?"

„Dass es wieder passieren könnte!"

Ich starrte ihn an und verstand nicht. „Dass *was* wieder passieren könnte? Wovon sprichst du? Es gibt keine Lilu mehr, die man ermorden kann."

„Es gibt uns." Er wirkte ungewohnt ratlos und fuhr sich durch die Haare. „Rowan – natürlich respektiere ich dich. Natürlich habe ich …" Sein Mund schloss sich und sein Blick glitt an meinen gänsehautbedeckten Armen hinunter. Im nächsten Moment wickelte er mich in die weiche, cremefarbene Bettdecke. „Wir können die Heizung hier drin aufdrehen."

Der Kaschmir fühlte sich wunderbar auf meiner Haut an, aber auch sein warmer, rauchiger Duft, der mich umgab, erregte mich. Diese Decke war meine Rüstung. Ich konnte seinem Charme widerstehen. Nicht gewillt, ihn so einfach gehen zu lassen, starrte ich ihn an. „Okay, lass uns über die Rache an den Lilu sprechen. Ich möchte, dass du etwas über die Sterblichen und deine Theorie, dass sie die Wurzel allen Übels sind, verstehst."

Er seufzte, lehnte sich gegen eines der Bücherregale und verschränkte die Arme. Ärgerlicherweise kam dadurch nur sein Bizeps zur Geltung. „Ich höre."

Meine Augenbrauen hoben sich vor Überraschung. Er war tatsächlich bereit, mir zuzuhören? „Dämonen und Sterbliche sind sich ähnlich. So kompliziert ist das nicht. Manche von uns sind böse, manche sind gut, und manche sind Fanatiker, die alle anderen vernichten wollen."

„Nennst du mich etwa einen Fanatiker?", fragte er trocken.

„Ja, das tue ich. Du bist das dämonische Gegenstück zu Jack Corwin."

Seine Muskeln spannten sich an. „Ich bin *was*? Das ist, glaube ich, das Schlimmste, was du zu mir sagen kannst."

Ich schüttelte den Kopf. „Ich meinte nur den Fanatismus. Nicht deinen Charme oder deine Intelligenz oder sonst etwas. Seine Dämonenjäger wollen uns alle töten, und du willst sie alle töten. Ihr seid beide Extremisten."

Er schien sich ein wenig zu entspannen. „Red weiter."

„Und ja, ich weiß, dass du alle Fälle in der Geschichte aufgezählt hast, in denen Sterbliche Gräueltaten begangen haben, und es gibt viele davon. Das Gleiche gilt für Dämonen. Aber was ist mit den guten Dingen, die Sterbliche getan haben?"

Er legte den Kopf schief. „Hast du ein Beispiel?"

Ich biss mir auf die Lippe und wünschte, ich hätte mich besser auf dieses Gespräch vorbereitet – vielleicht mit einer PowerPoint-Präsentation und akademischen Referenzen. „Keanu Reeves", platzte ich heraus. „Er ist unglaublich. Er spendet Geld für die Krebsforschung und für

Kinderkrankenhäuser. Er überlässt alten Frauen seinen Sitzplatz in der U-Bahn! Was für ein Verrückter will bitteschön *Keanu Reeves* umbringen?"

„Ich habe keine Ahnung, von wem du redest."

Meine Augen weiteten sich. „Stimmt. Natürlich weißt du das nicht! Die Welt ist für dich vor vierhundert Jahren stehen geblieben. Für dich ist die Zeit stehen geblieben und du willst die Menschen umbringen, die dich verletzt haben. Und weißt du was? Die Sterblichen, denen du damals begegnet bist, waren verdammte *Mistkerle*. Keiner mag Puritaner. Keiner. Aber sie sind weg, und für alle anderen hat sich die Welt weitergedreht. Du hast mehrere Jahrhunderte der menschlichen Existenz verpasst. Vielleicht solltest du also mehr über die Menschen lernen, die du umbringen willst. Ich habe noch mehr Beispiele." Ich hob einen Finger. „Steve Buscemi."

„Sind das Freunde von dir?"

„Ha! Schön wär's. Nein, aber er war Feuerwehrmann, und dann ist er Schauspieler geworden. Aber als ein paar fanatische Sterbliche Flugzeuge in Wolkenkratzer in New York City geflogen haben, hat er seine alte Feuerwehrausrüstung angezogen und sein Leben aufs Spiel gesetzt, um Menschen zu retten. Nicht nur er, sondern viele Feuerwehrleute haben ein großes Opfer gebracht, um Menschen aus einem brennenden und einstürzenden Gebäude zu retten. Viele von ihnen gaben ihr Leben, um Menschen zu helfen, die sie nicht einmal kannten." Jetzt war ich in Fahrt. „Und in Fukushima ist nach einem Erdbeben ein Atomreaktor geschmolzen, und Menschen haben sich freiwillig gemeldet, um bei den Aufräumarbeiten zu helfen, obwohl sie wussten, dass sie an Krebs sterben würden. Sie haben Fremde gerettet und mit ihrem eigenen

Leben bezahlt."

Seine Augen leuchteten, als er mir zuhörte. „Ich habe über diese Dinge noch nie etwas gelesen."

„Das ist alles noch nicht so lange her. Das steht nicht in deinen alten Kerkerbüchern, und du benutzt ja auch nicht das Internet." Jetzt, wo ich angefangen hatte, über heldenhafte Sterbliche nachzudenken, konnte ich nicht mehr aufhören. „John Robert Fox! Als Leutnant im Zweiten Weltkrieg hat er den Nazis absichtlich seine eigenen Koordinaten gegeben, um dem Rest seiner Einheit eine Chance zur Flucht zu geben. Er ist im feindlichen Feuer gestorben, um seine Einheit zu retten. Das waren alles Sterbliche, Orion. Im Großen und Ganzen sind sie nicht besser oder schlechter als wir. Einige von ihnen sind verdammt schrecklich und andere sind heldenhaft. Der einzige Unterschied, den ich zwischen Sterblichen und Dämonen sehe, ist, dass Sterbliche mit Waffen töten und Dämonen Magie benutzen. Und die Sterblichen, die jetzt da draußen sind, sind nicht diejenigen, die deine Familie getötet haben. Sie zu töten ist keine Rache. Es ist Wahnsinn."

Sein Blick glitt zum Fenster und ich hatte keine Ahnung, ob ich wirklich zu ihm durchdrang. „Du und Amon, ihr beide", sagte er leise.

„Was meinst du?"

„Er ist auf deiner Seite." Er stieß einen langen Seufzer aus. „Aber Tatsache ist, Rowan, dass die Sterblichen in der modernen Welt zu viel Kontrolle über uns haben. Eine Bombe könnte unsere Mauern zerstören, und dann sind wir erledigt. Das ist es, was der Fluch bedeutet. Und was für ein König wäre ich, wenn ich die Sicherheit meiner eigenen Untertanen nicht über die der anderen stellen würde?“

Er hörte sich fast vernünftig an, was es mir schwer machte, meine Entschlossenheit zu bewahren. So vernünftig, dass ich *fast* vergaß, dass mehrere Leute behauptet hatten, er hätte jemanden geschickt, um mich heute Abend zu töten.

Und das brachte mich zur eigentlichen Frage: Was hatte ich zu verlieren, wenn ich ihm die Krone abnahm? Wenn ich die Kontrolle hatte, musste ich mir keine Sorgen machen, wem ich vertrauen konnte.

Ich richtete mich auf und hob mein Kinn. „Hör zu, Orion. Bei dieser Prüfung gibt es nur zwei Möglichkeiten. Wenn ich gewinne, entscheide ich, was passiert. Oder du gewinnst, und dann kannst du mir beweisen, dass du wirklich willst, dass ich mit dir regiere. Denn im Moment hast du die ganze Macht. Natürlich willst du, dass ich aufgebe. Mal sehen, ob du mir ein Bündnis anbietest, wenn es wirklich zählt.“

Seine Augen funkelten, und er trat einen Schritt näher. Er schenkte mir ein langsames, strahlendes Lächeln, das mein Herz höherschlagen ließ. „Ich werde es dir beweisen, nachdem ich die Prüfung gewinne. Und weißt du was?“ Seine Stimme war tief und seidig. „Ich mag es, von dir herausgefordert zu werden.“

Die verletzliche Seite von Orion war verschwunden und er ließ wieder seinen Charme spielen. Deshalb war ich nicht gerade überrascht, als er die Tür zwischen unseren Zimmern offenließ. Er ging in sein eigenes Zimmer und tat so, als würde er mich ignorieren, während er sein Hemd aufknöpfte. Als er es auszog, nahm ich mir vor, nicht auf die absolute männliche Perfektion seines

Körpers zu starren – die dicken Muskelstränge, das sichtbare V seiner Bauchmuskeln, das unter die Hose führte.

Aber mir zu sagen, dass ich nicht starren sollte, war ungefähr so nützlich, wie dem Mond zu sagen, dass er aufhören sollte zu scheinen.

Als er sich zu mir umdrehte und seine Lippen ein wunderschönes halbes Lächeln zauberten, musste ich beschämt feststellen, dass mir der Mund offen gestanden hatte.

Er ging zum Türrahmen und lehnte sich dagegen. Mein Blick wanderte über sein Schlangentattoo und dann wieder hinunter zu seinen gemeißelten Bauchmuskeln. „Stimmt etwas nicht, Rowan?“ Und da war wieder Orions Selbstüberschätzung, die den kurzen Blick auf seine verletzliche Seite verdrängte.

Ich holte tief Luft und versuchte die Hitze in meinem Bauch zu ignorieren. „Versuchst du mich zu verführen? Denn es ist mir egal, wie hübsch du bist – ich werde das mit der Prüfung trotzdem durchziehen.“ Ich hatte irgendwie die Kontrolle über meine Stimme verloren und sie war lauter als nötig. Einer der Hunde steckte seinen Kopf durch die Tür und schaute zwischen uns hin und her, um sicherzugehen, dass alles in Ordnung war.

Orions Augenbrauen hoben sich. „Ich habe nur mein Hemd ausgezogen, weil ich mich bettfertig mache.“ Der Blick, den er mir zuwarf, war geradezu schwelend. „Liebes, du weißt doch sicher, dass du dich unter mir winden und um mehr betteln würdest, wenn ein Inkubus dich verführen würde.“

Ich spürte, wie meine Wangen erröteten und mein Verstand von einem Schleier der Lust umwölkt wurde. Ich war mir nicht ganz sicher, was gerade passierte, nur dass

Orion die Oberhand gewann. Er brachte mich aus dem Konzept, machte mich nervös.

Aber ich war ein Sukkubus, und dieses Spiel konnten zwei spielen.

Ich ließ die Decke von meinem Körper fallen in dem Wissen, dass ein Träger meines feuchten Tanktops von einer meiner Schultern rutschte und meine Unterwäsche kaum etwas bedeckte. Sobald ich das tat, spürte ich, wie sich die Atmosphäre im Raum veränderte – ein Blitz aus Hitze und Licht schien vom Dämonenkönig selbst zu kommen.

KAPITEL 15

Orion

Sobald sie die Decke fallen ließ, wusste ich, dass ich in Schwierigkeiten steckte. Das ganze Blut schien aus meinem Kopf zu fließen und ich wurde so hart, dass ich nicht mehr klar denken konnte.

Ich starrte sie an – ihre großen braunen Augen, ihre vollen Lippen, ihre Brustspitzen, die sich unter dem nassen Stoff abzeichneten …

Ich wusste, dass sie nach der salzigen Brise des Meeres schmecken würde, wenn ich sie küsste. Ich liebte es, sie zu küssen, und die Art, wie sie mich ansah. Ich liebte …

Hör auf damit.

Nur eine hauchdünne Schicht Stoff bedeckte ihren nackten Körper, und ich konnte ihre perfekten Konturen darunter sehen.

Als Sukkubus konnte sie spüren, wie ich ihre Schönheit in mich aufnahm, und ihre Brust errötete leicht.

„Ich versuche dich nicht zu verführen“, sagte ich und vergaß dabei die Grundlagen der Sprache.

Ich wiederholte mich.

Und doch war es die Wahrheit. Ich konnte sie nicht verführen – nicht, ohne alles zu riskieren.

Ich wollte nur, dass sie erkannte, dass der kleine blonde Schönling Kas nichts gegen mich war. Eifersucht ließ mich wie einen Idioten handeln.

Sie setzte sich auf das Bett und lehnte sich zurück. Das feuchte Tanktop spannte sich über ihre Brüste. Sie trug ganz offensichtlich keinen BH, und ihre Brustspitzen drückten hart gegen den Stoff. Am liebsten hätte ich sie zu Boden geworfen und ihr den Stoff vom Körper gerissen. Ich wollte sie zwischen ihren Schenkeln küssen, bis sie meinen Namen so laut schrie, dass Kas ihn hören konnte …

„Natürlich hast du nicht versucht mich zu verführen. Mein Fehler.“ Sie schaute mich unter ihren langen Wimpern an und drehte sich auf die Seite, so dass ich ihren Hintern sehen konnte. Ich wollte unbedingt mit meinen Fingern über den Stoff streichen, um ihre Hitze zu spüren.

Ihre Wangen waren leicht gerötet. „Stimmt etwas nicht, Orion? Du siehst … benommen aus.“

Ich hatte das Gefühl, mich nicht ganz unter Kontrolle zu haben, als ich mich ihr näherte. Wie die Motte zum Licht. Eine Sekunde später saß neben ihr auf dem Bett, aber mein Blick fiel immer wieder auf den verdammten blauen Fleck an ihrem Hals.

Ich streckte die Hand aus und strich darüber. Als sie meine Fingerspitzen auf ihrer Haut spürte, keuchte sie leicht.

Mein Herz war kurz davor zu explodieren.

„Ich will nur sichergehen, dass du dich gut erholst.“ Meine Stimme klang heiser, und ich zog meine Hand von ihr weg.

Ihre Lippen wirkten voll, als würde sie leicht schmollen. Wie sie in diesem Moment aussah, hatte etwas Verführerisches und Anbetungswürdiges an sich, das mir den Verstand raubte. Ich wollte sie so sehr schmecken, dass es wehtat.

Sie biss sich auf die Lippe und strich über mein Handgelenk. „Mir geht es gut. Ich bin jetzt eine Dämonin, Orion. Du musst dir keine Sorgen machen, dass ich zerbreche.“

Sie hatte natürlich recht, und doch hatte ich mich noch nie so verpflichtet gefühlt, jemanden zu beschützen. Ich konnte den Göttern nur danken, dass sie mir genug vertraute, um mit mir hierher zu kommen, in mein Haus. Ich stand auf und versuchte mich zu zwingen, von ihr wegzugehen, um das Feuer in meinen Gedanken zu löschen.

„Ich möchte dich küssen, nur einmal.“ Die Wahrheit sprudelte aus mir heraus, bevor ich mich stoppen konnte. „Aber das ist alles, Rowan. Nur ein Kuss heute Abend.“

Ein Kuss war verdammt gefährlich genug.

„Nur einer?“ Sie legte den Kopf schief. „Wovor hast du solche Angst?“

Noch ein Verlust, und es wäre mein Ende. Mein Verstand hing bereits am seidenen Faden. „Vor dir“, sagte ich leise. „Das habe ich dir schon gesagt.“

Mit ihren großen braunen Augen auf mich gerichtet, erhob sie sich vom Bett und schlang ihre Arme um meinen Hals. Unter der dünnen Baumwolle berührten ihre Brüste meine nackte Haut, was mich noch steifer werden ließ.

Ich umfasste die Seite ihres Gesichts. Feuer durchströmte mich, als ich mich herunterbeugte und meinen Mund auf ihren presste.

Als sich unsere Lippen berührten, wusste ich sofort, dass dies ein Fehler war. Wenn sie mein wahres Ich zurückweisen würde, würde ich den Verstand verlieren. Wenn ich mich verliebte und sie verlor, verlor ich auch meinen Verstand. Aber in der Nähe von Rowan traf ich verdammt schlechte Entscheidungen, und meine Zunge tauchte ein, um sie zu schmecken. Mein ganzer Körper war für sie lebendig geworden. Ich genoss die Art und Weise, wie ihre Zunge meine willkommen hieß, und ihre Muskeln wurden in meinen Armen weich und geschmeidig. *Oh ihr Götter.*

Zum ersten Mal spürte ich ihre Sukkubus-Magie, die mich umgab, eine einladende Liebkosung, die meinen Rücken streichelte. Ich glitt mit meiner Hand ihre Wirbelsäule hinauf, griff in ihr Haar und neigte ihren Kopf. Ich wurde von dem Drang überwältigt, sie auszuziehen und zum Schreien zu bringen.

Sie würde mich ruinieren.

Als sie sich mir entgegenstreckte, stöhnte sie leicht auf. Das Geräusch brachte mich fast dazu, die Kontrolle über mich zu verlieren. Ich musste sie hart gegen die Wand nehmen. Ich wollte, dass sie sich daran erinnerte, wie perfekt wir zueinander passten.

Ich wusste kaum, was ich tat, als ich sie vom Boden hochhob und sie ihre Beine um mich schlang. Sie griff in mein Haar. Mit dem Rücken gegen den Bettpfosten gelehnt, drückte ich mein hartes Glied gegen sie. Hatte ich mich jemals zuvor so sehr nach etwas gesehnt? Nicht einmal nach Jahrhunderten im Gefängnis.

Das Bellen eines der Hunde unterbrach uns. Rowan löste sich als Erste aus dem Bann und zog sich aus dem Kuss zurück. Ihre Lippen waren geschwollen, ihre Wangen rosa. Sie hatte noch nie so schön ausgesehen.

„Ich weiß nicht, was ich da tue." Sie holte Luft. „Du bist mein Rivale."

Ich drückte meine Stirn gegen ihre und versuchte mich wieder daran zu erinnern, wie man einen Satz bildete. Was hatte sie gesagt?

Ah ... die Sache mit dem Rivalen. Sie dachte, ich wäre gefährlich.

Zufälligerweise dachte ich dasselbe über sie.

Rowan war in meinem Leben aufgetaucht und hatte alles durcheinandergewirbelt, und wenn ich in ihrer Nähe war, hatte ich das Gefühl, dass die Welt unter meinen Füßen kippte.

Meine Rachepläne waren immer das Licht gewesen, das mir einen Weg durch den Wahnsinn wies, wie die kleinen beleuchteten Schiffe, die auf dem Fluss schwammen. Ohne Rache war ich wieder im Dunkeln. Chaos. Sie brachte *Chaos* in mein Leben.

„Du bist die Herrin des Chaos", hauchte ich.

Sie berührte die Seite meines Gesichts. „Was?"

„Herrin des Chaos. Seit ich dich zum ersten Mal in der Bar getroffen habe, hast du alle meine Pläne in Brand gesetzt. Du hast alles zerstört, von dem ich dachte, dass ich es verstehe."

„Klingt gefährlich. Vielleicht solltest du mich dann absetzen."

Am Klopfen ihres Herzens und dem heißen Puls der Magie im Raum erkannte ich, dass sie mich genauso begehrte wie ich sie. Aber wie viel von ihrem Verlangen nach mir war echt? Sie war ein Sukkubus, der auf meine Lustmagie reagierte. Die Lilu-Macht verdickte die Luft. Das bedeutete nicht, dass sie sich für *mich* interessierte – es bedeutete nur, dass sie im Rausch der Lust war.

Inzwischen sorgte ich mich viel mehr um sie, als ich sollte. Und das war der Grund, warum ich meine jahrhundertealten Pläne in den Sand setzte.

Es waren nicht ihre Beschreibungen von John Robert Fox oder den anderen Sterblichen, die bei mir Zweifel auslösten – es war die Tatsache, dass die Welt der Sterblichen Rowan erschaffen hatte. Konnten Sterbliche so schrecklich sein, wenn sie die perfekte Mischung aus furchterregend und liebenswert, süß und wild, die Rowan Morgenstern war, geschaffen hatten?

„Genau. Ich lasse dich runter." Mein Flüstern klang erstickt und es kostete mich schockierend viel Kraft, meinen Griff um sie zu lösen.

Sie verengte ihre Augen, während sie meinen Körper hinunterglitt, und mein Magen drehte sich um. „Wenn du versucht hast, mich zu verwirren, hat es nicht funktioniert", sagte sie kalt. „Die Prüfung findet immer noch statt."

Sie entfernte sich von mir und kletterte auf das Bett, und ich spürte einen scharfen Stich, weil ich sie nicht länger berührte.

„Ich wollte nur, dass du an mich denkst und nicht an Kas, wenn du schlafen gehst." *Heiliger Luzifer,* warum hatte ich das nur laut zugegeben? *Idiot.*

Sie schob sich zurück unter ihre Decke und starrte mich ungläubig an. Aber ich konnte den Hauch eines Lachens erkennen, das sich zu einem wahrhaft umwerfenden Lächeln vertiefte. „Warte mal. Ist der Inkubuskönig *eifersüchtig*?"

„Mach dich nicht lächerlich. Warum sollte *ich* eifersüchtig sein?" Götter der Unterwelt, wie oft log ich eigentlich?

„Nein, natürlich nicht."

Sie durchschaute mich natürlich sofort. Es war seltsam erfrischend.

Ich lehnte mich an ihren Bettpfosten und wollte die Nacht noch nicht enden lassen. „Rowan. Du hast mir in der Unterwelt das Leben gerettet …“ Der Rest meines Gedankens erstarb, bevor ich mich dazu durchringen konnte, ihn laut auszusprechen: *Denkst du wirklich, dass ich es wert war, gerettet zu werden? Und noch viel wichtiger: Würdest du das immer noch denken, wenn du die Wahrheit über mich wüsstest?*

Sie starrte mich einen Moment lang an, und zwischen ihren dunklen Augenbrauen bildete sich eine kleine Falte. „Ja, natürlich habe ich das getan. Und ich würde es wieder tun. Ich traue dir nicht zu, dass du ein Königreich führen kannst, ohne alle zu ermorden, aber ich will, dass du am Leben bleibst.“

Ich konnte sie immer noch auf meinen Lippen schmecken, süß und salzig. „Was, wenn du dich in mir getäuscht hast?“

„Oh.“ Ihr Gesichtsausdruck veränderte sich, ihre Augen glitzerten. Sie sah so traurig aus, dass ich am liebsten über das Bett geklettert wäre und sie wieder in meine Arme genommen hätte.

Ich hielt den Atem an, als ich auf ihre Antwort wartete, bis sich ihr Gesichtsausdruck wieder veränderte. Sie wurde vorsichtiger.

„Ich merke, dass du etwas sagen willst und dich zurückhältst“, sagte ich.

„Wie kannst du das wissen?“

„Deine Nasenlöcher blähen sich, wenn du frustriert bist.“

„Ich weiß nicht, ob du nur das Richtige sagst, um mich aus der Reserve zu locken, oder ob du es wirklich ernst meinst. Aber angenommen, du meinst es ernst … Orion, hast du absichtlich gewollt, dass ich dich hasse? Weil du mir zuvorkommen wolltest, bevor ich merke, wie du bist?“

Die Genauigkeit ihrer Worte war wie eine Faust in meinem Magen, und ich konnte nur schwer schlucken.

Sie biss sich auf die Lippe. „Weil du es liebst, Fremden sofort zu sagen, dass du schrecklich bist, sobald du sie triffst. Es ist, als wolltest du die Leute ständig warnen.“

Meine Brust zog sich zusammen. Sie konnte wirklich jede meiner Verteidigungen durchschauen, und ich fühlte mich verwirrt und völlig schutzlos. „Ich habe nicht viel Erfahrung mit Leuten.“

Sie schenkte mir ein trauriges Lächeln. „Ich glaube, du bist erdrückt von der Schuld an dem, was dir zugestoßen ist. Ich glaube aber, dass sich das ändern kann. Ich werde dir bei der Prüfung trotzdem in den Allerwertesten treten und deine Königin werden.“ Sie zog eine herrische Augenbraue hoch. „*Dann* werden wir herausfinden, wie wir dich heilen können.“

„Das werden wir ja sehen, Liebes“, sagte ich fast zu mir selbst.

Und vielleicht war es hier vor mir – das Licht in der Dunkelheit, der neue Plan.

Irgendwann würde ich das größte Risiko meines Lebens eingehen: herauszufinden, ob sie sich noch für mich interessierte, wenn sie mich wirklich kannte.

Aber ich war zu voreilig. Ich wollte nicht zu sehr mit dem gefährlichen Feuer der Hoffnung spielen, sonst riskierte ich, dass mein letzter Rest an Vernunft in Flammen aufging. Mir die Hoffnung zu machen, dass Rowan mich lieben könnte, wenn sie wüsste, was ich getan hatte – das war so ziemlich das Schlimmste, was ich mir vorstellen konnte. Wenn ihr wirklich etwas an mir lag, dann war ich vielleicht für etwas anderes bestimmt, als die Toten zu rächen. Vielleicht hatte ich wirklich einen verdammten Wert.

Mein Herz raste vor Angst in meiner Brust.

„Ich sehe dich morgen früh, Rowan.“ Ich strich mir mit den Fingerspitzen über die Lippen, als ich zurück in mein Zimmer ging, immer noch in der Erinnerung an diesen überwältigenden Kuss. Ich wusste, dass ich daran denken würde, bis die Sonne über dem Meer aufging.

Vielleicht hatte sich mein letztes Fünkchen Vernunft bereits in Rauch aufgelöst.

KAPITEL 16

Rowan

Noch acht Tage bis zur Prüfung.

Das Gespräch von gestern Abend hatte mich so verwirrt, dass ich, anstatt zu schlafen, seine Worte immer wieder in meinem Kopf durchgespielt hatte.

Und natürlich nicht nur das Gespräch. Der *Kuss*. Die Art und Weise, wie er mich geküsst hatte, war so intensiv und heiß wie Sex, und ich konnte nicht aufhören, daran zu denken. Etwas hatte sich in der Art, wie er mich küsste, verändert – eine Art Ehrfurcht, die da vorher nicht gewesen war.

Am Morgen war ich früh aufgewacht und hatte mich an einem schlafenden Orion vorbeigeschlichen. Auf dem Weg nach draußen hatte ich einen Blick auf seinen muskulösen Rücken geworfen und kurz seinen liebenswerten Freund getroffen. Amon hatte mich mit Kaffee und Scones losgeschickt. Bevor ich ging, warf ich einen vorsichtigen Blick aus der Tür und überprüfte den Platz auf verirrte Attentäter. Ich fand nichts Ungewöhnliches, aber ich sah mich in den Straßen um, während ich ging.

Solange ich in Orions Nähe war, lief ich Gefahr, so abgelenkt zu werden, dass ich die Prüfung nicht bestehen würde. Und die deprimierende Wahrheit war, dass ich immer noch damit kämpfte, ihn in den Hintergrund meines Verstandes zu drängen.

Wovor hast du solche Angst?

Vor dir.

Ich nippte an meinem Kaffee und wiederholte es zum millionsten Mal. Wollte er mir sagen, dass er Angst hatte, ich würde ihn zurückweisen? Dass ich ihm das Herz brechen würde?

Irgendjemand – Mortana, nahm ich an – hatte ihn davon überzeugt, dass Hoffnung das Gefährlichste war, was es gab.

Es sei denn …

Es sei denn, das war alles nur gespielt.

Ich atmete tief durch und versuchte mich auf die Welt um mich herum zu konzentrieren. Mein Blick glitt über die Blumen, die sanft in der salzigen Brise schwankten – rosa Pfingstrosen, violetter Fingerhut, Lavendel …

Als ich durch den Garten ging, plätscherte ein Springbrunnen leise vor sich hin. Ich atmete den feuchten Duft der Wildblumen ein, und mein Kopf wurde endlich frei. Das Sonnenlicht wärmte meine Wangen. Ein weiterer Schluck Kaffee schickte einen Schock koffeinhaltigen Lebens durch meine Adern.

Ich zog mein Handy aus der Tasche und war erleichtert, als ich eine SMS von Kas sah. Unsere Magiestunden begannen bald. Ich hatte wirklich Glück, dass ich Lehrer gefunden hatte, die mir so bereitwillig halfen.

Ich überquerte die Brücke in Richtung Wald und blickte auf die Sonne, die auf dem Fluss glitzerte. Als ich mich der Wildnis näherte, stieg mir der feuchte Duft von Moos und Erde in die Nase.

Ich fand Kas und Legion im Eichenhain.

Legion stand mit einem großen Zauberbuch in der Hand da, während Kas auf dem moosigen Waldboden saß und sich gegen einen Baumstamm lehnte. Er trug eine Krone aus Efeu und blauen Schlüsselblumen, die auf seinem herrlich unordentlichen blonden Haar thronte.

Ich lächelte ihn an. „Du siehst königlich aus."

Seine Wangen wiesen Grübchen auf, als er lächelte. „Nicht alle von uns werden königlich geboren. Manche von uns müssen sich ihre Kronen selbst aus Mutter Natur machen."

„Wo ist Shai?", fragte ich.

„Äh …" Legions Blick wanderte von mir zu dem Zauberbuch. Sein Haar war zurückgekämmt, aber ein paar schwarze Strähnen hingen in sein Gesicht. „Sie ist auf dem Weg."

Ich hob eine Augenbraue. „Alles in Ordnung, Legion?"

Kas stand auf und wischte sich die Rückseite seiner Jeans ab. „Alles ist in Ordnung. Aber wir haben einen langen Tag vor uns, weil Legion beschlossen hat, dir die langweiligste Aufgabe zu geben, die es gibt, und wir werden alle stundenlang daran sitzen."

Ich holte tief Luft. „Solange es mir hilft, die Prüfung zu gewinnen, habe ich kein Problem mit Langeweile."

„Gut." Legion schenkte mir ein schwaches Lächeln. „Zuerst wirst du die Kontrolle über deine Magie üben. Dann kannst du üben, mehr Macht zu beschwören. Aber zuerst musst du sie beherrschen. Verstanden?"

„Sonst könnten wir alle in einer feurigen Höllenwelt sterben", sagte Kas.

„Natürlich." Ich streckte meine Hand nach dem Zauberbuch aus. „Welcher Zauberspruch?"

„Erde durchsieben", sagte Legion.

Ich runzelte die Stirn. „Was ist das genau?"

„Wirklich genau das, wonach es klingt."

Kas verschränkte die Arme und seine karamellfarbenen Augen funkelten amüsiert. „Legion hat beschlossen, dass du den ganzen Tag damit verbringst, mit Hilfe von Zaubersprüchen kleine Haufen aus Zweigen zu machen. Vielleicht kannst du sogar versuchen, damit kleine Bauwerke zu errichten."

Gut, dass ich den Kaffee mitgebracht hatte.

Als Shai auftauchte, hatte ich zwei kleine Zweighäuser gebaut und war bereit für ein Mittagsschläfchen. Nachdem ich den Zauberspruch zum zwanzigsten Mal aufgesagt hatte, gähnte ich unkontrolliert.

Shai rieb sich die Augen, als sie in zerknitterten Kleidern den Hain betrat.

„Lange Nacht?", fragte ich.

Sie tauschte einen kurzen Blick mit Legion aus und schüttelte dann den Kopf. „Der Sturm hat mich wachgehalten."

Beinahe hätte ich es übersehen, aber der kurze Blick, den sie Legion zuwarf, ließ mich glauben, dass sie zusammen waren.

„Was ist deine Ausrede?", fragte sie.

Ich holte tief Luft. „Jetzt, wo ihr alle hier seid, sollte ich vielleicht etwas erwähnen … aber flippt nicht aus." Ich berührte meine Kehle, genau dort, wo Jasper sie letzte Nacht versucht hatte zu zerquetschen. „Orion hat mich bei sich zu Hause aufgenommen."

Shai starrte mich an. „*Was*? Du kannst nicht bei deinem Rivalen wohnen!"

„Hat er dir eine Wahl gelassen?", fragte Kas, seine Stimme rau vor Wut.

Ich zuckte mit den Schultern. „Nun, ich habe nicht *nein* gesagt. Er hat mich vor einem Attentäter gerettet." Warum war ich so defensiv, was Orion betraf?

Shai hob eine Hand. „Warte mal …"

„Ein *Attentäter*?", beendete Legion ihren Satz.

„Weißt du, wer es war?", fragte Kas.

Ich spürte wieder dieses unwillkommene Gefühl, als müsste ich Orion beschützen. „Es war Jasper. Die rechte Hand des Königs. Aber Orion hat ihn getötet." Ich stieß einen langen Seufzer aus. „Das Seltsame war, dass Jasper gedacht hat, Orion hätte es ihm befohlen. Und einige seiner anderen Wachen haben dasselbe gesagt. Orion hat gedacht, dass sie vielleicht verzaubert worden sind. Magie zur Gedankenkontrolle."

Shai rümpfte die Nase. „Nur Lilu haben die Macht der Gedankenkontrolle, und selbst das ist selten."

„Ein Zauberspruch vielleicht?", versuchte ich es.

„Rowan", sagte sie schroff. „Du hast gesagt, wenn er anfängt dich zu verführen, soll ich dich an Queen Elizabeth und die Zuckerwatte erinnern."

Kas zog seine Blumenkrone ab und ließ sie auf den Boden fallen. „Das scheint ein genialer Trick zu sein, damit du ihm vertraust. Vielleicht hat er sogar gehofft, du würdest die Prüfungen absagen."

Natürlich war das die wahrscheinlichste Erklärung. Und doch … wenn Orion eine List aushecken würde, wäre er nicht so dumm, all diese Leute am Leben zu lassen, damit sie ihn verraten konnten. „Im Moment weiß ich nur eines ganz sicher: Ich muss die Prüfung gewinnen, alles andere ist unwichtig."

Kas starrte mich an. „Alles andere ist unwichtig – außer dass du jetzt mit einem psychotischen König zusammenlebst, der dich wahrscheinlich tot sehen will.“

„Ich komme schon klar“, sagte ich scharf. „Ich glaube wirklich nicht, dass er mich töten will.“ Was würden sie denken, wenn sie wüssten, dass ich ihn gestern Abend geküsst hatte? Wenn *Kuss* es wirklich beschrieb.

Legion kniff sich in den Nasenrücken. „Du glaubst nicht, dass dein Rivale um den Thron dich tot sehen will? Glaubst du etwa, der verrückte Dämonenkönig ist … *zu nett dafür*?“

Er schaffte es, es vollkommen verrückt klingen zu lassen.

„Hört zu, ich habe noch acht Tage“, sagte ich. „Mache ich jetzt mit den Zweigen weiter? Wir verschwenden nur Zeit.“

Legion warf einen Blick auf die Erdhügel. „Ich glaube, die hast du gemeistert. Ich habe etwas Neues für dich.“

Ich lächelte. „Aufregend. Werden wir die Toten erwecken?“

„Du wirst Ameisen herbeirufen.“

Ich holte tief Luft. „Du weißt, dass ich nur noch acht Tage habe, bis ich einen toten Hexer beschwören muss?“

Legion nickte. „Wir werden es schaffen. Aber es gibt keine Abkürzungen in der Magie.“

„Ich meine, es gibt sie“, fügte Kas hinzu, „aber wenn man sie nimmt, sterben manchmal eine ganze Menge Leute.“

Ich streckte meine Hand nach dem Buch aus. „Dann eben die Ameisen.“

Als Kas mir anbot, mich nach Hause zu begleiten, war ich schon fast im Delirium vor Müdigkeit. Nach den anfänglichen Erfolgen mit den Zweigen war meine Magie unkonzentriert geworden und Flammen brachen in den Bäumen um mich herum aus. Ich hatte aus Versehen rote statt schwarze Ameisen herbeigerufen und Shai hatte mich jedes Mal angeschrien, wenn sie gebissen wurde.

Doch so müde ich auch war, ich wollte trotzdem nicht in mein neues Zimmer zurückkehren. Das Problem mit Orions Haus war, dass Orion dort wohnte und ich ihm unbedingt aus dem Weg gehen wollte.

Auf dem Heimweg verlangsamte ich das Tempo und erzählte Kas von meinen liebsten morbiden Fakten. „Mary Tudor hat mehrere hundert Menschen auf dem Scheiterhaufen verbrannt. Weißt du, wie lange es im Durchschnitt gedauert hat, bis sie tot waren?“

„Ich glaube, das möchte ich lieber nicht wissen.“

„Fünfundvierzig Minuten“, antwortete ich trotzdem.

Kas grinste mich an. „Du bist ein echter Sonnenschein.“

Ich grinste. „Nun, ich *bin* ein Lichtbringer, also muss ich tief im Inneren etwas Sonnenschein haben. Irgendwo. Vergraben unter vielen schrecklichen Fakten und zwanghaften Ängsten.“

„Man sagt, man bekommt die Anführer, die man verdient. Unsere beiden Lichtbringer sind ein völkermordender Irrer und ein absolut neurotischer Miesepeter, die dazu neigt, Dinge in Brand zu stecken, wenn sie Magie praktiziert …“

„*Entschuldige*, ich bin nicht immer ein Miesepeter.“ Ich zerbrach mir den Kopf, um an etwas Lustiges zu denken, obwohl ich nicht sicher war, ob ich das Konzept ganz verstand. „Morgen, wenn wir trainieren, bringe ich Muffins mit. Mit Streuseln. Regenbogen-Blumen-Muffins. Das macht richtig *Spaß*."

Grübchen erschienen auf seinen Wangen. „Wenn wir sie essen, erzählst du uns dann, wie viele kleine Kinder letztes Jahr am Kuchen erstickt sind?"

„Wenn du glaubst, dass das kein nützliches Wissen ist, weiß ich nicht, was ich dir sagen soll."

Seine Augen funkelten. „Ich würde dich einem völkermordenden Irren vorziehen. Die Aufgabe eines Herrschers ist es, für die Sicherheit aller zu sorgen, und ich habe keinen Zweifel daran, dass du uns alle mit deinem Wissen über Todesarten vor Schaden bewahren wirst."

„Ich bin froh, dass endlich jemand meinen wahren Wert sieht."

Er steckte die Hände in die Taschen und blickte finster auf Orions Haus, als wir uns näherten. „Hat der König dir befohlen, in seinem Haus zu bleiben? Ist es ihm erlaubt, Forderungen an den Schattennachkommen zu stellen?"

„Dafür gibt es in den Büchern kein Protokoll." Ich seufzte. „Aber es *gibt* ein Protokoll für gegenseitige Angriffe. Wenn einer von uns den anderen zwischen den Prüfungen ermordet, wird derjenige vom Rat hingerichtet."

Ein Puls von warmer elektrischer Magie durchströmte mich und eine Gänsehaut entstand auf meiner Haut.

Ich drehte mich um und sah Orion aus den Schatten treten. Seine blassblauen Augen funkelten im Mondlicht. „Ah, Rowan. Wägen du und dein hübscher Freund hier die Konsequenzen eines Mordes an mir ab?"

Ich kniff die Augen zusammen und sah den König an. „Nein. Aber *Eure Majestät*, nur so aus Neugier: Befehlt

Ihr mir, bei Euch zu bleiben, oder habe ich die Möglichkeit zu gehen?“

Er starrte mich mit einem hitzigen Blick an. „Ich werde dich beschützen, Rowan, koste es, was es wolle.“

„Das ist nicht wirklich eine Antwort, oder?“, sagte Kas.

Die Luft wurde dünner, und Orion warf ihm einen scharfen Blick zu. „Ich bin dir keine Antwort schuldig, Kasyade.“ Dunkelheit glitt durch seine Augen, und er trat einen Schritt näher. „Damit du nicht vergisst, dass ich immer noch dein König bin. Rowan ist eine Lichtbringerin. Du bist es nicht.“

Kas hielt seinem Blick stand, und in der Stille wuchsen Dornen.

Bedrohung ging von Orion aus. Ich machte mir langsam Sorgen, dass er Kas das Herz herausreißen würde – seine übliche Methode, mit Unannehmlichkeiten umzugehen – und sog scharf die Luft ein. „Kas hat deine Autorität nicht in Frage gestellt. Er hat nur darauf hingewiesen, dass es keine richtige Antwort war.“

Orions heftiger Blick war immer noch auf Kas gerichtet, und die Luft um ihn herum wurde heiß. „Du warst damals dabei. Während des Massakers an den Lilu.“

Der tiefe, ruhige Tenor seiner Stimme jagte mir einen Schauder über den Rücken. Eine unausgesprochene Drohung lag in der Luft.

Kas hob sein Kinn. „Ich war damals noch ein Kind, genau wie du.“

„Nicht *genau* wie ich.“ Ich hörte das Gift in seiner samtenen Stimme. „Ich erinnere mich an dich, Kasyade. Du warst älter als ich. Du hattest so ein Glück, kein Lilu zu sein, nicht wahr?“

Sanft berührte ich Orions Arm. „Viele deiner Untertanen waren damals dabei. Du kannst sie nicht alle bedrohen."

Orion musste einsehen, dass er den Krieg nicht an zwei Fronten führen konnte. Wenn er wirklich eine Konfrontation mit den Sterblichen erwartete, brauchte er jeden Dämon auf seiner Seite, unabhängig davon, ob sie bei dem Massaker an den Lilu dabei gewesen waren oder nicht.

Orion legte den Kopf schief. „Dann betrachte es nicht als Drohung, aber als Warnung. Du, Kasyade, bist nicht qualifiziert, einer Lichtbringerin zu helfen, ihre Magie zu üben. Du hast keine Ahnung, mit welcher Gefahr du da spielst."

Und damit schlenderte er in sein Haus.

Ich starrte ihm hinterher. „Hast du eine Ahnung, wovon er spricht, Kas?"

„Wenn ich raten müsste", antwortete Kas trocken, „wird er versuchen dir zu sagen, dass deine Magie zu gefährlich ist, um sie zu benutzen, und dass du ihn einfach die Prüfungen gewinnen lassen solltest, damit niemand verletzt wird. Und dass das alles zu kompliziert ist, als dass du es verstehen könntest."

Ich schnaubte. „Genau." Warum fühlte ich dann bei Orions Warnung dieses scharfe Gefühl des Unbehagens? „Mach dir keine Sorgen, Kas. Ich werde alles ignorieren, was er sagt." *Lügen. Lügen.*

„Wir sehen uns im Morgengrauen", sagte Kas, dann beugte er sich vor und senkte seine Stimme. „Ignorier ihn weiter. Du schaffst das, Sonnenschein."

Ich ignorierte den Kosenamen und meine Brust entspannte sich ein wenig bei seinen Worten.

Als ich hereinkam, fand ich Amon mit seinen Hunden am Kamin sitzend, ein Buch auf dem Schoß. Über seiner dampfenden Tasse Tee hob er eine Augenbraue. „Der König ist in ... schlechter Stimmung."

Entzückend.

KAPITEL 17

Rowan

Ich stieg die Treppe hinauf und ging in mein kleines, gemütliches Zimmer, überrascht, dass Orion nicht in seinem war. Also schloss ich die Verbindungstür und schaltete das Licht an.

Erschöpft klappte ich die hölzernen Fensterläden zu, für den Fall, dass mich irgendwelche abtrünnigen Mörder beobachteten. Meine Kleidung roch leicht nach Rauch von den zufälligen Feuern, die ich heute im Wald entzündet hatte.

Eine verborgene Sorge nagte an mir, als ich zum Schlafen in eine kurze Hose und ein Tanktop schlüpfte. Orion hatte auch nie die Gelegenheit gehabt, Magie zu lernen, aber wie alles andere fiel sie ihm leicht, so leicht wie das Atmen.

Ich spitzte die Ohren, als ich hörte, wie sich die Tür zu seinem Zimmer öffnete. Ich ging zur Tür und presste mein Ohr an das Holz, um zu lauschen.

Und wäre fast in sein Zimmer gestürzt, als er die Tür öffnete. Er zog eine Augenbraue hoch. „Ja? Ich habe dich gegen die Tür atmen hören."

Man sollte meinen, ich hätte mich inzwischen daran gewöhnt, aber sein Anblick ohne Hemd raubte mir den Atem. Seine Haut sah in dem warmen Licht gebräunt aus, sein silbernes Haar leuchtete von hinten wie ein Heiligenschein. Ich zwang meinen Blick von seiner muskulösen

Brust zu seinem umwerfend perfekten Gesicht. Seine Haut war so *golden*.

Ich lehnte mich gegen den Türrahmen und versuchte lässig auszusehen.

Er öffnete die Tür weiter und gab mir ein Zeichen, einzutreten. Natürlich war es extrem dumm, sein Zimmer zu betreten, wenn er kein Hemd trug, aber ich ging trotzdem hinein.

„Zuckerwatte", flüsterte ich vor mich hin. „Königin Elisabeth."

Der Blick seiner eisigen Augen fiel im warmen Licht auf mich. „Hast du gerade *Zuckerwatte* und *Königin Elisabeth* geflüstert? Ich erinnere mich, dass du neulich behauptet hast, ich würde den Verstand verlieren, aber jetzt frage ich mich, ob du *projiziert* hast. Das ist doch das richtige Wort, oder?"

„Hast du Psychologiebücher gelesen?"

Er zuckte mit den Schultern. „Ich lese alles, was ich in die Finger bekomme."

„Wie konntest du mich auf der anderen Seite der Tür atmen hören?"

„Dämonen haben ein unglaublich gutes Gehör."

Er saß auf der Kante seines Bettes und lehnte sich zurück. Seine Haltung betonte leider seinen perfekten Körper, der vom Kerzenlicht vergoldet wurde. Ich dachte an unseren Kuss – tief und sinnlich, als ob er mich mit seiner Zunge nehmen würde.

„Rowan?"

„Ja. Hier." Ich riss meine Augen wieder auf und versuchte meine Gedanken zu ordnen. „Mein Gehör ist nicht so gut."

„Du hast dein ganzes Leben als Sterbliche gelebt. Es wäre wahrscheinlich überwältigend für dich. Vielleicht brauchst du einfach Zeit, um dich daran zu gewöhnen … so wie du Zeit brauchst, um zu lernen, wie du mit deiner Lichtbringer-Kraft umgehen kannst."

Ich saß so weit von ihm entfernt, wie es der Raum zuließ. Unbeholfen hockte ich auf der Kante eines Stuhls. Warum fiel es mir so schwer, mich in seiner Nähe zu entspannen, obwohl wir schon Sex gehabt hatten und zusammen in die Unterwelt gereist waren? Obwohl ich ihn – zu diesem Zeitpunkt – besser kannte als wahrscheinlich jede andere lebende Person? Obwohl wir uns *erst gestern* leidenschaftlich geküsst hatten?

„Was hast du damit gemeint, dass die Lichtbringer-Kraft gefährlich ist?", fragte ich. „Und wie hast du gelernt, damit umzugehen? Du hattest ja kaum mehr Zeit als ich mit deiner Magie."

„Nein. Aber ich bin von Natur aus gut in manchen Dingen, und du bist es ... nicht."

„Oh, mein *Gott*", murmelte ich.

„Wirklich, Rowan, du brauchst mich nicht so anzusprechen, obwohl ich technisch gesehen göttlich bin. Trotzdem Danke. Aber *Eure Majestät* ist für mich völlig in Ordnung."

Ich starrte ihn an, unsicher, ob er gerade einen Scherz gemacht hatte. Aber was machte das schon für einen Unterschied? Ich war nur aus einem Grund hier: Informationen. „Sag mir, woher du weißt, dass die Macht der Lichtbringer so gefährlich ist. Schließlich kannst du diese Gefahr nicht aus erster Hand kennen, weil du deiner Theorie nach alles perfekt machst."

„Oh, ich habe nicht gesagt, dass ich alles *perfekt* mache. Ich treffe viele schlechte Entscheidungen. Ich bin einfach gut in manchen Dingen. Wie du gesagt hast, bin ich im Grunde ein Gott …“

„Das habe ich nicht gesagt.“

„Aber um deine Frage zu beantworten: Ich habe es gespürt. Die Kraft des Sternenlichts ist aus meinem Körper geströmt. Und die Dinge, die es berührt hat ... es war, als würde die ganze Materie um mich herum zerfallen. Sie hat sich in Staub verwandelt, der von der Brise weggefegt wurde. Es war, als ob die Welt um mich herum zerfallen ist.“

Bei dieser schrecklichen Vorstellung holte ich scharf Luft. „Und wie kann ich meine Macht kontrollieren?“

Er erhob sich. „Steh auf, Liebes. Ich werde es dir zeigen.“

Wann hatte ich aufgehört zu hassen, dass er mich „Liebes“ nannte? Als ich aufstand, sah ich, wie sein Blick über meinen Körper strich.

Hitze ging von ihm aus. „Ich glaube, Magie ist für uns anders als für andere Dämonen.“ Er sprach leise, und seine tiefe Stimme ließ meinen Puls schneller werden. „Die meisten Dämonen versuchen einfach, ihre Magie zu nutzen und sie so mächtig wie möglich werden zu lassen. Wir dagegen müssen sie mäßigen. Manche Emotionen sind heiß und voller Energie. Wut, Leidenschaft, Liebe. Sogar Angst. Andere sind dunkel und kalt, wie Kummer und Verlust. Und es sind die kalten Emotionen, die sie mäßigen.“

Allein, dass Orion die Worte *Leidenschaft* und *Liebe* aussprach, ließ mein Blut noch schneller durch meinen Körper rasen.

„Wenn du Magie beschwören willst“, sagte er, „musst du die heißen Emotionen ansprechen. Deshalb konntest du genug Magie herbeirufen, um den Abgeordneten zu töten. Versuch es jetzt. Denk an etwas, das dich mit einem intensiven Gefühl erfüllt.“ Er streckte die Hand aus und berührte mich sanft direkt über meinem Bauchnabel. „Hier spürst du es zuerst, richtig? Zwischen deinen Rippen?“

Hitze strahlte von der Stelle aus, an der sein Finger mein weißes Baumwolltop berührte, und mein Blick glitt hinunter zu dem V über seiner Hose.

„Ja.“

„Versuch es. Ich möchte, dass du deine Magie beschwörst, aber versuch dich dabei auf ein intensives Gefühl zu konzentrieren.“

Mein Puls raste, als ich zu ihm hochstarrte und seinem Blick begegnete. Er musste *wissen,* welche Wirkung er auf mich hatte, denn seine Inkubuskräfte nährten sich davon. Aber konnte ich nicht auch *sein* Herz rasen hören?

Es war besser, an etwas anderes zu denken. Ich schloss die Augen und ließ die schlimmsten Dinge, die er je zu mir gesagt hatte, Revue passieren.

Ich respektiere dich nicht genug, um dich zu hassen ... Ich finde dich ermüdend und erbärmlich ... Du hast es nicht in dir ...

Wut kochte in meinem Blut und blendete das Verlangen aus. Und der Gnadenstoß für alle positiven Gefühle war die Erinnerung daran, wie er gesagt hatte: *Bringt diese Frau aus meinem Reich.*

Zwischen meinen Rippen, genau an der Stelle, an der Orion mich berührte, brodelte es. Wie konnte er es wagen, mich nach all dem wieder zu verführen? Schmelzender Zorn durchflutete mich.

„Rowan“, rief er.

Ich riss die Augen auf und fand Orion ein Licht gehüllt, das von meinem eigenen Körper ausging.

Als ich an mir herunterschaute, *glühte* ich. Das Licht blendete mich fast. Ich keuchte bei diesem Anblick. Ich hatte das schon einmal bei Orion gesehen, aber noch nie bei mir. Er berührte mich immer noch, und die Wärme seiner Fingerspitzen half mir, die Magie in meinem Körper zu bündeln. Als ich seine Finger ein wenig nach oben zog, spürte ich, wie sich das elektrische Summen der Magie mit ihnen bewegte. Jetzt breitete es sich in meiner Brust aus.

„Rowan“, flüsterte er. „Du bist *schockierend* mächtig. Du musst an ein kaltes Gefühl denken, bevor du mein Haus zerstörst. Denk an etwas Trauriges.“

Da gab es so viel zur Auswahl. Und das Erste, was mir in den Sinn kam, war ein Streit, den ich in der Woche vor ihrem Tod mit meiner Mutter gehabt hatte. Damals hatte ich ihr gesagt, dass sie mich mit ihrer ständigen Paranoia nervte. Ich hatte ihr gesagt, wenn sie so weitermachte, würde ich genauso verrückt werden wie sie.

Ich erinnerte mich noch genau an ihren verletzten Gesichtsausdruck …

Gott, ich war schrecklich. Schuldgefühle und Trauer durchströmten mich. Ich sah, wie das goldene Licht aus Orions Gesicht verschwand. Tränen stachen mir in die Augen, und ich versuchte sie wegzublinzeln.

Orion strich mir eine Haarsträhne aus dem Gesicht – eine so natürliche Geste, dass ich fast vergaß, dass ich eigentlich auf der Hut sein sollte.

„Als Lichtbringer“, sagte er leise, „ist unsere Macht anders. Überwältigend. Wenn sie sich zu stark anfühlt, musst du sie abschalten. Ansonsten könnte sie aus dir herausbrechen und alles um dich herum verbrennen. Was auch gerade passiert wäre, wenn ich dir nicht geholfen hätte, sie zu mäßigen.“

Er schien aufrichtig zu sein, aber ich konnte Kas’ Antwort schon in meinem Kopf hören. Kas würde mir sagen, dass er versuchte mich zum Aufgeben zu überreden.

Ich seufzte und versuchte immer noch die verheerende Erinnerung an Mom abzuschütteln. „Okay. Wenn es so aussieht, als würde ich die Kontrolle verlieren, weiß ich, woran ich denken muss.“

Seine blassen Augen suchten meine. „Woran?“

„Schuldgefühle.“

„Ah“, sagte er leise. „Die kenne ich nur zu gut. Sie sind immer bei mir. Und vielleicht ist das der Grund, warum ich nie ganz die Kontrolle über meine Magie verliere.“

„Danke für die Hilfe.“ Ich schluckte. „Vielleicht.“ Ich blinzelte. Es fiel mir schwer, einen zusammenhängenden Gedanken zu fassen, was in Orions Nähe nicht ungewöhnlich war.

Aber im Moment war ich besonders verwirrt.

Die Welt schien sich zu verdunkeln. Jedes Wort, jeder Satz flog an mir vorbei wie Löwenzahnpollen, die im Wind wehten. Ich wollte mich am liebsten direkt an seine starke Brust fallen lassen und mich von ihm umarmen lassen. „Irgendetwas fühlt sich nicht richtig an.“

Er legte seine Hände auf meine Schultern. Einer seiner Daumen bewegte sich langsam hin und her und verschaffte mir wieder Klarheit. „Es ist nicht nur das Risiko des Schadens, den du in deiner Umgebung anrichten kannst. Mächtige Magie wie diese hat ihren Preis. Wenn du deine Lichtmagie loslässt, hinterlässt du ein Vakuum. Und die Chaosmagie dringt ein, um diese Lücke zu füllen."

Mit seiner Berührung klärte sich mein Geist wieder. Ich griff nach oben und zog seine Hände von meinen Schultern. „Warum solltest du mir helfen, deine Krone an mich zu reißen?"

„Weil wir auf der gleichen Seite sind."

Erschöpfung überflutete mich und ich wollte mich am liebsten in seinem Bett zusammenrollen. Aber mein eigenes war nur ein paar Meter entfernt. „Ich sollte schlafen gehen." Ich drehte mich um. Meine Muskeln waren wie Blei. „Gute Nacht."

„Rowan?"

Als ich mich zu ihm umdrehte, glaubte ich einen Anflug von Traurigkeit über seine perfekten Gesichtszüge huschen zu sehen – aber sie war sofort wieder verschwunden.

„Ja?"

„*Sonnenschein.*" Seine Stimme klang verächtlich. „Was soll das?"

Ich verdrehte die Augen. „Das ist sarkastisch gemeint. Weil ... du weißt schon ..." Plötzlich wollte ich unbedingt wissen, was er von mir dachte. „Weil ich ein Miesepeter bin."

Er musterte mich genau. Ich erwartete, dass er etwas leicht Beleidigendes sagen würde. Stattdessen sagte er: „Ein Miesepeter?"

In Anbetracht der Geschichte von Orion *war* ich wahrscheinlich ein wahrer Sonnenschein. „Ich kenne eine Menge Fakten über den Tod und über Ängste."

Eine Falte bildete sich zwischen seinen Brauen. „Aber natürlich kennst du die. Es ist wichtig. Sterbliche kommen so leicht ums Leben. Und du scheinst besonders unfallgefährdet zu sein.“

„Danke für dein Vertrauen.“

„Du bist kein Miesepeter. Du bist eine der unterhaltsamsten Leute, die ich je kennengelernt habe.“

„Du kennst nur etwa vier Leute, und einem von ihnen wurde der Kopf mit einer Axt gespalten.“

Ein Lächeln umspielte seine Lippen. „Siehst du?“

Ich schluckte und drehte mich um, um zurück in mein Zimmer zu gehen. Das warme Gefühl, das mir seine Worte gegeben hatten, störte mich.

Immerhin ignorierte ich ihn komplett.

KAPITEL 18

Rowan

Noch fünf Tage bis zur Prüfung.

Nachdem Orion mir geholfen hatte, meine Magie kennenzulernen, hatte ich mich strikt daran gehalten, ihm aus dem Weg zu gehen. Ich verließ das Haus im Morgengrauen, bevor er aufwachte, und kehrte nach Hause zurück, wenn er nicht da war. In den letzten drei Tagen hatte ich es geschafft, meinen Fokus nicht zu verlieren und mir eine Krone auf meinem Kopf und eine friedliche Dämonenstadt unter meiner Herrschaft vorzustellen.

Mit meinen Lehrern arbeitete ich mich durch eine magische Aufgabe nach der anderen.

Irgendwann erlaubte mir Legion endlich, einen Monarchfalter von den Toten auferstehen zu lassen. Jetzt flatterte der Schmetterling um meinen Kopf herum und leuchtete in der untergehenden Sonne aprikosenfarben.

„Hübscher Zombie-Schmetterling“, meinte Shai.

„Genial.“ Kas strahlte mich an. „Was meinst du? Willst du nach Hause gehen oder willst du versuchen, eine Hexe zu beschwören?“

„Ich bin bereit für die Hexe.“

„Lasst uns das Blut holen“, sagte Shai, die in einem langen schwarzen Kleid mit Spitzenärmeln perfekt hexenmäßig aussah.

„Ich glaube, sie ist bereit“, sagte Legion. „Wir haben noch vier Tage Zeit. Wenn es Probleme gibt, brauchen wir die Zeit, um sie zu lösen.“

„Oh, den Göttern sei Dank.“ Kas grinste. „Mir war schon unglaublich langweilig.“

Ich atmete tief ein. „Ich muss den Spruch schnell aufsagen können. Die oberste Hexe der Belial Universität wird uns das Startsignal geben, und dann geht es darum, wer als Erster den Zauber vollständig ausspricht.“

„Hmm.“ Legion zog ein kleines, purpurrotes Fläschchen aus seiner Tasche. Er drehte es zwischen seinen Fingerspitzen und begegnete dann meinem Blick. „Du bist also bereit dafür?“

Ich zuckte mit den Schultern. „Ich kann es ja mal versuchen. Aber kannst du mir einen Gefallen tun und zurückgehen? Wenigstens hinter die Bäume. Falls ich die Kontrolle über meine Magie verliere.“

Legion zog eine dunkle Augenbraue hoch. „Du hast seit Tagen nichts mehr angezündet.“

„Richtig“, sagte ich. „Aber keiner von uns hat viel Erfahrung mit der Macht der Lichtbringer. Wer weiß, was alles passieren kann.“

Er zuckte mit den Schultern. „Okay. Aber lass es uns mit einer Hexe versuchen, die wir kennen. Jemand, der sanft und nachsichtig ist. Jemand, dem es nichts ausmacht, von den Toten herbeigerufen zu werden.“

Ich nahm ihm das Blut aus der Hand und öffnete das Fläschchen. „Hast du jemanden im Sinn?“

„Goody Pendleton“, sagte Legion. „Auch bekannt als Chemosh. Ich kannte sie vor langer Zeit. Sie hat hier im achtzehnten Jahrhundert studiert.“

„Ah, gute Wahl.“ Kas’ tiefe Stimme war ein Brummen zwischen den Baumstämmen. Er trug eine Pusteblume hinter seinem Ohr. Die Kombination aus einer Blume und seinen Tätowierungen stand ihm sehr gut. „Chemosh ist reizend. Sie hat mir jeden Sonntag Hot Cross Buns gemacht. Ich glaube, sie hatte eine Schwäche für mich.“

Legion seufzte. „Das sagst du über jede Frau.“

„Ihr dämonischer Name ist Chemosh“, sagte Kas und ignorierte ihn. „Du wirst sie am Ende des Zaubers rufen müssen.“

„Chemosh“, wiederholte ich mit einem harten H.

„Du hast die Aussprache drauf.“ Shai blätterte in einem der Zauberbücher. „Warte einen Augenblick, bis ich den Beschwörungszauber finde.“

Ich zog den Korken aus der Blutampulle.

„Nur damit du es weißt, sobald du mit dem Beschwörungszauber beginnst, könntest du ein paar Visionen der Toten sehen.“

In meiner Brust flackerte ein wenig Angst auf. Ich hatte genug Visionen von meiner toten Mutter gesehen, um ein Leben lang genug davon zu haben.

Legion atmete tief durch und schaute Shai an. „Ich schätze, wir sollten uns verstecken.“

Sie reichte Kas das Buch, und er schlug es auf der richtigen Seite auf.

Ich zog die Augenbrauen hoch, als er den Hain nicht verließ. „Du bleibst doch nicht hier, oder? Was ist, wenn ich in Feuerballmagie explodiere?“

„Du brauchst dir keine Sorgen um mich zu machen. Das ist der Vorteil, wenn man ein Dämon ist. Selbst wenn ich zu Asche verbrenne, werde ich mich erholen – es wird nur ein paar Tage dauern. Ich bitte dich nur darum, mir nicht das Herz herauszuschneiden, Sonnenschein."

Ich tauchte meinen kleinen Finger in das Blut und malte mir vorsichtig einen fünfzackigen Stern auf die Stirn. Der kupferne Geruch von Sterblichenblut füllte meine Nasenlöcher. Sobald die Flüssigkeit auf meiner Haut war, spürte ich, wie mein Körper darauf reagierte und die Magie in meinen Adern heiß wurde. Ich verschloss das kleine Fläschchen und steckte es in meine Tasche, dann wischte ich meine Finger an meiner Jeans ab und nahm Kas das Buch ab.

Kas' bernsteinfarbene Augen leuchteten.

Mit dem Blut auf meiner Haut schien die Welt heller zu werden, auch wenn bereits die Dämmerung einsetzte. Licht strahlte durch die Eichenblätter, und kleine Staubkörner schwebten in den Strahlen. Überall um mich herum erwärmte die Sonne die Luft. Ich fühlte mich *high.*

Kas selbst schien vor Licht zu leuchten, schön wie ein Engel. „Wie fühlt es sich an?", fragte er.

Ich seufzte, mein Atem zitterte. „Euphorisch."

Er ließ ein leises Kichern hören. „Gut. Verbinde dich mit der Erde und schau, ob du das Gefühl verstärken kannst."

Ich blinzelte in die goldenen Sonnenstrahlen. „Was?"

Er trat um mich herum und seine liebliche, kiesige Stimme ertönte nun direkt hinter meinem Rücken. „Zieh deine Schuhe aus."

Shai hatte recht mit seiner Stimme. Sie *war* wirklich schön.

„Zieh sie aus", sagte er, „und spüre die Erde unter deinen Füßen. Das kann helfen, die Kraft zu verstärken."

Ich schlüpfte aus meinen braunen flachen Schuhen und stellte mich auf den Boden. Eine erdige Waldbrise rauschte über mich hinweg und verursachte mir eine Gänsehaut. Vom Boden ausgehend begann ich meine Magie zu rufen, und Wärme breitete sich in meinem Körper aus. „Okay. Los geht's."

Ich fing an, den Zauberspruch zu rezitieren, wie ich ihn in Dämonisch gelernt hatte, und die Kraft pulsierte in meinem Nacken.

Ich schloss meine Augen und dachte an ein *heißes* Gefühl. Und so sehr ich auch versuchte mich auf den männlichen Klang von Kas' Stimme zu konzentrieren, Orions sinnliches Flüstern drang immer wieder zu mir durch.

Ich wollte, dass du an mich denkst und nicht an Kas, wenn du schlafen gehst ...

Wärme kochte zwischen meinen Rippen. Ich wiederholte den Zauberspruch und dachte daran, wie es sich angefühlt hatte, als Orion mich geküsst und gegen den Bettpfosten gedrückt hatte. Die Art, wie seine Augen mich angesehen hatten, als ich die Decke fallen gelassen hatte ...

Eine Welle der Magie flammte in meinem Bauch auf und ich konnte spüren, wie das Licht meine Haut erwärmte.

„Verdammt", flüsterte ich. „Warte, das ist zu viel." Ich ließ zu, dass sich die Trauer über meinen Verlust um mich herum ausbreitete und die Kraft meiner Lichtbringer-Magie dämpfte.

Als ich meine Augen öffnete, sah ich Kas an und bemerkte seinen besorgten Gesichtsausdruck.

Er schüttelte den Kopf. „Nein, dafür musst du mächtige Magie einsetzen", sagte er. „Versuch alles zu beschwören, was du hast, denn ich weiß, dass Orion es tun wird."

Ich runzelte die Stirn und wich einen Schritt von ihm zurück. „Hast du schon mal gehört, dass die Macht eines Lichtbringers gefährlich ist? Zum Beispiel, dass ich, wenn ich meine ganze Kraft aufbrauche, alles um mich herum auflösen und meinen Verstand verlieren könnte?"

Seine Stirn legte sich in Falten. „Auflösen?"

„Augenblick." Shai trat hinter einer Eiche hervor. „Wer hat dir das gesagt? Orion?"

Ich merkte, dass es sich nicht besonders gut anhörte. „Er hat es mir nicht nur gesagt. Er hat es mir gezeigt. Als ich einen Ausbruch meiner Lichtbringer-Magie eingesetzt habe, habe ich mich verwirrt gefühlt. Er hat gesagt, dass wir als Lichtbringer ein Vakuum erzeugen und das Chaos das Licht ersetzt."

Shai zog eine Grimasse. „*Rowan*. Du kannst doch nicht wirklich glauben, dass er versucht dir zu helfen. Ihr seid *Rivalen*. Er hat versucht dich zu ermorden. Er will seinen Thron behalten."

Die Sonne war inzwischen unter die Baumwipfel gesunken, und der Wald war voller Schatten.

„Er ist der Herr des *Chaos*", sagte Kas. „Ich bin sicher, dass er Chaosmagie einsetzen kann, damit du dich ... chaotisch fühlst."

„Rowan", sagte Legion, „was sagen dir dein Instinkt?"

Mein Instinkt sagte mir, dass Orion recht hatte – aber wer wusste schon, ob das wirklich ein Instinkt war oder der Einfluss seines umwerfenden Kusses?

Shai ging näher an mich heran und umfasste mein Gesicht. Sie senkte ihr Kinn, sodass sich unsere Stirnen fast berührten. „Du wolltest, dass ich dich daran erinnere, nicht auf seinen Charme und seine Manipulation hereinzufallen, ja? Das tue ich jetzt."

„Genau.“ Ich zog ihre Hände von meinem Gesicht. „Okay, dann tu mir den Gefallen und geh weiter weg, als du vorher warst.“

„Wirklich?“

„Es besteht eine kleine Chance, dass Orion recht hat. Und wenn ich die Kontrolle über meine Magie verliere, könnte ich nicht nur meinen Verstand verlieren, sondern auch alles um mich herum auflösen.“

„Auflösen“, wiederholte Shai.

„Ich meine es ernst“, sagte ich. „Es ist mir egal, wenn du mir nicht glaubst. Ich habe gespürt, dass die Macht der Lichtbringer kurz vor der Explosion steht, und ich will nicht, dass du in ihre Nähe kommst. Ich meine damit, dass du auf die andere Seite des Acheron gehen sollst. Es ist mir egal, ob ihr alle wieder gesund werdet, weil ihr Dämonen seid – ich brauche nicht noch mehr Horror, der sich in mein Gedächtnis einbrennt.“ Ich starrte Kas mit einem ernsten Blick an. „Ich meine euch *alle*. Wenn der Zauber funktioniert, komme ich zu euch.“

Shai holte tief Luft. „Gut, aber wir sollten über Face-Time zusehen.“

Legion runzelte die Stirn. „Ist das ein Zauberspruch?“

Sie zog ihr Handy aus der Tasche und fuchtelte damit herum. „Wir können sie per Video beobachten und wenn jemand versucht sie zu ermorden oder sie zufällig den Verstand verliert, können wir sie retten.“

„Gut.“ Ich zog mein Handy aus meiner Jeans und lehnte es an eine Eiche. „Ruf mich an, wenn du auf der anderen Seite des Flusses bist. Wenn mein Handy plötzlich nicht mehr funktioniert, liegt es entweder am schlechten Empfang oder weil ich explodiert bin.“

Shais Stirn legte sich in Falten. „Oookay.“

In der City of Thorns war es Nacht geworden. Meine Freunde verschwanden schnell in der Dunkelheit und ließen mich allein, wie ich es wollte. Als die Geräusche ihrer Schritte verklangen, schien die Luft kälter zu werden.

Auf meiner Stirn kribbelte das Hexenblut.

Es kam mir wie eine Ewigkeit vor, bis mein Telefon klingelte und das kleine Display mit Shais Bild aufleuchtete. Ich ging zur Eiche und antwortete.

Shais Gesicht tauchte auf dem Bildschirm auf. „Wir sind hier. Wir hängen am Fluss rum."

Ich winkte Shai zu. „Ich bin bereit."

„Zeig's ihnen, Sonnenschein!", sagte Kas von hinten.

Ich verdrehte die Augen und trat zurück in den Hain. Barfuß atmete ich tief und zitternd ein.

Dabei rief ich eine Erinnerung wach, die mich in Rage versetzte: Orion stand über König Cambriel und brachte den Mann um, den ich zu töten geschworen hatte. Er nahm mir meine Rache weg ...

Vor meinem geistigen Auge sah ich die heißen Blutspritzer auf dem Stein. Wut stieg in mir auf und spannte meine Muskeln an. Genau die richtige Menge an Kraft ...

Ich öffnete meine Augen und sah, wie Wind durch die Bäume peitschte. Ein schwaches goldenes Leuchten ging von meinem Körper aus und ich begann den Zauberspruch aus dem Buch aufzusagen. Während ich las, bildete sich eine Gänsehaut auf meiner Haut. Aus den Augenwinkeln flackerten geisterhafte Bilder an mir vorbei. Zwischen den Baumstämmen schienen sich Schatten mit Lichtfetzen zu vermischen.

Ich blickte noch einmal auf die Seite hinunter, aber es dauerte einen Moment, bis ich meinen Platz auf dem Blatt wiederfand. Ich fing wieder an und sprach jedes Wort sorgfältig aus. Meine Haare sträubten sich im Nacken, als ich spürte, dass ich die Tür zu einer alten, mächtigen Welt öffnete. In den Augenwinkeln blitzten silberne Lichter auf. Vom Boden aufwärts durchströmte mich Kraft.

Umhüllt von Leuchten fühlte ich eine ursprüngliche Verbindung zu der Welt um mich herum – zu den Generationen von Sterblichen und Dämonen, die vor mir gekommen waren, die aus dem Waldboden gewachsen waren und ihn mit ihren Körpern genährt hatten. Die Nacht breitete ihren schattigen Mantel aus und ich atmete die feuchte, uralte Luft des Waldes ein. Hierhin gehörten die Lilu – in die Wildnis.

Magie glitt um mich herum, als ich mich dem Ende des Zaubers näherte. Aber auch unwillkommene Erinnerungen drängten sich auf: Orions Finger, die sich um mich schlossen, als er mich gegen den Bettpfosten hob, um mich zu küssen. Dieser tiefe, sinnliche Kuss war zu stark für mich, um daran zu denken.

Ich versuchte die Lust in den Hinterkopf zu verdrängen.

„*Chemosh*“, sagte ich und beendete den Zauberspruch noch einmal.

Licht strömte aus mir heraus, und ich versuchte die Glut meiner Gefühle zu dämpfen, indem ich an den schlimmsten Tag meines Lebens dachte. Aber ich hatte das Gefühl, dass ich ihn jetzt riechen konnte, den Duft von verbranntem Zedernholz, der mich umgab. Seine Haut hatte einen goldenen Schimmer.

Orions Augen waren auf mich gerichtet, als ich mich auf dem Bett zurücklehnte, und verdunkelten sich, weil ihm gefiel, was er sah. Er war kurz davor, die Kontrolle über sich zu verlieren ...

Wovor hast du solche Angst?

Vor dir.

Aus der Ferne hörte ich Shai meinen Namen rufen. Aber ich war nicht mehr in ihrer Welt. Mein Körper wurde heißer und heller. Er bebte mit der Kraft der Sterne, bis mein Verstand keine Worte mehr formte. Ich lebte jetzt in einer Welt aus Licht.

Aber ich wusste nicht mehr, wo meine Füße die Erde berührten, oder ob ich überhaupt einen Körper hatte.

Ich wachte in Orions Armen auf und hörte, wie er fluchte. Als ich meinen Mund öffnete, um ihm etwas zu sagen, wusste ich nicht mehr, wie ich sprechen sollte oder wie ich hierhergekommen war. Ich wusste nur, dass ich geheilt werden musste und dass ich mich nach seinem Körper auf meinem sehnte.

Wie im Rausch starrte ich auf sein kantiges Kinn, bis ich mich nicht mehr an seinen Namen erinnern konnte.

KAPITEL 19

Orion

Ich trug Rowan in mein Zimmer. Sobald ich das gleißende Licht in der Wildnis gesehen hatte, war ich von Panik ergriffen worden. Ich war durch die Luft gerast, nur um sie auf einer Lichtung aus Staub und Asche zu finden. Die Luft schimmerte immer noch golden um sie herum.

Ihre Magie hatte einen großen Kreis von Bäumen verschlungen, und sie lag in der Mitte, ihre Kleidung durch die Kraft des Chaos' zerstört. Einen Moment lang war ich so überwältigt von ihrem Anblick, wie sie nackt auf der Erde lag, dass ich kaum klar denken konnte. Aber als mir bewusstwurde, wie sehr sie mich brauchte, wurden meine Gedanken kristallklar.

Ich konnte ihre Seele nicht spüren.

Rowan war hier – ich konnte sie sehen, ihr Gewicht in meinen Armen spüren, ihren Duft nach reifen Kirschen und den moosigen Geruch des Waldes riechen, der noch an ihrer Haut hing. Ihre Brust hob und senkte sich mit jedem Atemzug. Aber ich konnte ihr Leben nicht fühlen. Normalerweise konnte ich ihre Energie spüren, aber wie bei der Musik der Sphären war es schwer, eine ständige Präsenz wahrzunehmen, bis sie verstummte.

Rowans Energie war schon so gewesen, bevor ich sie kennengelernt hatte. Vielleicht seit ihrer Geburt – mein Zwillingsstern, eine vibrierende, summende Kraft am Rande meines Bewusstseins.

Als der Mob sie in der Unterwelt aufgehängt hatte, hatte ich dieselbe schreckliche Stille gespürt. Die Angst hatte mein Herz aussetzen lassen.

Jetzt legte ich sie sanft auf mein Bett, und ihre Arme fielen über ihren Kopf. Ihr Haar breitete sich um sie aus wie das einer Meerjungfrau. Oder wie Ophelia auf den Gemälden, nachdem sie sich ertränkt hatte, während ein Königreich auf dem Spiel stand. Mit dem verrückten, mörderischen Prinzen Hamlet, der sie in den Wahnsinn trieb ...

Bedauern schnürte mir die Kehle zu.

Mist. Ich war der verrückte, mörderische Prinz. Und das hatte ich angerichtet. Ich hätte immer für sie da sein sollen, anstatt sie aus der City zu werfen.

Rowan war so wild gewesen, als sie den Fehdehandschuh vor meine Füße geworfen hatte, und jetzt sah sie so zart aus – Alabasterhaut, schmale Handgelenke. Ihre Waden und ihr Rücken waren mit Schmutz verdreckt.

Rowan hatte ihre ganze Lichtbringer-Kraft auf einmal eingesetzt und nichts zurückgehalten.

Kasyade und Legion waren keine richtigen Lehrer. Sie waren rücksichtslose Mistkerle, die von ihrer eigenen Rechtschaffenheit überzeugt waren.

Aber es war nicht ihre Schuld, dass Rowan mir nicht glaubte. Die traurige Wahrheit war, dass *ich* derjenige war, der sie davon überzeugt hatte, mir nicht zu vertrauen. Ich war derjenige, der sie weggestoßen hatte, weil ich zu viel Angst hatte, wieder jemanden zu verlieren.

Sie wusste, dass jemand wie ich betrügen und stehlen würde, um die Rache zu bekommen, die ich Ashur versprochen hatte.

Was sie nicht wusste, war, dass im Moment etwas anderes wichtiger für mich war als der Thron. Es war auch nicht die Rache.

Ich wollte nur, dass sie ihre verdammten Augen öffnete und mich ansah.

In diesem Moment bedeutete nichts anderes mehr etwas.

Rohe Angst ersetzte meine Wut, und Angst war das Einzige, mit dem ich nicht umgehen konnte. Sie war das, was ich hatte vermeiden wollen, sie war der Grund, weshalb ich Rowan weggestoßen hatte – die schwindelerregende Angst, jemanden zu verlieren, der mir wichtig war. Ich wollte diesen Schrecken vermeiden, den Schrecken, der mich verschlungen hatte, den Schrecken, der mich gebrochen hatte, bis ich nicht mehr wusste, wer ich eigentlich war.

Ich berührte ihre Haut, genau zwischen ihren Brüsten. Was auch immer an Licht in ihr verblieben war, war jetzt nur noch ein leuchtendes Flämmchen. Dunkelheit und Chaos wirbelten um sie herum. Das Licht würde für immer verschwinden, wenn ich sie nicht bald heilen konnte.

Wenn ich es nicht schaffte, wäre sie für immer an das innere Chaos verloren.

Mit einer Handbewegung erweckte ich die Kerzen in meinem Zimmer zum Leben – ich zog sie immer noch dem elektrischen Licht vor. Und ich musste diese Flammen jetzt in Rowan schüren. Lilu heilten, indem sie sich von der Lust ernährte, aber es musste richtig gemacht werden.

Langsam.

Zu viel Lust zu schnell würde sie überwältigen. Ich musste sie an den Rand bringen und sie so lange wie möglich dort halten. Ein langsamer, erotischer Aufbau war der beste Weg, um eine entkräftete Lilu wiederzubeleben. Eine brodelnde Hitze. Als ich meine Hand auf ihre Brust legte, hörte ich sie schon leise stöhnen. Auch wenn sie noch nicht klar denken konnte, wussten die primitiven Instinkte ihres Körpers, was sie brauchte.

Ich streckte ihre Arme in Richtung der Bettecken aus. Dann drehte ich meinen Zeigefinger in der Luft. Ranken meiner Magie schlangen sich um Rowans Gliedmaßen und hielten sie fest. Wenn irgendetwas schief ging – wenn ich sie mit meiner Kraft überwältigte –, musste ich sie unter Kontrolle haben.

Ihr Herz begann zu rasen und ihre Brust errötete. Irgendetwas in ihrem Körper mochte es, gefesselt zu sein, ein Detail, über das ich später nachdenken musste, wenn ihr Leben nicht auf dem Spiel stand.

Schon strich ihre warme Sukkubus-Magie über meine Haut. Sie lud mich ein und ließ meinen Atem schneller werden. Es gab noch eine Chance, sie zurückzubringen.

Mein Blick schweifte über ihren nackten Körper und ich kämpfte um Zurückhaltung.

Ich erinnerte mich daran, von einem gefräßigen Dämon namens Shedim gelesen zu haben, der Hunger und Verhungern als Foltermethoden einsetzte, aber mit einem Hinterhalt. Er hielt die Sterblichen wochenlang oder noch länger am Rande des Todes, nur einen Herzschlag vom Ende entfernt. Er sorgte dafür, dass die Sterblichen gerade genug zu essen bekamen, um zu atmen. Gerade stark genug, um sich zu bewegen und zu stehen, aber nicht mehr. Der Clou war, dass er den armen Narren dann ein üppiges Festmahl vorsetzte – eine lange Tafel mit allerlei reichhaltigem Fleisch und Käse, Obst und Kuchen, Brot und Wein. Die hungernden Menschen hatten unweigerlich wie wilde Tiere das Essen verschlungen und versucht sich alles auf einmal in den Mund zu stopfen.

Shedim ernährte sich von ihrer Völlerei.

Sie aßen, bis sie sich übergeben mussten. Manche aßen sogar, bis ihre Mägen platzten, sehr zu Shedims Freude.

Und als ich Rowan jetzt ans Bett gefesselt anstarrte, ahnte ich, was diese hungernden Sterblichen angetrieben hatte, denn sie sah vor mir wie ein Festmahl aus. Derselbe Wahnsinn drohte mich zu überwältigen.

Aber eigentlich war das gar nicht Rowan. Ihr Verstand funktionierte nicht.

Und ich hatte versprochen, sie nicht zu küssen, bis sie mir vertraute. Ich *hasste* es, Versprechen zu brechen, und in ihrem Zustand hatte sie keine Möglichkeit, mir zu sagen, dass sie mir vertraute.

Ich warf eine meiner Decken über sie, die sie von den Brüsten bis zu den Oberschenkeln bedeckte, und sie seufzte bei der Berührung. Jeder Muskel in meinem Körper spannte sich bei diesem Geräusch an. Sie ernährte sich bereits von meiner rohen Lust und heilte sich davon. Ich musste nur im selben Raum mit ihr sein, und schon konnte sie von meiner Lust trinken. Aber mit der richtigen Technik konnte ich sie noch schneller heilen.

Ich griff nach unten, um ihre nackten Beine zu berühren und ließ meine Fingerspitzen langsam die Wölbung ihrer Waden bis zu den Kniekehlen nachzeichnen.

Als ich ihre Oberschenkel erreichte, umgriff ich sie. Ihre Muskeln spannten und entspannten sich unwillkürlich, als ich sie kräftiger drückte. Sie gab ein winziges, wimmerndes Geräusch von sich. Ihr Mund öffnete sich, als sie tiefer einatmete. Da war es – etwas mehr Licht in ihren Augen. Ihr Blick war auf mich gerichtet. Sie zerrte an den

Fesseln. Schon jetzt heilte sie – sie ernährte sich von mir. Ihr Körper rief nach mir wie eine Sirene.

Ich strich langsam und sanft über ihre Oberschenkel. Hungrig nach mir, atmete sie schneller.

Meine Nasenflügel blähten sich auf, als meine eigene Erregung durch meinen Körper stürmte. Meine Inkubusmagie glitt über sie, während ich ihre Beine bis zu ihren Füßen hinunterstreichelte und sie nacheinander massierte, wobei meine Daumen Druck auf ihre Fußsohlen und bis zu ihren Fußballen ausübten. Ich ließ mir Zeit, um zu ihren Oberschenkeln zurückzukehren, was sie zum Stöhnen brachte, als sie ihren Körper gegen die Fesseln bewegte. Die Decke rutschte ein wenig herunter und enthüllte eine Brustspitze, die schmerzhaft hart zu sein schien und nach Berührung lechzte.

Sie flüsterte meinen Namen so leise, dass ich ihn kaum hören konnte.

Und es kostete mich alles, was ich in mir hatte, um sie nicht auf der Stelle zu nehmen, um mich nicht wie einer von Shedims gequälten Sterblichen zu verhalten und mich meinen niedersten Begierden hinzugeben. Ich knurrte, ein leises, gutturales Geräusch, und bewegte meine Hände zu den Vertiefungen ihrer Hüften, wobei ich die Decke gerade so weit zur Seite zog, dass ich ihre Haut streicheln konnte. Verdammt, ich wollte die Decke beiseite reißen und sie ganz sehen, aber es war nicht der richtige Zeitpunkt.

Wo ich sie berührte, tanzten Funken, als wäre sie aus reinem Feuer, das ich schürte. Ich beobachtete es fasziniert. Die Lilu waren wirklich erstaunliche Kreaturen.

Ihre Augen flackerten auf und sie flüsterte meinen Namen. Erleichterung durchflutete mich, als ich merkte, dass es funktionierte, und ich fuhr mit den Fingerspitzen über ihren Brustkorb.

„Rowan?", flüsterte ich. „Kommst du zu mir zurück?"

Sie keuchte, als ich meine Fingerspitzen weiter nach oben gleiten ließ, direkt unter ihre Brüste. „Ja", hauchte sie.

Ihre Hüften hoben sich, während ihr Körper nach der sexuellen Befreiung strebte, die das Lebenselixier eines Sukkubus war. Als sie wieder meinen Namen sagte, begann ich wieder ihre Schenkel zu streicheln und ihre Lust zu schüren.

Jeder Teil von mir brannte für sie und jeder Schlag meines Herzens ließ das Blut an den einzigen Ort pumpen, an dem ich es brauchte.

Verdammt.

Aber in diesem Moment war nichts außer ihr wichtig.

KAPITEL 20

Rowan

Heiße, samtene, erotische Magie erfüllte den Raum und ließ meinen Körper vor Verlangen pulsieren.

Ich *brauchte* Orion.

Ich hatte mich noch nie nach so etwas gesehnt. Nicht nur einen Orion – ich wollte zwei von ihm. Drei? Münder auf meinen Brüsten, zwischen meinen Beinen ...

Ich stellte mir vor, wie ein ganzer Haufen von ihnen mich umgab, mich überall küsste und mir den Sex gab, nach dem ich mich sehnte. Die seidige Decke war eine leichte, quälende Reibung auf meiner nackten Haut. Macht er das absichtlich?

Er hatte mich in diesen wilden Zustand der sexuellen Erregung gebracht, aber er ließ mich am Rand verhungern. Verdammt, ich würde alles sagen, was er wollte, wenn er mir nur geben würde, was ich brauchte. Wenn ich noch wüsste, wie man Worte bildete ...

Was ich wirklich wollte, war, mich auf ihn zu stürzen, mich auf ihm zu räkeln und mich an seinem Körper zu sättigen. Aber ich konnte mich nicht bewegen – ich war an meinen Hand- und Fußgelenken mit schimmernden Bändern aus Energie gefesselt. *Verdammt noch mal, Orion.*

Sein Daumen zog Kreise über meine Hüftknochen, direkt unter der Decke, und mein Körper zitterte. Das war nicht der Punkt, an dem ich ihn wirklich brauchte.

„Orion“, flüsterte ich heiser. Das Licht der Kerzen tanzte an den Wänden, während ich versuchte das Woher und Warum und Wie meiner misslichen Lage zu begreifen. Ich konnte mich nur vage daran erinnern, wie ich hierhergekommen war.

Ich wollte ihn bitten, die Fesseln und den Stoff von meinem Körper zu entfernen, aber meine Gedanken waren immer noch ein Wirrwarr.

Er lehnte sich über mich, die Ellbogen auf beiden Seiten, und seine Augen suchten meine. In diesem Licht sah er golden aus, und ich glaubte Erleichterung in seinen Augen und ein schwaches Lächeln zu erkennen. „Da bist du ja, Rowan.“

Die Art, wie er meinen Namen sagte, klang ehrfürchtig.

Ihr Götter, er roch fantastisch. *Küss mich, du heißer Mistkerl.*

Er streichelte mit dem Daumen über meine Wange. „Du hast dich völlig verausgabt. Ich schätze, du musstest es auf die harte Tour lernen.“ Ein verführerisches Lächeln umspielte seine Lippen. „Du hast Glück, dass ich dich auf die harte Tour zurückbringen kann.“

Er beugte sich herunter und küsste meinen Kiefer, dann wanderte er tiefer zu meinem Hals. Mein Körper wölbte sich ihm entgegen und meine Hüften bewegten sich nach oben. Jede Berührung seiner Lippen auf meiner Haut ließ Hitze durch meinen Körper gleiten und zwischen meinen Schenkeln pulsieren. Meine Brüste sehnten sich nach ihm, und die leichte Bewegung dieser seidigen Decke gegen meine Brustspitzen war die reine Folter. Ich stand in *Flammen.*

Er hörte auf, meine Brüste zu küssen, und blickte unter seinen schwarzen Wimpern zu mir auf. Seine Wangen waren gerötet, und der dunkle Blick in seinen Augen sagte, dass er mich verschlingen wollte. Warum tat er dann nicht mehr? Warum band er mich nicht los? Heilige Hölle, das war unerträglich.

„Orion“, sagte ich wieder, diesmal lauter, wie ein verzweifeltes Gebet um Erlösung. Das Einzige, woran ich mich erinnern konnte, war sein Name ...

Der Schmerz zwischen meinen Schenkeln war überwältigend. Ich war feucht vor Verlangen. Meine Schenkel waren durch die Fesseln gespreizt und ich brauchte ihn dringend, um die Leere in mir zu füllen.

„Ich habe gesagt, dass ich dich erst küsse, wenn du mir vertraust“, murmelte er in meinen Nacken. „Aber es zählt nicht, wenn ich dich nicht auf den Mund küsse.“ Wieder blinzelte er mich mit seinen schönen, silberfarbenen Augen an. „Und das hier ist ein Notfall.“

„Mehr“, stöhnte ich, als mir endlich ein neues Wort einfiel.

„Noch nicht.“ Er küsste meine Brüste, und ich versuchte meine Schenkel um ihn zu schlingen. Ich *brauchte* Sättigung. „Zu viel ist gefährlich, Liebes. Aber du ernährst dich von mir, weil ich dich unbedingt nehmen will.“

Seine Worte ließen mich zittern und ich versuchte meine Schenkel zusammenzupressen, aber sie waren zu weit auseinandergezogen.

Keuchend zerrte ich an meinen Fesseln und wehrte mich gegen sie. Obwohl ich innerlich darum bettelte, konnte ich nichts finden, was mir die Lust verschaffte, nach der ich mich sehnte. Ich ließ meinen Kopf zurück in die Kissen fallen. Ich konnte nur daran denken, wie sehr ich den Druck zwischen meinen Schenkeln brauchte, um mich zu erlösen.

Ich fühlte mich fast genauso leer wie damals, als meine Magie mich verlassen hatte, nur auf eine ganz andere Weise.

Wenn er mir einfach geben würde, was ich brauche, könnte das alles vorbei sein. Stattdessen zog er sich hoch, so dass er neben mir auf dem Bett saß, und schob die Decke ein wenig höher auf meine Oberschenkel. Seine Augen brannten vor dunkler Hitze, als er meinen Körper betrachtete. Ich war mir sicher, dass er sehen konnte, wie erregt ich war. Sein Kiefer war starr vor Anspannung und er sah aus, als würde er gleich zusammenbrechen.

Er zeichnete Kreise zwischen meinen Schenkeln – zu leicht, nicht hoch genug. Schamlos versuchte ich, mich gegen ihn zu bewegen. Dann fuhr er höher, über meine empfindlichste Stelle, aber zu leicht.

Ich krümmte mich in meinen Fesseln und zischte: „Bitte, Orion." Lilu-Magie erfüllte den Raum, warme Fäden unserer Magie verwoben sich und summten über meine Haut. Als ich mich bewegte, rutschte die Decke von meinen Brüsten. Sein Blick fiel auf meine verhärteten Brustspitzen. Er fluchte leise. Seine Muskeln spannten sich an, und er wandte seinen Blick von mir ab.

Dann riss der Mistkerl auch noch seine Hand von mir weg. Ich keuchte hörbar und war mir sicher, dass er das tat, um sich über mich lustig zu machen. Das war Folter.

Er drehte sich um, die Schultern angespannt, die Fäuste geballt, als würde er jeden Moment kämpfen müssen. „Für den Augenblick kann ich dir nicht mehr geben, Liebes. Deine Magie muss langsam zurückkehren, und ich bin kurz davor nachzugeben."

Ich knirschte mit den Zähnen. „Du tust das nur, um mich zu quälen."

Sein Blick glitt zurück zu mir. Seine Augen waren voller Schatten. „Du hast bereits genug Kraft zurückgewonnen, um in ganzen Sätzen zu sprechen. Es war der richtige Weg, dich zu heilen. Dein Körper kann sich mit unserer Lustmagie selbst heilen. Aber wenn sie zu weit geht, wird sie dich auslaugen, und dann stehen wir wieder am Anfang. Vertrau mir“, murmelte er. „Ich genieße das genauso wenig wie du.“

Aber vertraute ich ihm wirklich? Das war die Frage. Und ich konnte mich absolut nicht an die Antwort erinnern.

Ich zerrte an den Fesseln, als er durch eine Tür in einen anderen Raum ging, und fühlte mich verletzlich und ausgeliefert – und völlig unbefriedigt.

Von dort, wo ich lag, hörte ich das Geräusch einer Badewanne, die sich füllte. Als Orion aus dem Zimmer war, verlangsamte sich mein Herzschlag und ich atmete tief ein. Ich hatte mich noch nicht ganz erholt, aber meine Kräfte kehrten zurück.

Ich hoffte, dass mein Verstand bald folgen würde. Um Sex zu betteln war nicht mein Stil, schon gar nicht bei einem Rivalen, den ich eigentlich hassen sollte.

Orion kehrte ins Schlafzimmer zurück, nur mit einem Paar schwarzer Boxershorts bekleidet, die seinen gebräunten, muskulösen Körper zur Schau stellten. Mein Blick wanderte zu seinen Bauchmuskeln – und dann tiefer. So wie es aussah, war er genauso schmerzhaft erregt wie ich.

„Ich werde dich befreien und dich ins Bad tragen“, sagte er.

„Ich kann gehen“, protestierte ich schwach.

„Wie du willst.“

Mit einer Bewegung seines Handgelenks lösten sich die Schlingen, die mich gefangen hielten, in Luft auf. Ich rollte mich zu einem Ball zusammen, streckte mich wie eine Katze und drehte meinen Rücken in alle Richtungen, in die er sich drehen konnte. Wenn Orion mir nicht geben wollte, was ich brauchte, dann wollte ich unbedingt etwas Zeit für mich allein. Aber er hatte mich gewarnt, dass zu viel sexuelles Vergnügen gefährlich war. Und es war eindeutig an der Zeit, dass ich seine Warnungen beherzigte.

„Versprich mir, dass du vorsichtiger mit deiner Magie umgehst", sagte er leise.

„Oh, ich verspreche es." Ich schwang meine Beine vom Bett und stand auf, um zum Badezimmer zu gehen, das an sein Zimmer angrenzte. Ich schaffte etwa zwei Schritte, bevor ich zusammenbrach.

Orion war nah genug, um mich aufzufangen. Er hob mich hoch und trug mich zu dem sprudelnden, nach Lavendel duftenden Wasser.

Sanft ließ er mich in die Wanne gleiten.

Das Wasser war göttlich und half mir, mich von meinen sexuellen Qualen abzulenken. Ich begutachtete sein Badezimmer, das genauso ordentlich und sauber war wie alles andere, was er bewohnte. Die weißen Fliesen und das Marmorwaschbecken schimmerten im Sonnenlicht, das durch die rautenförmigen Fensterscheiben fiel. Auf einem Mahagonitisch lagen ordentlich gefaltete weiße Handtücher, und an der Wand darüber hing ein Spiegel. In der Reflexion beobachtete ich Orion hinter mir.

Er tauchte einen weißen Keramikbecher in die Wanne. „Neig deinen Kopf zurück."

Ich tat, was er sagte, und er schüttete mir Wasser über den Kopf, wobei er darauf achtete, dass es mir nicht in die

Augen spritzte. Auf dem Waldboden war ich mit Schmutz bedeckt gewesen. Jetzt wusch Orion mir die Haare und massierte meine Kopfhaut. In dem heißen Wasser wurde meine Haut rosa.

Ich entspannte mich unter seinen fachkundigen Händen und ließ zu, dass aus der Kopfmassage eine Schultermassage wurde, dann eine Fußmassage und ehe ich mich versah, war sein Gesicht so nah an meinem, dass ich seinen Atem an meinen Wangen spüren konnte. Wann immer er mich berührte, spielten seine Finger auf meinem Körper wie ein Konzertmeister auf einer Stradivari.

Aber je mehr ich geheilt wurde – und je mehr Klarheit zurückkehrte – desto mehr begann ein beunruhigender Gedanke in meinem Hinterkopf zu kreisen.

Ich war verdammt noch mal explodiert.

„Orion, was ist passiert? Wie viel habe ich zerstört?“, fragte ich.

„Alles in Ordnung, Liebes. Du hast einen ganzen Haufen alter Eichen abgeholzt.“

„Verdammt“, murmelte ich vor mich hin. „Aber allen anderen geht es gut?“

„Keiner wurde von der Explosion getötet.“

„Den Göttern sei Dank.“ Mein Körper entspannte sich und meine Augen schlossen sich, während sich der Dampf um meinen Körper legte.

Mann, war das gemütlich.

Meine Augen fielen langsam zu und meine Muskeln wurden weich. Orion musste es bemerkt haben, denn im nächsten Moment wickelte er mich in ein Handtuch und hob mich hoch. Er trug mich zurück in sein Zimmer und legte mich auf sein Bett. Es schien ihn nicht zu stören, dass ich seine Laken nass machte, und ich war zu müde, um mir darüber Gedanken zu machen. Ich rollte mich in seiner Decke zusammen und freute mich, dass ich den Geruch von verbranntem Zedernholz – seinen Geruch – überall wahrnahm.

Mein Atem wurde langsamer, und ich zog seine Decke über meine Schultern. Das Letzte, was ich spürte, bevor ich einschlief, war sein Arm, der sich schützend um meine Taille legte.

Aber Orion schlief oben auf der Decke und ich darunter.

Ich wachte auf, als eine Frauenstimme den Raum erfüllte. Träge blinzelte ich in die untergehende Sonne und versuchte mir über meine Umgebung klar zu werden. Als ich an mir herunterschaute, sah ich, dass mir jemand ein weißes Nachthemd und Unterwäsche angezogen hatte.

Mit müden Augen blinzelte ich zum Fenster – ein Sonnenuntergang, der von Veilchen und Rosen durchzogen war. Ich dachte, ich hätte einen ganzen Tag lang geschlafen, und setzte mich auf, um das Wasser zu trinken, das jemand auf dem Nachttisch vergessen hatte.

Ich war in Orions Schlafzimmer, wo alles an seinem Platz war. Langsam kehrten die Erinnerungen zurück – der Zauber, die sexuelle Folter, die Heilung.

Aber wer zum Teufel war diese Frau, die da sprach?

Der Nebel des Schlafes lichtete sich mehr und ich hörte ihre Worte.

„... aber Lenore war ein ängstlicher Rabe ...“

Ich erschrak und schaute zurück auf den Nachttisch. Eine altmodische Kassette spielte ein sehr vertrautes Buch ab.

Wie konnte er sich daran erinnern? Wir hatten in der Unterwelt darüber gesprochen. Das hatte mir meine Mutter immer vorgelesen, wenn ich krank von der Schule nach Hause gekommen war, oder sie hatte mir das Hörbuch vorgespielt, wenn ich nicht schlafen konnte.

Lenore, der ängstliche Rabe, der erst lernen musste, langsam zu atmen, bevor er schlafen konnte.

Ich musste an das Gespräch denken, das ich mit ihm geführt hatte, an die Dinge, die unsere Eltern getan hatten, um uns zu beruhigen. Es schockierte mich, dass er sich daran erinnerte.

Mein Herz schlug höher, als ich daran dachte, dass er die Kassette nur für mich besorgt hatte.

Dann zog mein Herz sich wieder zusammen, als mir klar wurde, dass mir die Zeit für die Vorbereitung auf die Prüfung davonlief. Und dass Orion alles tun würde, um mich aus dem Konzept zu bringen.

Wenn ich mich nicht schnell zusammenriss, würde ich alles verlieren.

KAPITEL 21

Rowan

Der Abend der Prüfung.

Rosige Sonnenstrahlen fielen durch die Bäume, und die Schatten des Waldes wurden länger. Als sich meine Muskeln anspannten, wünschte ich mir, ich hätte etwas, um meine Hände zu beschäftigen.

Die Dämmerung war die mächtigste Zeit, um den Schleier zwischen den Welten zu zerreißen.

Nachdem ich meinen Verstand wiedererlangt hatte, hatte ich drei volle Tage Zeit zum Üben. Und so lange hatte es gedauert, Goody Pendleton zu beschwören und sie erfolgreich mit Magie zu binden. Wie Kas versprochen hatte, war sie sehr gutmütig gewesen, also hatte ich sie beschworen und wieder und wieder gebannt, bis meine Kehle heiser geworden war und Legion mich angeschrien hatte, ich sollte mich ausruhen, bevor ich noch einmal den Verstand verlor.

Ich schloss die Augen.

Ich bin bereit.

Ich kannte die Zaubersprüche auswendig und konnte sie fließend herunterleiern. Ich wusste, welche Erinnerung ich heraufbeschwören musste, um genau die richtige Menge an Magie zu beschwören.

Ich bezweifelte, dass Orion überhaupt geübt hatte, was meine Hoffnung gewesen war. Er lehnte an einem Baum, die Arme verschränkt, die Haare fielen ihm über die

Augen. Unbekümmert wie immer. Sein Blick glitt zu mir, aber sein Ausdruck war unleserlich.

Konzentriere dich auf die Prüfung, Rowan. Nicht auf ihn.

Wenn ich mich von seinem hübschen Gesicht ablenken ließ – und von der Erinnerung an seine Bauchmuskeln, die sich unter meinen Fingerspitzen anspannten – würde ich verlieren. Daran bestand kein Zweifel.

Ich schaute mich in dem Hain aus moosbewachsenen Eichen um, und mein Herz schlug schneller. Als ich geübt hatte, hatte ich kein Publikum gehabt. Aber heute war die halbe City hier im Wald, um den Beginn der Prüfung zu beobachten. Man konnte nicht wissen, wohin uns die Prüfung heute führen würde, aber scheinbar hatte jeder in der City sein Haus verlassen und sich auf den Weg zum Wald gemacht, als ob er auf eine Parade warten würde. Vermutlich waren sie in der Hoffnung gekommen, einen Blick auf den Moment zu erhaschen, in dem ein König gestürzt oder eine Königin gekrönt wurde.

Nebel schlängelte sich um die alten Äste und Stämme.

Ich schloss wieder die Augen und ging im Geiste die Zaubersprüche durch. Das war zwar nicht *nötig,* aber es hielt mich davon ab, Orion in die Augen zu schauen und mich an das Gefühl seiner starken Hände auf mir zu erinnern.

Konzentrier dich.

Mein Kiefer krampfte sich zusammen. Ich murmelte die Worte, als würde ich ein Gebet mit der Bitte um Erlösung aufsagen.

Das Geräusch von Schritten, die über Zweige knirschten, lenkte meine Aufmerksamkeit von dem Zauber ab. Die Dekanin der Belial Universität betrat den Hain.

Mistress Blacknettle, eine atemberaubende sterbliche Frau, trug eine Krone aus blauen Glockenblumen und weißen Blutwurzblüten über ihren langen silbernen Locken.

Sie stand kerzengerade und hob ihr Kinn an. „Es ist Jahrhunderte her, dass ein Schattennachkomme einen König herausgefordert hat. Zwei Lichtbringer, jeder von ihnen von Luzifer gesegnet, wetteifern heute Abend um die Krone, nach den alten Regeln der Prüfungen. In der Abenddämmerung, an der Grenze zwischen der Welt der Lebenden und der Toten, werden wir beginnen. Und wenn die Nacht über die alte Stadt hereinbricht, werden die Götter entscheiden, wer über die City of Thorns herrschen wird."

Ein Schauder lief mir über den Rücken. Hatten die Götter wirklich etwas damit zu tun, abgesehen von Tammuz' inbrünstigem Wunsch, Chaos zu stiften?

Mistress Blacknettle holte zwei kleine Ampullen mit Blut heraus, eine für jeden von uns. Tief einatmend zog ich den Korken auf, tauchte meinen kleinen Finger in das Blut und beugte mich vor, um den Stern auf meine Stirn zu zeichnen.

„Derjenige, der Alaric als Erster beschwören kann, wird ein Band mit ihm haben, der andere Teilnehmer nicht", erklärte die Dekanin. „Aber die Bindung garantiert keinen Sieg, nur einen Vorteil. Die Prüfung ist erst beendet, wenn jemand die Krone in der Hand hält. Verstanden?"

Während ich den Stern auf meine Stirn malte, verdichteten sich die Schatten um uns herum. Die schwüle Brise nahm zu und fing sich in den Blättern in der Luft. Ein entfernter Donner rollte über den Wald.

Die Dekanin nahm uns die Fläschchen ab und ging weg. Ihre grauen Augen huschten zwischen Orion und mir hin und her.

Ich atmete die Waldluft ein, als ich begann, meine Magie zu beschwören. In den letzten Tagen hatte ich die perfekte Erinnerung gefunden, um genau die richtige Menge in mir wachzurufen. Vor meinem geistigen Auge dachte ich an eine glückliche Erinnerung – eine voller Liebe, aber mit einem Hauch von Traurigkeit, damit ich nicht alles zerstörte.

Ich erinnerte mich daran, wie ich eines Nachts vor Fieber geglüht und Mom neben mir im Bett gelegen hatte. Das Mondlicht war durch das Fenster gefallen und Mom hatte in seinem Licht Schattenpuppen mit den Fingern an die Wand geworfen. Sie hatte nur zwei gemacht, einen Hund und ein Kaninchen. Mit ihnen hatte sie eine kleine Geschichte erzählt, die nicht viel Sinn ergeben hatte. Aber das Wichtigste war, dass sie neben mir gelegen hatte. Wenn ich daran dachte, wie sie sich um mich gekümmert hatte, blühte Liebe in meiner Brust auf und die Magie glühte schwach in meinem ganzen Körper.

In dem Moment, in dem die Dekanin das einzelne dämonische Wort sprach, das den Beginn des Prozesses ankündigte, machte sich ein Gefühl der Ruhe in mir breit.

Ich begann mit dem Zauber, den ich auswendig gelernt hatte. Auf jeden Fall musste ich die Erste sein und eine Verbindung mit Alaric herstellen.

Während ich sprach, kühlte sich die Luft ab und Nebel stieg aus der gefrorenen Unterwelt auf. Um uns herum begannen sich Geister zwischen den Stämmen zu bewegen. Ihre Formen waren silbrig und transparent. Ich sprach die Worte präzise aus und sie sprudelten aus mir heraus wie das Wasser des Acheron. Es war, als würden die Götter meinen Körper bewohnen …

Im Hain sammelten sich Schatten, und ein warmer Nebel glitt zwischen die knorrigen, moosbewachsenen Bäume. Ich machte mir keine Sorgen mehr, dass Orion mich ablenken könnte. Ich hatte sogar die Macht, *ihn* aus der Bahn zu werfen. Während ich den Zauberspruch aufsagte, schaute ich zu Orion auf und zwinkerte ihm verführerisch zu.

Seine Augen weiteten sich ein wenig. Ich hörte, wie er über eine einzelne Silbe stolperte.

Mit einem halben Lächeln beendete ich das letzte Wort des Zaubers – *Alaric.*

Ich hatte es geschafft. Magie knisterte auf meiner Haut und kündigte die Ankunft des Westgoten irgendwo in der City an.

Es bildete sich ein unsichtbarer Faden, der mich mit ihm verband und mich in den Norden zerrte.

Meine Flügel erschienen auf meinem Rücken. Sofort schoss ich nach oben, wobei ich die Blätter der Eichen auf meinem Weg zerriss.

Meine Verbundenheit mit Alaric zwang mich nach Nordwesten in Richtung des Sathanas-Bezirks, wo die Tore die Grenze zu Osborne markierten.

Orion raste hinter mir her. Noch während ich flog, spürte ich seine heiße Magie in der nächtlichen Luft, die mich umfloss. Unter uns leuchteten Fackeln in der dunklen Landschaft, orangefarbene Lichtpunkte, die sich auf die Brücke zubewegten. Schaulustige versuchten, unseren Weg zu verfolgen.

Auf die eine oder andere Weise musste ich Orion aufhalten, sonst würde er mir einfach zu Alaric folgen. Er könnte mir noch einmal den Sieg im letzten Moment wegnehmen.

Als ich die äußeren Grenzen des Sathanas-Bezirks erreichte, winkelte ich meine Flügel an, um eine Viertelmeile von ihm entfernt zu Boden zu schießen. Ich landete schnell auf einer krummen kleinen Gasse im alten Teil der City. Meine Füße schlugen hart auf dem Kopfsteinpflaster auf. Meine Flügel zogen sich ein und ich wirbelte herum, um Orion direkt hinter mir landen zu sehen. Sein riesiger Körper zeichnete sich gegen die bernsteinfarbenen Fenster eines Restaurants ab.

„Du tust nie das, was ich erwarte, Rowan."

Mit angehaltenem Atem begann ich, die Worte für den Bindungszauber zu rezitieren.

Nur Orions blasse, eisige Augen durchdrangen die Dunkelheit. „Du …"

Mit dem letzten Wort des Zaubers legten sich Bänder aus Dunkelheit um Orion und hielten ihn fest. Es würde nicht ewig halten, aber es würde mir einen ausreichenden Vorsprung verschaffen.

Mit einem Lächeln drehte ich mich um und schlich durch die dunklen Straßen. Der unsichtbare Faden fühlte sich jetzt ein wenig schwächer an – bewegte Alaric sich? Ich machte mich zu Fuß auf den Weg und sprintete durch die gewundenen Gassen, vorbei an einer Bäckerei und einem Zauberladen voller Totenköpfe und ausgestopfter Vögel.

Der Faden zog mich um die Ecke zu einem alten, verlassenen Tempel.

Und da war er, Alaric selbst, ein Riese von einem Sterblichen. Er rief etwas, das wie *Zoukoubous* klang, was wohl das alte gotische Wort für „Sukkubus" war.

Alaric trug einen leuchtend roten Umhang und eine vergoldete Rüstung. Er ragte hoch über die Kopfsteinpflasterstraße auf. Aber das Wichtigste war die Schwarzdornkrone auf seinem Kopf.

Ich rief meine Magie wieder wach.

Als der gotische König sich umdrehte, um wegzulaufen, begann ich, die Worte des Bindungszaubers herunterzurasseln. Doch bevor ich das letzte Wort sagen konnte, brach ein Blitz vibrierender Magie aus dem riesigen Körper des Königs hervor.

Vom Himmel stürzte eine Horde Raben auf mich herab. Einige ihrer Schnäbel gruben sich in meine Unterarme, und ich biss die Zähne zusammen. Bösartig hackten sie auf mich ein, bis auf die Knochen.

Während ich mich mit meinen Armen abschirmte, gelang es mir, die letzten Worte des Zaubers zu beenden. Ich fiel auf die Knie, und die Raben schienen die Orientierung zu verlieren. Sie schlugen mit ihren Flügeln nach mir und begannen, wild durch die engen steinernen Gassen zu flattern. Meine verwundeten Arme heilten bereits.

Ich warf einen Blick auf Alaric und stellte fest, dass er wie erstarrt war. Die Seile meiner goldenen Magie schlangen sich um ihn. Ich eilte näher heran und flüsterte den einzigen deutschen Satz, den ich kannte: „*Tut mir leid*“, in der Hoffnung, dass die Entschuldigung eine gewisse Ähnlichkeit mit dem alten Gotisch hatte.

Ich brauchte nur ein wenig Hilfe, um die Krone auf seinem hoch aufragenden Körper zu erreichen.

Als sich meine Flügel von meinem Rücken lösten, hob ich ab und griff nach ihr. Meine Finger streiften die Dornen. Doch als sie es taten, schlang sich eine kräftige Hand um meinen Unterarm und riss ihn weg.

KAPITEL 22

Rowan

Orion packte mich am Arm. Seine blassen Augen funkelten. „Du *hast* geübt.“

Blitzschnell befreite ich meinen Arm aus seinem Griff und packte sein Handgelenk. Knurrend drehte ich ihm den Arm auf den Rücken.

Hinter mir hallte das Geräusch von reißenden Fesseln von den Gassenmauern wider, als der gotische König sich befreite.

Orion drehte sich aus meinem Griff und ich stöhnte frustriert auf. Als ich nach Alaric sah, war der König schon weg.

Ohne ein weiteres Wort oder einen verschwendeten Atemzug hoben Orion und ich in die Luft ab, um nach dem König zu suchen. Aber der schlaue Alaric hatte sich für den Moment in Dunkelheit gehüllt.

Ich konzentrierte mich wieder auf das Gefühl der Bindung, während ich über steinerne Türme und steil aufragende Gebäude flog, die in warmem Licht erstrahlten. Die vom Meer geküsste Brise wehte über mich hinweg und berauschte mich. Ihr Götter, ich liebte das Fliegen.

Endlich spürte ich es wieder – ein starkes Ziehen zwischen meinen Rippen. Das Band lockte mich nach Osten, zum Meer. Ich schaute hinter mich, aber ich konnte Orion nicht sehen. Entweder hatte er sich auch getarnt oder er suchte sich seinen eigenen Weg zum Westgotenkönig.

Das machte nichts. Ohne die Bindung konnte Orion mir nur folgen. Ich winkelte meine Flügel an und stürzte auf das Wasser zu.

Alaric raste wie ein Meteor durch die Straßen und nutzte Magie, um schneller zu werden. Wenigstens ließ er die Vögel nicht mehr auf mich los.

Der Seewind peitschte mir um die Ohren und ich flog hinter ihm her – vorbei am Abaddon-Bezirk, dem Luzifer-Bezirk und dem Turm von Baal. Wenn er es ins Meer schaffte, würde ich ihn nie einholen. Ein erfahrener Hexer wie er würde Zaubersprüche kennen, um unter Wasser zu atmen, und ich hatte nicht die geringste Ahnung, wie ich ihm dann folgen sollte.

Ich leckte mir das Salz von den Lippen und winkelte meine Flügel zur Landung an, in der Hoffnung, ihn abzuschütteln, bevor er das Meer erreichte. Hier, am Ostufer der Stadt, führten ein paar schmale Gassen zum Meer. Sobald Alaric sie erreicht hatte, konnte er die alten Steintreppen hinunterrennen und sich in der Tiefe verstecken.

Mein Herz klopfte gegen meine Brust, als ich nach unten glitt.

Ich landete hart in einer kleinen Gasse voller Tudor-Häuser und spürte, wie Alaric stoppte.

Hastig drehte ich mich um und suchte die kleine Straße ab, aber ich konnte ihn nicht ausmachen. Ich konnte ihn jedoch in der Nähe *spüren* und starrte auf die Gasse vor mir, während ich nach Luft schnappte.

In meiner Brust spürte ich den Sog meiner Verbindung zu ihm, die mich ein wenig nach vorne drängte. Warmes Licht strahlte hinter Bleiglasfenstern hervor und beleuchtete alte Bücher und Auslagen mit Zuckerkuchen. Aber in der Mitte der Gasse sahen die Schatten unnatürlich dunkel aus und saugten das Licht aus den Schaufenstern. *Dort.*

Leise begann ich, den Bindungszauber zu sprechen. Ohne mich zu bewegen, flüsterte ich die Worte.

Doch zu meinem Pech konnte ich hören, wie jemand anderes einen Zauberspruch flüsterte, und ein beunruhigendes Geräusch hinter mir stellte die Härchen auf meinen Armen auf. Ein lautes *Sssss* ließ mich herumfahren und mein Herz stottern.

Eine Schlange, die so groß wie ein alter Eichenast war, wand sich die Steintreppe hinauf. Ihre Schuppen schimmerten in schillerndem Licht. Das monströse Ding öffnete sein Maul und zeigte Reißzähne, die länger waren als meine Hand.

Ich atmete scharf aus und rief meine Flammen an meinen Fingerspitzen herbei, aber die Schlange stürzte sich auf mich. Ihre Zähne bohrten sich in meine Taille.

„Rowan!“, rief Orion aus der Ferne.

Während ein unerträglicher Schmerz durch meinen Körper raste, schlugen Flammen aus mir heraus – ein weißglühender Instinkt, der nichts mit meinen Gedanken zu tun hatte. Die Schlange fing zwar kein Feuer, aber die Hitze musste ihr zusetzen, denn die Kreatur öffnete ihren Kiefer. Die Luft roch nach verbranntem Fleisch, und der Kopf der Schlange bewegte sich mit aufgerissenem Maul von einer Seite zur anderen. Mein Blut tropfte von ihren Reißzähnen.

Von oben landete Orion auf dem Rücken der Schlange, während sie sich aufbäumte. Orions silberne Klauen schossen hervor und er rammte sie in den Nacken des Monsters, um ihm den Kopf abzutrennen.

Ich umklammerte meine Seite und tat mein Bestes, um den Schmerz zu verdrängen. Er raubte mir den Atem. Schwindelig begann ich zu schwanken und taumelte zurück.

Konzentrier dich auf die Krone, Rowan. Ich wirbelte herum, um die schmale Straße wieder nach den Schatten abzusuchen, aber meine Sicht war verschwommen.

Ich war mir ziemlich sicher, dass Alaric schon weg war. Vage konnte ich spüren, wie er sich die Treppe hinunterbewegte, die glattgeschliffen vom Seewasser war. Meine Flügel wuchsen aus meinem Rücken und ich erhob mich in die Luft, über die Schlange in ihrem Todeskampf.

In Gedanken bei der Krone schwebte ich gerade noch rechtzeitig über die Treppe, um Alaric hüfthoch in den Wellen zu sehen. Ich flog ihm hinterher, aber ich konnte meine Magie nicht herbeirufen. Sie stotterte und erstarb in meiner Brust.

Im Ozean veränderte sich Alarics Körper und wurde schlank und dunkel. Die Schwarzdornkrone ruhte noch immer auf seinem Kopf. Wie eine Robbe tauchte er unter die dunkle Oberfläche.

Ein Schmerzschock durchfuhr meinen Körper an der Stelle, an der mich die Schlange gebissen hatte. Ich verlor die Kontrolle über meinen Flügel und stürzte auf das Wasser zu.

Die salzige Gischt schlug über mir zusammen. Verletzt wie ich war, hatte ich es nicht geschafft, meine Flügel rechtzeitig einzuziehen, bevor ich auf der Oberfläche aufschlug. Durch die Wucht des Aufpralls wurde ich unter die Wellen geschleudert, und der Schmerz zersplitterte meine Knochen.

Ich hatte mich inzwischen daran gewöhnt, schnell zu heilen. Aber aus irgendeinem Grund passierte nichts. Ich fühlte mich fast sterblich und kämpfte gegen das Gefühl an, mich übergeben zu müssen. Wo zum Teufel war *oben*? Wo war unten? Meine Flügel glitten langsam zurück in meine Schulterblätter.

Endlich fühle ich rauen Stein unter meinen Füßen, der mir half, mich zu orientieren. Ich stieß mich in Richtung Ufer ab, bis mein Kopf wieder über die Wellen ragte.

Ich schleppte mich aus dem Meer und rang nach Luft. Das Gift der Schlange schwächte mich, und das Salzwasser in den Stichwunden verstärkte den Schmerz nur noch.

Ich stapfte durch die Wellen. Mein ganzer Körper zitterte.

Orion stand am felsigen Ufer, knietief im Wasser. Seine Ärmel waren hochgekrempelt, und die Gischt hatte sein weißes Hemd durchnässt, sodass es durchsichtig wurde und an seinem Bauch klebte. „Geht es dir gut?“, rief er.

Ich lächelte und stapfte durch die tosenden Wellen näher. „Ich werde es überleben.“ Ich wollte mich nicht vor meinem Rivalen übergeben, aber das zu vermeiden war im Moment nicht so einfach.

Als ich näherkam, trat er vor und konnte gerade noch rechtzeitig meinen Arm packen, als ich fiel. „Ich muss das Gift aus dir herausholen.“

Ich umklammerte meine Seite und starrte zu ihm hoch. „Wir sind Konkurrenten.“

Er schob seinen Arm um meine Taille und half mir beim Gehen. „Jetzt können wir nur noch warten, bis der alte Alaric aus dem Meer auftaucht, und ich will nicht, dass du die ganze Zeit über Schmerzen hast. Alaric wird nicht ewig verwandelt bleiben können, aber wir haben vielleicht eine lange Nacht vor uns."

Ich lehnte mich an ihn, zu gequält, um seine Hilfe abzulehnen. Zitterte sein Körper ein wenig? „Was war das für eine Kreatur?"

„Ein Monster namens Ladon, das sogar für Dämonen giftig ist." Selbst in der Dunkelheit konnte ich erkennen, dass Orions Gesicht keine Farbe mehr hatte. „Alaric muss es aus dem Meer herbeigerufen haben. Das Gift wird dich nicht töten, aber es tut höllisch weh und beeinträchtigt deine Magie."

Ich knirschte mit den Zähnen, als ich auf der Treppe saß. „Legion hat gedacht, es wäre einfach, einem Sterblichen die Krone abzunehmen."

„Legion hat keine Ahnung, wovon er redet." Orion ließ sich zwischen meinen Knien nieder und hob den durchnässten Saum meines Hemdes an. Ich zog eine Grimasse, als ich zwei tiefe Einstichwunden sah. Unter meiner blassen Haut floss dunkles Gift durch meine Adern.

„Wie willst du das Gift aus meinem Körper holen?" Zu diesem Zeitpunkt konnte ich die Worte kaum noch herausbringen und sie waren mehr ein unzusammenhängendes Stöhnen als eine Frage.

Ohne zu antworten, senkte er seinen Mund auf meine Haut, direkt über meinem Hüftknochen. Er leckte einmal mit seiner Zunge darüber und begann dann zu saugen. Die Schmerzen verschwanden fast augenblicklich und wurden durch die Wärme von Orions Magie ersetzt – die verdammt glorreiche Heilkraft eines Inkubus. Hitze breitete sich von meinem Hüftknochen ausgehend aus und ließ meine Muskeln entspannen. Das Gefühl der Erleichterung ging schnell in ein angenehmes Gefühl über, das mich dazu brachte, meine Finger in seinem Haar zu verschränken. Schmelzende Hitze glitt durch meinen Körper.

Ihr Götter, ich liebte es, wie er mich heilte. Ich konnte es genauso gut zugeben. Sein Mund bewegte sich über die Vertiefung in meiner Hüfte, und das Verlangen summte in mir, eine heiße Vibration, die mich dazu brachte, ihn über mich zu ziehen. Aber jeden Moment würde wahrscheinlich eine ganze Menge Schaulustiger vor uns stehen, und ich wollte nicht, dass sie ihre zukünftige Königin in einer kompromittierenden Situation sahen. Ich versuchte meine Augen auf das Meer zu richten, während Orion mit seinem Mund über meine Haut strich und gelegentlich Gift auf die Steine spuckte.

Er fühlte sich im Moment *wirklich nicht* wie ein Rivale an. Aber das war er natürlich auch nicht – er war Orion, der letzte Inkubus. Seine sexuelle Anziehungskraft brannte mit der Hitze eines Sterns.

Meine Schenkel krampften sich um ihn und er schaute zu mir hoch, wobei ein halbes Lächeln seine Lippen umspielte. „Es sieht so aus, als würde es dir jetzt gut gehen."

Ich fühlte mich atemlos, als ich meinen Griff von seinem Haar löste und meinen Blick von ihm auf das dunkle Meer zwang. „Du hättest das Gift in mir lassen und leicht gewinnen können."

Er schob sich weg und setzte sich neben mich auf die Treppe. Als er sich zu mir umdrehte, leuchteten seine Augen hellblau. „Und du hättest mich töten können, anstatt mich zu fesseln. Aber der Gedanke, dass du Schmerzen hast, erweckt in mir den Wunsch, zu sterben. Oder Leute umzubringen. Und ich tue im Moment mein Bestes, um beides zu vermeiden."

Ich errötete bei diesem Gedanken, aber ich versuchte nicht zu lange darüber nachzudenken.

Als ich einen Blick auf die Ufermauer über uns warf, sah ich die ersten Schaulustigen mit Fackeln auftauchen. „Ich fürchte, sie werden ein paar langweilige Stunden erleben."

Orion antwortete nicht. Seine Schultern waren starr, seine Haut gespenstisch blass. Seine Hände waren zu Fäusten geballt.

„Hat dich die Schlange auch erwischt?", fragte ich. „Du siehst ein bisschen krank aus."

Er starrte geradeaus und Stille erfüllte die Luft zwischen uns. „Ich mag keine Schlangen."

„Ich früher schon, aber dieser Mistkerl hat meine Meinung geändert."

Er warf einen kurzen Blick auf die Schaulustigen über uns. „Nein, ich meine, ich mag *wirklich* keine Schlangen", flüsterte er. „Du hast mich gefragt, wovor ich Angst habe, außer vor dir. Es sind Schlangen. Und diese hier hat mich zu Tode erschreckt." Das Mondlicht zeichnete die schönen Züge seines Gesichts nach.

„Warum lässt du dir dann ein Schlangentattoo stechen?"

„Nur eine Erinnerung an Dinge." Seine Fäuste ballten sich wieder. Es war klar, dass er mit diesem Gespräch fertig war.

„Aber ... alle Schlangen? Sogar kleine Strumpfbandnattern?"

Er warf mir einen kühlen Blick zu. „Ich wollte nicht, dass dieses Gespräch so lange dauert."

„Okay." Ich schluckte schwer. „Was glaubst du, wie lange wir haben, bis er sich zurückverwandelt?"

„Das kann Stunden dauern. Vielleicht die ganze Nacht."

Ich erhob mich von dem Stein und ging zurück zum Ufer. Meine Bindung an Alaric war für den Moment aufgehoben.

„Ich habe dich vermisst, als du in Osborne warst“, sagte Orion leise.

Mein Herz schlug schneller. Ich sah ihn an. „Du wusstest, wo ich bin, hättest du mit mir reden wollen.“

„Ich brauchte Zeit. Seit Jahrhunderten, Rowan, war die einzige Konstante, die mich davor bewahrt hat, in den Wahnsinn abzugleiten, mein Schwur an Ashur. Den konnte ich nicht über Nacht aufgeben.“

Vorsichtig ließ ich meinen Blick zu ihm gleiten. „Und es ist immer noch das Einzige, was dich vor dem Wahnsinn bewahrt?“

„Du warst seit Jahrhunderten die erste Person, der sich für mich interessiert hat. Und als du weg warst, konnte ich nicht schlafen. Ich habe mich gefühlt, als wäre ich wieder in der Gefängniszelle. Ich brauche dich in meiner Nähe, Rowan. Ich habe Zeit gebraucht, um zu erkennen, dass wir Zwillingssterne sind. Und dass ich immer von dir geträumt habe.“

Ich starrte ihn an und hatte das Gefühl, dass mein Herz gleichzeitig brach und heilte. Aber wir waren gerade *mitten in der Prüfung*. Und woher sollte ich wissen, was echt war? Das ganze Königreich stand auf dem Spiel. „Orion, wir können das jetzt nicht tun. Ich werde während der Prüfung nicht mit dir sprechen. Ich muss mich konzentrieren.“

Ich wandte mich von ihm ab und starrte wieder auf das dunkle Meer. Mein Blick wanderte zum Himmel und mein Puls raste, als ich die Stelle erblickte, an der das Sternbild der Zwillinge aufgehen würde.

KAPITEL 23
Rowan

Als die erste blasse Morgenröte den Himmel färbte, war Alaric noch immer nicht zurückgekehrt. Trotzdem hatte die Menge der Schaulustigen die ganze Nacht über gewartet und uns von den Straßen und Gebäuden aus beobachtet. Die meiste Zeit gelang es mir, meine Augen auf das Meer gerichtet zu halten.

Ich hatte die Nacht hier verbracht. Orion hockte auf der Treppe direkt hinter mir.

Ein leichtes Ziehen in meinen Rippen ließ mich meine Muskeln anspannen. Das Band mit Alaric bewegte sich wieder und eilte auf das Ufer zu.

Meine Finger zuckten vor Vorfreude.

Orion musste meine Anspannung gespürt haben, denn er kam näher ans Ufer heran und flüsterte leise einen Zauberspruch vor sich hin.

Nach einer Nacht, in der ich hier Wache gehalten hatte, taten mir die Beine weh und mein Magen fühlte sich an, als würde er sich selbst auffressen.

Ich blickte zu Orion. „Hallo, mein Schatten. Was war das für ein Spruch, den du gerade aufgesagt hast?“

Er beugte sich vor und flüsterte: „Ich dachte, wir reden nicht miteinander.“

„Ich frage mich nur, was du vorhast.“

„Das war kein Zauber, Liebes. Ich habe nur die Namen der toten Lilu rezitiert. Das ist meine Art zu beten.“

Ein Hauch von kalter Magie breitete sich von hinten über mich aus, wie ein arktischer Wind. Ein Ablenkungsmanöver vielleicht. Orion spielte mir einen Streich, damit ich den Blick vom Meer abwandte und er die Krone stehlen konnte.

Als ein leises Knurren hinter mir ertönte, blickte ich über meine Schulter. Eine Frau stand am oberen Ende der Treppe. Ihre blassblonden Locken strahlten von ihrem Kopf. Sie trug eine Krone aus silbernen Spitzen, in die Efeu geflochten war.

„Hast du die Namen der toten Lilu rezitiert oder eine Ablenkung herbeigerufen?“, schnauzte ich ihn an.

Aber etwas an der eisigen Magie, die von ihrem Körper ausging, sagte mir, dass dies mehr als nur ein Trick war. Die Frau war unheimlich schön, mit grauen Augen und einem verruchten Lächeln. Sie trug einen blauen Samtumhang um ihre Schultern. Darunter befleckte Blut ihr weißes Kleid in großen, purpurnen Schlieren.

Mein Kiefer krampfte sich zusammen. Das war wirklich nicht der richtige Zeitpunkt für … was auch immer das sein sollte.

Ich ballte meine Hände zu Fäusten und wandte mich wieder dem Meer zu. Ich hatte das Gefühl, dass Alaric unter den Wellen auf uns zustürmte, um uns anzugreifen.

Orion drehte sich zu dem Neuankömmling um und nickte ihr zu. „Wer zum Teufel bist du?“ Irritation durchzog seinen Tonfall.

Ich verdrehte die Augen. Vielleicht war er nicht *immer* charmant. Vielleicht hob er sich das für besondere Anlässe auf, wie zum Beispiel, wenn er mich davon überzeugen wollte, dass wir alle in Osborne umbringen sollten.

Hinter mir hörte ich sie mit leichtem französischem Akzent sprechen: „Aber, Eure Majestät."

Ich blickte wieder zurück. Ihr Atem wurde in der Luft zu einem kalten Nebel, und der Klang ihrer winterlichen Stimme jagte mir einen Schauder über den Rücken.

„Eure Majestät, Ihr habt mich selbst herbeigerufen. Und hier, in der City of Thorns, werde ich mich an Dämonenblut laben." Sie richtete ihren kalten Blick auf mich. Ihr Lächeln war vulgär. „Und ich werde mit der *Sukkube* beginnen, die *la reine* sein wird. Es ist so, wie wir es besprochen haben."

„*La sorcière de Brocéliande*", murmelte Orion.

„Du hast sie *herbeigerufen*?", zischte ich.

Als ich mich wieder dem Meer zuwandte, sah ich, wie Alaric sich aus den Wellen erhob – er war wieder ein Mensch. Und da war die Schwarzdornkrone. Meine Flügel breiteten sich hinter mir aus. Gerade als meine Füße die Felsen verließen, ergriff eine krallenbewehrte Hand meine Flügel und warf mich mit schockierender Wucht auf die felsige Küste.

Schmerz pulsierte durch meine Flügel und ich starrte zu *la sorcière* hoch, als sie auf mich sprang. Sie packte mich an den Haaren und schlug meinen Hinterkopf gegen einen scharfen Felsen – einmal, zweimal – oh, *ihr Götter*, sie brach mir den Schädel auf.

Ich musste nachdenken ... Ich musste nachdenken ...

Mein Kopf war zerstört und ich hatte keine Worte zum Denken.

Ich stöhnte auf den Felsen.

Sie fletschte die Zähne über mir. „Die *Démons* haben meine Familie ermordet, und ich bin gekommen, um mich an euch zu laben."

Ich starrte sie stumm an, als die Hexe eine lange, scharfe Silberklinge zog. „Dein Geliebter und ich haben eines gemeinsam – die Lust auf *Rache*."

Sie hob ihre Klinge über mein Herz, und die Welt schien unter mir zu kippen.

Als sie den Dolch herabsausen ließ, schoss ein Feuerstrahl von der Stelle, an der Orion gestanden hatte, auf mich zu. Sengende Flammen verschlangen mich, aber das Feuer verbrannte mich nicht. Es gab mir Leben und heilte meinen gebrochenen Schädel.

La sorcière de Brocéliande loderte über mir und kreischte vor Schmerz in dem Inferno. Ihre Schreie erstickten, als das Feuer sie verzehrte.

Aber da war noch eine andere Gestalt, die in dem Inferno brannte. Sie schrie in den Himmel. Durch das Feuer hindurch erblickte ich die sich windende Gestalt von Alaric, dessen Krone wie eine Fackel brannte.

Nein.

Ich richtete mich auf und versuchte nach ihr zu greifen. Aber der Westgotenkönig verbrannte vor mir zu Asche und die Krone zerbröselte zwischen meinen Fingerspitzen.

Eine Wolke aus Rauch und Asche waberte über mir und vermischte sich mit der Gischt. Die Flammen begannen zu verlöschen. Dampf sprudelte in den sich brechenden Wellen.

Ich stand fassungslos auf den heißen Steinen. Zitternd versuchte ich die Asche von meinen Kleidern zu streichen, aber ich war so nass, dass sie eine Art graue Paste bildete.

Ich schluckte schwer. Graue Paste, die aus zwei Hexen bestand …

Mein Blick schweifte zu der Stelle, an der die Menge gestanden hatte, aber sie waren alle geflohen. In der Ferne konnte ich sie immer noch schreien hören. Die Steine um uns herum waren durch die Wucht der Explosion geschwärzt worden.

Ich starrte Orion an. „Das warst du, stimmt's? Das war dein Feuer."

„Sie hätte dich fast umgebracht", sagte Orion und klang schockiert. „Ich habe darauf gewartet, dass du gegen sie kämpfst."

Ich berührte meinen Hinterkopf. Er fühlte sich beunruhigend *verbeult* an, aber es war definitiv keine klaffende Wunde mehr zu spüren. „Es ist mir schwergefallen, mich daran zu erinnern, wie ich mit aufgeschlagenem Kopf Magie beschwören soll." Ich warf einen Blick auf die Felsen. Ekel überkam mich, als ich das Blut sah, das auf den Steinen glitzerte. Wäre ich nicht eine Dämonin, wäre ich tot. „Sie hat gesagt, du hättest sie gebeten, mich zu töten. Geht es nur mir so, oder ist das ein wiederkehrendes Thema, Orion?"

Er war wieder ganz blass geworden. „Ich habe sie nicht herbeigerufen. Natürlich habe ich das nicht. Sie verabscheut Dämonen. Sie hat gelogen."

„Also lügen alle außer dir?", sagte ich schroff. „Alle deine Soldaten und *la sorcière de Brocéliande*?"

Seine Miene verfinsterte sich. „Ich habe dir gerade das Leben gerettet, Rowan. Schon wieder."

Ich biss meine Zähne zusammen. Es stimmte, das hatte er. Mehrere Male. Im Moment konnte ich nicht sagen, was echt war und was eine Lüge.

Ich seufzte. „Du hast Alaric gebraten."

Orion atmete tief ein. „Nun, ich habe mich nicht zurückgehalten."

Ich blickte hinaus auf die Wellen, die von der aufgehenden Sonne weinrot gefärbt waren. Enttäuschung machte sich in mir breit. „Okay. Wir müssen ihn wohl wieder auferwecken, um die Prüfung von vorne zu beginnen. Aber ich kann mir vorstellen, dass er ein bisschen wütend sein wird, weil er verbrannt wurde. Und ich brauche eine Schmerztablette."

„Ah, Rowan." Orions Augen funkelten, als er über die Felsen zu mir herüberkam, anmutig wie immer. „Weißt du nicht mehr, was passiert, wenn die erste Prüfung unentschieden ausgeht?"

Meine Kehle schnürte sich zu und ich warf ihm einen Blick zu. „Du darfst die nächste Prüfung aussuchen."

Eine silberne Haarsträhne fiel ihm vor die Augen, und er nickte. Er beugte sich herunter und sprach so leise, dass nur ich ihn hören konnte: „Aber wenn ich gewinne, Liebes, wirst du meine Königin sein. Und wir werden die Dämonen gemeinsam beschützen."

Ich spürte, wie meine Wangen wieder heiß wurden. Als verführerischer Bastard, der er war, ließ er es so verdammt verlockend klingen. Und das selbst, als wir hier zwischen dem Blut und der vom Wind verwehten Asche von zwei mächtigen Hexen standen.

KAPITEL 24

Rowan

Nachdem die Prüfung vorbei war, kehrte ich zu Orions Haus zurück. Ich zog mir Leggings und ein T-Shirt an, schaltete mein Handy aus und schloss die Fensterläden.

In der Dunkelheit ließ ich mich von einem tiefen Schlaf übermannen. Ich träumte von dem grünäugigen Jungen, der mit den Händen auf den Knien auf dem Gehweg hockte und Ameisen beobachtete. Ich träumte von ihm, wie er Kekse backte und den Finger in die Zuckerkrümel auf dem Tisch drückte. Ich träumte davon, wie er ein Bild mit kräftigen Kritzeleien zeichnete und von einer Schlacht zwischen Dämonen und Sterblichen erzählte, in der die Straßen mit Blut befleckt waren, und von Dingen sprach, die ein Kind niemals hätte sehen dürfen …

Als ich aufwachte, war die Sonne bereits untergegangen, und rosiges Licht fiel schräg durch die Holzlatten. Natürlich war ich enttäuscht.

Aber ich war noch nicht fertig. Nur *ein* weiterer Versuch. Das hoffte ich.

Sobald Orion bekannt gab, was die Prüfung sein würde, würde ich anfangen, mich vorzubereiten.

Als ich mich im Bett aufsetzte, knurrte mein Magen heftig. Ich hatte keinen Zweifel daran, dass mein Handy mit Nachrichten von Shai geflutet war, aber ich wollte sie nicht sehen. Ich wollte mich nicht der Enttäuschung meines kleinen Teams stellen, das mir die ganze Zeit über geholfen hatte. Und was konnte ich schon sagen, was sie nicht längst wussten? Die Nachricht musste sich in den Straßen herumgesprochen haben, sobald die Prüfung beendet gewesen war.

Ich stand vom Bett auf und öffnete die Fensterläden.

Die Sonne war tief gesunken und der Himmel hatte sich indigoblau verfärbt. Die Subtilität der Nacht war viel schöner als das grelle Tageslicht.

So sehr ich auch hier drin bleiben wollte, der Hunger zwang mich, mein Zimmer zu verlassen. Als ich die Tür öffnete, stellte ich zu meiner Freude fest, dass Amon ein Tablett vor die Tür gestellt hatte – Scheiben von Hühnerbrust, gebratene Karotten und gebutterter Blumenkohl. Eine kleine Weinflasche und ein Glas standen auf dem Tablett neben dem Essen.

Perfekt.

Ich aß am Schreibtisch und starrte hinaus in den dunklen Garten. Ich wusste nicht, was ich von all dem halten sollte – die Tatsache, dass die Attentäter immer wieder behaupteten, Orion wollte mich töten. Und dann kam Orion selbst, um mich zu retten. Aber wenn er mich umbringen lassen wollte, würde er sicher dafür sorgen, dass die Attentäter mir nicht davon erzählten. Unerledigte Dinge zu hinterlassen, war nicht sein Stil.

Ich nippte an meinem Wein und trommelte mit den Fingerspitzen auf den Schreibtisch. Noch vor ein paar Wochen hätte ich gesagt, dass sein Inkubus-Charme mein Gehirn vernebelte und dass ich das Offensichtliche ignorierte. Dass Ockhams Rasiermesser sagen würde, dass es nur Orion war, der versuchte mich zu Fall zu bringen.

Als ich nach draußen starrte, sah ich, wie er in den Garten ging und sich mit hängenden Schultern auf eine

Steinbank setzte. Die Zweige eines Apfelbaums wölbten sich über ihm. Dann zog er ein Taschentuch heraus und begann, sich Blut von den Händen zu wischen, das den weißen Stoff rot befleckte.

Cool. Ja, überhaupt nicht verdächtig.

Grauen kroch mir über den Rücken und ich ging die Treppe hinunter in die salzige Nachtluft. Ich hatte den Wein schnell getrunken, aber der Rausch war mit dem Anblick von Blut verflogen. Als ich den Garten betrat, riss er den Kopf hoch, und die männliche Schönheit seines Gesichts leuchtete silbern.

„Hast du den ganzen Tag ... Leute ermordet?", fragte ich.

Er warf das blutige Taschentuch auf die Bank neben sich. „Hast du den ganzen Tag geschlafen, Schattennachkomme?"

„Aber ja!" Ich setzte mich neben ihn auf die Bank. „Wessen Blut ist das?"

„Jemand aus unserer großen City hat Informationen an den *Malleus Daemoniorum* weitergegeben. Daher wissen die Dämonenjäger, dass du hier bist. Ich habe einige Jäger dabei erwischt, wie sie nach Schwachstellen in unserer Verteidigung gesucht haben, um einen Weg nach drinnen zu finden. Jemand hat ihnen einen Hinweis gegeben, wo sie anfangen sollten. Jemand mit Informationen über unseren magischen Schutz."

„Und wenn die Dämonenjäger unsere Schutzwälle und Mauern durchbrechen?", fragte ich. „Wir könnten sie töten, bevor unsere Magie verblasst."

„Die Sterblichen haben Raketen. Wenn sie uns mit ihren Waffen verdampfen, haben wir keine Zeit, uns zu erholen. Wir werden einfach *sterben*."

Ein Schauer überlief mich. „Die Dämonenjäger sind leider sehr einflussreich. Sie spenden schon seit Ewigkeiten an Politiker, um Macht zu kaufen.“

Er schaute mich an, und in seinen Augen funkelte etwas. „Vielleicht nicht mehr so einflussreich, wie sie einmal waren. Ich habe daran gearbeitet, sie zu schwächen.“ Er blickte auf seine Hände hinunter. „Das Blut stammt von zwei Dämonenjägern. Ich wollte wissen, wer mich reinlegen will und wer mit den Sterblichen zusammenarbeitet.“

Ich holte tief Luft. „Hast du etwas rausfinden können?“

„Keine Antworten auf diese Fragen. Aber ich habe etwas viel Wichtigeres rausgefunden.“ Seine blassen Augen trafen meine. „Ich habe erfahren, wo sich etwas befindet, das ich unbedingt haben will. Das *Grimorium Verum*.“ Ein kleines Lächeln umspielte seine Lippen. „Dieses Buch zu finden, wird unsere nächste Aufgabe sein.“

Ein dunkles, beunruhigendes Gefühl schlich sich in meinen Nacken. „Warum ist dieses Buch so wichtig?“

Er hielt meinen Blick lange fest. „Laut dem Buch der Dämonenprüfungen bin ich nicht verpflichtet, dir etwas darüber zu erzählen, aber ich werde es tun, weil mir das Buch wichtiger ist als die Krone. Denn wenn ich diese Prüfungen verliere, wird es deine Aufgabe sein, unsere City zu beschützen, und dazu brauchst du das Buch, Rowan. Das Grimoire ist genau das, was uns hier gefangen hält. Es enthält den Zauber, der unsere Magie nach ein paar Tagen außerhalb der Stadtmauern oder gefangen in den Kerkern schwinden lässt. Der Spruch, der uns in die Unterwelt schickt, wenn wir uns zu weit entfernen. Das *Grimorium Verum* wird uns befreien. Und es ist im

Hauptquartier der Dämonenjäger in Sudbury eingeschlossen."

Wer auch immer dieses Grimoire kontrollierte, hielt das Schicksal der sterblichen Welt in seinen Händen.

In meinen wäre es eindeutig sicherer. „Warum sollten wir die Stadttore öffnen, wenn wir jetzt wissen, wo wir die Dämonenjäger finden? Sie sind diejenigen, die wir töten müssen, nicht der Rest der Sterblichen. Wenn wir die Dämonenjäger ausschalten können, können wir vielleicht den Krieg abwenden." Ich atmete tief ein. „Du verringerst ihren Einfluss. Vielleicht können wir sie verschwinden lassen."

„Ich muss den Fluch lösen, den die Sterblichen uns auferlegt haben."

„Und ohne den Fluch könnten sich die Dämonen wahllos von Sterblichen ernähren. War das nicht früher auch so? Ich glaube, du warst derjenige, der mir das erzählt hat. Sie zu jagen. Ihr Blut zu trinken. Sich von Lust, Traurigkeit oder Völlerei ernähren."

Er stieß einen Seufzer aus. „Ich kann nicht behaupten, dass ich das jemals selbst erlebt habe. Aber als König könnte ich den Dämonen befehlen, nicht zu jagen, um den Frieden zu wahren."

Ich schluckte schwer. „Aber du bist deinem Racheschwur ganz besonders treu."

„Vielleicht, wie du gesagt hast, könnte ich mich damit zufriedengeben, die Dämonenjäger zu töten. Sie waren die Sterblichen, die das Sagen hatten, als die Lilu abgeschlachtet wurden." Er legte den Kopf schief. „Aber wir müssen die Kontrolle haben, nicht die Sterblichen. Mit dem Grimoire können wir die Uhr zurückdrehen, zu dem Zeitpunkt, bevor das alles passiert ist." In seinen blauen

Augen leuchtete der Schmerz. „Wir könnten wieder sicher sein. Und wir könnten die Kerker zerstören."

Ich hatte das Gefühl, dass er auf diese Weise versuchte zu seiner Familie zurückzufinden. „Die Uhr zurückdrehen", wiederholte ich. „Das klingt gut."

Zwischen uns herrschte Stille, die nur durch das Rauschen des Windes in den Bäumen unterbrochen wurde.

„Wie war das Leben für dich, bevor die Sterblichen kamen?", fragte ich nach ein paar Augenblicken.

Er schenkte mir ein trauriges Lächeln. „Als ich ein Junge war? Ich wollte nur wie Molor sein, mein älterer Bruder. Er hat ausgesehen wie ich, war aber größer. Er war genial mit dem Schwert. Unzerstörbar." Eine Falte bildete sich zwischen seinen Augenbrauen. „Das habe ich zumindest gedacht. Er war erst dreizehn. Aber er schien so viel älter zu sein. Er konnte auf der Laute spielen und Monster zeichnen. Einmal hat er einen Hirsch in der Elysischen Wildnis geschossen. Er war ein echter Mann. Also wollte ich wie er sein, weil er alles konnte. Und ich wollte auch eine Bäckerei mit Brotpudding betreiben, weil ich nie genug davon bekommen konnte. Also habe ich gedacht, ich könnte genauso gut das ganze Angebot kontrollieren."

Ich lächelte ihn an. „Molor." Ich konnte mir zwei wunderschöne silberhaarige Jungen vorstellen, einer eine kleinere Version des anderen.

„Es ist schwer vorstellbar, aber nach einer Weile im Kerker habe ich ihn beneidet. Ich hatte das Gefühl, dass mein Bruder schnell gestorben war und ich so langsam. Ich war ein Lichtbringer, also war ich schwer zu töten. Aber Molor ist als Held gestorben, und ich nicht. Ganz und gar nicht." Er starrte wieder auf seine Hände hinunter.

„Ich habe immer gedacht, er wäre schon erwachsen gewesen, aber als ich wieder nach Hause gekommen bin, habe ich gesehen, wie sehr ich mich geirrt habe.“ Als er zu mir aufsah, leuchteten seine Augen. „Und ich bin nicht mehr so eifersüchtig auf ihn und seinen schnellen Tod. Weil ich jetzt hier bei dir bin und er nicht.“ Ein trauriges Lächeln umspielte seine Lippen.

Ich spürte, wie meine Wangen erröteten, und ich strich ihm eine silberne Strähne aus den Augen.

„Wie warst du als Kind?“, fragte er.

„Verträumt. Immer in ein Buch vertieft, in Gedanken versunken. Und sobald ich erfahren habe, was ein Psychologe ist, wollte ich das auch werden. In meinem Psychologiestudium haben wir zu Beginn des Jahres immer eine Runde durch den Raum gemacht und gesagt, warum wir Psychologie studieren wollten. Jeder, einer nach dem anderen, hat gesagt, er würde Menschen helfen wollen. Wenn ich eine bessere Person wäre, hätte ich sicher genauso gedacht. Aber ich glaube, ich war einfach nur verdammt neugierig.“ Ich lächelte. „Ich wollte die Geschichten von allen hören, und das ist es, was Psychologen tun. Du sitzt da und hörst ihnen zu, während sie über ihr Leben sprechen. Und mein Leben ist mir zu Hause immer so erdrückend erschienen. Ich wollte wissen, wie es bei den anderen war. Mom war ...“ Ich brach ab, als meine Brust eng wurde.

„Was?“

„Chaotisch. Unberechenbar. Ich dachte, sie wäre paranoid. Sie hat ständig die Fenster, die Schlösser überprüft, Fallen aufgestellt und dabei einfach so labil gewirkt. Ich wusste nicht, dass tatsächlich Leute hinter ihr her waren. Sie ist oft in Panik geraten, wenn ich nicht zu Hause war, und manchmal habe ich sie dabei erwischt, wie sie mir in der Schule nachspioniert hat. Nichts davon schien normal zu sein. Und sie hatte keine Ahnung, wie moderne Kinder sind, was sie anziehen oder was sie zum Spaß machen, und wir waren zwei seltsame Außenseiter in seltsamen Klamotten … Damals ist es mir einfach wichtig erschienen, dazuzugehören und ein stabiles Zuhause zu haben. Das Leben anderer Menschen hat mich fasziniert. Ich wollte wissen, was hinter ihren Türen, in ihren schönen Häusern vor sich geht." Mein Atem war flach geworden. „Jetzt weiß ich, dass sie nicht verrückt war. Sie wollte mich vor meinem Halbbruder beschützen. Ich wünschte nur, sie hätte mir gesagt, was passiert ist."

„Was glaubst du, warum sie es vor dir geheim gehalten hat?"

Ich betrachtete die Schönheit um mich herum, die weißen Blumen, die in der Nacht vor dem steinernen Haus blühten. „Vielleicht hat sie gedacht, ich würde hierher zurückkommen wollen. Dieser Ort fühlt sich wie ein Zuhause an. Besonders nachts." Mir stiegen Tränen in die Augen, aber ich wollte nicht, dass Orion es sah. „Es wäre schwer gewesen, zu widerstehen, auch wenn es gefährlich war."

„Es ist dein Zuhause", sagte er leise, „und die Wildnis ist es auch. Und die Nacht. Wir sind Geschöpfe der Dunkelheit – Inkubus und Sukkubus. Früher waren wir die ganze Nacht wach. Wir haben Feste mit Sternenlicht und Schatten gefeiert. Wir sind in den Nachthimmel geflogen und haben dort gefeiert. Wir haben uns von der Lust der Sterblichen ernährt. Bevor die Sterblichen uns in Käfige gesperrt haben, waren wir frei, durch die Nacht zu rasen, die Wälder zu durchstreifen und aus ihren schmutzigsten

Träumen zu trinken." Er stützte sich mit den Unterarmen auf den Knien ab. Sein Blick war auf mich gerichtet. „Ich glaube, du kannst es spüren. Du fühlst dich zur Dunkelheit hingezogen, zur Wildnis. Du willst jagen, wie wir es einst getan haben. Du spürst, dass die Wildnis in dir gefangen ist, und du willst sie befreien. Wir sind zwar Lichtbringer, aber wir wurden in der Dunkelheit geboren."

Ich hasste es, dass er mich so leicht lesen konnte. Er konnte mir Dinge über mich erzählen, die ich selbst nicht in Worte fassen konnte. Ja, ich wollte in der Dunkelheit in der Wildnis auf Jagd gehen. „Lichtbringer werden in der Dunkelheit geboren. Ich bin mir nicht sicher, ob ich das verstehe."

Er schaute in den Himmel und ich folgte seinem Blick zur Venus. „Man sagt, alles hat mit dem Chaos begonnen. Dann ist ein Licht aus der Dunkelheit entsprungen, und das war der Gott Astaroth. Jede Nacht ist er in den Schatten zurückgekehrt, und aus dem Chaos ist er wieder aufgestiegen. Man sagt, Astaroth war ein gefallener Gott, schön wie die Morgenröte. Seine Söhne waren Luzifer und Noctifer – der Lichtbringer und der Nachtbringer, Ordnung und Chaos. Und Noctifers anderer Name ist Tammuz. Mein Vater."

„‚Schön wie die Morgenröte'", wiederholte ich. „Ein langer Tag, an dem du Leute verprügelt hast, bringt deine poetische Seite zum Vorschein."

„Ich sollte wahrscheinlich öfter Leute verprügeln, damit ich für die Poesie-Nacht, die ich am Dienstag starte, in Topform bin."

„Es macht mir Angst, dass ich nicht weiß, ob du es ernst meinst."

Seine Lippen kräuselten sich. „Macht es dir Angst oder erregt es dich?“

„Seltsamerweise erregt mich brutale Gewalt nicht. Obwohl ich vielleicht mehr Zeit als nötig damit verbracht habe, mir die Wikipedia-Seite über mittelalterliche Foltergeräte anzuschauen.“

„Natürlich hast du das“, murmelte er.

„Wusstest du, dass es etwas gibt, das man die Birne der Qual nennt?“

„Rowan“, schnurrte er, „flirtest du mit mir?“

„Orion.“ Ich lehnte mich näher heran, so dass sich unsere Lippen fast berührten. „Du weißt doch sicher, dass wenn ein Sukkubus mit dir flirten würde, du schon längst zwischen meinen Beinen auf den Knien wärst.“ Die Worte schienen mir einfach aus dem Mund zu rutschen, bevor ich die Chance hatte, darüber nachzudenken. Mein Herz begann zu rasen.

Seine Augen verfinsterten sich und sein Blick glitt langsam an meinem Körper herunter, bis er an der Mündung meiner Schenkel hängen blieb. „Nun, meine Lichtbringerin, das ist ein Bild, das du mir in den Kopf gezaubert hast.“ Er begegnete meinen Augen wieder. Sein Blick war glühend.

Zwischen uns lag Spannung in der Luft und ich wollte so gern auf seinen Schoß klettern, dass ich mich an der Bank festhalten musste, um mich aufzuhalten.

„Was?“, fragte ich schließlich.

„Du bist wunderschön, das ist alles.“ Seine mitternächtliche Stimme umhüllte mich.

„Wunderschön?“ Mein Magen drehte sich um. „Ich sehe aus wie deine schlimmste Feindin.“

„Nein, das tust du nicht. Du siehst ihr überhaupt nicht mehr ähnlich. Die Art, wie du dich hältst, deine Mimik – du bist ganz anders. Das Erröten auf deinen Wangen, wenn dich etwas erregt oder verärgert. Die Art, wie du mich ansiehst, als würdest du mich wirklich verstehen wollen, als würdest du versuchen, in meine Seele zu sehen. Wie du jedes Mal deinen Blick abwendest, wenn dein Herz zu rasen beginnt. Die Art und Weise, wie du aussiehst, als wärst du manchmal mit der Verantwortung, für die Sicherheit aller zu sorgen, überfordert. Wie du dich in deine eigenen Gedanken zurückziehst. Ihr seid euch überhaupt nicht ähnlich."

Ich stieß einen langen, langsamen Atemzug aus. „Ich wünschte, du hättest es schon früher gemerkt."

Er zuckte ganz leicht zusammen. „Irgendwo gibt es eine andere Welt, in der du und ich uns kennengelernt haben, bevor meine Seele im Kerker gestorben ist."

Ich drehte mich zu ihm um und stützte meinen Ellbogen auf der Bank ab. „Vielleicht wird es dich umhauen, Orion, aber du bist nicht wirklich tot."

Sein Mundwinkel zog sich leicht nach oben. „Das ist eine Metapher. Seelenlos. Tot."

„Hmm. Aber vielleicht bist du nicht seelenlos. Du hast mich immer wieder gerettet, und bis jetzt scheinst du nur etwas psychotisch zu sein. Und das liegt vor allem daran, dass ich gerade gesehen habe, wie du dir Blut von den Händen gewischt hast."

Er nickte weise. „Ich habe mich schon immer gefragt, welcher königliche Name die Zeiten überdauern würde. ‚König Orion der Nur Etwas Psychotische' hat einen gewissen Klang." Seine Augen funkelten und er griff nach oben und streifte mit den Fingerknöcheln leicht meine Wange. „Und was sagt dir, dass ich zu retten bin?“

Seine Berührung ließ einen heißen Schauder über meine Haut laufen. Ich wollte mich unbedingt in seine Hand lehnen und meine Augen schließen. „Ich muss sehen, ob du eine barmherzige Seite hast. Ob du den Sterblichen verzeihen kannst.“

Er zog seine Hand weg. „Ah. Aber wenn sie versuchen, dir wehzutun, Liebes, werde ich keine Gnade zeigen. Ich werde sie leiden lassen.“

Meine Brust zog sich zusammen. Wenn es stimmte, was er sagte, und die Sterblichen versuchten in die Stadt einzubrechen, um mich zu ermorden, war alles viel komplizierter geworden.

All das fühlte sich langsam wie ein Geheimnis an, das ich vor Shai verbarg, diese nächtlichen Gespräche mit Orion. Als ich hierhergekommen war, war ich mir so sicher gewesen, dass ich ihn durchschaute – dass er nur charmant und verschlagen war, dass ich ihm kein Wort glauben konnte. Aber jetzt, obwohl alle sagten, er wollte mich umbringen, war ich mir überhaupt nicht mehr sicher. Außer dass Orion und ich versuchten, einen Weg zurück in die Vergangenheit zu finden.

KAPITEL 25

Rowan

Egal, was uns verband, ich musste die Prüfung trotzdem gewinnen.

Ich erhob mich von der Bank. „Danke, dass du mir von dem Grimoire erzählt hast. Ich werde einen kleinen Spaziergang machen, denn ich werde eine Weile nicht schlafen können."

Er stand auf und schaute auf mich herab, dann griff er in seine Tasche und zog ein seltsames, unförmiges Stück Holz heraus. „Warte, ich habe ein Geschenk für dich."

Mein erster Instinkt war, einen Witz zu machen – vielleicht *Bin ich nicht diejenige mit Holz vor der Hütte?* –, aber dann wurde mir klar, dass das eine so seltsame Geste von ihm war, dass ich den Mund halten sollte, bis er es erklärt hatte. Als ich es ihm aus der Hand nahm, sah ich, dass es grob in die Form einer Frau in einem Kleid mit einem Stachelkopf geschnitzt worden war. „Was ist das?"

„Sie ist eine Königin. Es war ein Geburtstagsgeschenk für meine Mutter. Irgendwie habe ich gedacht, sie hätte nicht bemerkt, dass ich es mit ihr in der gleichen Zelle geschnitzt habe. Aber ihr Geburtstag ist nicht rechtzeitig gekommen. Oder vielleicht hat sie gelogen, weil sie wusste, dass ich mich auf den Geburtstag gefreut habe. Also wollte sie mir weiterhin etwas geben, auf das ich mich freuen konnte. Wie auch immer, es ist eine Lilu-Königin und ich konnte sie ihr nie geben. Also gehört sie dir.

Denn du bist der letzte Sukkubus, und du bist die Königin der Lilu." Er begegnete meinem Blick. „Und als Königin wirst du das Grimoire brauchen. Lerne alles, was du über das Herrenhaus der Noyes in Sudbury in Erfahrung bringen kannst. Dort werden wir es finden."

„Danke, Orion." Ich starrte immer noch auf die kleine Königin und mein Blick verschwamm. Es brach mir wirklich das Herz, wenn ich mir vorstellte, wie sich der kleine Orion darauf freute, seine Schnitzerei seiner Mutter zu schenken, und dann nie die Gelegenheit dazu bekam. „Nun, sie hätte es geliebt. Aber ich werde es stattdessen lieben." Ich wandte mich von ihm ab, denn aus irgendeinem Grund wollte ich nicht, dass er die Tränen sah, die mir über die Wangen liefen.

Als ich wegging, umklammerte ich die Holzkönigin und dachte an seine Mutter und den kleinen Molor.

War es verrückt zu denken, dass Orion und ich tatsächlich zusammenarbeiten könnten? Wir waren die letzten unserer Art und versuchten unseren Platz in der Welt wiederzufinden, nachdem wir alles verloren hatten.

Alles hing davon ab, in welcher Form er seine Rache ausüben wollte.

Als ich aus dem Gartentor trat, wusste ich bereits, dass Orion den Wachen befehlen würde, mir zu folgen – falls er mir nicht selbst folgen würde.

Bis ich mich auf dem Weg zum Fluss befand, war ich mir nicht ganz sicher, wohin ich gehen würde.

Ich war auf dem Weg zu den Kerkern.

Vielleicht wollte ich die Zellen selbst sehen, den Ort, an dem Orion die ganze Zeit über gewesen war.

Als ich die Öffnung des Tunnels am Fluss erreichte, steckte ich die kleine Holzkönigin in meine Tasche. Der

Acheron floss vorbei und glitzerte im Mondlicht. Vorsichtig ließ ich mich in den Tunnel hinab, und meine Füße setzten hart auf dem nassen Stein auf. Sobald ich unter der Erde war, spürte ich eine leichte Schwächung meiner Magie.

Wegen des Grimoire-Zaubers, der unsere Magie außerhalb der Stadtmauern erschöpfte, war Orions Magie in den Kerkern versiegt. Sonst hätte er schon vor Jahrhunderten den ganzen verdammten Ort in die Luft gejagt und dem König den Kopf abgerissen.

Hier unten befand ich mich im Grenzbereich zwischen der Welt der Sterblichen und der Welt der Dämonen – ein Ort, an dem meine Magie nach ein paar Tagen erlöschen würde. Im Kerker war Orion so verwundbar wie ein Sterblicher gewesen, aber ohne auf die Gnade des Todes hoffen zu können. Wenn er das Grimoire in die Finger bekäme, um den Zauber umzukehren, müsste er diese Art von Hilflosigkeit nie wieder fürchten.

Es dauerte etwa zwanzig Minuten, in denen ich mit einem kleinen Feuer in der Handfläche ziellos umherwanderte, bevor ich den Kerker fand. Es war der Geruch von verbranntem Fleisch, der mich schließlich an den richtigen Ort führte, der Gestank des Todes, der mich vorwärts zog.

Das Eisentor zu den Zellenreihen war offen. Als ich hineinging, flackerte das orangefarbene Licht in meiner Hand über die Reihen von Zellen auf beiden Seiten des dunklen Steinkorridors. Den größten Teil dieses Kerkers hatte ich nicht gesehen, als ich das erste Mal in die City of Thorns gekommen war.

Aber als ich weiterging, sah ich eine große Halle. Im Schein des Feuers glitzerte sie vor Feuchtigkeit, geschwärzt von der Zeit. Hier in der Halle hing eine alte, abgenutzte Schlinge an einem Galgen. Sie schaukelte sanft hin und her – obwohl es hier keinen Wind gab. Bei ihrem Anblick krampfte sich mein Herz zusammen. Ich konnte die Traurigkeit, die von ihr ausging, fast spüren.

Dies war der Hinrichtungsraum. Die Puritaner hatten öffentliche Hinrichtungen geliebt, aber niemand wusste, dass die Lilu hier unten am Leben gehalten worden waren, also waren sie im Geheimen getötet worden.

Es dauerte nicht lange, bis ich die frischen Leichen fand, deren Geruch mich hierhergelockt hatte – oder besser gesagt, die beiden Aschehaufen auf dem Boden. Auch der Gestank von Blut lag noch in der Luft.

Im Schein meiner Flammen blitzte etwas Metallisches auf einem der Aschehaufen auf. Ich beugte mich hinunter, um die Asche wegzustreichen. Dabei entdeckte ich eine silberne Nadel in Form eines Hammers. Das Symbol des *Malleus Daemoniorum.*

Orion hatte sie verbrannt, aber ich hatte dasselbe getan, als der Abgeordnete mein Leben bedroht hatte. Wir alle taten, was wir tun mussten, um die zu schützen, die wir liebten. Manchmal bedeutete das, zu töten. Und manchmal – wie im Fall meiner Mutter – bedeutete es, selbst zu sterben.

Im flackernden Licht der dunklen Steinwände fand ich den Weg zurück zu der Zelle am Ende der Reihe. Das war der Ort, an dem ich in der City of Thorns zum ersten Mal aufgewacht war. Wo ich gestanden hatte, als Orion mein Blut gekostet hatte.

Die Wände der Zelle waren mit Efeu bewachsen und meine Kehle zog sich vor Rührung zusammen, als ich mir Orion hier drin als kleinen, blauäugigen Jungen mit silbernen Haaren vorstellte. Als ich das Licht in meiner Handfläche hochhielt, fand ich die eingeritzten Buchstaben in der Wand. Ich beugte mich hinunter und strich die Ranken beiseite. Zuvor hatte ich die Konturen nur mit den Fingerspitzen ertasten können, aber jetzt konnte ich den Text ganz schwach erkennen.

Luziferi- Das *i* war am Ende verblasst und abgenutzt. Ich riss den Rest der Ranken beiseite, um den Rest zu enthüllen: *-urbem spinarum liberabunt.*

Genau wie Orion gesagt hatte: *Die Lichtbringer werden die City of Thorns befreien.*

Mir wurde warm ums Herz, als ich an seine Mutter dachte, die diese Buchstaben in die Wand geritzt hatte. Ich verspürte einen überwältigenden Drang, den Jungen zu beschützen, der einst hier drin gewesen war und die kleine Königin in meiner Tasche geschnitzt hatte. Aber er war schon lange verschwunden.

Ein schweres Gefühl der Traurigkeit lag in der Luft, ein kalter Nebel, der an den Steinen klebte.

Kurz bevor sie getötet wurde, haben mich die Wachen in eine andere Zelle gebracht, ganz allein.

Ich überquerte wieder den Korridor und meine Trauer mischte sich mit meiner Neugierde. Von Zelle zu Zelle suchte ich die Steine ab, auf der Suche nach etwas, das mir zeigen würde, wo er die ganze Zeit gelebt hatte. An ein paar anderen Wänden fand ich Einritzungen, aber nichts, was eindeutig mit ihm in Verbindung gebracht werden konnte. Beunruhigender Weise sahen einige davon wie Krallenspuren aus.

Ungefähr auf halber Strecke der Zellenreihe blieb ich stehen. Durch einen winzigen Riss in der Steinwand leuchtete ein kleiner Lichtpunkt nahe der Decke. Es kam mir irgendwie bekannt vor. Das genaue Bild davon brannte sich in mein Herz ein. Ich hatte diesen kleinen Spalt schon einmal gesehen.

Darunter beleuchtete das warme Licht meines Feuers die kunstvollen Schnitzereien in den dunklen Steinwänden.

Mir stockte der Atem, als ich sah, was er in den Stein gezeichnet hatte – drei Königinnen mit stacheligen Köpfen wie Kronen. Er hatte sie dreimal in den Stein geritzt, die Markierungen gewalttätig und verzweifelt, als hätte der kleine Orion versucht, sie durch den Stein wieder zum Leben zu erwecken.

Nach den drei Königinnen wurden einige der Bilder anspruchsvoller. Er hatte den Uhrenturm von Asmodean, der um sechs Uhr in der Zeit eingefroren war, so dargestellt, wie er jetzt aussah. Er hatte eine Schlange eingeritzt, die sich im Schein meines Feuers hin und her zu winden schien. Seltsam, wenn man bedachte, dass er Angst vor Schlangen hatte.

Da war das Wort *Vindicta* – Rache – in den Stein gekratzt, mit etwas, das aussah wie Dornen, die aus den Kringeln der Buchstaben ragten. Und daneben erinnerten mich die Schnitzereien an die alten Grabsteine der Puritaner – Totenköpfe und gekreuzte Knochen, die Worte *Memento Mori – Fugit Hora.*

Erinnere den Tod – die Zeit vergeht. Ich war mir sicher, dass die Zeit hier unten nicht gerade wie im Flug verging, vor allem nicht für einen Unsterblichen. Aber dieser Satz bezog sich nicht auf Orion. Selbst als er hier drinnen gefangen gewesen war, hatte er sich daran erinnert, dass die Sterblichen, die die Lilu vernichtet hatten, in Osborne sterben würden. Vielleicht war das ein Trost für ihn gewesen.

Und über all dem hatte er Sterne eingemeißelt – die Form des Sternbilds des Orion. Außer dem winzigen Riss in der Mauer hatte er hier drin kein richtiges Licht gehabt, also waren die Steinsterne alles gewesen, was er hatte.

Ich wollte keine Sekunde länger hier drinbleiben. Aber als ich mich umdrehte, um zu gehen, wurde mir der wahre Horror dieses Ortes bewusst. Seine Zelle lag direkt gegenüber vom Hinrichtungsraum, wo die Schlinge noch immer von der Decke hing.

Kurz bevor sie getötet wurde ...

Orion war hier eingesperrt worden, mit einem perfekten Blick auf den Tod seiner Mutter. Und hier war er jahrhundertelang gefangen gewesen, direkt gegenüber vom Galgen. Kein Wunder, dass er sich fühlte, als ob seine Seele gestorben wäre. Sie hatten seinen Geist vollständig zerstören wollen.

Als ich einen weiteren Schritt machte, tauchte eine Vision in meinem Kopf auf – dieselbe, die ich gesehen hatte, als Orion und ich zum ersten Mal einen Blutschwur geleistet und unsere blutenden Handflächen aneinandergepresst hatten.

Vor meinem geistigen Auge sah ich eine kristallklare Vision: *Steinmauern, die Risse aufwiesen, um ein wenig von den Sternen freizulegen. Dann ein Schatten, der sich über den Stein bewegte – die blutigen, schwankenden Füße eines erhängten Körpers. Das Holz darüber knarrte und Schmerz durchbohrte mein Herz bis ins Innerste.*

Die Vision klärte sich wieder, und ich drückte meine Hand auf den Stein, um mich zu beruhigen, während ich nach Luft schnappte. Mein Herz hämmerte gegen meine Rippen.

Verdammt, wie hatte er es nur geschafft, hier drinnen bei Verstand zu bleiben?

Ich stürzte aus dem Korridor, während Übelkeit in mir aufstieg. In meiner Verzweiflung, frei zu sein, eilte ich aus dem Kerker und zurück in den Tunnel.

Erst dort stellte ich fest, dass ich nicht allein war.

Eine der Schattengestalten räusperte sich, und ich beschwor einen Feuerstoß, um besser sehen zu können.

Die Flamme in meiner Hand beleuchtete das lächelnde Gesicht von Amon, der seine Hände beschwichtigend hob.

„Tut mir leid“, sagte er. „Der König wollte, dass ich für deine Sicherheit sorge.“ Wenn ich raten müsste, war Amon so ziemlich die einzige Person, der Orion jetzt noch vertraute.

„Mir geht es gut, Amon, danke.“ Körperlich ging es mir gut. Gefühlsmäßig? Nicht wirklich. Aber das brauchte Amon nicht zu wissen. „Ich war gerade auf dem Rückweg.“

Aber was ich wirklich wollte, war Orion zu finden und ihm zu helfen, alles zu vergessen, was hier unten passiert war.

Meine Kehle schnürte sich zu.

So viel zu meiner Entschlossenheit, ihn auf Abstand zu halten.

KAPITEL 26
Rowan

Gegen drei Uhr morgens gab ich es auf, im Bett zu liegen, denn jedes Mal, wenn ich die Augen schloss, sah ich die Schlinge sich leicht hin und her bewegen. Und diese drei geschnitzten Königinnen …

Vielleicht lag es daran, dass ich eine Lilu war, oder vielleicht waren es die alptraumhaften Visionen, die ich im Kerker gesehen hatte. Aber der Versuch, heute Nacht zu schlafen, war wie der Versuch, Nebel mit den Händen einzufangen.

Orion war auf der anderen Seite der Tür und schlief tief und fest, und ich konnte meine Gedanken nicht von ihm abwenden.

Von meinem Fenster aus starrte ich in den Garten und beobachtete, wie der Wind die Apfelblüten zum Rascheln brachte. Mein Blick blieb an der Bank hängen, auf der Orion mir die hölzerne Königin geschenkt hatte – ein Geburtstagsgeschenk, nur dass der Geburtstag nie gekommen war. Ich nahm die Figur in die Hand und fuhr mit den Fingerspitzen darüber. Mein Herz schlug heftig.

Morgen würde ich mich mit meinen Lehrern treffen. Ich brauchte sie, um mich auf die Prüfung zu konzentrieren. Ich hatte nichts zu verlieren, aber viel zu gewinnen – eine Krone auf dem Haupt und die Entscheidungen in meiner Hand.

Ich warf einen Blick auf die Tür und fühlte mich eingeengt, als wäre ein Teil von mir noch immer in der Zelle gefangen. Unruhig öffnete ich das Fenster, dann kletterte ich zurück ins Bett, rollte mich unter den Laken zusammen und atmete den Duft des Meeres ein.

Ein schwüler Nachtwind wehte in mein Zimmer. Es dauerte, aber schließlich gelang es mir zu schlafen und von den Sternen zu träumen.

Als ich aufwachte, stand das Zimmer in Flammen. Feuer umgab mich und verschlang alles.

Verdammt. Ich würde bei lebendigem Leibe verbrennen.

Durch den verwirrenden Dunst des Schlafes hatte die Angst mein Herz fest im Griff. Ich brauchte mehrere Schrecksekunden, um mich daran zu erinnern, dass das Feuer mich nicht mehr verbrennen konnte. Selbst als ich mich an diese wichtige Tatsache erinnerte, hinkte mein Gehirn immer noch hinterher.

Als ein vermummter Mann aus dem Feuer auf mein Bett sprang, reagierte ich langsamer, als ich es hätte tun sollen.

Ich starrte ihn an und war verblüfft, als ich einen Blick auf silbernes Haar und blassblaue Augen erhaschte. Das schöne Gesicht des Königs. „Orion? Was zum Teufel ..."

Er hob seine Hand und elfenbeinerne Krallen schossen aus seinen Fingern hervor.

Panik raubte mir den Atem. Hatte er den Verstand verloren?

Ich griff nach seinem Handgelenk und drehte es zur Seite, sodass er das Gleichgewicht verlor. Sofort schoss ich hoch und verpasste ihm einen Kopfstoß. Seine Knochen knackten, als meine Stirn auf seine Nase prallte. In der nächsten Sekunde fuhr ich meine Krallen aus. Ich schlug wild um mich und traf sein Gesicht. Er stieß ein ersticktes Knurren aus, als er von mir weg taumelte.

Ich sprang aus dem Bett. Mein Körper glühte in goldenem Licht. Hitze kochte in meinem Blut. Als ich mich auf ihn stürzte, sprang er aus dem Fenster in den Garten darunter. Er trampelte durch die Beete und verschwand in den Schatten.

„Was *zum Teufel* war das?“, rief ich.

Eine Sekunde später flog die Tür zu Orions Zimmer auf. Ohne Hemd stand er auf der Schwelle und fuhr sich durch die Haare. „Was ist los?“

„Bist du jetzt erst aufgewacht?“, fragte ich. „Dein Haus steht buchstäblich in Flammen. Warum hast du keinen Rauchmelder?“

Orions Blick glitt durch den Raum, eine Falte zwischen seinen Augenbrauen. „Wovon redest du?“

Ich gestikulierte durch den brennenden Raum, aber das Feuer war nicht nur weg, es hatte auch keinerlei Schäden hinterlassen. Kein Rauch, keine Asche.

Ich blickte zurück zum Fenster und warf einen verwirrten Blick nach draußen. Alles sah genauso aus wie vorher – still und dunkel unter dem Nachthimmel. Weiße Blumen blühten in den Schatten.

Ich drehte mich um und starrte in den intakten Raum. „Vielleicht war es ein Albtraum.“

„Wir *sind* die Albträume, Liebes.“ Er nickte zum Fenster hin. „Aber warum ist das Fenster offen? Die Wächter sind darauf angewiesen, dass die Tore und Fenster verschlossen bleiben. War jemand hier, Rowan?“

Draußen färbte sich der Himmel rosa und golden. Ich suchte mein Bettlaken ab und als ich den purpurnen

Blutfleck darauf entdeckte, fühlte ich eine seltsame Erleichterung.

Ich hatte nicht den Verstand verloren.

„Ja, jemand war hier. Ich bin mit meinen Krallen über sein Gesicht gefahren und sein Blut ist auf meinen Laken. Er hatte silberne Haare. Einen Moment lang dachte ich, du wärst es. Er sah *wirklich* aus wie du."

Orion ging zum Fenster und schlug es zu, dann hob er mich hoch und trug mich in sein perfekt aufgeräumtes Schlafzimmer.

„Was machst du da?", fragte ich.

„Ich lasse dich nicht aus den Augen", flüsterte er gegen mein Ohr. „Wir haben noch zwei Stunden, bevor es eine vernünftige Zeit zum Aufstehen ist. Ich habe immer noch keine Ahnung, wer dich tot sehen will. Aber ich weiß, dass zwei Lichtbringer stärker sind als einer."

Er ließ mich auf sein Bett fallen und ich schlüpfte zwischen seine Laken, die so wunderbar nach ihm rochen. Er legte sich neben mich und schloss mich in seine starken Arme. Ich schmiegte meinen Kopf in seine Halsbeuge und fühlte mich viel wohler, als ich es hätte tun sollen.

Als er sich entspannte, hörte ich, wie sich sein Atem verlangsamte, und ich spürte das sanfte Heben und Senken seines Brustkorbs.

Ich liebte das Geräusch seines schlagenden Herzens.

Verdammt.

Warum konnte ich nicht einfach zugeben, dass ich gern in seiner Nähe war?

KAPITEL 27

Rowan

Ich saß in Kas' Küche vor einer Schüssel mit frisch zubereiteten Spaghetti *aglio e olio*, während er unsere Gläser mit Syrah füllte. Mir lief das Wasser im Mund zusammen, als ich die Nudeln um meine Gabel wickelte. Die Nacht war hereingebrochen und eine Laterne schwang vor seinem kleinen Haus und warf schwankende Schatten auf die Tudorhäuser.

Shai hielt ihr Weinglas in der rechten Hand, ohne ihr Essen zu berühren. „Ihr zwei zuerst, Rowan. Bist du dazu gekommen, mit Legion die Noyes-Villa zu besichtigen?"

„Ja", sagte ich. „Wir haben den Tag in Sudbury verbracht. Das Herrenhaus ist komplett von Magie umhüllt, aber es war leicht zu finden. Eine Gruppe von Dämonenjägern patrouilliert in den Wäldern, was natürlich nur dazu führt, dass man die Villa leichter findet. Also hat sich Legion unsichtbar gemacht. Dann ist er nah genug herangegangen, um die magischen Signaturen der Schutzzauber zu lernen." Ich nahm einen großen Bissen von den würzigen, knoblauchhaltigen Nudeln und hoffte, dass mich niemand auffordern würde, das weiter auszuführen, denn im Moment musste ich wirklich essen.

Legion nickte. „Es gibt einen Tarnzauber und einen weiteren, der alle Dämonen tötet, die an den Schutzwällen vorbeikommen. Den Dämonentötungszauber kann ich am Tag der Prüfung ausschalten, ohne dass sie es merken.

Wir werden die Villa aber getarnt lassen, um die Dämonenjäger nicht zu alarmieren. Sie müssen nicht wissen, dass Rowan hineingeht."

Shai sah noch erschöpfter aus als ich, und sie rieb sich die Augen. „Das einzige Problem ist, dass das alles auch Orion zugutekommt."

Ich nippte an meinem Wein. „Nun, Orion wird im Gegensatz zu mir kein ganzes Team haben, das ihm hilft. Er wird nicht wissen, wo das Buch genau ist."

Kas war schon dabei, unsere Weingläser nachzufüllen. „Warum seht ihr zwei schönen Frauen so erschöpft aus?"

Ich nahm mein Glas in die Hand und spürte, dass ich Orion beschützen musste. Wenn ich ihnen von dem Attentat erzählte – einem silberhaarigen, blauäugigen Attentäter, der dem König sehr ähnlich sah –, konnte ich mir vorstellen, wie sie darauf reagieren würden: *Das liegt daran, dass Orion versucht dich zu töten.*

„Nur Schlaflosigkeit", sagte ich.

„Das Gleiche." Shais Augen schweiften von mir ab, während sie sprach, und ich hatte das Gefühl, dass auch sie nicht die ganze Geschichte erzählte.

Interessant. Wenn ich raten müsste, lag ihre Müdigkeit daran, dass sie und Legion sich bis spät in die Nacht Gesellschaft leisteten.

„Okay", sagte Legion. „Kas, was hast du heute erfahren?"

Kas stand auf und schob seinen Stuhl zurück. „Augenblick." Eine Minute später kam er mit einem großen, zusammengerollten Stück Papier zurück in den Raum. Er breitete es zwischen Gläsern und Tellern aus, und ich starrte auf den Bauplan eines Gebäudes.

„Blaupausen für die Noyes-Villa“, erklärte Kas. „Sie gehört jetzt der Familie Corwin.“

„Sie wurde 1690 heimlich von einem gruseligen religiösen Fanatiker namens Reverend Nicholas Noyes gebaut“, sagte Shai. „Er hat in der Nähe eine Mühle betrieben. Die Dämonenjäger haben ihr Hauptquartier in der Nähe des Ortes gebaut, an dem die Engländer eine Schlacht gegen die Wampanoag verloren haben. Es ist ein heiliger Ort für sie. Irgendwas mit dem Blut der Gerechten, das den Boden nährt.“

Ich wurde hellhörig. „Reverend Nicholas Noyes? Der aus den Hexenprozessen von Salem? Er wurde von einem Opfer mit ‚Gott wird dir Blut zu trinken geben’ verflucht.“ Ein Schauder überlief mich. „Ich bin mir ziemlich sicher, dass er mich in der Unterwelt erhängt hat.“

Stille herrschte im Raum. Offenbar wusste niemand genau, wie er darauf reagieren sollte.

Ich winkte mit einer Hand. „Okay. Vergesst es. Zurück zu den Blaupausen.“

„Unsere amerikanischen Dämonenjäger stammen von einer langen Tradition englischer Hexenjäger ab“, sagte Kas.

„Der *Malleus Maleficarum*“, fügte Shai hinzu. „Der Hammer der Hexen. Sie haben ihr gleichnamiges Handbuch im späten fünfzehnten Jahrhundert veröffentlich. Und die dämonenspezifische Sekte ist der *Malleus Daemoniorum*.“

„Was sie in ihren Texten natürlich nie zugegeben haben“, fuhr Kas fort, „war, dass sie auch Magie benutzt haben. Sie haben erkannt, dass sie es ohne Zauberei nicht mit Dämonen oder Hexen aufnehmen konnten.“

Ich starrte auf den Bauplan der Villa vor uns. „Woher hast du das?“

Kas’ Wangen bekamen Grübchen, als er lächelte. „Sterbliche Bibliothekare sind wirklich erstaunlich. Ich musste nur mit einer jungen Frau in der Bibliothek in Lexington flirten. Sie hat uns in einen verschlossenen Raum geführt, in dem sie historische Dokumente über den *Malleus Daemoniorum* haben. Sobald sie uns allein gelassen hat, haben wir jedes Dokument durchwühlt, bis wir einen verschlossenen Safe gefunden haben.“

Meine Augenbrauen zogen sich hoch. „Du hast es aus einem verschlossenen Safe gestohlen. Besteht die Chance, dass die Dämonenjäger wissen, dass wir kommen?“

Kas warf einen Blick auf Shai. „Shai hat dabei geholfen.“

„Ich habe einen Zauberspruch gelernt, um Erinnerungen zu löschen“, sagte sie.

Mir fiel die Kinnlade herunter. „Wie bitte? So etwas kannst du?“

„Jetzt kann ich es.“ Ihr Lächeln verblasste, und ihre dunklen Augen bohrten sich in mich. „Aber findest du es nicht seltsam, dass Orion dir verrät, wo das Buch aufbewahrt wird, wenn die Prüfungsregeln das nicht vorschreiben? Kann es sein, dass das eine Falle ist?“

Ich schüttelte den Kopf. „Ich glaube ihm. Ich kann nicht wirklich erklären, warum, aber ich glaube ihm einfach.“ Ich atmete tief ein. „Er ist mehr daran interessiert, das Grimoire zu finden, als daran, König zu sein. Er hält es für entscheidend, um die Dämonen zu schützen. Das war schon immer sein Hauptziel: die Dämonen in einem Krieg mit den Sterblichen zu schützen.“

Legion strich sich mit der Hand über den Kiefer. „Und er hat nicht unrecht. Die Sterblichen kämpfen nicht mehr auf dieselbe Art und Weise wie vor Jahrhunderten."

Ich starrte auf die Blaupause – ein stattliches Gebäude mit drei separaten Flügeln, die eine Art eckige U-Form bildeten.

Legion zeigte auf einen Raum mit der Aufschrift *Kanzlei*. „In alten Gebäuden werden hier die offiziellen Dokumente aufbewahrt und von Hand abgeschrieben. Ich denke, dass das der wahrscheinlichste Ort für das Grimoire ist."

Ich lehnte mich in meinem Stuhl zurück und verengte meine Augen. „Was wäre, wenn ..." Ich hob einen Finger an meine Lippen. „Was wäre, wenn du einen Probelauf machen würdest? Morgen? Mach dich unsichtbar, schleich dich an den magischen Verteidigungsanlagen vorbei. Geh in das Gebäude und durchsuch die Kanzlei. Du kannst herausfinden, ob das Buch tatsächlich im Safe liegt, bevor ich reingehe. Kennst du einen Zauberspruch, mit dem man Tresore aufschließen kann?"

Shai zeigte auf die Karte. „So sind wir an die Blaupause gekommen. Die ist übrigens dreihundert Jahre alt, also sollten wir sie vielleicht nicht mit Knoblauchnudeln bekleckern?"

Legion nickte. „Das kann ich machen. Aber ihr solltet euch alle dort verstecken, falls ich eure Hilfe brauche. Ich werde einen Zauberspruch finden, mit dem ich mit euch kommunizieren kann, auch wenn wir getrennt sind."

Ich starrte ihn an. „Süßer, dafür gibt es doch Handys."

Er warf einen Blick auf Shai. „*Okay*."

„Shai kann dir beibringen, wie man Textnachrichten schreibt“, sagte ich. „Das ist eine wirklich wichtige Fähigkeit.“

Egal wie nachdrücklich Kas gesagt hatte, ich sollte niemandem vertrauen, Vertrauen war ein Bestandteil von fast allem, was ich hier tat. Es gehörte ganz einfach dazu, wenn man mit anderen Leuten arbeitete.

KAPITEL 28

Rowan

Tag der zweiten Prüfung.

Ich wachte wieder in Orions Armen auf, meine Beine fest um ihn geschlungen. Ich merkte, dass ich mich im Schlaf gegen ihn bewegt hatte und dass es ihm gefiel.

In den letzten drei Nächten hatte ich gegen die sexuelle Qual ankämpfen müssen, mit ihm im Bett zu sein, ihn aber nicht küssen zu können.

Aber meine Arme um seine Bauchmuskeln zu schlingen – das war erlaubt.

Wir hatten nicht über die Prüfung gesprochen, auch wenn sie wie ein Schatten über uns hing. Aber heute Morgen konnten wir es nicht mehr ignorieren.

Er drehte sich zu mir um und strich mir die Haare aus dem Gesicht. „Heute ist der Tag, an dem wir die City befreien."

„Das werden wir ja sehen." Mein Herz schlug höher. In den letzten Tagen hatte ich es geschafft, mich zu konzentrieren und mich abzuschotten, aber jetzt, wo wir keine Zeit mehr hatten, schossen mir eine Million neuer Sorgen durch den Kopf. Schließlich war ich Rowan Morgenstern, und ob ich nun sterblich oder eine Dämonin war, mein Gehirn würde mir immer die schlimmsten Szenarien auf dem Silbertablett servieren. Ohne Ausnahme.

Ich sah zu ihm auf. „Orion, was ist, wenn wir es irgendwie vermasseln und wir damit die Chance verlieren, das

Grimoire jemals in die Hände zu bekommen? Oder was ist, wenn die Dämonenjäger uns an die Regierung melden und diese die City of Thorns bombardiert, bevor wir den Zauber entschlüsseln können?“ Ich schluckte schwer. „Was ist, wenn unsere Handlungen alle Dämonen töten? Hast du keine Angst, dass ich alles versaue und du die Chance vertust, das Buch zu bekommen?“

Er strich mit seiner Hand langsam meine Wirbelsäule hinunter. Die Hitze unter seinen Fingerspitzen ließ mich erzittern und meinen Körper gegen seinen schmelzen. „Erstens habe ich vollstes Vertrauen, dass du es nicht vermasselst.“ Sein Gesicht war nah an meinem, unsere Wangen berührten sich fast. „Zweitens: Die Schutzzauber werden die City vorerst sichern. Und ich glaube nicht, dass die Jägerinnen und Jäger genug Einfluss haben, um uns anzugreifen.“

„Warum?“

„Seit ich den Thron bestiegen habe, habe ich daran gearbeitet, die Dämonenjäger von den Mächtigen zu isolieren. Menschliche Politiker sind bemerkenswert anfällig für Erpressung und verschiedene Formen der Bestechung. Geld regiert die Welt der Sterblichen. Wahlkampfspenden, Drohungen, ihre Gegner zu finanzieren. Der Umgang mit ihnen ist viel einfacher, als ich erwartet hatte. Zumindest im Moment sind die Dämonenjäger auf sich allein gestellt. Sie haben überhaupt kein politisches Kapital.“

Meine Augen weiteten sich. „Für einen alten, leicht psychotischen Dämon kennst du dich erstaunlich gut in der modernen Welt aus.“

„Ich liebe es, wenn du süße Sachen über mich sagst.“ Seine Hand glitt nach oben und legte sich in meinen Nacken, und er drückte seine Stirn gegen meine. „Wenn du dich jemals entscheidest, mir zu vertrauen, werde ich dich nehmen, bis du um Gnade bettelst. Bis du deinen Namen vergisst."

Mein Innerstes krampfte sich zusammen und ich kämpfte gegen den Drang an, ihn zu küssen. „Nur bei dir, Orion, ist diese Art von Selbstvertrauen nicht fehl am Platz."

Seine Mundwinkel zuckten – kein Lächeln, sondern so etwas wie Unsicherheit. Er sah mich mit einem Ausdruck an, den ich bisher kaum bei ihm gesehen hatte: Verletzlichkeit. Sein Brustkorb hob und senkte sich schneller, sein Herzschlag raste. Orion – der große böse Herr des Chaos – war nervös. „Aber du musst wissen, was ich getan habe. Du musst mein wahres Ich kennenlernen."

Ich starrte ihn und den dunklen Schwung seiner Wimpern an, die seine blauen Augen umrahmten.

Meine Brust tat weh. „Was meinst du? Was hast du getan?" Es kam ein bisschen schärfer rüber, als ich es beabsichtigt hatte. Ich war mir nur nicht sicher, ob ich noch mehr schreckliche Überraschungen verkraften würde.

Sein Blick verfinsterte sich und er rollte sich von mir weg. Er erhob sich vom Bett, und ich starrte auf seinen muskulösen Rücken. „Die Prüfung ist heute. Ich werde es dir später erzählen."

Als ich ihn anstarrte, hatte ich das Gefühl, dass sich Eis zwischen uns ausbreitete und die Luft kühlte.

Und noch etwas anderes beunruhigte mich. Etwas, über das ich in den letzten Tagen nicht gesprochen hatte. „Er sah dir wirklich ähnlich, weißt du. Die Person, die durch das Fenster reingekommen ist."

Er drehte sich mit einer hochgezogenen Augenbraue wieder zu mir um. „Du warst im Halbschlaf, nicht wahr?"

Ich schluckte schwer. „Ich hatte eine Doppelgängerin. Sozusagen. Was ist, wenn jemand so aussieht wie du?"

„Doppelgänger sind sterblich. Sie haben keine Krallen." Mit einem Stirnrunzeln wandte er sich mir zu. „Und du existierst, weil Mortana gestorben ist. Ich bin nicht wirklich tot, wie du gesagt hast."

Ich wollte es nicht sagen, aber ich musste fragen. „Es ist nur ... alle dachten, meine Eltern wären tot. Aber sie waren es nicht. Du hast gesagt, dein Bruder sieht genauso aus wie du ..."

„Rowan", sagte er schroff. Die Temperatur sank in den Keller. „Ich habe ihn sterben sehen. Ich werde das nie vergessen."

Ich stieß einen langen Atemzug aus. *Und ich habe gesehen, wie du mich angegriffen hast.*

Eine neue Reihe von Sorgen hatte sich in meinem Gehirn eingenistet, dornige Ranken, die jeden anderen Gedanken durchbohrten. Aber ich sagte kein Wort, als ich mich auf den Weg zur Dusche in meinem Zimmer machte. Ich drehte das Wasser auf, zog mich aus und ließ den Dampf das Badezimmer erfüllen. Seine Worte von vor einem Monat hallten in meinem Kopf nach.

Betrachte es als Unfall, wenn du dich dadurch besser fühlst. Mir sind die Hände ausgerutscht und ich habe Carl versehentlich den Kopf abgerissen und seine Überreste unter den Schreibtisch geschoben.

Orion fühlte sich wegen eines schrecklichen Geheimnisses schuldig. Weshalb sollte sich jemand wie er schuldig fühlen?

Als ich unter die Dusche stieg, schloss ich die Augen und versuchte mir das Gespräch vorzustellen – das gesamte Bild seines Zimmers – und es wegzuschließen.

Alles hing davon ab, wie der heutige Tag verlief, und ich musste mich hundertprozentig darauf konzentrieren. Mein Ziel war es, in der nächsten halben Stunde nicht mehr an Orions Versprechen zu denken, mich zu nehmen, bis ich meinen Namen vergaß.

In Gedanken ging ich den Plan durch, den ich mit meinem Team ausgearbeitet hatte. Ich würde während meines Fluges nach Sudbury den Unsichtbarkeitszauber sprechen. Dann würde ich in einige Entfernung vom Haus landen. Kas und Legion würden in der Nähe Unterschlupf suchen, um die Schutzzauber des Anwesens zu stören. Ich wusste, wie ich den Eingang durch eine kleine Steinmarkierung finden konnte, auch wenn das Haus noch verhüllt war.

Mit einem Unsichtbarkeitszauber würde ich an den drei oder vier Wachen vorbeischlüpfen – oder an ihren toten Körpern, wenn Orion zuerst ankam. Mit einem Zauberspruch würde ich die Eingangstür und den Safe öffnen. Ich könnte einfach hineinspazieren. Unbemerkt.

Ich würde direkt zur Kanzlei gehen.

Wenn die Jäger uns entdeckten, würden uns die automatischen Schlösser des Hauses mit großen Eisenstangen einsperren, die sich über die Türen herabließen. Das Haus würde zu einer Art Gefängnis für uns werden, in dem die Jäger uns unbedingt töten wollten.

Aber die Türen konnten von außen geöffnet werden, also würde Shai am Südausgang mit einem Aufsperrzauber auf mich warten. Ich würde viermal klopfen, um ihr mitzuteilen, dass sie die Eisengitter öffnen musste.

Ich könnte bei Sonnenuntergang wieder hier sein, mit dem Grimoire in der Hand, bereit, gekrönt zu werden.

Theoretisch.

Orion und ich standen uns unter einem wolkenverhangenen Himmel gegenüber. Während meine Muskeln vor Anspannung starr waren, lehnte er einfach an der Steinmauer, die Hände in den Taschen. Er trug ein dunkelgraues T-Shirt, das sich über seine breiten Schultern spannte, und mein Blick glitt hinunter zu seinem Schlangentattoo. Ich dachte an das Gefühl seiner Fingerspitzen, die über meine Wirbelsäule strichen …

Ich riss meinen Blick von ihm los. Ich musste meine Gedanken in Zaum halten.

Die Regeln der Dämonenprüfungen verlangten, dass wir in der City of Thorns starteten. Von hier aus würden wir nach Sudbury fliegen.

Ich drehte mich von der Mauer weg und blickte in die Menge um uns herum. Ich erkannte Lydia, die Herzogin, die einmal versucht hatte, mich zu ermorden. Abgesehen von Amon kannte ich aber die meisten der anderen Dämonen nicht.

Um zu verhindern, dass etwas durchsickerte, was die Dämonenjäger alarmieren könnte, hatte niemand in der Menge eine Ahnung, wohin Orion und ich heute fliegen würden. Nur, dass ich heute Abend Königin sein könnte.

Mistress Blacknettle erschien aus der Menge, in silberne Roben gehüllt, die zu ihrem Haar passten. „Heute werdet ihr die City of Thorns verlassen. Derjenige von euch, der mit dem Grimoire zurückkehrt, gewinnt die Prüfung und die Krone. Keiner von uns weiß, wohin ihr reist, aber wir erwarten mit Spannung eure Rückkehr. Mögen die Götter euch beide segnen.“

Ich nickte ihr zu. Das Blut pochte in meinen Adern, eine stetige Kriegstrommel der Nerven. Sobald die Glocken läuteten, würden wir uns in die Luft erheben.

Ich warf einen kurzen Blick auf Orion. Ein verschmitztes Lächeln kräuselte seine Lippen, als er mich ansah, als ob wir ein Geheimnis teilten.

Ich holte tief Luft und zuckte zusammen, als die Glocken zu läuten begannen und den Beginn der Prüfung ankündigten.

Meine Flügel lösten sich von meinen Schulterblättern, und ich schoss in die Luft und schwebte unter dem wolkenverhangenen Himmel dahin. Der Seewind zerrte an meinen Haaren, als ich nach Südwesten in Richtung Sudbury flog. Währenddessen sagte ich den Tarnzauber auf, und die Magie summte in meinem Körper, als sie ihre Wirkung entfaltete. Adrenalin schoss durch mich hindurch.

Als ich meine Hand vor meinem Gesicht ausstreckte und nichts sah, wurde mir schwindelig. Ich brauchte ein paar Minuten, um mich daran zu gewöhnen, dass ich mich selbst nicht sehen konnte.

Ich suchte den Himmel nach Orion ab, aber alles, was ich wahrnahm, war ein schwacher Schatten unter den Wolken. Gut, dass der *Malleus Daemoniorum* keinen von uns beiden kommen sehen würde.

Orion hatte recht gehabt. Ich sehnte mich nach dieser Art von wildem Flug, frei über der Erde, so wie es für einen Sukkubus bestimmt war. Sein berauschender Duft wehte im Wind und umhüllte mich wie eine Liebkosung.

Doch während ich flog, summte mein Handy in meiner Tasche und riss mich aus meiner Begeisterung. *Wirklich?* Jetzt?

Sofort begann mein Puls zu rasen. Nur Kas, Legion und Shai hatten diese Nummer. Ich hatte ihnen ganz klar gesagt, dass sie mir nur dann eine Nachricht schicken sollten, wenn etwas schiefgelaufen war.

Ich zog mein Handy aus der Tasche und starrte entsetzt auf – nichts. Das verdammte Telefon war auch unsichtbar.

Mit wachsender Frustration drückte ich die Seitentaste und schrie Siri an, Shai anzurufen.

Ich presste das Telefon an mein Ohr. Mein Blut pochte, als direkt die Mailbox ansprang.

Zum Glück ging Legion dagegen sofort ran und bellte: „Hier ist Legion!"

Atemlos schrie ich ihn an. „Was ist los? Ich kann die Nachricht nicht lesen. Ich falle zurück, Legion."

„Irgendetwas stimmt nicht, Rowan. Ich glaube, die Jäger wussten, dass du kommen würdest."

Mein Blut wurde zu Eis. „Die Dämonenjäger? Wie? Keiner außer uns weiß, wohin wir fliegen."

„Ich habe keine Ahnung. Jemand hat ihnen einen Tipp gegeben. Es sind nicht nur drei oder vier Wachen, sondern eine ganze Armee."

Ich suchte die Wolken ab, aber ich sah keine Spur von Orions schattenhafter Präsenz. „Wo ist Shai? Sie ist nicht drangegangen."

„Es geht ihr gut. Sie hat mir gesagt, dass sie im Südflügel auf dich wartet, falls du Hilfe brauchst, um wieder rauszukommen. Ich kann sie nur nicht sehen, weil sie unsichtbar ist."

„Legion, es ist zu spät für mich, um jetzt umzukehren. Ich habe Orion verloren und werde keine Gelegenheit mehr haben, es ihm zu sagen, bevor wir ankommen. Es wird passieren, egal, was wir tun. Wir müssen uns den Weg hinein und hinaus erkämpfen."

Ich steckte das Handy zurück in meine Tasche und konzentrierte mich auf meinen Flug, um schneller zu werden.

Mein Herz pochte heftig, als ich weiter nach Westen raste und das Land unter mir grüner wurde. Als ich mich Sudbury näherte, fegte ich näher an den Boden heran, meine Augen scharf auf die Erde unter mir gerichtet. Wenn ich über das Ziel hinausschoss, würde ich mich wieder in der Unterwelt wiederfinden, und das Letzte, was ich gebrauchen konnte, war ein weiterer wütender puritanischer Mob ... obwohl ich wohl so oder so auf einen wütenden puritanischen Mob zusteuerte.

Endlich erstreckten sich die äußeren Ränder des Great Meadows Naturschutzgebietes unter mir. In der kühlen Herbstluft hatten die Bäume die Farbe von Flammen angenommen.

Als ich die Noyes-Villa ansteuerte, lag der metallische Geruch von Blut schwer in der Luft.

KAPITEL 29

Rowan

Mir drehte sich der Magen um beim Anblick der erschlagenen Sterblichen – einige von ihnen waren enthauptet, andere verbrannt. Blut sammelte sich auf der Erde und befleckte das Gras. Sie nährten den Boden, genau wie es die Puritaner getan hatten.

Und einen Moment lang hatte ich mir tatsächlich fast Sorgen um Orions Sicherheit gemacht.

Ich schluckte schwer und ignorierte das Zittern in meinen Beinen, als ich die Steinplatte fand, die den Eingang zu dem unsichtbaren Haus markierte. Ich drückte meine Hand gegen die Stelle, an der die Tür für den Entriegelungszauber sein sollte, aber Orion hatte sie für mich offengelassen.

Im Inneren der Villa hallten ferne Rufe wider. Dieses Haus war viel prächtiger, als ich es mir vorgestellt hatte. Die riesigen Bogenfenster ließen das Licht des Waldes auf den alten Steinboden fallen. Ölgemälde von Dämonenjägern schmückten die weißen Wände über der Mahagoni-Täfelung. Auf beiden Seiten der Halle führten geschwungene Steintreppen nach oben.

Aber die Kanzlei befand sich im unteren Stockwerk.

Die Dämonenjäger rannten durch die großen Hallen und schrien sich gegenseitig Befehle zu. Sie gingen an mir vorbei, ohne meine Anwesenheit zu bemerken. Einer von ihnen knallte die Tür direkt hinter mir zu.

So leise ich konnte, rannte ich zur Kanzlei. Ich sprintete durch den Ostflügel und zählte vier Türen zu meiner Rechten. Dann schlüpfte ich in einen steinernen Raum mit Buntglasfenstern, durch die farbige Lichtflecken fielen. In einer Ecke stand ein Holzschrank. Darin hatte Legion den Tresor und das Grimoire gefunden.

Doch als ich mich dem Schrank näherte, begann eine laute Glocke zu läuten.

„Abriegelungsmaßnamen in Kraft“, dröhnte eine Stimme über die Sprechanlage. „Es wurden Dämonen im Gebäude entdeckt. Wir leiten die Abriegelungsmaßnahmen ein.“

Schwer atmend kniete ich mich vor den Tresor und flüsterte den Entriegelungszauber. Ein Kribbeln durchfuhr mich, während sich das Schloss drehte und die Tür aufschnappte. Erleichtert atmete ich auf, als ich das in Leder gebundene Grimoire herauszog – obwohl es viel kleiner war, als ich erwartet hatte. Und auch viel *neuer*.

Als ich es aufschlug, stellte ich fest, dass es gar kein Grimoire war, sondern eine Liste mit gewöhnlichen Namen und Adressen.

Mein Magen krampfte sich zusammen. *Verdammt!* Hatte Orion das Grimoire also schon gefunden? Oder hatten die Dämonenjäger Bescheid gewusst und das Grimoire verschwinden lassen?

Mein Blick blieb an einem der Namen in dem Buch hängen. Mein Herz schlug schneller.

Giuseppe Esposito, Galgenbergstraße 8, Osborne MA. Wird seit September gesucht. Es wird angenommen, dass er Glamour benutzt, um älter zu erscheinen. Wahrscheinlich gefährlich. Vermisst.

Ich blätterte zum Anfang des Buches und meine Hand zitterte, als ich die Aufschrift las: *Verdächtige Lilu-Flüchtlinge.*

Das Buch enthielt etwa ein Dutzend Namen und Adressen aus der ganzen Welt. Grundgütiger.

Es gab noch mehr von uns da draußen. Plötzlich fühlte sich das wie ein größerer Fund an als das Grimoire. Vielleicht waren Orion und ich ja doch nicht die letzten Lilu.

Mein Herz hämmerte. Ich stand auf und schnupperte die Luft. Schwach roch ich Zedernholz, den Duft, der für mich wie ein Zuhause geworden war. Jetzt begann ich zu verstehen, was Orion damit gemeint hatte, dass die Sinne von Dämonen geschärft waren – und überwältigend. Denn zu Orions Geruch gesellten sich eine Menge Blut, verbrannte Haare und Haut, stechender menschlicher Schweiß und andere Dinge, an die ich nicht denken wollte.

Ich versuchte das Läuten der Alarmglocken auszublenden und mich nur auf Orions Geruch zu konzentrieren, um zu ihm zu gelangen. Noch immer völlig unsichtbar, schlich ich den Flur hinunter. In dem breiten Korridor eilten Sterbliche mit langen Gewehren vorbei. Dachten sie etwa, sie könnten uns mit Kugeln aufhalten?

Und erst jetzt hörte ich, was die Sterblichen untereinander sagten.

„Einer von diesen Lilu-Miststücken hinterlässt eine Spur von Leichen!“

„Das Grimoire ist weg“, brüllte jemand.

„Wie sollen wir sie finden, wenn sie unsichtbar sind?“

Mein Blut rauschte. Woher wussten sie, dass wir *Lilu* waren? Die Einzigen, die wussten, was heute passierte, waren Orion und meine drei Freunde – und doch hatten die Sterblichen *genau* gewusst, wer heute in ihr Heiligtum eindringen würde. Wer zum Teufel hatte also diese Information weitergegeben?

Ich hatte keine Ahnung, wo ich suchen sollte, also folgte ich einfach Orions Geruch –

bis ein Arm herausschoss und mich in eine kleine Bibliothek zog. Die Tür knallte hinter mir zu und ich wirbelte herum, um zu sehen, wie sich die Schatten von Orion lösten.

Trotz meiner perfekten Pläne hatte jemand die Sache vermasselt. Ich war mehr fassungslos als wütend und konnte nicht akzeptieren, dass einer meiner Freunde so sorglos mit diesem Geheimnis umgegangen war.

Ein Lächeln umspielte seine Lippen, als er das Grimoire hochhob – ein verblasstes, tiefgrünes Buch mit abgesplitterter goldener Schrift. „Suchst du das hier?"

Eine scharfe Ranke der Enttäuschung kroch durch mich. „*Willst du,* dass ich mit dir darum kämpfe? Denn das werde ich." Ich warf einen Blick hinter mich auf die geschlossene Tür. „Aber warum bist du noch hier? Warum bist du nicht schon längst verschwunden?"

Sein Blick wurde ernst, als er mir das Buch hinhielt. „Ich möchte, dass du mir vertraust." Er sah mir nicht direkt in die Augen, weil ich immer noch unsichtbar war, aber er schaute in meine Richtung. „Es gehört dir, Rowan. Das Buch. Die Krone. Du kannst sie haben."

Ich hatte das Gefühl, dass mein Herz zerspringen würde. Ich wusste nicht, was ich sagen sollte, also nahm ich ihm einfach das Buch ab und sah zu, wie mein Tarnzauber es verschwinden ließ. „Ich kann nicht glauben, dass du es mir schenkst."

„Ich vertraue dir, dass du die richtige Entscheidung triffst."

Ich atmete zittrig ein und konnte kaum glauben, dass das alles wirklich passierte. „Woher wusstest du, wo du suchen musstest?"

„So wie ich immer an Informationen komme. Ich habe einen Dämonenjäger gefunden und angefangen, ihm die Knochen zu brechen, bis er mir die Antworten gegeben hat, die ich wollte."

Vielleicht wäre es besser gewesen, wenn ich nicht gefragt hätte. „Ich habe auch etwas für dich, Orion." Ich reichte ihm das Buch mit den Lilu-Namen und sah zu, wie es sich materialisierte, als ich es ihm reichte. „Ich glaube, es gibt noch mehr von uns da draußen. Die Dämonenjäger haben einige der Lilu aufgespürt."

Er blätterte durch die Seiten. Sein Körper glühte. „Heilige Hölle, Rowan. Meinst du, das ist echt?"

„Ich habe einen der Namen erkannt, Mr. Esposito. Und ja, ich glaube, er könnte ein Dämon sein. Er ist derjenige, der mir von den Prüfungen erzählt hat. Er war mit meiner Mutter befreundet."

Er starrte mich mit einer Art Ehrfurcht an. „Vielleicht muss Rache nicht unbedingt ein Massaker sein. Vielleicht kann es die Rückkehr der Lilu sein, die diese Mistkerle versucht haben auszurotten." Seine Stirn legte sich in Falten und ein verruchtes Lächeln umspielte seine Mundwinkel. „Aber ich werde die Dämonenjäger trotzdem töten, und es wird mir Spaß machen."

„Können wir wenigstens die Bücher hier rausbringen, bevor du alle verbrennst? Wir kommen durch den südlichen Ausgang raus. Shai wartet dort auf uns, um die Tür zu entriegeln."

Ich sah seine perfekten Gesichtszüge verschwinden, als Schatten ihn einhüllten.

„Lass uns gehen, Liebes“, flüsterte er. „Ich komme für die Dämonenjäger später wieder zurück.“

KAPITEL 30

Rowan

Hand in Hand gingen wir ungesehen durch den Korridor, und ich nutzte meine mentale Karte des Gebäudes, um Orion zu führen. Der südliche Ausgang lag direkt vor uns – eine große Holztür, die mit Eisen beschlagen war. Ich warf einen Blick hinter mich und vergewisserte mich, dass niemand in der Nähe war. Dann hielt ich den Atem an und klopfte. *Eins. Zwei. Drei. Vier.*

Ich wartete darauf, dass die Tür geöffnet wurde.

„Shai ist nicht da“, sagte eine tiefe Männerstimme hinter mir.

Meine Muskeln erstarrten, als ich die Stimme wiedererkannte.

„Es scheint, als ob dein Freund nicht wirklich wollte, dass du gehst“, fügte die Stimme hinzu.

Ich drehte mich um und sah zwei Männer, die Gewehre in den Händen hielten. Und einer von ihnen war Jack Corwin.

Nun stellte sich *mir* die Frage, woher sie wussten, dass ich dort stand, wenn sie mich nicht sehen konnten. Anscheinend hatte ‚mein Freund’ ihnen das auch gesagt.

Schmerz durchzuckte meinen Bauch. Als ich nach unten schaute, sah ich, dass ich nicht von Kugeln, sondern von Pfeilen getroffen worden war. Einer hatte mich in den Rippen erwischt, der andere in den Bauch. Ich riss sie heraus, aber als sich das Gift der Pfeile in meinen Adern ausbreitete, schien es die Magie, die mich schützte, aufzufressen. Mein Körper wurde *sichtbar*.

Ich fiel auf die Knie und sah zu Orion auf. Er war auch getroffen worden, aber er stand noch. Wie ein wildes Tier stürzte er sich auf die Jäger und schleuderte einen von ihnen gegen die Wand. Jack drehte sich um und schrie um Hilfe.

Ich verdrängte den Schmerz und kramte mein Handy aus der Tasche. Ich drückte den Knopf an der Seite und schrie verzweifelt hinein: „Siri! Ruf Legion an!"

Das Telefon fing an zu klingeln, aber ich konnte am Knistern erkennen, dass wir keine gute Verbindung hatten. Ich blickte auf und sah, wie Orion versuchte Jack zu verfolgen, aber er stolperte, geschwächt vom Gift in seinem Körper.

„Legion hier!" Die Stimme meines Freundes kam durch das Telefon.

„Wir sitzen in der Falle! Kannst du zum Südausgang kommen?"

Ich konnte seine Antwort nicht hören, aber meine Haut wurde von hinten heiß und Rauch waberte durch die Luft. Tränen stachen in meinen Augen.

Ich wirbelte herum und sah, wie Flammen einen Teil der Tür hinter mir verzehrten, das Holz und Eisen schwärzten. Das war gut. Das Feuer könnte uns hier herausbrennen. Aber die Hitze bereitete mir Übelkeit, die heiße Luft versengte mein Gesicht. Als ich mit der Hand über die Flammen strich, schrie Schmerz durch meine Fingerspitzen.

Feuer *tat weh*. Das Gift schwächte unsere Magie.

„Orion", rief ich.

Ich drehte mich um und sah, wie er zurück zu mir taumelte. Jack musste Orions wachsende Schwäche gespürt haben, denn er drehte sich um und ging hinter uns her – dieses Mal vorsichtig. Ich fragte mich, ob wir hier draußen ohne unsere Magie sterben könnten. Gewöhnliche Dämonen, ja. Lichtbringer? Ich hatte keine Ahnung.

In Gedanken überprüfte ich die Karte des Ortes. Links von uns befand sich ein Treppenhaus und zwei weitere Stockwerke, in denen es wahrscheinlich weniger Jäger geben würde.

Ich rief Orion zu, dass er mir folgen sollte, und versuchte den stechenden Schmerz zu ignorieren, den das Gift in meinem Körper auslöste. Im Treppenhaus blickte ich hinter mich und war erleichtert, dass Orion mir auf den Fersen war. Schmerz zeichnete sich auf seinen Zügen ab und ich fragte mich, wie viel zusätzliche Energie er aufgewendet hatte, um Jack zu verjagen.

Mir gefiel der Gedanke nicht, *in* ein brennendes Gebäude zu rennen, aber wir hatten keine andere Wahl. Als wir die Treppe hinaufstiegen, ging eine Sprinkleranlage los und kaltes Wasser regnete auf uns herab. Ich schob das Grimoire unter mein Hemd, um es zu schützen.

Orion schob mich vor sich her und öffnete mir die Tür im obersten Stockwerk. Als ich den Blick auf einen leeren Flur erhaschte, atmete ich erleichtert aus. Die Sprinkleranlage war hier nicht ausgelöst worden, und ich zog das Buch aus meinem feuchten Hemd.

„Wir können uns nicht ausruhen, Rowan“, sagte Orion. „Wir müssen einen Weg nach draußen finden.“

„Ich weiß.“ Mein Körper brannte vom Gift. Ich schleppte mich durch den Flur, das Grimoire immer noch in der Hand.

Ich hatte keine Ahnung mehr, wie wir hier rauskommen sollten.

Ich zückte wieder mein Handy und befahl Siri, Legion anzurufen. Diesmal war der Klingelton klar und er nahm sofort ab.

„Wo bist du?“, rief er.

Ich hatte keine Zeit für ausführliche Erklärungen. „Du musst die Haustür für uns öffnen. Noch nicht! Ich werde klopfen. Warte einfach dort auf mich, okay?“

Wir hatten fast das Ende des Ganges erreicht, also lief ich, so schnell ich konnte, und Orion rannte im gleichen Tempo.

Schließlich erreichten wir das hölzerne Treppenhaus an der Vorderseite des Gebäudes und taumelten so schnell hinunter, wie unsere zerstörten Körper konnten.

Als wir die unterste Ebene erreichten, klopfte mein Herz wie wild.

Jack Corwin stand da und richtete seine Waffe auf uns.

Hätte ich die Möglichkeit gehabt, meine Magie zu beschwören, hätte ich die Villa in Asche verwandelt, um Orion zu schützen.

Jacks Gesicht war rot und der Schweiß tropfte ihm von der Stirn. „Dachtest du, du könntest meinen Vater töten und damit davonkommen?“ Seine Schreie klangen rau und wahnsinnig.

Orion drehte sich um und begann mich wieder die Treppe hinaufzuziehen, seinen Arm um meinen Rücken gelegt, als würde er mich abschirmen. Aber ich spürte den stechenden Schmerz, als die Pfeile mich von hinten trafen.

„Weißdornbeeren und Ladongift“, rief Jack. „Fühlt sich nicht so gut an, oder, meine Freunde?“

Orion wirbelte herum. „Du hältst dich verdammt noch mal fern von ihr.“ Seine Stimme dröhnte von den Wänden wider wie die Stimme eines dunklen Gottes. „Wenn du ihr noch einmal etwas antust, wirst du dir wünschen, du wärst nie geboren worden. Ich bin ein Albtraum, wie du ihn nicht einmal begreifen kannst. Ich werde diesen Ort niederbrennen und dafür sorgen, dass du an dem Rauch erstickst, und dann werde ich dir die Lunge herausreißen, Jack."

„Nicht mit dem Gift in dir", schoss er zurück.

Ich merkte, dass er sich über uns lustig machen wollte, aber seine zitternde Stimme machte den Effekt zunichte. Ich fiel auf die Knie und hörte mit Schrecken die Schritte auf der Treppe. Wir waren dabei, hier zwischen Jack und den anderen Dämonenjägern in der Falle zu sitzen.

Mit einem wilden Knurren stürzte Orion auf Jack zu und drückte ihn gegen die Wand. Er presste seinen Unterarm gegen Jacks Kehle. Jacks Gesicht lief rot an.

„Bleib weg von meiner Königin", knurrte Orion.

Jack ließ die Waffe fallen und seine Beine strampelten in der Luft.

Ich hatte keine Ahnung, wie Orion die Kraft dazu gefunden hatte, denn das Ladongift fühlte sich an, als würde es mich von innen heraus zerfressen.

„Los, Rowan!", rief Orion, aber es klang undeutlich. „Ich bin direkt hinter dir. Mach, dass du hier wegkommst!"

Ich taumelte an den beiden vorbei. Meine Gedanken wirbelten durcheinander, als ich nach der Tür griff.

Orion hatte mir dieses Grimoire anvertraut, und ich wollte es in Sicherheit bringen. Aus der Ferne hörte ich, wie Orion und Jack sich gegenseitig anschrien, aber meine Sinne waren verwirrt, als würde das Gift an meinem Gehirn nagen. Auf keinen Fall durfte ich jetzt versagen. Ich musste mich darauf konzentrieren, das Buch nach draußen zu bringen.

Ich lehnte mich gegen die Tür und klopfte viermal, bis sie nachgab.

Im blendenden Sonnenlicht fiel ich zu Boden, wo die Luft nach Tod roch. Ich klammerte mich an das Buch, als ich spürte, wie mich ein Paar starker Arme hochhob, und dann rauschte der Wind über mich hinweg.

Ich lehnte mich an seine Brust, und jeder Knochen in meinem Körper sang vor Schmerz.

Jetzt gab es nur noch das Gefühl, dass meine Nerven zerrissen, und der Rest der Welt verschwand.

Männerstimmen durchdrangen die Luft um mich herum. Mir wurde schlecht. Ich rollte mich auf Händen und Knien zusammen und übergab mich auf den Boden.

„Rowan!“

Ich blickte auf und sah Legions Gesicht vor mir, verschwommen, als würde ich die Welt durch Wasser hindurch betrachten.

„Rowan“, rief er wieder und kauerte sich neben mich. „Ich muss wissen, womit sie dich vergiftet haben.“

Ich kämpfte gegen den Drang an, mich ein zweites Mal zu übergeben, und versuchte meine Gedanken zurückzuholen. Jack hatte uns gesagt, was es war ...

„Ladon“, murmelte ich und lehnte mich auf meinen Fersen zurück. Ich griff mir an den Bauch und legte mich auf die Seite. Aber keine Position linderte den Schmerz, egal wie sehr ich mich bewegte. „Ladongift. Und Weißdorn.“ Ich fiel auf den Rücken in den Dreck. „Wo ist Orion?“

Ein Arm legte sich um meinen Hals und ich blickte in Legions Gesicht, das über mir aufragte. Er hielt mir einen Becher an die Lippen, der nach Tannennadeln und Beeren roch.

„Öffne den Mund, Rowan", sagte er sanft und hob meinen Hinterkopf. „Das wird dir helfen."

Von dem Geruch wurde mir übel und ich wollte mich schon wieder übergeben. Mein Mund fühlte sich trocken und feurig an.

„Mach den Mund auf, Rowan", sagte Kas. „Das ist Medizin. Damit wirst du dich besser fühlen."

Er erinnerte mich in diesem Moment so sehr an meine Mutter, dass ich ihm nur gefallen wollte, also trank ich die zähflüssige, erdige Flüssigkeit aus. Sie schmeckte nach Dreck und Blättern – aber die Wirkung setzte fast sofort ein.

Was auch immer es war, es wusch den ätzenden Schmerz weg und beruhigte meine Muskeln. Langsam klärte sich meine Sicht, und die Übelkeit in meinem Magen legte sich. Meine Glieder zitterten, aber sie taten nicht mehr weh.

Ich blickte auf in die besorgten Gesichter von Legion und Kas. Endlich war ich stark genug, um mich aufzusetzen, und wischte mir mit dem Handrücken über den Mund.

Aber irgendetwas fühlte sich immer noch falsch an, und mein Herz pochte wild vor Panik. Die Angst beherrschte jeden Muskel in meinem Körper.

Ich schaute mich um, als mir der Grund für meine Angst klarwurde. „Wo ist Orion?"

Legion warf einen verwirrten Blick zu Kas hinüber. „Ich weiß es nicht. Wir haben versucht dich so schnell wie möglich in Sicherheit zu bringen."

„Wir haben nicht auf ihn gewartet", sagte Kas.

„Du hast das Buch, Rowan!" Legion reichte mir das Grimoire. „Du hast gewonnen."

„Wartet." Ich bemühte mich, mit ihrem Gespräch Schritt zu halten. „Ist Orion noch dort?"

„Als du gesagt hast, dass du gefangen wärst", fuhr Kas fort, „dachte ich, es würde helfen, ein Feuer anzuzünden, weil ihr beide es überleben würdet, aber …"

„Kas", rief ich. „Ich muss zurück zu Orion!"

Kas schaute erschrocken drein und runzelte dann die Stirn. „Ja, natürlich. Aber solltest du nicht erst das Grimoire zurück in die City of Thorns bringen? Ihm wird es gut gehen. Er ist Orion."

„Er hat Schlimmeres überlebt als mancher Sterblicher", fügte Legion hinzu.

Ich drückte das Buch fest an mich. „Nein. Unsere Magie wurde durch dieses Gift geschwächt. Ich werde nicht zulassen, dass die Sterblichen ihn noch einmal brechen."

Ich war schon aufgestanden, als Legion mich am Arm berührte. „Warte. Solltest du das Buch nicht bei uns lassen?"

Mein Blick glitt zwischen den beiden hin und her, und der Gedanke nagte noch immer in meinem Hinterkopf – jemand hatte den Dämonenjägern einen Tipp gegeben. „Shai ist nicht am Südeingang aufgetaucht. Wo ist sie?"

Legion schüttelte den Kopf. „Sie geht nicht an ihr Handy. Wir konnten sie nicht finden. Aber du glaubst doch nicht, dass sie ..." Er brach den Satz ab. „Sie hätte dich nicht absichtlich dort zurückgelassen, Rowan."

Kas wischte sich mit den Händen über den Mund. „Traurigerweise kann man niemandem blind vertrauen. Nicht einmal unseren besten Freunden."

„Und genau deshalb werde ich das Buch bei mir behalten." Ich nahm Legion das Glas ab, das mit dem Gegenmittel gefüllt war. „Ich danke euch beiden, dass ihr mich in Sicherheit gebracht habt. Wir sehen uns in der City of Thorns."

Sie riefen mir zu, ich sollte das Buch bei ihnen lassen. Wenn ich es zu Orion zurückbrachte, konnte er immer noch gewinnen.

Aber die Wahrheit war, dass ich Orion zu diesem Zeitpunkt mehr vertraute als ihnen.

KAPITEL 31

Rowan

Ich spürte es zum ersten Mal – die unbändige Panik, weil ich wusste, dass Orion in Gefahr war. Mein Zwillingsstern. Auch wenn er nicht merkte, dass seine Seele nach mir rief, so tat sie es doch. Er *brauchte* mich jetzt, und nichts würde mich davon abhalten, zu ihm zu gelangen.

Unsere Trennung war ein scharfer körperlicher Schmerz in meiner Brust.

Was, wenn er dachte, ich hätte ihn absichtlich im Stich gelassen?

Der Gedanke daran ließ mein Herz gegen meine Rippen schlagen. Er hatte sich geopfert, damit ich eine Chance hatte zu entkommen, und das Buch, die Krone und sein Leben aufgegeben.

Ich würde nicht zulassen, dass sie ihn noch einmal brachen.

Ich raste unter einem kühlen blauen Himmel nach Westen, über Herbstblätter, die die Farbe von Höllenfeuer hatten.

Ich würde Jack den Kopf abreißen, wenn er Orion tötete. Ich würde nichts von der Villa zurücklassen außer staubigen Überresten aus Blut und Knochen. Die Dunkelheit entfaltete sich in mir – Schatten, die ich immer fest umschlossen gehalten hatte. Die Dämonin in mir, die sich nach Blut und Rache sehnte.

Ich stürzte auf die Lichtung, auf der das Haus stand, und der Geruch des Blutes der Sterblichen erfüllte die Luft um mich herum.

Ich ging zu dem Stein, der die Tür markierte, und trat sie auf. Die Tür fiel aus den Angeln. Ich klemmte das Buch unter einen Arm und griff mit derselben Hand nach dem Gegengift. Sollten wieder irgendwelche Sterblichen mit Pfeilpistolen auftauchen, würde ich bereit sein, Flammen aus meinen Fingerspitzen zu entfachen.

Abgesehen von den Porträts von Dämonenjägern über den Vertäfelungen fand ich die Halle leer vor.

Ich schnupperte die Luft und roch Blut, verbranntes Holz und Angst. Ich war jetzt nicht mehr nur Rowan, sondern eine Dämonin, die Gerüchen folgen konnte. Und als ich Schritte hinter mir hörte, reagierte ich sofort. Ich hatte keine Zeit für kohärente Gedanken, sondern packte mit meinen Händen die Kehle eines Sterblichen und schlug seinen Kopf gegen die Wand. Ich setzte genug Kraft ein, dass er in Panik geriet, aber nicht so viel, dass er bewusstlos wurde. Er riss die Augen weit auf, sodass ich das Weiße sehen konnte wie bei einem verängstigten Pferd.

„Wo ist euer Gefangener?“, zischte ich. „Der Inkubus.“

Sein Mund öffnete und schloss sich lautlos, also fuhr ich meine Krallen gegen seinen Hals aus. Er stieß ein Wimmern aus, als Blut aus einer Wunde sprudelte.

„Wenn du schreist“, flüsterte ich, „bringe ich dich um. Jetzt sag mir, gibt es einen Kerker? Ein Verlies?“

Ich würde ihn so oder so umbringen. Waren das Orions Methoden? Ja. Aber ich war jetzt eine Dämonin, und es schien, dass ich die rücksichtslose Effizienz der Gewalt brauchte, um die zu schützen, die ich liebte. Ich würde ihn beschützen, und ich wusste, dass er das Gleiche für mich tun würde.

„Wo ist er?“, wollte ich wissen.

„Auf dieser Etage“, stammelte er. „Der Nordflügel. Wir haben keinen Kerker oder so etwas. Wir sind keine Monster. Er ist an einen Stuhl im Salon gekettet.“

„Er ist einfach in einem offenen Raum?“

Er schüttelte den Kopf. „Da sind Gitterstäbe, wie in einer Gefängniszelle.“

„Sag mir genau, wie ich reinkomme, Sterblicher, oder ich komme zurück, um dich zu finden. Und dann werde ich dir langsam die Eingeweide aus dem Körper ziehen.“

„Der Code lautet ... 1486“, stammelte er.

Das Jahr, in dem das *Malleus Maleficarum* geschrieben worden war.

Für einen Moment lockerte ich meinen Griff, dann schlug ich meine silbernen Klauen gegen seine Kehle. Sein Blut spritzte aus seinem Hals, als er zu Boden fiel. Ich konnte nicht riskieren, dass er den Alarm auslöste, sobald ich weg war.

Die Luft rauschte über mich hinweg, als ich zum Nordflügel rannte, wo ich Orions Geruch wahrnahm. Schreie hallten durch den Korridor, als Jack ihn mit Fragen bombardierte.

Wut durchfuhr mich, so scharf und heiß, dass ich darauf achten musste, sie mit kühleren Gefühlen zu mäßigen. Wenn ich meiner Wut nachgab, würde dieser Ort zu Staub werden und das Grimoire gleich mit.

Ich näherte mich dem Salon, wo eiserne Gitter ein stattliches Gemach abriegelten. Mit dem Rücken an die Wand gepresst, konnte ich nur einen antiken Teppich und einen steinernen Kamin sehen, aber ich konnte Orion hier riechen. Ich wollte mich verzweifelt vor ihn stellen und ihn in Sicherheit bringen.

Ich könnte das Eisen leicht schmelzen, wenn ich müsste, aber ich wollte sie nicht vorwarnen. Wenn sie ihre Pfeilpistolen bereithielten, würde das nicht gut ausgehen.

„Sag uns, wie wir in die City of Thorns kommen!“ Es war Jacks Stimme, die am Rande der Hysterie schwankte.

„Ich glaube, wir müssen eine kurze Pause machen.“ Eine unbekannte Stimme. „Wenn er stirbt, werden wir nichts aus ihm herausbekommen. Eine Dämonenleiche nützt uns nichts.“

Ich versuchte den Schrecken dieses Kommentars zu verdrängen. Unsichtbar umklammerte ich das Buch und das Gegenmittel und tippte den Code ein: 1-4-8-6.

Das Eisentor glitt auf, und ich schob mich in den Raum. Für den Bruchteil eines Atemzuges registrierte mein Gehirn, was passiert war.

Alles in dem Raum sah teuer und luxuriös aus – die antiken Möbel, der persische Teppich. Alles außer den Ketten und dem klapprigen Holzstuhl, an den sie Orion gefesselt hatten.

Zu meiner Linken – mein Orion, ohne Hemd. Jack hatte seinen Körper überall mit Symbolen verziert, und Orions Blut floss in roten Lachen auf den Boden.

Drei Jäger standen rechts von mir, alle blutverschmiert.

Den Bruchteil eines Atemzuges später ließ ich einen Feuerstrahl los, der die drei Männer verschlang und in Flammen setzte.

Jack war zu nah an Orion dran, um in meine Flammen zu geraten, und er begann zu rennen. Der beißende Gestank von Jacks Angst erfüllte die Luft.

Ich würde ihn jagen, aber zuerst würde ich Orion heilen. Was war besser als eine wilde Lilu, die auf Rache aus war?

Zwei Lilu, die auf Rache aus waren.

Aber als ich Orion wieder ansah, stieg Traurigkeit in mir auf, zusammen mit Panik. Sie hatten ihn in Stücke gerissen.

Atmete er überhaupt noch? Ich eilte zu ihm hinüber und zitterte vor Entsetzen. Sie hatten das Wort *Muttermörder* mit bösartigen Schrägstrichen in seine Brust geritzt. Was zum *Teufel* stimmte mit ihnen bloß nicht?

Und es war eine Gnade, dass meine Trauer um ihn meine Wut auf Jack dämpfte, sonst wäre alles um mich herum nur noch ein Häufchen Asche.

Sie hatten Wirbel in seine Haut geritzt, die wie Schlangen aussahen ...

Ich streichelte seinen Hinterkopf, und als seine Augen aufflatterten, war ich erleichtert. Oh, den Göttern sei Dank.

„Rowan“, murmelte er. „Du musst gehen.“

„Verdammt, nein.“ Ich hob das Gegenmittel an seine Lippen. „Trink das.“

Er hatte so viel Blut verloren, dass es ihm schwerfiel, seinen Kopf aufrecht zu halten, und er sah aus, als würde ihm gleich schlecht werden. Aber er schaffte es, seine Lippen auf den Rand des Bechers zu legen. Ich kippte das Glas und die erdige Flüssigkeit glitt auf Orions Zunge.

Zuerst verschluckte er sich fast daran. Aber dann schloss er seinen Mund und ich sah, wie er schluckte.

„Mach den Mund auf, Liebes“, flüsterte ich. „Dann geht es dir besser.“ Ich wiederholte Moms Worte und die von Kas.

Einen winzigen Schluck nach dem anderen flößte ich ihm den Trank ein. Und als sich seine Augen zu diesem himmlischen Blau weiteten – und sich fast auf mich konzentrierten –, glitt Freude durch mich hindurch.

„Orion“, flüsterte ich. „Komm zurück zu mir.“

Ich kippte ihm den Rest des Gegenmittels in den Mund, und er schluckte es, jetzt in größeren Zügen. Er schloss die Augen, während er trank, und mein Blick glitt über seine Haut. Als er den Rest des Tranks hinuntergewürgt hatte, begann sein Körper bereits zu heilen. Die brutalen Schnitzereien verschwanden, als seine dämonische Kraft und Magie zu ihm zurückkehrten.

Sein Kopf neigte sich nach unten und er starrte mich an, einen grimmigen Blick in den Augen. „Du bist zurückgekommen.“

„Natürlich. Das werde ich immer tun.“ Ich schlüpfte hinter ihn. Zähneknirschend zerriss ich die Ketten, die ihn fesselten. Er sackte ein wenig nach vorne und stützte seine Unterarme auf seine Knie. Noch immer tropfte Blut von seinen Armen auf den Boden.

Ich kniete vor ihm nieder und schaute in sein Gesicht. Ich hatte ihn noch nie so erschöpft gesehen. „Orion, ich muss das jetzt wissen.“ Ich griff nach seinen Oberschenkeln. „Wenn wir die Lilu zurück in die City of Thorns bringen können, versprichst du mir, dass das für dich genug ist? Oder zumindest, dass du keine Angriffe auf die Sterblichen starten wirst, um einen jahrhundertealten Blutschwur zu erfüllen?“

Er sah mich müde an und ein Lächeln huschte über seine Lippen. „Ich glaube, dein Verhör gefällt mir besser als ihres, obwohl du irgendwie furchteinflößender bist.“

„Versprichst du es mir?“, drängte ich ihn.

„Ja, Rowan. Ich kann mich damit zurückhalten, irgendwelche Angriffe zu starten. Ich habe Ashur nie versprochen, wie ich mich rächen werde. Und die Rückkehr der Lilu ist sicherlich Rache." Er legte den Kopf schief und hob eine Augenbraue. „Wenn wir sie nicht finden können, können wir immer noch mehr Lilu *machen*."

Ich ignorierte die Hitze in meinen Wangen bei seiner Bemerkung und versuchte mich zu konzentrieren, bevor ich meine Chance verpasste, Jack zu finden.

Ich schob ihm das Grimoire zu. „Gut. Nimm das mit nach Hause."

Er stand auf und reichte es mir zurück. „Du nimmst es mit nach Hause. Du kehrst zurück und holst dir die Krone."

Ich packte ihn am Ellbogen und half ihm auf die Beine. „Ich will Jack finden und ihn fragen, was er über Shai weiß. Sie ist nicht dort aufgetaucht, wo sie sein sollte, und ich weiß nicht, ob sie die undichte Stelle war, ob sie hier eingesperrt ist oder was zum Teufel passiert ist. Und ich will das Buch mit den Namen zurück."

Ich atmete tief ein, witterte die Luft nach Schweiß und lauschte nach Herzschlägen. Meine geschärften Sinne sagten mir, dass der ganze Ort leer war. Jack – und alle anderen Jäger – waren geflohen.

Ich berührte Orions Wange. „Ich muss gehen. Nimm das Grimoire. Bring es zurück in die City of Thorns."

Er beugte sich herunter und legte seine Stirn an meine. „Ich glaube, das bedeutet, dass du mir jetzt vertraust."

„Das tue ich. Und wenn ich zurückkomme, werden wir beide herausfinden, wie wir zusammen regieren können." Ich drehte mich um, um zu Jack zu laufen, aber Orion packte meinen Arm.

Als ich mich zu ihm umdrehte, brannten seine Augen mit einer seltsamen Intensität. „Warte, *warte*. Du musst erst wissen, was ich getan habe, bevor du mir vertraust."

Ich streichelte sein Gesicht. „Dann sag es mir jetzt. Und zwar schnell."

Sein Gesicht war nah an meinem und er zog meine Hände von seinen Wangen. Schmerz zeichnete sich in seiner Miene ab und seine Schultern sackten zusammen.

„Ich habe meine Mutter zum Tode verurteilt", sagte er leise.

Das war nicht das, was ich erwartet hatte, und mein Blick glitt hinunter zu den Worten, die auf seiner Brust eingeritzt waren und nun zu wütenden Narben verheilten. *Muttermörder.*

„Das verstehe ich nicht", sagte ich. „Wie ist das möglich?"

„Molor ist gestorben, als er sie verteidigt hat, Rowan. Molor war ein Held. Aber nur ein paar Monate, nachdem sie mich mit ihr ins Gefängnis gesperrt hatten, wurde ich in eine andere Zelle gebracht. Sie war hochgeboren, also wollten sie sie als Verbrecherin in den Akten vermerken. Also haben sie mich aufgefordert zu sagen, dass sie den König töten wollte, und das habe ich getan. Sie mussten mir nur Angst einjagen und ich habe ihnen gesagt, was sie hören wollten."

Sein Kummer schien mich zu erfüllen, ein Brunnen des Schmerzes, der so tief war, dass ich den Grund nie erreichen würde.

Er begegnete meinem Blick wieder. Sein Ausdruck war voller Schmerz. „Ich habe das getan, weil ich tief im Inneren genau das bin. Ich bin jemand, der sich immer selbst retten wird. Ich bin nicht Molor. Er ist gestorben, weil er besser war als ich. Ich habe immer gedacht, die, die leben, sind die Schlimmsten. In mir stimmt etwas nicht, Rowan."

Irgendetwas in seinen Worten traf mich, denn wir glichen uns – wir waren diejenigen, die überlebt hatten. Aber er hatte unrecht.

Ich schlang meine Arme um seinen Hals und zog ihn dicht an mich heran, damit ich sein schlagendes Herz hören konnte. „Du hast deine Mutter nicht verurteilt, weil du abscheulich bist, Liebes. Du hast sie verurteilt, weil du fünf oder sechs Jahre alt warst. Du warst ein kleines Kind, und jedes andere kleine Kind hätte dasselbe getan." Ich stellte mich auf meine Zehenspitzen, um mich an seinen Hals zu schmiegen.

Zögernd legte er seinen Arm um meinen unteren Rücken. „Ein Held sollte die Leute beschützen", sagte er, und es klang seltsam kindlich, als wäre dieser Teil von ihm mit fünf Jahren stehen geblieben.

Ich küsste seinen Hals. „Aber ein kleiner Junge sollte kein Held sein müssen. Und die Abscheulichen waren die Leute, die versucht haben, dich zu brechen. Denn dabei ging es nicht nur darum, ihr ein Verbrechen anhängen zu können. Sie haben versucht den Lichtbringer zu brechen. Orion, ich weiß, dass deine Mutter lieber in den Tod gegangen ist, als dich sterben zu sehen. Meine Mutter ist für mich ins Feuer gegangen, und ich weiß, dass deine Mutter dich genauso geliebt hat. Wie könnte sie auch nicht? Du wurdest nicht gebrochen geboren. Du warst nur ein Junge, der seine Familie geliebt hat, und sie haben das gegen dich verwendet. Du hast einige Narben, innerlich und äußerlich, aber das haben wir alle." Ich starrte ihm in die Augen. „Wie oft hast du mir das Leben gerettet? Du hast dich heute quälen lassen, um mich zu beschützen. Du beschützt mich.“

Seine Hand glitt nach oben und er umfasste meinen Hinterkopf.

Ich fuhr mit meinen Fingern über seine vernarbte Haut und stellte fest, dass die feinen Erhebungen schon fast verschwunden waren. „Du bist mein Lichtbringer – der Strahlende, der in die Schatten gefallen ist.“

In seinen blassen Augen schimmerte Wildheit. Er beugte sich zu mir hinunter und küsste mich tief, wobei er mich am unteren Rücken hochzog, sodass meine Fersen vom Boden abhoben. Ich spürte, wie all meine Wut und meine Ängste dahinschmolzen, als seine warme Magie mich umgab.

Er löste sich aus dem Kuss und sah mich unter seinen dunklen Wimpern an. „Rowan Morgenstern, Königin der City of Thorns.“

Ich drückte ihm das Grimoire erneut in die Hand. „Bring es nach Hause, Orion.“

KAPITEL 32

Rowan

Es war gut, Orion zu diesem Zeitpunkt zu verlassen, denn ich war mir ziemlich sicher, dass Jack sich der Grenze näherte – dem magischen Schlagbaum, der die Dämonen gefangen hielt.

Ich erspähte Jack bei einer alten steinernen Getreidemühle. Die Bäume um die Mühle herum leuchteten in Scharlachrot, Ringelblume und Ocker. Da Jacks Kleidung blutverschmiert war, war es einfach, ihn anhand seiner Fährte zu finden. Als ich ihn erreichte, war er schon am Ende seiner Kräfte. Er humpelte mit rotem Gesicht unter mir den Weg entlang. Orions Blut durchtränkte ihn, und eine weitere heiße Welle der Wut durchfuhr mich. Ich landete vor ihm, meine Flügel ausgebreitet.

Ich genoss den ängstlichen Schauder, der Jacks Körper erfasste, als er mich sah und zurückstolperte. „Rowan. Vergiss nicht, dass wir einmal Freude waren."

Ich trat einen Schritt näher. „Wir waren nie Freunde, Jack."

„Du bist nicht wie diese Dämonen. Ich *kenne* dich, Rowan. Wir sind zusammen aufgewachsen." Er hob seine Hände. „Erinnerst du dich an die Talentshow? Du hast eine Zaubershow gemacht! In der High School." Ein wildes Lachen entwich ihm. „Es war ... es war ... es war nicht einmal *gut,* Rowan. *Du bist von der Bühne gefallen.* Und jetzt kannst du fliegen? Du kannst Menschen verbrennen? Das ist nicht die Rowan, die ich von klein auf kenne."

Meine Lippe kräuselte sich. „Selbst während du um dein Leben bettelst, erinnerst du mich daran, was für ein Arschloch du bist. Du hast ein Video von mir gemacht, wie ich von der Bühne falle, und es bei Instagram hochgeladen. Erinnerst du dich daran?"

Er sah aus, als würde er gleich weinen. „Aber du bist nicht wie sie. Das meine ich ja. Du bist nur ... du weißt schon. Rowan. Du bist harmlos."

Meine Hand schoss hervor, und ich packte ihn an der Kehle und drückte zu. „Du hast jemanden verletzt, den ich liebe. Und es scheint so, dass ich, wenn das passiert, einer Dämonin *sehr ähnlich* bin. Ich bin nicht mehr harmlos."

Ich ließ ihn auf den Boden fallen. Er versuchte sich von mir loszureißen, und ich griff erneut nach ihm. Diesmal ließ ich meine Krallen ein wenig ausfahren und durchbohrte seine Haut, als ich ihn über mich hob. „Ich habe ein paar Fragen an dich. Erstens möchte ich wissen, wo das Buch ist. Das Buch mit den Namen der Lilu. Wenn ich dich wieder loslasse, werde ich schon einen Weg finden, damit du es mir sagst."

Ich ließ ihn ein zweites Mal fallen und rammte meinen Absatz in sein Knie. Er schrie auf und hielt sich den gebrochenen Knochen. Ich musste warten, bis seine Schreie verstummten. Erst dann schaffte er es, „Verbrannt" herauszuwürgen.

Ich biss die Zähne zusammen. „Du hast es verbrannt?"

Ich rammte meinen Absatz hart in dasselbe Knie. Seine Schreie schallten durch die Luft.

„Wir haben es nicht gebraucht.“ Er drehte sich um und sah aus, als würde ihm gleich schlecht werden. „Es ist jetzt digitalisiert.“

Eine so banale Aussage inmitten des ganzen Gemetzels, aber sie war nützlich.

„Wo ist Shai?“, fragte ich. „War sie diejenige, die mich verraten hat?“

Durch sein Zittern hindurch schaffte er es, mich anzulächeln. „Sie ist nicht die, für die du sie hältst. Selbst jetzt hast du keine richtigen Freunde, Rowan. Die Dämonen machen sich nichts aus dir. Ich könnte dein Freund sein, wenn du mich am Leben lässt.“

„Wo ist sie?“

„Zurück in Osborne.“ Er stützte sich auf sein Knie. Tränen liefen über sein Gesicht, seine Züge waren verzerrt. „Du hast meinen Vater getötet. Du hast meine Brüder getötet. Und jetzt willst du mich töten. Deshalb jagen wir euch!“, rief er. „Weil ihr Ungeheuer seid!“

Ich kniete mich neben ihn. „Du hast Orion fast zu Tode gefoltert. Was macht Shai in Osborne?“

„Orion ist auch nicht der, für den du ihn hältst. Seine Sünden werden ihn für immer verfolgen. Wusstest du, dass er seine Mutter getötet hat?“ Dreckig und blutverschmiert blickte Jack vom Boden zu mir auf. „Sie brauchten nur Schlangen in seine Zelle zu legen und sie über ihn gleiten zu lassen, bis er um Gnade geschrien hat, und schon hat er seine Mutter in den Tod geschickt.“ Ein wildes Lachen entwich ihm. „Dein großer böser Dämon hat Angst vor Schlangen.“

„Er war *fünf,* du verdammter Irrer.“

„Nur das Blut der Dämonen kann die Welt von all euren

Sünden reinigen. Es ist die heilige Pflicht der Jäger, es zu vergießen."

Ich knirschte mit den Zähnen. „Nur, dass ihr alle bald tot sein werdet, Jack. Wir werden jeden Einzelnen von euch jagen und auslöschen. Und wenn das geschehen ist, herrscht Frieden zwischen Sterblichen und Dämonen. Schade, dass du nicht hier sein wirst, um es zu genießen."

Jack zitterte. „Du bist als eine von uns aufgewachsen, Rowan. Was wäre, wenn du dich uns wieder anschließen würdest? Niemand braucht es zu wissen. Deine Freunde haben dich verraten. Und Orion wird es auch tun. Dämonen sind nicht loyal. Sie kümmern sich nur um sich selbst, wie Tiere." Er war jetzt verzweifelt. Sein Gesicht war weiß wie Milch. „Du kannst dem Herrn des Chaos nicht trauen. Der Mann ist *wahnsinnig*, Rowan. Und natürlich ist er das. Er hat seine eigene Mutter zum Tode verurteilt und dann den Rest seines Lebens damit verbracht, auf den Ort seines Verbrechens zu starren, auf die Schlinge, die sie getötet hat. Er hat mehrere Jahrhunderte über seine Sünden nachgedacht, darüber, wie verdorben er im Inneren ist, denn das ist es, was Dämonen sind. Abscheulichkeiten!", schrie er mich an. „Und als wir das Wort in seine Brust geritzt haben, haben wir ihn für seine Sünden gezeichnet. Wir haben sein Blut vergossen, um ihn zu zwingen, dafür zu büßen, so wie Kain als Mörder gezeichnet wurde!"

Während er sprach, wurde mein Körper heißer und heller. Diese Jäger hatten ihm das wirklich angetan – sie hatten versucht ihn zu brechen. Sie hatten ihn mit der Schuld gebrandmarkt, seine Mutter verurteilt zu haben, als er noch ein kleiner Junge gewesen war. Jack war ein Sadist.

Ich hörte mich sagen: „Du irrst dich, Jack. Ich bin nicht wie du. Vielleicht bin ich eine Abscheulichkeit, aber ich bin eine Dämonin, keine Sterbliche. Und ich bin loyal bis auf die Knochen. Ich werde immer die beschützen, die ich liebe."

„Dann zeig etwas Loyalität gegenüber den Sterblichen, mit denen du aufgewachsen bist!"

Das Feuer wütete in meinem Kopf und meine Stimme hallte von den Steinen der Schrotmühle wider. „Ich werde die *unschuldigen* Sterblichen beschützen. Aber du zählst nicht dazu."

Sternenlicht umgab mich, während mein Zorn die Welt erleuchtete. Es war eine seltsame Art von Ekstase, mich gehen zu lassen.

Ich war das Licht, das in die Dunkelheit hinabstieg. Lady Luzifer, die Gefallene.

Jacks Schreie hallten durch die Luft. Spuren von Blut und Knochen, Erde und Felsen flogen nach oben und wirbelten um mich herum, als ich ihn auseinanderriss, ein Strudel der Zerstörung. Ich war der Albtraum, und ich würde das Böse mit mir zu Fall bringen. Ich ließ das Licht aus mir herausfließen und öffnete mich der Dunkelheit.

Innerlich leer verschlang ich die Welt. „Ich bin das Chaos, die Weltenfresserin", hörte ich mich flüstern. „Ich war die Erste, die existierte, und ich werde die Letzte sein."

KAPITEL 33

Rowan

Schemenhafte Albträume überfluteten meinen Geist. Jetzt lebte ich in einem Palast aus Eis, in erdrückender Einsamkeit.

Ich bin der Albtraum.

Meine Gedanken drehten sich in der Dunkelheit meines Geistes, kleine wirbelnde Galaxien in der Finsternis. Wärme gab es hier nicht.

Ich war mir nicht sicher, ob *ich* existierte ...

Vielleicht war ich gestorben ... mein Körper hatte sich in seiner Wut selbst verzehrt und meine Seele gleich mit.

Ordnung und Chaos ... ein Licht, das in die Unterwelt fällt.

Die Schatten verschlangen mein Licht.

Ich bin unendlich. Das Alpha und Omega.

Ich sehnte mich nach Wärme. Nach ihm. Ein schöner, gefallener Gott – so perfekt, dass selbst die Schatten ihn begehrten. Ich gehörte zu ihnen und wollte seine Schönheit verschlingen.

Verlangen riss mich auf, und ich griff nach ihm.

Ich konnte wieder fühlen. Ich musste dieses Licht verschlingen ...

Wenn ich fühlen konnte, war ich am Leben.

Jemand, den ich liebte, küsste meinen Hals und meinen Kiefer. Wie war sein Name?

Meine Nasenflügel weiteten sich, als ich ihn an mir roch. Und zusammen mit seinem Geruch brachte mich der schwache Duft von Lavendelseife zurück in meinen Körper.

Ich *sehnte* mich nach ihm. Ich hungerte. Das Chaos in mir verlangte danach, gefüttert zu werden.

Meine Muskeln waren warm, glitschig und schlaff, und Wasser tropfte an meinem Körper herunter. Ich wollte nackt sein, die nackte Haut des gefallenen Gottes auf meiner spüren.

Er gab mir nicht, was ich wollte.

Baumwolle bedeckte mich, feucht von warmem Wasser. Muskulöse Arme legten mich in ein Bett aus kühlen, sauberen Laken. Die Berührung der Laken auf meiner Haut, diese sanfte und leichte Reibung, war eine erotische Qual, die mir das Gefühl gab, vor Verlangen anzuschwellen.

Er versuchte sich von mir zu entfernen, aber ich schlang meine Arme um ihn. Meine Fingernägel bohrten sich in die nackte Haut seines Rückens und zogen ihn näher zu mir. Aus der Ferne hörte ich mich selbst nach ihm stöhnen. Der gefallene Gott war das, was ich brauchte, und ich wusste, dass er derjenige war, der mich wieder mit Licht erfüllen konnte. Ich leckte über seinen Hals und schmeckte ihn. Meine Haut fühlte sich empfindlich an und sehnte sich nach seiner Berührung. Ich musste ihn verschlingen.

„Rowan?“

Ich öffnete die Augen und blickte auf Perfektion. Blaue Augen, goldene Haut, kantiger Kiefer – ein Gott der männlichen Schönheit.

Seine sich verdunkelnden Augen brannten vor Wildheit.

„Du kommst zu mir zurück." Er küsste mich leicht auf die Lippen, aber das war nicht genug.

Neue Kraft durchströmte mich. Ich drückte ihn auf den Rücken und war froh, dass ich keine Unterwäsche trug. Ich wollte seine nackte Haut direkt auf meiner spüren, also schlang ich meine Schenkel um ihn.

Ich fuhr mit meinen Händen über die reinen, sonnengebräunten Muskeln. Als ich in seine obsidianfarbenen Augen blickte, schien er kurz davor zu sein, die Kontrolle zu verlieren. Sein Blick war grimmig. Seine Finger lagen auf meinen Schenkeln und drückten fest zu.

„Rowan, vorsichtig", sagte er. „Zu viel könnte dich töten."

Ich wollte *zu viel*.

Und ich wusste, wenn ich diese feuchten Klamotten ausziehen würde, würde er mir geben, was ich brauchte. Also zerrte ich am Saum und zog sie mit einer sanften Bewegung aus. Ich beobachtete, wie seine Augen zu meinen Brüsten und meinem Schritt glitten.

Seine heiße, seidige Magie umspielte uns und brachte meine Haut zum Glühen.

Ich sah zu, wie sich seine Kehle leicht bewegte, und ließ meine Finger über seine Bauchmuskeln zum Bund seiner Hose hinuntergleiten, um sie aufzuknöpfen.

„Rowan, nein!"

Magische Fesseln schlangen sich um meine Handgelenke und Knöchel und zogen mich von ihm weg. Völlig nackt war ich an das Bett gefesselt und konnte mir nicht nehmen, was ich brauchte.

Das Schlimmste war, dass der gefallene Gott wieder eine Decke über mich warf. Ich sehnte mich nach ihm, und die schwache Reibung des Lakens war eine einzige Qual.

Er lag neben mir, den Kopf an meine Schulter gelehnt. „Immer nur ein bisschen, Liebes.“

Liebes.

Mit diesem Wort fiel sein Name durch die Dunkelheit in meinem Kopf wie eine Sternschnuppe. „Orion.“ Die Erinnerung an dieses Wort erfüllte mich mit ein wenig Licht.

Ein schwaches Lächeln umspielte seine Lippen. Seine Augen waren immer noch kohlschwarz und verrieten mir, dass er mich nehmen wollte.

Unter der Decke fuhr er mit seinen Fingerspitzen über die Kurve meiner Hüften. „Ich wollte dich nicht allein lassen, Rowan. Auch wenn du es mir befohlen hast. Ich bin zurückgeflogen, um dir zu folgen. Und als ich den Lichtblitz gesehen habe, hatte ich eine Angst wie nie zuvor.“

Seine Hand fuhr über meine Oberschenkel und ließ mich bei der Berührung erschaudern.

Ich träumte heiße, fiebrige Träume ... dass wir im Tempel von Ishtar waren, in der Nacht nach meiner Prüfung. Ich saß auf seinem Schoß. Er spielte mit mir und berührte mich dort, wo ich feucht war. Hunger durchfuhr mich, und meine Schenkel öffneten sich weiter und verlangten schamlos nach mehr. Es war mir egal, dass alle zusahen, solange ich nur kommen konnte ...

Ich träumte, dass er mich über einen Schreibtisch beugte und mit dem Finger über meine Wirbelsäule fuhr. Er vergrub seine Hand in meinem Haar und schob meinen Rock hoch und meinen Slip herunter. Er packte mich an den

Haaren, nahm mich hart und schnell und füllte mich aus, während ich seinen Namen schrie.

Als ich aufwachte, waren die Fesseln weg, aber er lag immer noch neben mir. Dunkelheit erfüllte den Raum. Ich war wieder angezogen, was lästig war. Dann schlang ich meine Arme und Beine um seinen Körper. Noch im Schlaf legte er seine Arme um mich. Ich konnte seine harte Länge durch mein Nachthemd hindurch spüren. Ich drehte mich zu ihm und suchte nach seinen Lippen, und als ich sie fand, küsste ich ihn tief.

Er stöhnte in meinen Mund. Seine Hüften bewegten sich gegen mich. Dann aber zog er sich mit einem gequälten Seufzer zurück, seine Augen dunkel vor Schatten. „Noch nicht, Liebes."

Ich brauchte mehr Kontakt. *Mehr*. „Orion."

Es gab etwas Wichtiges, das ich ihm sagen musste, und es war nur am Rande meines Bewusstseins. Wo Chaos herrschte, begannen nun klare Bilder durch meine Gedanken zu huschen ...

Ein silberhaariger Junge, der mit Schlangen bedeckt war.

„Du hast die Schlangen nicht erwähnt." Die Worte erschreckten mich. Ich war mir noch nicht sicher, wovon ich sprach. Dann überfluteten mich die Erinnerungen und flimmerten in meinen Gedanken wie eine alte Filmrolle. „Sie haben dich im Kerker mit Schlangen bedeckt, bis du zusammengebrochen bist. Du hast es mir nicht erzählt."

Er löste sich von mir und starrte an die Decke. Eine andere, schlimmere Erinnerung brannte in meinen Gedanken – ich hatte mich über seine Angst vor Schlangen *lustig* gemacht. Ich berührte die Seite seines Gesichts und drehte es zu mir. Erschöpfung überschattete seine sinnlichen Züge. Seine Augen waren halb geschlossen. Er strich mit dem Daumen über meine Wange und ich spürte, wie ich von innen heraus aufleuchtete.

„Weißt du, was mit dem Buch passiert ist?", fragte er leise. „Dem Buch mit den Lilu-Namen?"

Genau das war es – die Sache, die ich ihm sagen musste. Ich schloss meine Augen und versuchte mich an die Einzelheiten zu erinnern. „Er hat es verbrannt, aber es ist noch da."

„Immer noch wo?"

Welche Worte hatte er benutzt? „Im Puritanischen Gebäude."

„Im Puritanischen Gebäude", wiederholte er und strich mit dem Daumen über meine Haut.

Die Dunkelheit in mir wollte, dass er mich leckte und küsste, dass wir ein Gewirr von Gliedmaßen und Zungen wurden, aber ich wusste, dass dies wichtig war. Also versuchte ich mich zu konzentrieren und mir das Gesicht des Dämonenjägers vorzustellen ... desjenigen, den ich getötet hatte. Die Bilder explodierten in meinem Kopf wie ein Feuerwerk. Sein höhnisches, sommersprossiges Gesicht. Ein kastanienbraunes Sweatshirt mit griechischen Buchstaben. Eine silberne Hammernadel, ein Messer, das vor Blut triefte. *Muttermörder.* Er war jahrelang mein Peiniger gewesen. In meiner Erinnerung liefen ihm die Tränen über die Wangen und durch den Schmutz in seinem Gesicht.

Er hatte das Wort in meinen gefallenen Gott geritzt.

Ich atmete scharf ein. „Digitalisiert. Das hat er gesagt. Das Buch ist noch in ihren digitalen Akten."

Ein Lächeln zeichnete sich auf seinem Gesicht ab. „Gute Arbeit, Liebes.“ Er strich mit dem Daumen über meine Unterlippe.

Nachdem die wichtige Aufgabe erledigt war, hatte ich das Gefühl, dass ich eine Belohnung verdient hatte. Und die Art und Weise, wie er mich mit dieser intensiven Hitze, dieser Liebe ansah – das war fast schon Belohnung genug. Aber nicht ganz.

Mein Hunger nach ihm würde nie gestillt werden. Als ich meine Hände über seinen harten, muskulösen Körper gleiten ließ, verriet mir der Blick in seinen Augen, dass auch er mit sich selbst kämpfte.

Ich küsste ihn und nahm seine Unterlippe zwischen meine Zähne. Seine Finger glitten nach unten und krallten sich in meinen Hintern. Er drückte meine Hüften gegen seine Länge und stöhnte, ein verzweifeltes Geräusch, das meine Brustspitzen hart werden ließ. Ich *musste* meine Kleidung ausziehen.

Ich war ein Monster geworden und hatte die Welt um mich herum in Asche verwandelt. Ich hatte Menschen verbrennen lassen. Und ich brauchte urwüchsigen, animalischen Sex, um das alles zu vergessen.

Quälend langsam zog er sich zurück. Seine Muskeln spannten sich an, als er flach auf dem Rücken lag.

„Du bist noch nicht bereit, meine Königin. Langsam und gleichmäßig, Liebes. Bald sind wir da.“

Orion verweigerte mir immer wieder, was ich brauchte. Ich wollte mir gerade wieder die Kleider vom Leib reißen, da spürte ich, wie er sich an mich schmiegte und mein Gesicht umfasste. Meine Augen wurden schwer, mein Körper schlaff. Er wandte Magie an – eine andere Art von

Lilu-Magie. Wir waren Geschöpfe der Nacht, des Sexes und des Schlafs.

Bevor ich ein weiteres Wort sagen konnte, füllten erotische Träume meinen Kopf.

Ich wusste, dass ich bald alles bekommen würde, was ich von ihm wollte.

KAPITEL 34

Rowan

Ich wachte allein in einem lichtdurchfluteten Raum auf. Orions Zimmer.

Zum ersten Mal seit Tagen fühlten sich meine Muskeln an, als wären sie voller Energie, und meine Gedanken waren klar. Ich sprang aus dem Bett und schaute an mir herunter. Orion hatte mir eine Jogginghose und ein langärmeliges Hemd angezogen, was mich zum Lächeln brachte. Dieses Outfit war für ihn, nicht für mich – nur wenn ich diese unsexy Kleidung trug, konnte er sich zurückhalten.

Ich ging zum Fenster und öffnete die Läden, um in den Garten zu schauen. Sofort packte mich ein heftiger Hunger. Ich hatte seit Tagen nichts gegessen. Als ich die Luft schnupperte, lief mir das Wasser im Mund zusammen. Wurde da Brot gebacken? Und etwas mit Sahne? Kartoffeln? Butter?

Ihr Götter, ich musste essen, sonst würde ich den Verstand verlieren.

Ich stieß die Tür auf und rannte die Treppe hinunter. Noch bevor ich unten ankam, bog Orion um die Ecke der Küche. Er grinste zu mir hoch. „Du bist zu uns zurückgekehrt."

„Ich war noch nie so hungrig", sagte ich, während mir der Duft von Essen in die Nase stieg.

Ich schaute hoffnungsvoll zu Amon, der auf einem großen Steinherd etwas kochte. Er nickte zum Tisch hin. „Muschelsuppe?“, fragte er.

„Oh, Gott, ja.“ Ich setzte mich an den Holztisch. Orion schob mir Brot und Butter zu, dann füllte er ein Glas mit Wasser.

Meine Kehle war trocken wie Sand und ich stürzte das Wasser hinunter. Während Amon mir die Suppe in eine Schüssel schöpfte, stürzte ich mich auf das frische Brot und schmierte Butter darauf. Dampfschwaden stiegen vom Brot auf, und die Butter schmolz sofort. Salz und Fett zerflossen auf meiner Zunge ...

Orion saß mir am Tisch gegenüber. Seine Augen funkelten amüsiert. „Immer mit der Ruhe, Rowan. Du hast seit fast einer Woche nichts mehr gegessen.“

Das Brot war weg.

Das Chowder war dick mit Sahne und Kartoffeln. Himmlisch. *Mehr Brot.*

Orion berührte meine Hand. „Wenn du zu schnell zu viel isst, wird dir schlecht.“ Das fühlte sich sehr nach etwas an, das mich in der letzten Woche *sehr* geärgert hatte.

„Immer du mit deiner Zurückhaltung“, murmelte ich.

Das Sonnenlicht strömte durch die Küchenfenster auf die sauberen weißen Wände und den terrakottafarbenen Fliesenboden. Langsam kehrten meine Erinnerungen an Sudbury zurück.

Ich lehnte mich in meinem Stuhl zurück. „Ich war eine Woche lang ohnmächtig?“

Ein Lächeln geisterte über Orions Lippen. „Wir haben darauf gewartet, dass du dich erholst. Ich habe etwas für den Moment geplant, in dem es dir besser geht.“

Ich schüttelte den Kopf. „Warte. Wie ist die Prüfung ausgegangen?“

Er atmete tief ein. „Ich bin mit dem Grimoire und dir in meinen Armen zurückkommen. Die Menge hat auf uns gewartet, und sie haben uns gleichzeitig mit dem Grimoire zurückkehren gesehen.“

Er war also immer noch König.

Als hätte er meine Gedanken gehört, fügte er hinzu: „Ich habe angekündigt, dass wir zusammen regieren werden. Ein König und eine Königin in der City of Thorns. Und wenn du dich gut genug fühlst, kannst du heute Abend auf dem Fest zu deinen Untertanen sprechen.“

„Welches Fest?“

Er strahlte mich von der anderen Seite des Tisches an. „Eine Lilu-Feier zur Erinnerung an die triumphale Rückkehr unseres Volkes.“

Meine Augen weiteten sich. „Du hast sie gefunden? So schnell?“

„Es hat nur ein paar Tage gedauert“, sagte Amon.

„Traditionell“, sagte Orion, „gehört zu den Lilu-Feiern ein Menschenopfer, normalerweise ein Gefangener, der als Scheinkönig verkleidet ist und den wir mit unseren Händen in Stücke reißen, um sein Fleisch zu verzehren.“

Ich starrte ihn an. „Können wir nicht einfach ... einen Taco-Truck mieten?“

„Aber da wir bereits alle Dämonenjäger getötet haben“, fügte er schnell hinzu, „können wir das Vergießen von sterblichem Blut bereits als abgeschlossen betrachten.“

Ich hatte das Gefühl, dass er versuchte mich zu beschwichtigen. Wahrscheinlich hätte er, wenn ich nicht hier wäre, einfach den ursprünglichen Plan beibehalten. „Klingt nach einem lustigen Fest.“

Das Nachmittagslicht vergoldete sein schönes Gesicht und tauchte ihn in Wärme. „Außerdem paart sich der König traditionell während der Feierlichkeiten öffentlich mit seiner Geliebten“, murmelte er. „Es symbolisiert die ursprüngliche Verbindung von Licht und Dunkelheit.“

Das alles war weit entfernt von den beiden College-Partys, zu denen ich eingeladen worden war, mit Fassbier und roten Plastikbechern.

Moment mal – war ich mehr wie die Sterblichen als wie die Lilu? Aufgewühlt versuchte ich mit allem Schritt zu halten. Die Welt schien sich plötzlich im Zeitraffer zu bewegen, und es gab immer noch so viel, was ich nicht über die Lilu-Kultur wusste.

„Ja, das machen wir nicht in der Öffentlichkeit“, sagte ich. „Wenn du mich vor ein paar Tagen gefragt hättest, als ich mich in den Tiefen des Chaos’ und der Lust gewunden habe, wäre ich für jede Art von Sex mit jeder Art von Publikum zu haben gewesen. So wie es aussieht, müssen sich die Lilu mit einer ursprünglichen Verbindung von Licht und Dunkelheit begnügen, die fernab von neugierigen Blicken stattfindet.“

Orion nickte. „Der Rest ist ziemlich normal für ein Fest. Tanzen, Essen, eine Nachstellung von Astaroths Abstieg ins Chaos und die rituelle Schlachtung eines Stiers, damit die Lilu-Anführer in seinem Blut baden können.“

Ich räusperte mich. „Wir könnten den Teil auslassen?“ Er sah so verdammt glücklich aus, dass ich die Sache mit dem Stierblut beinahe machen wollte.

Wenn es nicht um Orion ginge, würde ich auf jeden Fall drinnen bleiben und ein paar Wochen lang lesen. Aber nach all der Zeit hatte er seine Leute zurück und wollte feiern – also würde ich heute Abend auf die Lilu-Art feiern.

„Die Lilu sind bereits im Asmodean-Bezirk.“ Sein unbewusstes Lächeln machte ihn noch schöner. „Wir haben die Fenster repariert und den Staub beseitigt. Und nachts schwirren sie durch die Luft und kreisen über der Stadt.“ Orion stand auf. „Komm mit mir. Ich habe ein Kleid für dich.“

Ich liebte es, ihn so zu sehen. Er nahm mich an der Hand und führte mich zurück nach oben in das Zimmer, in dem ich zuerst übernachtet hatte. Dort hatte er ein Kleid für mich bereitgelegt, das gleichzeitig atemberaubend und gewagt war. Es war aus einem durchsichtigen mitternachtsblauen Stoff, der mit winzigen Perlen in Form eines Sternbildes besetzt war. Das Kleid würde meine Brüste und meinen Bauch gerade so bedecken, aber der Rest würde durch den transparenten Stoff zu sehen sein.

Dennoch, ich war eine Lilu, und das war normal für sie.

Ganz zu schweigen davon, dass ich mir ziemlich sicher war, dass mich alle schon komplett nackt gesehen hatten, als Orion mit mir in den Armen aus Sudbury zurückgekehrt war.

„Es ist umwerfend“, sagte ich ehrlich. Zu dem Kleid gehörte eine silberne Halskette, die sich wie zarte Ranken schlängelte und drehte, und eine passende Krone, deren silberne Spitzen mit Perlen besetzt waren. „Es ist alles wunderschön.“

Die Vorstellung, dass Orion diese Sachen für mich ausgewählt und sich überlegt hatte, in was er mich sehen würde, war mehr als reizvoll. Ich umschlang seine Taille und drückte meinen Kopf an seine Brust. Ich liebte es, seinen Herzschlag zu hören.

Aber eine Sorge nagte immer noch an mir.

Ich löste mich von Orion und sah in sein Gesicht. „Hast du etwas von Shai gehört?"

Er schüttelte den Kopf. „Ich weiß nicht, was sie sich dabei gedacht hat, Rowan."

Ich sackte neben meinem Kleid auf dem Bett zusammen. „Aber du hast alle Dämonenjäger getötet. Und sie war nicht bei ihnen?"

„Sie ist weg, Liebes. Sie ist weggelaufen. Aber wir werden sie schon finden."

Ich wollte ihm nicht die Freude über das Fest und die Rückkehr der Lilu verderben, also lächelte ich ihn an, während ich mich auf das Bett setzte. Wir würden sie finden.

Kas hatte mir gesagt, ich sollte niemandem vertrauen – nicht einmal ihm. Nicht einmal Shai. Aber ich *kannte* sie, und sie würde nie ohne einen guten Grund verschwinden.

Hatte ich nicht gerade erst entdeckt, dass Leute schreckliche Dinge taten, wenn ihr Überleben davon abhing?

Ich hatte mich in eine Chaosgöttin verwandelt, um Orion zu beschützen.

Wenn Shai sich gegen mich gewendet hatte, musste sie verzweifelt gewesen sein.

Als ich den Asmodean-Bezirk für das Fest betrat, fühlte ich mich in dem Kleid wie eine Göttin. Der durchsichtige Stoff umschmeichelte meine Beine, und die Seide, die meine Brüste und Hüften bedeckte, war himmlisch auf meiner Haut. Aber auch wenn ich mich wie eine Göttin fühlte, war ich ganz froh, am Rande zu stehen und das Fest zu beobachten.

Musik von Saiteninstrumenten erfüllte die Luft, Melodien, die gleichzeitig neu und vertraut waren. Ich hatte das beunruhigende Gefühl, dass ich diese Melodien in einem Teil meiner Seele trug. Eine Trommel schlug unablässig, und ein beschwingter Gesang erhob sich über allem – ein Mann mit einer wunderschönen Countertenor-Stimme. Heute Abend duftete die Luft nach Jasmin, und Inkubi und Sukkubi schwebten mit ausgebreiteten Flügeln im Mondlicht durch die Luft. Die Freude hier war greifbar und ansteckend. Ich musste ohne Grund lachen.

Nach Hunderten von Jahren hatten die Lilu ihre Magie und die Gabe des Fliegens zurück. Das einst dunkle Lilu-Viertel war wieder zum Leben erwacht und strahlte vor Glück. Ein Stern, der aus der Dunkelheit aufstieg.

Dämonen aller Art tanzten wild um den Uhrenturm. Die goldenen Zeiger bewegten sich erneut und zeigten an, dass es jetzt sieben nach neun in der Nacht war. An Orions Seite nippte ich an einem exotischen Lilu-Bier, gewürzt mit Orangenschalen und Färberdisteln und gesüßt mit Honig.

Orions Gesicht strahlte vor Freude, als er auf das Fest hinausblickte, auf die Tänzerinnen und Tänzer, die sich in anmutigen Bögen wie die Wirbel eines Sonnensystems bewegten. Er beugte sich herunter und küsste mich auf die Lippen.

Als wir uns von dem Kuss lösten, sang die Menge für uns beide. *Lang lebe Königin Rowan! Lang lebe König Orion!*

Streng genommen war ich noch keine Königin. Aber sie schienen mich bereits als eine solche akzeptiert zu haben. Orion legte seinen Arm um meine Taille und beugte sich herunter, um mich auf die Schläfe zu küssen. Ein warmes

Gefühl durchströmte mich. Ich wünschte mir nichts sehnlicher, als ihn in die Elysische Wildnis zu entführen, damit wir die ursprüngliche Verbindung von Licht und Dunkelheit wiederholen konnten. Nur unter vier Augen.

Als ob er meine Gedanken hörte, wärmte Orion meine Ohrmuschel, als er flüsterte: „Ich will dich unbedingt allein für mich haben, meine Königin."

Hitze flammte in meiner Brust auf. Ich wollte meine Beine um meinen Dämonenkönig schlingen und ihn in die Wildnis zerren, bevor jemand uns in Stierblut baden ließ.

„Rowan!" Eine betrunkene, vertraute Stimme erhob sich über die Musik und ich drehte mich um, um zu sehen, wie Legion und Kas auf mich zu taumelten, die Hemden am Kragen geöffnet.

Kas hob sein Bier. „Königin! Königin Rowan. Teamwork!" Er streckte die Hand aus, damit ich abklatschen konnte.

Ich lächelte sie an, aber meine Kehle schnürte sich angesichts des schmerzlichen Fehlens des vierten Mitglieds unseres Teams zusammen. Kein Wunder, dass sie schon vollkommen betrunken waren, um dieses fehlende Puzzleteil zu vergessen. Und ich musste mich fragen, ob sie ein wenig enttäuscht waren, dass Orion immer noch auf dem Thron saß, weil sie so hart daran gearbeitet hatten, ihn loszuwerden.

Kas' Bier schwappte aus seinem Glas, als er eine tiefe Verbeugung machte. „Eure Majestät", lallte er. „Meine Königin. Darf ich um diesen Tanz bitten?"

Ich konnte bereits das tiefe, besitzergreifende Knurren hören, das von Orion ausging. Ich hätte es ignoriert, aber ein anderer Dämon näherte sich und lächelte mich an, als würde er mich kennen.

„Rowan!“ Der schöne Fremde strahlte mich an und öffnete seine Arme. Er war fast so groß wie Orion, hatte aber leuchtend rote Haare, die ihm bis zum Kinn hingen, und tiefbraune Augen. Abstrakte, geschwungene Tattoos wölbten sich über seine muskulösen Unterarme. Er war ein Lilu, und seine dunklen Flügel breiteten sich stolz hinter ihm aus.

Ich starrte in sein grinsendes Gesicht, ohne die Umarmung zu erwidern. „Kennen wir uns?“

Sein Lächeln wurde schwächer. „Natürlich. Ja.“ Er sah an sich herunter und richtete sein tiefgrünes Hemd. „Aber so habe ich nicht ausgesehen, als du mich kanntest.“ Er begegnete meinem Blick und wartete darauf, dass ich ihn verstand. „Deine Mutter kam gut ohne Magie zurecht, aber meinem Körper erging es nicht so gut. Er ist außerhalb der Stadtmauern verwelkt und gealtert.“

Langsam begann es mir zu dämmern. „Augenblick …“

„Ich war der schwache und tattrige alte Mann, mit dem du jede Woche Schach gespielt hast.“ Er fuhr sich durch die Haare. „Ich habe dir das Buch gebracht und dann bin ich weggelaufen. Oder zumindest bin ich so schnell weggehumpelt, wie meine Gehhilfe mich tragen konnte. Die verdammten Jäger haben mich gefunden.“

Ich konnte meinen Schock kaum zurückhalten. „*Mr. Esposito*?“

„Das war nicht mein richtiger Name.“ Seine Flügel breiteten sich hinter ihm aus und leuchteten im Mondlicht. „Ich bin Sabazios, dein Cousin ersten Grades väterlicherseits. Als du noch ein Baby warst, war ich ständig bei dir zu Hause und habe deiner Mutter geholfen.“

„Sabazios!“ Ich strahlte ihn an. „Du hast die Inschrift in das Buch der Dämonenprüfungen geschrieben.“

„Das habe ich!“ Er schaute sich nach den Tänzern um. „Gott, es fühlt sich gut an, zurück zu sein. Wann bringen wir den Stier raus? Ich wollte schon immer mal Stierblut riechen. Das ist eines der Dinge, die man wirklich vermisst, weißt du?“

Ich lachte über die Absurdität des Ganzen, dann warf ich mich gegen Orions muskulöse Brust und schlang meine Arme um seine Taille.

Er schaute mich mit einem verruchten Funkeln in den Augen und einem sinnlichen Kräuseln seiner Lippen an. „Wir haben noch eine weitere Zeremonie vor uns, aber die wird nicht zu sehen sein.“

Hitze durchströmte mich, und alles um mich herum schienen zu verschwinden, sodass nur noch Orion und ich übrig waren. „Komm mit mir. *Jetzt*.“

Wir waren auf dem Weg zu dem Ort, an den die Dämonen gehörten: die Wildnis.

KAPITEL 35

Orion

Natürlich *konnte* ich an Rowans Seite durch die Elysische Wildnis fliegen, aber ich zog es vor, ihr beim Gehen zuzusehen. Ich war fasziniert von dem Schwung ihrer Hüften. Der Stoff ihres Kleides war so dünn, dass ich ihre Beine von den Oberschenkeln abwärts sehen konnte. Es würde schwer sein, dieses schöne Kleid nicht zu zerreißen und sie wie ein Tier zu nehmen.

Zum ersten Mal, seit ich Rowan aus dem Königreich geworfen hatte, begann sich mein Körper tatsächlich zu entspannen. Ich fühlte mich wieder wohl in meiner Haut, abgesehen von der zunehmenden Enge in meiner Hose, als ich Rowan beobachtete.

Ich hatte mich schon so lange zurückgehalten, obwohl mich die Versuchung um den Verstand gebracht hatte. Heute Abend würde sich unsere Lustmagie verflechten, und ich hatte das Gefühl, dass die Macht dieser Magie die Erde erschüttern und die Hölle aufreißen würde.

Rowan drehte sich zu mir um. Eine Locke ihres roten Haares fiel ihr ins Gesicht. Ein verschmitztes Lächeln umspielte ihre Lippen. „Endlich sind wir allein."

Mein Blick glitt an ihrem Körper hinunter und ich atmete ihren Duft ein. Ich zog sie dicht an mich heran und schnurrte: „Rowan, du perfekte Kreatur. Du hast die Lilu zurückgebracht."

Sie schaute mir in die Augen und antwortete mit ihrem eigenen strahlenden Lächeln. „Das haben wir beide."

Ich ließ meinen Handrücken über ihre Wange gleiten. Wo ich sie berührte, knisterte Energie. „Du wirst mich doch nicht wieder beißen, oder?"

„Das könnte ich." In ihrer Stimme lag ein verführerisches Versprechen. Wenn ich ehrlich war, dann reizte mich der Gedanke eher.

Diese selbstbewusste Sukkubus-Version von Rowan war ganz anders als die Rowan, die ich zum ersten Mal getroffen hatte – und ich liebte sie beide.

„Ich habe mir geschworen, dich nicht zu küssen, bis du mir vertraust", sagte ich. Unsere Münder waren nur Zentimeter voneinander entfernt.

„Und du glaubst, dass ich dir jetzt vertraue?" Rowans Lippen sahen prall und rot aus, bereit für meine.

„Du hast mir das Buch geschenkt", sagte ich, legte meinen Zeigefinger auf ihr Kinn und neigte ihr Gesicht, um sie zu küssen.

Doch statt ihres süßen Mundes trafen meine Lippen auf zwei Finger, die sie erhoben hatte, um mich abzuwehren.

Meine Stirn runzelte sich mit einer unausgesprochenen Frage. Wer verweigerte einem Inkubus einen Kuss?

Ich wollte sie. Sie wollte mich. Aber sie wollte heute Abend mit mir spielen – nicht, dass mich das störte.

Mit unerwarteter Wucht schubste sie mich auf den Rücken und sprang wie eine wilde Kreatur auf mich. Im Mondlicht konnte ich die Röte auf ihren Wangen und das ungezähmte Licht in ihren Augen sehen.

Sie setzte sich rittlings auf mich, wobei der Saum ihres Kleides hochrutschte, und lehnte sich näher an mich heran. „Weißt du noch, wie du mir gesagt hast, ich hätte nicht das Zeug dazu, dich zu besiegen?“

Ich strich über ihre Oberschenkel. „Du hast mir einige Dinge, die ich gesagt habe, noch nicht ganz verziehen, oder?“

Sie knöpfte mein Hemd auf und drückte ihre Handflächen auf meine nackte Haut. Ihre Fingernägel fuhren über meine Brust und rissen das Hemd weiter auf. „Ich kann mich nach und nach rächen. Du gehörst jetzt mir.“

Verlangen flammte in mir auf, und an jeder Stelle, an der sich unsere Körper berührten, leuchteten Funken in der Dunkelheit auf. „Das tue ich.“

Aber selbst bei Rowan war es fast unmöglich, meinen Drang, sie zu dominieren, zu unterdrücken. Ein dämonischer Impuls durchfuhr mich, und im nächsten Moment hatte ich sie von mir heruntergeschoben, bis sie mit dem Gesicht nach unten auf der moosigen Erde lag. Ich zerrte ihr Kleid von hinten hoch. Ihr Keuchen ließ mich vor Lust erbeben.

Ich drückte ihre Handgelenke auf den Boden, dann schob ich mich über sie und sog ihren köstlichen Duft ein – der Geruch von reifen Früchten. Ich wollte Rowans Körper und Seele als mein Eigentum kennzeichnen. Widerwillig kämpfte ich gegen den Drang an, ihre Unterwäsche zu zerreißen und sie sofort zu nehmen. Ich *musste* das auskosten.

Ich senkte mein Gesicht zu ihrem. „Ich möchte, dass du nie wieder an einen anderen Mann so denkst wie an mich.“

Sie drehte sich zu mir um und leckte sich über die Lippen. Ich wurde noch härter, als ich die Bewegung ihrer

Zunge beobachtete, die über ihre Unterlippe glitt. „Du bist immer noch eifersüchtig? Ich dachte, du wärst ein Gott."

Ich riss ihr Kleid hoch und entblößte ihren Hintern in winziger Spitzenunterwäsche, die mich fast vergessen ließ, wie man sprach. „Die Götter sind alle eifersüchtig", knurrte ich. „Deshalb werden sie so wütend, wenn du andere anbetest."

„Ich hätte dir nie von Tammuz erzählen sollen."

„Lass uns jetzt nicht über meinen Vater reden." Während ich mit einer Hand ihre Handgelenke festhielt, strich ich mit der anderen über die dunkle Seide zwischen ihren Schenkeln. Sie stöhnte auf und bewegte ihre Hüften bei meiner Berührung nach oben. Unter der Seide konnte ich bereits spüren, wie sehr sie mich wollte. Ich kämpfte gegen den Drang an, den Stoff beiseitezuschieben und in sie einzudringen. Es machte mir zu viel Spaß, sie zu quälen.

„Orion", stöhnte sie.

Ich konnte es kaum noch aushalten. Ich ertappte mich dabei, wie ich mich auf sie schob und meine Erektion durch meine Hose gegen sie drückte. „Ja, Liebes?"

Unerwartet hob sie ihre Hüften an und gab mir einen Stoß gegen die Brust. Der Stoß war stärker, als ich es von einer so kleinen Person erwartet hätte, und er trieb mir die Luft aus den Lungen. Im nächsten Moment lag ich wieder auf dem Rücken.

Heilige Hölle.

Einer ihrer perfekten Schenkel glitt über mich und ihr Haar war ein wildes Gewirr um ihren Kopf, in dem sich ein paar Blätter vom Waldboden verfangen hatten. Mit ihren über meine Hüften gespreizten Schenkeln sah sie aus wie eine wunderschöne Waldnymphe. Ihr Kleid war hochgerutscht, und ich hatte wieder einen Blick auf das kleine Dreieck aus seidiger Unterwäsche, wo ich sie gerade gestreichelt hatte. Ich wusste bereits, wie sehr sie mich brauchte, aber sie war fest entschlossen, die Kontrolle zu behalten – vorerst.

Diesmal ließ ich zu, dass sie meine Handgelenke festhielt, ich begrüßte es sogar. Und als sie sich vorbeugte, um meinen Hals zu lecken, durchfuhr mich Hitze. Sie war göttlich.

„Weißt du noch, wie ich dich angefleht habe, mich zu nehmen, als du mich geheilt hast?“, murmelte sie an meinem Nacken. „Mal sehen, wie dir das gefällt.“

Meine Muskeln spannten sich an, und das Blut rauschte aus meinem Kopf. „Ein Inkubus bettelt nicht, Liebes.“

„Bete einfach zu Luzifer, dass du gut genug bettelst, damit ich dir gebe, was du brauchst.“

Damit ließ sie meine Handgelenke los und riss die restlichen Knöpfe von meinem Hemd. Langsam ließ sie ihre Hände nach unten gleiten und zog mir die Hose aus. Mit dem Fingernagel zeichnete sie meinen Schwanz von der Spitze bis zum Ansatz nach. Jeder Muskel in meinem Körper spannte sich an, und ich pochte bei ihrer Berührung.

Ich war ihr ausgeliefert.

Es gab keinen Ort, an dem ich lieber gewesen wäre.

KAPITEL 36

Rowan

Ich wollte ihn in mir spüren. Wie ein Tier hatte mein Körper sofort darauf reagiert, wie er mich zu Boden gedrückt und mein Kleid hochgezogen hatte, darauf, wie er mich beherrschte und festhielt. Was ich wirklich wollte, war, dass er mich jetzt hart nahm.

Trotzdem würde ich es hinauszögern. Ich wollte, dass er ein wenig von der erotischen Qual spürte, mit der er mich so oft gesegnet hatte.

Ich küsste seinen Hals und schmeckte den leisesten Hauch von Salz – vom Meer oder von der Hitze. Mit gespreizten Schenkeln presste ich mich gegen seine Hüften und hörte, wie er nach Luft schnappte. Er griff nach oben, verschränkte seine Finger in mein Haar und zog mich zu einem Kuss heran, bei dem seine Zunge gegen meine stieß. Das war er – der Kuss, den er mir vorenthalten hatte. Mit diesem Kuss beanspruchte ich ihn für mich, und er beanspruchte mich für sich. Ein Kuss von so überwältigender sexueller Lust, dass er *fast* für die ganze Nacht reichen könnte ... aber nicht ganz, denn der wachsende Schmerz zwischen meinen Schenkeln verlangte nach mehr.

Ich stöhnte in seinen Mund, als er mich an den Haaren packte und festhielt. Eine seiner Hände lag auf meinen Hüften und drückte mich auf seine Länge. Er knabberte an meiner Unterlippe. Dann löste er sich von mir und sah mir in die Augen. Das Verlangen summte durch jeden Zentimeter meines Körpers.

Sein Daumen strich über meine Wange und dann über meine Unterlippe. „Ich habe dich geliebt, als ich dich das erste Mal gesehen habe, aber ich habe mich geweigert, es zu glauben. Nicht nur, weil du wie sie aussahst, sondern auch, weil ich nie wieder die wahnsinnige Trauer wegen des Verlusts spüren wollte."

Meine Lippen schwebten über seinen und ich atmete seinen perfekten Duft ein. „Warum hast du deine Meinung geändert?"

Sein unerschütterlicher Blick blieb auf mir haften. „Weil ohne dich zu sein die gleiche wahnsinnige Trauer war. Das wurde mir in den Wochen klar, nachdem ich dich aus der City geworfen hatte. Ich brauchte dich. Ich habe den Kerker nie wirklich hinter mir gelassen, bis du mich herausgeholt hast. Du hast mich befreit. Und ich musste das Risiko eingehen zu sehen, ob du mich immer noch akzeptierst, mein ganzes Ich."

„Das tue ich."

Er zog mich zu einem weiteren sinnlichen Kuss heran. Ich spürte, wie sich meine Magie mit seiner verband und über unsere Körper vibrierte. Mein Körper zitterte vor Verlangen nach ihm. Aber ich hatte ihm versprochen, es in die Länge zu ziehen. So wie er es schon so oft mit mir gemacht hatte ...

Ich wanderte hinunter zu seinem Kinn und küsste seinen Kiefer und seinen Hals. Ich spürte, wie sich jeder seiner Muskeln anspannte, als ich über seine Bauchmuskeln nach unten wanderte, und dann noch tiefer. Er stöhnte meinen Namen wie ein Gebet. Ich ließ meine Hände über seinen herrlichen Körper gleiten, küsste, leckte und knabberte. Seine Haut war weiches Gold, sein Körper herrlich muskulös. Ein perfekter Krieger.

Mein Mund schwebte über seinem Schaft. Ich leckte ihn einmal, zweimal. Dann küsste ich ihn und ließ meine Zunge kreisen.

Er atmete scharf ein und krallte seine Finger in mein Haar. „Willst du, dass ich den Verstand verliere?"

Ich zog mich zurück und starrte ihn an. „Was sagtest du darüber, dass du ein Inkubus bist?"

Orion war fertig damit, nur zu spielen. Mit einem wilden Knurren setzte er sich auf. Seine Hand legte sich um meinen Nacken. „Ich sage, dass ich dich jetzt nackt brauche, Sukkubus."

Ich bewegte meine Hüften leicht gegen ihn. „Aber ein Sukkubus muss angebetet werden, Liebes."

„Und dich anzubeten ist genau das, was ich jetzt tun werde." Er beugte sich vor, seine mitternächtliche Stimme erhitzte meine Haut. „Mit meinem Mund, meinen Händen, meinem Schwanz."

Der König – mein König – griff nach oben, zog mir das Kleid von den Schultern und entblößte meine Brüste. Er genoss den Anblick. Sein Blick streichelte mich. „Ich weiß, dass du die Kontrolle haben willst, Liebes. Aber mein Instinkt treibt mich dazu, dich zu dominieren."

Meine Brustspitzen waren bereits schmerzhaft hart, und als Orion sie berührte, schien seine Kontrolle zu zerbrechen. Mein wunderschönes, mit Perlen besetztes Kleid wurde weggerissen und auf den Boden geschleudert. Eine kühle Brise strich über meine nackte Haut.

Aber Dämonen waren Kreaturen der Wildnis, und das Kleid war eine Sache der Zivilisation. Es hatte hier keinen

Platz zwischen zwei Lilu. Unser Bett war das Moos, und der König wollte, dass ich mich nackt vor ihm ausbreitete.

Orions hungriger Blick glitt über meinen Körper, wild vor Verlangen. Die Luft im Wald veränderte sich und wurde heißer, als Lustmagie zwischen uns knisterte.

Seine Mundwinkel verzogen sich zu einem leichten Lächeln. „Ich muss meine Königin ganz vor mir sehen." Langsam schob er meine Unterwäsche meine Beine hinunter. Die kühle Waldluft flüsterte über mir, und wildes Verlangen kroch in mir hoch.

Er küsste mich jetzt, sein Mund auf meinen Schultern, meinen Brüsten. Seine Lippen schlossen sich um meine Brustspitzen. Hitze durchfuhr mich und ich krümmte meinen Rücken. Seine Zunge kreiste hingebungsvoll um meine empfindliche Brustspitze. Mit jeder Berührung seiner Lippen und seiner Zunge beanspruchte er mich mehr. Sein Mund wanderte hinunter zu meinen Hüften, und mein Körper brannte für ihn. Ein Stöhnen entwich meinen Lippen.

Als Orion meine Schenkel spreizte, breitete sich die Hitze weiter in meinem Körper aus. Ich war bereit, nach ihm zu schreien, reif vor Verlangen.

Ich griff in sein Haar und drückte seinen Kopf weiter nach unten. Diesmal war es kein Kuss. Er strich mit seinen Zähnen über die Innenseite meines Oberschenkels, was meinen Atem stocken ließ. Ich wollte seinen Mund so sehr auf mir, seine Zunge in mir spüren.

„Jetzt, Orion." Diesmal war es keine Aufforderung. Es war ein Befehl.

KAPITEL 37

Orion

Ich tauchte meine Zunge in die Wärme zwischen ihren perfekten Beinen.

Durch all die Jahre im Gefängnis konnte ich die Anzahl der Frauen, die ich tatsächlich verführt hatte, an einer Hand abzählen. Als ich geflohen war, musste ich von ihrer Lust zehren, aber diese Erfahrungen waren nicht mit dieser zu vergleichen. Das damals war nur ein Füttern gewesen, die Befriedigung eines Bedürfnisses.

Dies dagegen war ein Akt der Hingabe, und die Frau, die vor mir lag, war eine Göttin.

Gierig atmete ich den Duft ihrer Erregung ein. Er entflammte mich. Ein Hauch von heißer Magie stieg von ihrem Körper auf und streichelte mich, während ich sie küsste. Das Feuer in mir drohte mich zu verschlingen. Rowans Hüften kreisten langsam und suchten nach dem Schlüssel, um ihren Höhepunkt zu erreichen. Aber ich wollte sie noch eine Weile an der Grenze halten, denn die Luft stand in Flammen, und ihre Kraft strömte durch meine Adern. Ich zog mich für einen Moment zurück. Sie rief einen weiteren Befehl, der diesmal noch verzweifelter klang.

Sie gehörte mir genauso, wie ich sie brauchte.

Ich zog sie enger an mich heran, sodass ich noch tiefer in sie eindringen konnte. Meine Zunge kreiste um ihre empfindlichste Stelle, während ihre Finger durch mein

Haar fuhren. Ihre Hüften bewegten sich fordernd gegen mich, aber ich hielt ihre Oberschenkel fest.

„Das wirst du jeden Tag tun“, zischte sie, „jeden Tag.“ Sie keuchte und ihre Hüften bewegten sich auf und ab.

Wenn ich hätte sprechen können, hätte ich zugestimmt. Magie schimmerte um sie herum, lavendel und golden, heiß auf meiner Haut. Sie stand kurz vor der Erlösung ...

Sie beugte sich nach vorne, damit ich sie genau dort erreichen konnte, wo sie mich brauchte. Ich schob einen Finger in ihre Hitze, und sie krampfte sich um ihn zusammen, ihre Muskeln angespannt. Ein zweiter Finger glitt hinein. Als ich meine Finger hinein- und herausbewegte, hörte ich ihren erschütternden Schrei. Ihr Höhepunkt riss sie mit sich. Die Erde bebte unter uns und die Luft sprühte vor Hitze.

Ihre Schenkel zogen sich fest um mich zusammen. Sie wogte in ihrem Nachglühen, während ich sie küsste und küsste.

Aber natürlich war ich mit meiner Königin noch nicht fertig.

KAPITEL 38

Rowan

Die ehrfürchtigen Streicheleinheiten seiner Zunge hatten mich schwindlig gemacht. Jeder einzelne meiner Muskeln war schlaff geworden.

Aber er küsste mich weiter, und das Verlangen wurde wieder stärker. Orion, nackt und herrlich, bewegte sich meinen Körper herauf, sein Mund auf meiner Haut. Meinen Hüften, meinen Brüsten.

Mit jeder Berührung seiner Lippen durchströmte mich flüssige Hitze, und der Sehnsuchtsschmerz in mir wurde immer stärker. So sanft und ehrfürchtig er auch war, ich konnte spüren, wie die Spannung in ihm vibrierte. Seine vorsichtige Kontrolle konnte jeden Moment zerbrechen. Mein Blick glitt an seinen starken Armen hinunter. Schatten zeichneten seine Muskeln nach. Ich packte ihn an den Schultern und zog ihn weiter zu mir hoch. „Mehr."

„Mehr", wiederholte er.

Mein Körper war feucht vor Lust, bereit für ihn.

Seine kohlschwarzen Augen bohrten sich in meine und ließen mich wissen, dass er die Kontrolle übernommen hatte. Ich strich mit meinen Händen über seinen Rücken und drängte mich näher an ihn. Dann zog ich meine Schenkel auf beiden Seiten hoch und ließ meine Hände zu seinen Hüften gleiten, um ihn noch näher zu bringen. Er hielt inne, um mich zu reizen. Erregt stöhnte ich auf. „Ich brauche dich *jetzt*, Orion."

Dieses Mal ließ er mich nicht betteln. Steinhart stieß er langsam in mich hinein und füllte mich aus. *Oh, ihr Götter ...*

Mein Kopf neigte sich nach hinten, als erotische Spannung durch mein Inneres summte. Ich flüsterte seinen Namen und grub meine Fingernägel in seinen Rücken.

„Sieh mir in die Augen, Liebes", murmelte er.

Ich begegnete seinem Blick und mein Atem stockte angesichts seiner unwirklichen Schönheit. Meine Schenkel schlossen sich um ihn.

Die Temperatur im Wald war weiter angestiegen, sodass einige der Blätter wie Kerzenflammen zu brennen begannen.

Mit seinem riesigen Körper drückte er mich in das Moos. Langsam begann er sich in mir zu bewegen, mich zu nehmen und meine Erregung zu steigern. Ich war nicht mehr Rowan ... nur noch ein Sukkubus, ein Geschöpf der Wildnis.

Ekstase durchströmte mich, ursprünglich und überwältigend.

Er stieß wieder langsam in mich hinein, seine Augen auf mich gerichtet. „Du gehörst mir, Rowan", hauchte er. „Ich liebe dich."

Ich hatte das Gefühl, dass ich das erwidern sollte, aber ein Flehen nach *mehr* war alles, was ich zustande brachte, als seine kräftigen Stöße mich vor Lust aufschreien ließen.

Er bedeckte meinen Mund mit seinem und bewegte sich schneller in mir. Der Boden bebte unter uns und die Luft glühte wie das Gold der Sonne. Die Welt stand in Flammen, und wir waren Geschöpfe des Lichts.

Ich erschauderte, als mein Orgasmus mich durchfuhr. Meine Schreie erschütterten das Blätterdach des Waldes und erreichten die City auf der anderen Seite des Flusses.

Orion knurrte, als sich meine Muskeln um ihn verkrampften.

Gerade als ich dachte, es wäre vorbei, begann er wieder. Das Tal war nur die Markierung für den Beginn eines weiteren Anstiegs. Ich wippte mit meinen Hüften in rasender Geschwindigkeit, und ehe ich mich versah, zerbrach mein Verstand wieder, und mein Körper bebte.

Als Orion kam, öffnete sich sein Mund so weit, dass ich sehen konnte, wie goldene Flammen aus seinem Inneren an seinem Rachen leckten.

In diesem Moment hatte ich keine Worte mehr, nur noch die Hitze und das Licht und die vollkommene Ekstase eines wilden Tieres, das freigelassen wurde.

Ich rollte mich in seinen Armen zusammen und hörte ihm beim Atmen zu, während der Regen auf unsere nackten Körper herabfiel. Erst als sich mein Geist wieder vom Nebel der Erregung befreit hatte, konnte ich mich an die Worte für den Sturmzauber erinnern und löschte die Flammen.

Orion strich über mein feuchtes Haar und zog mich näher an sich. In der kühlen Luft hatte sich eine Gänsehaut auf meiner Haut gebildet.

„Rowan“, sagte er leise, „ich habe dein Kleid zerrissen. Schon wieder.“

„Entweder musst du mit dem Nähen anfangen oder ich muss anfangen, Sachen zu tragen, die ich in deiner Nähe leichter ausziehen kann.“

Er küsste mich auf den Kopf. „Du könntest einfach nackt bleiben. In *meiner* Nähe“, stellte er klar. „Nicht in der Nähe von jemand anderem. Ich will nicht, dass Kas und Legion dich zu sehen bekommen.“

„Ich laufe wirklich nicht Gefahr, eine Nudistin zu werden.“

„Rowan.“ Er stützte sich auf seinen Ellbogen. Das schockierend blasse Blau seiner Augen schimmerte in der Dunkelheit. „Wann werden wir heiraten?“

Ich starrte ihn an. „Ist das ... ein Antrag?“

Er strich mit einer Fingerspitze über mein Schlüsselbein. „Ein Antrag?“

Ich bekämpfte den Drang zu lächeln. Nachdem ich Orion in letzter Zeit oft untypisch verletzlich gesehen hatte, war ich erleichtert, dass sein wildes Selbstvertrauen zurückgekehrt war. Außerdem hatte er wirklich keine Ahnung, wie normale soziale Konventionen funktionierten.

„Normalerweise ist es eine Frage“, sagte ich. „Du fragst jemanden, ob er dich heiraten will, statt davon auszugehen. Und dann kniest du vor dieser Person nieder und gibst ihr einen Ring.“

„Ah.“ Er nickte langsam. „Soll ich einen Ring besorgen?“

„Ja.“ Ich fuhr mit den Fingern durch sein Haar. „Orion, glaubst du, wir haben jetzt alles, was wir brauchen? Wir haben das Grimoire und die Lilu.“

Wir würden beide über die City of Thorns herrschen. Aber was ich eigentlich fragen wollte, war: *Du sinnst nicht mehr auf Rache, richtig?*

Seine Finger ruhten auf meinem Schlüsselbein und er holte tief Luft, statt zu antworten.

Sein Schweigen machte mich nervös, bis er schließlich sagte: „Ja. Wir haben alles."

Ich lag flach auf dem Rücken auf der feuchten Erde und starrte durch die Zweige in den sternenübersäten Himmel. Ich war vollkommen gesättigt und glücklich. Seine Hand wanderte meinen Körper hinunter, folgte der Kurve meiner Taille, meiner Hüfte.

Doch als ich in den Himmel starrte, blühte eine Vision in meinem Kopf auf:

Steinmauern, die Risse aufweisen, um ein wenig von den Sternen freizulegen. Dann ein Schatten, der über den Stein schwingt – die blutigen, schwankenden Füße eines erhängten Körpers. Das Holz knarrt über mir und der Schmerz durchbohrt mein Herz bis ins Innerste.

Warum hatte ich das nagende Gefühl, dass mir immer noch ein Teil des Puzzles fehlte, das sogar Orion selbst nicht ganz verstand?

KAPITEL 39

Rowan

Am Morgen nach dem Fest wachte ich allein in Orions Bett auf. Ich streckte mich wie eine Katze, bis ich die Energie hatte, mich anzuziehen und nach Kaffee zu suchen.

Als ich mir eine Jeans anziehen wollte, fiel mein Blick auf einen handgeschriebenen Zettel, der auf dem Bett lag: *Triff mich am Uhrenturm, Liebes.*

Ich legte meinen Kopf schief. Was hatte mein Inkubuskönig heute vor?

Ich lächelte vor mich hin. Der Ring. Er hatte wahrscheinlich einen Ring gefunden.

Mit einem Kaffee in der Hand durchquerte ich den Asmodean-Bezirk und war schockiert, als ich feststellte, dass die ganze Stadt auf dem Platz versammelt war, wie schon gestern Abend. Diesmal gab es jedoch keine Musik, keine tanzende Masse – nur eine schweigende Menge und Orion, der im grellen Sonnenlicht auf einem Steinsockel neben dem Uhrenturm stand. Alle Augen waren auf ihn gerichtet und warteten.

Oh, ihr Götter. Wollte er mir in der Öffentlichkeit einen Antrag machen?

Aber das war so untypisch für ihn und so untypisch für mich. Ich wollte nicht, dass das vor einer Menge passierte.

Dann kroch mir das Grauen in den Nacken, als ich einen Blick auf etwas erhaschte, das er unter seinem Arm hielt. Das Grimoire.

Was machte er hier draußen in der Öffentlichkeit mit dem Grimoire? In den falschen Händen war das Ding verdammt gefährlich.

Eine Horde von Orions Soldaten stand um das Podium herum und beschützte ihn. Ich konnte nicht einmal zu ihm vordringen.

Orions blaue Augen fixierten mich. Sein Gesichtsausdruck war eiskalt und verursachte ein unangenehmes Flattern in meinen Adern. „Unser ehemaliger Schattennachkomme." Seine Stimme dröhnte über den Hof und triefte nur so vor Verachtung. „Sie ist eine Verräterin. Und als ich sie letzte Nacht Königin nannte, stand ich lediglich unter dem Bann eines Sukkubus."

Eisiges Grauen tanzte mir den Rücken hinauf. Was *zum Teufel* war hier los?

Die Menge teilte sich um mich herum. Worauf wollte er hinaus?

Ja, streng gesehen war ich ein ehemaliger Schattennachkomme. Jemand, der erfolglos versucht hatte, dem König die Krone abzunehmen. *Streng gesehen* war ich jemand, der Hochverrat begangen hatte, worauf normalerweise die Todesstrafe stand.

Aber Orion und ich liebten uns, also war das alles im Moment egal.

Oder?

Meine Kehle wurde trocken, als ich ihn anstarrte, um zu sehen, ob dies zu etwas weniger Schrecklichem führen würde. Aber wenn ja, dann mochte ich diese Art von Überraschung wirklich nicht.

„Ich kann nicht guten Gewissens über euch herrschen und euch in einem Käfig halten", hallte Orions Stimme vom Uhrenturm wider, und seine Augen waren auf mich gerichtet. Er hob das Grimoire über seinen Kopf.

Dunkelheit begann in mir aufzusteigen.

„Aber ich habe den Schlüssel, um mein Volk zu befreien." Seine Augen leuchteten wie die eines Fanatikers, als er das Buch hochhielt. „Das Grimoire. Ich bin derjenige, der euch befreien kann. Ich bin der Lichtbringer, dem prophezeit wurde, euch zu befreien. Wir dürfen nicht länger in Angst vor den Sterblichen leben. Wir können nicht zulassen, dass ein weiteres Massaker in unseren Stadtmauern geschieht. Und wir können nicht zulassen, dass Verräter uns weiterhin in Gefahr bringen. Verräter wie der in Ungnade gefallene Schattennachkomme."

Alle wichen vor mir zurück, als würde ich plötzlich ein Gift ausstoßen, das sie alle zu Fall bringen könnte.

Verzweifelt suchte ich die Menge ab. War sonst noch jemand verwirrt von dieser plötzlichen Veränderung seiner Persönlichkeit?

Mir fiel nur der nun verjüngte Mr. Esposito auf. Er sah aus, als hätte er genauso viel Angst wie ich, und der Schweiß rann ihm über die Stirn.

Orion hatte seinen verdammten Verstand verloren und ich musste mit ihm allein sprechen, bevor er die Sache noch schlimmer machte. „Orion", rief ich. „Du ..."

Meine Worte wurden von einer Hand abgeschnitten, die mich an der Kehle packte, dann stach eine scharfe Nadel in meinen Hals. Die Wirkung trat sofort ein. Ein ätzendes Gift durchflutete mich. Ich wusste genau, wie es sich anfühlte – Ladongift gemischt mit Weißdorn. Das Gift pulsierte durch meine Adern und schwächte mich.

Mein Herz klopfte unkontrolliert, als ich merkte, dass ich keine Magie mehr hatte. Die einzige Person, die sich auf mich zubewegte, war Legion, der sich durch die Menge kämpfte, um zu mir zu gelangen.

Die Welt schien unter mir zu kippen.

Das war ein wahrgewordener Albtraum.

Orions Augen waren auf mich gerichtet, während er das Buch über seinen Kopf hielt. „In drei Tagen werde ich die Stadttore öffnen. Wir werden uns wieder am Blut der Sterblichen laben. Wir werden wieder jagen. Nie wieder werden wir einen Vertrag mit den treulosen Sterblichen schließen, der uns in Gefahr bringt. Und was machen wir mit Verrätern?"

Ein Soldat packte mich am Arm, bereit, mich zu Orion auf das Podium zu zerren. Einen Moment lang stand mein Herz still.

Er konnte doch nicht ...

Mein Herz zerbrach. Ich hätte das kommen sehen müssen.

Ich hatte etwas übersehen. Ich war zu vertrauensselig gewesen.

Eine kräftige Hand packte mich am Arm, und ich spürte, wie die Luft um mich herum eiskalt wurde. Ein eisiger Wind fegte über den Platz, stark wie ein Orkan. Legions Magie zerriss die Menge, als er mich hochhob, und ich tat mein Bestes, um meine Arme um seinen Hals zu schlingen. Er rannte mit mir los, weg von der Gefahr.

Ich schaute ihm ins Gesicht, als er mich schnell durch die Straßen der City of Thorns trug. Während er rannte, grub ich meine Nägel in seine Haut und versuchte den blendenden Schmerz zu kontrollieren.

In drei Tagen ist es soweit.

Ich schloss meine Augen gegen den brutalen Schmerz in meinem Herzen und lehnte mich an Legions eisige Brust. Shai war weg. Und Orion hatte seinen verdammten Verstand verloren ...

Sie hatten alle gesagt, dass er zu verrückt war, um ihm zu vertrauen. Die Schlangen hatten ihn irre werden lassen…

Ich schluckte schwer und Tränen stachen mir in die Augen. Aber das konnte nicht sein. Er hatte mich schon zu oft gerettet. Er hatte sich im Hauptquartier der Dämonenjäger für mich geopfert.

Vielleicht war er einfach durchgedreht. Die Schatten hatten ihn verschlungen, das Chaos hatte von ihm Besitz ergriffen.

In der City of Thorns sind die Dinge nicht immer so, wie sie scheinen.

Ich vibrierte vor Wut und Verwirrung und war nicht in der Lage, das alles zu begreifen. Aber alles, was ich wusste, war, dass Legion im Moment derjenige war, der sich um mich kümmerte.

Er floh mit mir vor dem Mann, von dem ich dachte, er würde mich lieben, bis ans Ende der Welt.

KAPITEL 40

Rowan

Ich kniete in einer verlassenen Garage in Osborne. Mein Körper zitterte unter den durchdringenden Qualen des Gifts. Als ich durch verschwommene Augen aufblickte, sah ich drei Gestalten. Einer von ihnen war Kas, der mit einem Glas des schlammigen Gegenmittels zu mir eilte.

Er kniete sich neben mich und half mir aufzustehen. Ich lehnte mich in seinen Arm, und er hielt mir die Tasse an die Lippen. „So ist es gut, Rowan."

Ich schniefte. Meine Wangen waren mit Rotz und Tränen bedeckt – nicht gerade königlich. Aber als das Gegenmittel meine Kehle hinabrann, ließ mein Zittern nach und der Schmerz sickerte aus meinen Knochen. Ich sackte gegen Kas und ließ zu, dass er einen Arm um mich legte.

Meine Sicht war von Tränen getrübt, als ich zu den anderen beiden aufsah. Mit einem Stich der Enttäuschung stellte ich fest, dass ich auf Shai und Legion gehofft hatte, aber die dritte Figur war Mr. Esposito, der jetzt Sabazios hieß. Er war rothaarig und verdammt heiß, aber auch mit mir verwandt, also musste ich aufhören, ihn als *verdammt heiß* zu bezeichnen.

„Geht es dir gut, Rowan?", fragte Sabazios.

Ich nickte. „Körperlich bin ich auf dem Weg der Besserung." Ich schob mich von Kas weg und setzte mich im Schneidersitz auf den Betonboden. „Ist euch eigentlich klar, dass ihr gerade Hochverrat begeht?"

„Ja", antworteten sie alle gleichzeitig.

Sabazios hob eine Ledertasche hoch. „Aber dieses Mal konnte ich wenigstens meine Sachen holen, bevor ich fliehen musste."

„Wir lassen dich nicht im Stich", sagte Kas. „Das war der Grund, warum wir wollten, dass du regierst."

„Natürlich verlasse ich dich nicht", sagte Sabazios. „Du und deine Mutter waren buchstäblich die einzigen Freunde, die ich in den letzten Jahrhunderten hatte."

Ich konnte meine Tränen nicht zurückhalten. „Wir müssen die Sterblichen warnen. Wir müssen sie evakuieren …"

„Rowan", sagte Legion, „du bist immer noch die Einzige, die Ashur aufhalten kann."

Ich starrte ihn an und hatte das seltsame Gefühl, dass die Welt unter mir zur Seite kippte. „Ashur?"

„Oder wie auch immer er sich jetzt nennt." Kas wischte sich mit der Hand über den Kiefer. „Orion."

Ich schüttelte den Kopf und versuchte zu verstehen, was er sagte. „Ashur war jemand anderes." Mein Herz begann schneller zu schlagen. „Das war der, dem er einen Blutschwur geleistet hat. Ashur."

Sabazios schüttelte den Kopf. „Seine Eltern haben ihn Ashur genannt. Ich erinnere mich an ihn. Sie gehörten zu unserem Freundeskreis, und die kleinen silberhaarigen Jungen hießen Molor und Ashur." Seine Augen bekamen einen gequälten Ausdruck. „Ich hatte keine Ahnung, dass er überlebt hat. Wir wussten nicht, dass noch jemand im Kerker ist."

Ich taumelte auf die Beine. Das Blut rauschte in meinen Ohren. Mein Mund war trocken geworden, und ich versuchte zu schlucken. „Vielleicht ist Ashur also seine dunkle Seite. Der Teil, der Blut will."

Kas stand auf und legte seine großen Hände auf meine Schultern. „Es ist okay, wenn du ihn liebst, Rowan. Aber wir wussten immer, dass er von dem, was ihm passiert ist, nicht mehr zurückkommen wird. Und du bist die Einzige, die ihn davon abhalten kann, einen apokalyptischen Krieg zu beginnen."

Ich schüttelte den Kopf. „Ich werde ihn nicht umbringen."

Kas atmete tief ein. Seine bernsteinfarbenen Augen funkelten. „Nur ein Thronfolger kann einen König töten."

Ich fuhr mir mit den Fingern durch die Haare, und Erinnerungen an Orions mitternächtliche Stimme flüsterten durch meine Gedanken.

Denn ohne dich zu sein, war derselbe wahnsinnige Schmerz ... Ich war nicht wirklich frei von dem Kerker, bis du mich herausgeholt hast.

Mein Atem ging zu schnell, mein Herz schlug unkontrolliert. Ich konnte mir nicht erklären, was passierte war, nur dass ich tief in meiner Seele spürte, dass er nicht getötet werden musste. Er musste gerettet werden.

Und in der Zwischenzeit mussten die Sterblichen alle Städte in der Umgebung verlassen.

„Ich muss zur Polizei gehen", murmelte ich.

Ich wartete nicht auf die Antwort der anderen, denn ich wusste, was sie von mir wollten. Etwas, das ich nicht bereit war, ihnen zu geben – den Tod eines Königs.

Ich kannte die Stadt wie meine Westentasche und begann zur Polizeistation zu sprinten, entlang der Galgenbergstraße. Meine Kräfte waren nach dem Gift noch nicht vollständig wiederhergestellt, aber sie kehrten langsam zurück. Mit dem Wind in meinen Haaren beschleunigte ich und raste den Hügel hinauf. Es war kalt hier draußen. Die eisige Herbstluft biss in meine Haut.

Als ich mein Ziel erreicht hatte, war ich außer Atem und meine Beine brannten. Ich hatte den Großteil meiner Energie verbraucht.

Ich stürmte trotzdem durch die Tür ins Polizeirevier und traf auf eine Polizistin, die am Schreibtisch arbeitete. Sie sprang erschrocken auf und hob die Hände, um mich zu bitten, stehen zu bleiben. „Kann ich Ihnen helfen?“

Ich stützte meine Hände auf meine Knie und versuchte Luft zu holen. „Wir müssen die Stadt evakuieren.“ Ich zeigte in die Richtung der City of Thorns. „Sie kommen. In drei Tagen kommen die Dämonen, um ein Festmahl zu veranstalten. Um zu jagen. Sie werden versuchen alle zu töten.“

„Okay, Ma’am? Sie müssen sich erst einmal beruhigen. Haben Sie heute irgendwelche Substanzen zu sich genommen, die Ihren Geisteszustand beeinträchtigen könnten? Haben Sie Alkohol getrunken? Drogen?“

Ich zitterte und war mir vage bewusst, wie irre ich mit meinem wilden Haar aussehen musste, in dem vielleicht Erbrochenes klebte. „Nein, aber ich bin vergiftet worden.“ Ein Teil von mir war sich bewusst, dass ich nicht auf eine Weise kommunizierte, die darauf hindeutete, dass ich bei Verstand war. „Ich bin eine Dämonin. Ich sollte die Königin sein.“

„Ma’am, Sie scheinen unter dem Einfluss einer Substanz zu stehen. Wenn Sie einen Betreuer haben ...“

„Ich bin nicht auf Drogen“, rief ich. „Ich rede von einer echten Bedrohung.“ Ich zeigte wieder auf die City of Thorns. „Ich bin eine Dämonin. Ich kenne den König persönlich ..." *Verdammt.* „Die Dämonen aus der City of Thorns planen einen Angriff auf Osborne. Sie wollen sich für etwas rächen, das vor mehreren hundert Jahren passiert ist. Sie müssen mich mit jemandem in Kontakt bringen, der mir helfen kann."

Sie nickte mir langsam zu und trommelte dann mit ihren Fingern auf den Schreibtisch. Ohne ihre Erlaubnis kam ich nicht durch die verschlossene Tür hinter ihr. Oder ohne Gewalt, die ich unbedingt vermeiden wollte. „Wir haben keine Berichte über Drohungen von der Führung der City of Thorns erhalten." Sie verengte ihre Augen. „Gehören Sie zu den Dämonenjägern?"

Ja, *natürlich.* Orion hatte bereits so viel Einfluss gekauft, wie er brauchte.

„Gibt es noch jemanden, mit dem ich sprechen kann?", fragte ich verzweifelt. „Einen Kriminalbeamten? Den Polizeichef?"

„Ma'am, ich werde Sie jetzt bitten, nach draußen zu gehen, okay?" Sie setzte sich hinter dem Schreibtisch in Bewegung.

Ein wenig Kraft kehrte in meinen Körper zurück, und ich hob meine Hand und beschwor so viel Magie, dass Feuer aus meinen Fingerspitzen flackerte. „Sehen Sie? Ich versuche Sie über eine glaubwürdige Bedrohung zu informieren ..."

Die Beamtin zog ihre Waffe und mir wurde flau im Magen, als sie nach Verstärkung bellte. Ich drehte mich um und floh wieder aus der Tür.

Ich kauerte mit meinem neuen Mobiltelefon auf dem Sofa im Haus von Shais Tante. Mit zitternden Händen rief ich eine Person nach der anderen an, um die Notwendigkeit einer sofortigen Evakuierung zu melden. Das Büro eines Senators. Das Amt für innere Sicherheit. Das FBI.

Ich öffnete das Fenster und schrie die Sterblichen an, zu gehen.

Aber Dämonen und Sterbliche hatten sich seit Jahrhunderten nicht mehr bekriegt, und die meisten Menschen hatten vergessen, dass es diese Möglichkeit gab. Keiner von ihnen wusste etwas über ein Grimoire oder dass die magischen Grenzen zwischen den Städten aufgelöst werden konnten.

Und jeder von ihnen dachte, ich wäre verrückt.

Mein Telefon summte – eine Nachricht von Kas.

Wo bist du? Ich werde dir helfen, Sonnenschein. Ich verspreche es xo

Ich schob das Telefon zurück in meine Tasche und unterdrückte mein Gefühl des Verlustes. Ich würde Orion nicht so einfach aufgeben.

Ich legte mich auf das Sofa und versuchte einen klaren Kopf zu bekommen. Jeder in der City of Thorns hatte mir gesagt, dass die Dinge nicht immer so waren, wie sie schienen. Dass ich niemandem trauen konnte, nicht einmal meinen eigenen Sinnen.

Was glaubte ich also tief im Inneren? Was sagten mir meine Instinkte? Ich bedeckte meine Augen mit dem Arm und dachte an die Nacht zurück, in der ich in Orions Haus angegriffen worden war. Jemand war aus dem Fenster geflohen, und Orion war aus seinem Zimmer gekommen.

Mein Instinkt sagte mir, dass mein Angreifer nicht Orion gewesen war. Irgendjemand hatte sich für den König ausgegeben und andere davon überzeugt, dass er mich töten wollte.

Tief in meinem Innern wusste ich, dass er nicht dafür verantwortlich war. Wir waren die Zwillingssterne, und ich kannte ihn so gut wie mich selbst. Seine Angst vor Schlangen. Seine erdrückende Schuld. Die quälende Einsamkeit während all dieser Jahre, die so unbeschreiblich war, dass er sich einen Freund in der nächsten Zelle vorgestellt hatte. Und wie all dieser Schmerz endlich zu heilen begonnen hatte, als ihm endlich jemand gezeigt hatte, dass er es wert war, gerettet zu werden.

Ich hatte nicht den geringsten Zweifel. Die Person, die vor dem Uhrenturm gestanden und mich zur Verräterin erklärt hatte – das war nicht Orion.

Ein unaufhörliches Klingeln unterbrach meine Gedanken und ich richtete mich irritiert auf dem Sofa auf.

War das ... ein Festnetzanschluss?

Das Telefon klingelte weiter, als der Anruf erneut einging, und ich folgte dem Geräusch in die Küche. Als ich auf das Telefon blickte, las ich die Anrufnummer auf der Rückseite.

Eine 508er Vorwahl – ganz unten in der Nähe von Sudbury auf dem Land. Mein Herz schlug schneller.

Gab es noch ein paar Jäger, die versuchten mit Shai in Kontakt zu treten?

Ich nahm den Hörer ab und blieb still.

„Sie haben ein R-Gespräch von“ – eine Roboterstimme brach ab und ich hörte die Stimme meiner alten Freundin „*Shai Morton*“ sagen, bevor die Aufnahme fortgesetzt wurde – „aus dem Massachusetts Correctional Institut in Concord. Wollen Sie den Anruf entgegennehmen?“

Mein Herz hämmerte, während ich mich räusperte. „Ja.“

Die Telefonleitung klickte. „Hallo? Camille?“ Ich würde die Stimme meiner Freundin überall wiedererkennen.

„Shai?“

Eine lange Pause. „Warte. Rowan? Oh, den Göttern sei Dank. Was ist passiert? Mist. Hat Orion gewonnen? Ich habe hier keine Neuigkeiten von den Dämonen bekommen.“

Tausende von Fragen wirbelte mir durch den Kopf. „Shai. Warum bist du *im Gefängnis?“*

„Ich wurde in Sudbury verhaftet, als ich am Südeingang auf dich gewartet habe. Und das, obwohl ich unsichtbar war. Ich kann hier am Telefon nicht wirklich auf die Einzelheiten eingehen. Aber gibt es eine Chance, dass du mich auf Kaution rausholen kannst? Ich habe verzweifelt meine Tante und meine Mutter angerufen, damit sie mich hier rausholen, damit ich zu dir kommen kann. Es gibt Dinge, die ich erklären muss. Jemand hat uns verarscht, Rowan. Wir können nur nicht am Telefon darüber reden. Aber ich muss dich *wirklich* warnen.“

Ich nahm ebenfalls an, dass wir die Ermordung eines ganzen Kaders von Dämonenjägern nicht am Gefängnistelefon besprechen sollten. „Warum hast du mich nicht angerufen?“, schrie ich beinahe.

„Sie haben mir mein Telefon abgenommen, als sie mich verhaftet haben. Das sind die einzigen Nummern, die ich mir gemerkt habe.“

„Es wäre sowieso egal gewesen, denke ich“, murmelte ich. „Mein anderes Handy hat sich in Luft aufgelöst.“

„Was?“

„Vergiss es." Ich hielt das Telefon fest in der Hand. „Also ... deshalb bist du verschwunden? Warst du die ganze Zeit im Knast? Wie hoch ist die Kaution?"

Sie räusperte sich. „Kannst du hunderttausend Dollar besorgen? Ich weiß, das ist viel."

Verdammt.

Orion könnte leicht hunderttausend Dollar zusammenbekommen, aber es war nicht so, als könnte ich ihn im Moment dafür anpumpen. Oder irgendjemand anderes, der mir einfiel. „Man hat mich aus der City of Thorns geworfen. Deshalb verstecke ich mich hier. Orion ist etwas zugestoßen. Ich werde versuchen, das Geld zu besorgen..."

„Er hat also die Prüfung gewonnen und dich einfach rausgeschmissen?" Wut lag in ihrer Stimme.

Ich schloss die Augen und überlegte, wie ich es ihr erklären sollte, ohne wie eine Vollidiotin zu klingen. „So sieht es auf den ersten Blick aus", sagte ich vorsichtig. „Aber wie du gesagt hast, müssen wir persönlich reden."

„Bleib dran." Ich hörte, wie sie den Ton des Telefons dämpfte und mit jemandem hinter ihr sprach. „Mist. Rowan, ich muss auflegen. Ich werde versuchen, dich bald wieder anzurufen."

Im Hintergrund ertönten Rufe und dann legte sie auf. Ich musste aber *jetzt* mit ihr reden.

Ich ging zum Fenster und starrte genau auf die Stelle, an der ich in meinem Traum den Jungen mit seinen Zuckerwattefingern gesehen hatte.

Dort, wo der Junge gestanden hatte, saß jetzt mein beunruhigend heißer Cousin lässig auf einer Bank und trank einen Kaffee.

Sabazios – Mr. Esposito – hatte die Angewohnheit, immer dann aufzutauchen, wenn ich ihn brauchte. Ich erinnerte mich noch an ihn. Er war zu uns nach Hause zu Tee und Keksen gekommen und hatte meiner Mutter Bücher mitgebracht, die er mochte. Er hatte mich gewarnt, als die Jäger hinter mir her waren. Sabazios war derjenige, der mir das Buch über die Dämonenprüfungen gegeben hatte. Er stand die ganze Zeit am Rande und half mir, ohne jemals aufdringlich zu sein.

Ich drehte mich um und rannte die Treppe hinunter, um mit ihm zu sprechen.

KAPITEL 41

Rowan

Der Wind peitschte durch Sabazios' rotes Haar, als er mit heruntergelassenen Fenstern in seinem neuen Cabrio vom Gefängnis in Concord wegfuhr. Die kalte Oktoberluft stach mir in die Wangen.

Die untergehende Sonne färbte den Himmel in Honig und Lavendel und wärmte unsere Gesichter, als wir zurück nach Osborne fuhren.

Auf dem Rücksitz lehnte sich Shai nach vorne. „Woher hast du das Geld?", rief sie durch den Wind. „Und den Porsche?"

„Das Erste, was ich gemacht habe, als ich in die City of Thorns zurückgekommen bin, war, das vergrabene Gold meiner Familie zu finden", antwortete Sabazios. „Wenn ich also wieder in Osborne festsitze, kann ich es wenigstens mit Stil tun." Er hustete. „Oder so viel Stil, wie ein alter Mann haben kann. Meine Magie schwindet bereits. Ich hasse es. Aber wenigstens bin ich dann reich und kann mir eine schicke Gehhilfe kaufen."

„Wir werden dich schon zurück in die City bringen", sagte Shai. „Das ist nur ein vorübergehender Rückschlag. Aber Rowan, ich muss dir etwas sagen. Jemand hat uns verraten. Jemand hat der Staatspolizei gesagt, wo ich an dem Tag war, als wir zum Hauptquartier der Dämonenjäger gefahren sind. Sie haben direkt am Südeingang auf mich gewartet und obwohl ich völlig unsichtbar war, haben sie mich gefunden."

„Aber warum wurdest du verhaftet, Shai?", fragte ich.

Sie stieß einen langen Seufzer aus. „Entweder hat Legion oder Kas uns verraten. Oder beide."

Ich schluckte schwer und drehte mich um, um sie anzusehen. „Erklär es mir."

„Okay, also ... vor ein paar Wochen haben Legion und Kas mir geholfen, einen Zauber zu lernen, der das Wetter kontrolliert. Es waren nur wir drei. Das war's. Und ich habe die Kontrolle über den Zauberspruch verloren. Ich habe keine Ahnung, wie es passiert ist, aber es war zu viel auf einmal und ich habe einen Sturm im Atlantik verursacht. Oder jemand, *mit dem* ich *zusammen* war, hat ihn verursacht, denn ich hatte nicht das Gefühl, die Kontrolle zu verlieren."

Ich erinnerte mich an die Nacht mit den Donnerschlägen und der aufgewühlten See, als Jasper mich angegriffen hatte. „Ja, ich erinnere mich an den Sturm."

„Ich habe dir nichts davon erzählt, weil du schon so viel Stress hattest. Aber entweder Kas oder Legion haben der sterblichen Polizei berichtet, dass es meine Schuld war. Es wurde zwar niemand getötet, aber es hat ein Schiff zerstört und einen Haufen Sachschäden angerichtet. So wussten die Polizisten genau, wo sie mich finden konnten. Ich bin fast durchgedreht, weil ich die ganze Zeit keine Ahnung hatte, was mit dir passiert ist."

In meinen Adern kribbelte Wut. „Meinst du, es waren beide?"

Sie starrte mich lange an, bevor sie antwortete. „Ich glaube, es war Kas. Ich habe keine rationale Erklärung, aber ich glaube einfach nicht, dass Legion mir das antun würde. Ich glaube, ich bin ihm wirklich wichtig. Als ob ich ihn *kennen* würde. Hört sich das blöd an?“

Ich schüttelte den Kopf. „So fühle ich auch für Orion, selbst als ich gesehen habe, wie er mich eine Verräterin genannt und mich aus der City geworfen hat. Ich kenne ihn, und das war nicht er. Orion hat die Prüfungen eigentlich gewonnen, aber er hat mir das Buch in Sudbury *gegeben*. Er ist selbst zurückgeblieben, nur um mich zu retten. Er hat sich selbst der Folter ausgesetzt und nur überlebt, weil ich zu ihm zurückgekehrt bin und meine Magie überhandgenommen hat. *Das* war der echte Orion. Ich kenne den echten Orion. Und die Person, die mich rausgeschmissen hat? Das war er nicht.“

„Okay“, sagte sie zögernd. „Magie kann so viele Illusionen schaffen, Rowan.“

„Kas hat mir gesagt, ich solle niemandem trauen, nicht einmal ihm. Er hat gesagt, dass ein Dämon nie verrät, welche Arten von Magie er beherrscht, weil es ein Vorteil ist, wenn er seine Möglichkeiten versteckt hält.“

Sie schluckte schwer. „Ja, er hatte recht damit, ihm nicht zu trauen. Aber was machen wir jetzt?“

Mein Telefon surrte wieder und meine Hände zitterten, als ich eine weitere Nachricht von Kas las.

„Was ist los?“ Der Wind peitschte durch Shais dunkle Locken.

Ich holte tief Luft und starrte auf den Text. „Kas sagt, dass es ihm gelungen ist, Orion im Kerker einzusperren, und dass er die magischen Barrieren aufheben kann, um mich hineinzulassen. Er sagt, dass ich niemandem trauen kann und mit niemandem sprechen soll und dass es Zeit ist, die Sache selbst in die Hand zu nehmen.“

„Er will unbedingt Orions Leben beenden“, sagte Shai. „Das ist nicht einmal subtil.“

Ich schluckte schwer. „Er ist in Panik.“

Als der Porsche auf der Route 128 nach Nordosten raste, wurde mir schlecht.

„Was machen wir?“, fragte Sabazios. „Deiner Mutter und dir zuliebe werde ich alles tun, was in meiner Macht steht, um dich zu beschützen, aber bitte klär mich auf.“

„Danke, Sabazios.“ Ich zog mein Handy heraus und wählte Legions Nummer. „Bevor wir uns den Stadtmauern nähern, sollten wir herausfinden, ob Legion mit Kas zusammenarbeitet. Und zwar so unauffällig wie möglich.“

„Das tut er nicht“, sagte Shai vom Rücksitz aus.

„Okay, aber lass es mich sicherstellen, Shai.“ Ich wählte die Nummer von Legion und er nahm nach nur einem Klingeln ab.

„Rowan?“, fragte er im Flüsterton. „Was ist los?“

„Legion, warst du zufällig wieder in der City of Thorns?“

„Ja“, sagte er und klang überrascht. „Ich bin jetzt hier. Unsichtbar, versteht sich. Ich wollte sehen, was Orion macht. Er hält den ganzen Tag über Reden im Turm von Baal. Er hat die Menge dort ganz schön aufgebracht. Er scheint völlig außer sich zu sein.“

Ich schloss meine Augen. „Wann hast du ihn das letzte Mal gesehen?“

„Ich habe eine seiner Schimpftiraden erst vor fünfzehn Minuten verlassen. Er redet davon, Sterbliche zu versklaven und sich an ihnen zu rächen. Er hat den Verstand verloren.“

Ich holte tief Luft. „Ich bin ein bisschen verwirrt, weil Kas mir eine SMS geschickt hat, in der stand, dass Orion gerade im Kerker eingesperrt ist."

„*Was*? Nein. Hat Kas dir das erzählt?", fragte er verblüfft. „Ich habe ihn nicht mehr finden können, seit du weggelaufen bist. Bist du sicher, dass er es war?"

Anscheinend hatte Kas Legion nicht über seine neuesten Lügen aufgeklärt. „Was weißt du über Kas' magische Fähigkeiten?"

Eine lange Pause kam von der anderen Seite. „Warum fragst du ihn nicht?"

„Warum ich ihn nicht frage?", antwortete ich. „Weil ich versuche herauszufinden, wem ich verdammt noch mal vertrauen kann, und –"

Shai nahm mir das Telefon aus der Hand und schaltete den Lautsprecher ein. „Legion, ich bin's, Shai. Jemand hat mich bei der sterblichen Polizei in Sudbury verraten. Dieser Jemand warst entweder du oder Kas. Wir alle wissen, dass jemand aus unserem Team die Jäger und Polizisten vorgewarnt hat. Wenn du also etwas über Kas' Fähigkeiten weißt, ist es jetzt an der Zeit, es uns zu sagen. Wie gut ist er im Erzeugen von Illusionen? Kann er sich so verzaubern, dass er wie eine andere Person aussieht?"

Legion wartete so lange mit der Antwort, dass ich fast dachte, er hätte aufgelegt. „Shai", sagte er schließlich leise. „Ist alles in Ordnung mit dir?"

„Ja. Ich komme direkt aus der Massachusetts Correctional Institution in Concord. Kannst du meine Frage beantworten?"

„Kas ist sehr mächtig, ja", sagte er schließlich. „Er ist ein Künstler. Du hast seine Arbeiten gesehen. Seine Illusionen sind so geschickt wie seine Zeichnungen. Ja. Er kann als eine andere Person erscheinen. Er verabscheut das ganze Konzept der Monarchie. Aber es fällt mir schwer zu glauben ..."

„Legion", unterbrach sie ihn. „Tut mir leid, aber das ist alles, was wir wissen wollten."

„Es ist nicht Orion", rief ich. „Es ist *Kas*, Legion! Er gibt vor, er zu sein. Er hat die Illusion erschaffen. Ich schätze, du hast die beiden heute noch nicht zur gleichen Zeit am gleichen Ort gesehen."

„Habe ich nicht", gab er zu.

„Wir treffen uns außerhalb der City of Thorns", sagte Shai. „Dort, wo der geheime Eingang in den Untergrund führt. Halte dich von Kas und Orion fern. Wir werden zusammenarbeiten müssen."

„Und Legion?", rief ich. „Ich brauche mehr von dem Gegengift."

KAPITEL 42

Orion

Ich lag auf dem kalten Steinboden in meiner alten Zelle. Ätzendes Gift floss durch meine Adern. In ein paar Tagen würde das Gift keine Rolle mehr spielen. Im Kerker, außerhalb der Stadtmauern, würde meine Magie schwinden.

Ich würde wieder hier eingesperrt sein – in meinem alten Zuhause.

Kas hatte meine Handgelenke auf dem Rücken gefesselt und mich geknebelt. Ich hatte das Haus vor Sonnenaufgang verlassen, weil ich Rowan mein frisches Lieblingsbrot bringen wollte. Ich brauchte keine Wachen – zumindest hatte ich das gedacht.

Aber ein paar Pfeile reichten, aus der Ferne abgefeuert, und ich ging in die Knie.

Ich erinnerte mich an Kasyade, vor all den Jahren. Als die Sterblichen mich aus unserem Haus geholt hatten und mich auf meinem Weg nach draußen an Molors abgeschlagenem Kopf vorbeimarschieren ließen, hatte Kasyade dagestanden und alles beobachtet. Er war ein älterer Junge, ein Freund von Molor, und er hatte alles mit angesehen. Ich hatte um Hilfe geschrien, aber er hatte nichts getan. Er hatte nicht einmal verärgert ausgesehen. Er hatte einfach nur zugesehen.

Als sein Konkurrent hatte er sich schon immer über Molors aristokratische Herkunft geärgert. Ich weiß noch, wie

Kasyade sich gefreut hatte, als er gesehen hatte, wie seinem Freund der Kopf abgerissen wurde.

Kasyade musste denken, dass ich ihn deswegen irgendwann umbringen wollte.

Und er hatte wahrscheinlich recht.

Das Tuch in meinem Mund roch nach einer Art Öl und ich wollte mich übergeben, aber das hätte die Situation nur noch schlimmer gemacht. Die Wirkung des Ladongifts und des Weißdorns nahm langsam, aber stetig zu. Ich war mir nicht sicher, wie lange ich noch bei Bewusstsein sein und ob ich jemals wieder aufwachen würde.

Das Schlimmste war, dass Kasyade wahrscheinlich von den Dämonenjägern von diesem besonderen Gift erfahren hatte, nachdem Rowan gefangen genommen worden war.

Ein kleines Licht brannte in meiner Brust. Würde Rowan die Wahrheit erfahren?

Kasyade hatte gesagt, dass sie das niemals würde. Er hatte gesagt, sie würde kommen, um mir das Herz herauszureißen. Dass sie mir nicht mehr vertraute.

Vom feuchten Boden aus glitt mein Blick über die in die Wände geritzten Bilder. In den Jahrzehnten, in denen sie uns nicht einmal Essen gebracht hatten, war es hier immer so still gewesen.

Da waren nur Ashur und ich gewesen, die zusammen in Zellen nebeneinander hungerten.

Mein Blick wanderte zu der Schlinge, die gegenüber meiner Zelle hing. Der Ort, an dem ich meine Mutter zuletzt gesehen hatte. Sie hatten sie so lange dort gelassen ...

Ashur war kurz nach ihrem Tod aufgetaucht. Mom und ich waren die letzten gewesen, dann kam Ashur. Meine Gedanken wurden neblig und ich konnte mich nicht erinnern, wo er vor ihrem Tod gewesen war.

Auch an sein Gesicht konnte ich mich nicht mehr erinnern. Er war stark gewesen, und dann war er schwach geworden. Er hatte seinen Verstand verloren. Aber jedes Mal, wenn ich versuchte mich an seinen Gesichtsausdruck zu erinnern, als er in den Tod geschleppt wurde, sah ich nur meinen eigenen – ein gequältes, verwüstetes Gesicht. Meine eigenes.

Das Gift verwirrte mich.

Mein Körper zitterte auf dem kalten Steinboden. Ich hasste es, mich schwach zu fühlen. Mein Blick glitt über das in den Stein geritzte Bild der Königinnen mit ihren stacheligen Kronen. Schon als kleiner Junge hatte ich es gehasst, mich schwach zu fühlen, deshalb waren meine Schläge in den Stein bösartig und brutal gewesen.

Mir fielen die Augen zu und ich hörte, wie meine Mutter mit ihrer beruhigenden Stimme meinen Namen sagte, als wäre sie hier.

„Ashur."

Ein Ruck der Erkenntnis durchfuhr mich.

Das Krachen von Stein, die Schlinge, die am Galgen schwingt. Der Schmerz in meinem Herzen, der mich in zwei Teile zerriss.

Ashur war gekommen. Jemand, der älter und stärker war.

Jemand, der mir beigebracht hatte, wütend zu sein, statt Angst zu haben, und gesund zu bleiben, indem ich mich in Zorn statt in Trauer suhlte. Jemand, dem ich versprochen hatte, mich zu rächen.

Jemand, den es gar nicht gab.

Ashur.

Der Name, den Kasyade mir gegeben hatte, als er meinen schlaffen Körper hier in der Dunkelheit abgelegt hatte, weil er sich besser an mich erinnerte als ich mich an mich selbst.

Aber all diese Gedanken verschwanden, als das Gift in mein Gehirn zu sickern begann, und alles, was mir blieb, war sie.

Rowan.

Mein Licht in der Dunkelheit.

KAPITEL 43

Rowan

Als die Nacht hereinbrach, verdichteten sich die Schatten um Osborne, und eine herbstliche Kälte nagte an unserer Haut.

Ich stand im Schatten in einer Gasse um die Ecke von den Toren der City of Thorns, zusammen mit meinem neuen Team – Shai, Legion und Sabazios. Unter uns breiteten sich die gefallenen Herbstblätter aus.

Jedes Mal, wenn ich jemandem Vertrauen schenkte, war es ein Risiko. Aber trotzdem war ich mir sicher, dass ich es ohne sie nicht schaffen würde.

„Okay“, sagte ich. „Wir müssen jetzt unsere Karten zeigen. Ich weiß, das ist nicht Teil der Dämonenkultur, aber wir müssen jetzt ehrlich sein.“

Sabazios’ grüne Augen blickten mich an. „Das war ich schon immer. Besonders nachdem du mir diese elastischen Hosen gegeben hast, um meine Würde zu schützen. Und weißt du, dass ich dir den Teddybären geschenkt habe, den du immer bei dir hattest, mit dem roten Pullover, auf dem du herumgekaut hast, bis er gerissen ist ...“

Meine Augen wurden feucht. „Mr. Huggins?“

Er nickte.

Legion stand mit verschränkten Armen da, den Blick von mir abgewandt.

„Legion!“ Ich packte ihn am Arm. „Ich muss wissen, ob du zu uns gehörst oder nicht.“

Sein Blick glitt zu mir. „Ich kenne Kas schon seit Jahrhunderten. Schon bevor die City of Thorns erbaut wurde." Er schaute Shai an und seine Gesichtszüge wurden weicher. „Aber er hat immer Geheimnisse gehabt. Er hatte immer eine wütende Seite, die er vor dem Rest der Welt verborgen hat. Ohne die Lichtbringer wäre er der mächtigste Dämon in der Stadt. Er hat mir nie gesagt, dass er etwas geplant hat oder dass er die Polizei auf Shai ansetzen wollte. Er hat mich nur hinter meinem Rücken benutzt, um Informationen zu bekommen. Ich wusste, dass mit diesem Sturm in jener Nacht etwas nicht gestimmt hat ... Ich war mir sicher, dass Shai nicht die Kontrolle über ihn verloren hat. Jemand hat ihn verursacht." Seine Augen waren immer noch auf Shai gerichtet. „Und du bist der Ort, an dem mein Herz jetzt ist, Shai. Also ja, ich bin auf deiner Seite."

Sie strahlte ihn an und ihre Augen funkelten. „Gut."

Er drehte sich wieder zu mir um. „Und auf deiner. Kas will Orion für immer vom Thron stürzen, und das wollte ich auch. Ich wollte ihn ersetzen. Aber im Gegensatz zu Kas habe ich Grenzen, was ich tun würde, um ihn aufzuhalten. Es nützt nichts, einen labilen Verrückten loszuwerden, wenn wir ihn einfach durch einen anderen ersetzen."

Ich nickte. „Okay. Das ist zwar nicht die schönste Bezeichnung für Orion, aber ich nehme sie an. Jetzt ist es Zeit zuzugeben, welche Kräfte wir tatsächlich haben."

„Keine Ahnung", sagte Sabazios. „Aber ich kann dir sagen, was ich früher konnte."

„Und Legion?" Shai strich mit ihrer Hand über seinen Bizeps. Es genügte, um seine Augen zu verdunkeln. „Wir müssen genau wissen, was Kas tun kann."

Meine Muskeln hatten sich angespannt und eine stille Wut strömte durch mein Blut.

Das letzte Mal, als ich diesen Weg beschritten hatte, war es in der Absicht gewesen, Orion in der ersten Prüfung zu schlagen. Jetzt summte mein Körper vor Wut bei dem Gedanken, dass Kas ihm ein Haar gekrümmt hatte.

Als ich mich der alten steinernen Überführung näherte, in der sich eine geheime Tür in die City versteckte, konzentrierte ich mich darauf, meine wahren Gefühle zu verbergen.

Ich stand vor der mit Reben bewachsenen Tür unter der Brücke und klopfte viermal an. Unser Signal.

Ein kleines Flackern von Magie knisterte über der Tür, und Kas stieß sie auf. Er sah erschöpft aus. Dunkle Schatten lagen unter seinen Augen, und sein blondes Haar war verstrubbelt.

Ich schluckte schwer, als ich ihn anstarrte und mir Mühe gab, meine Gesichtszüge unter Kontrolle zu halten. „Kas. Ich bin so froh, dass du hier bist, um mir zu helfen.“ Die Worte schmeckten wie Säure auf meiner Zunge.

Er fuhr sich durch die Haare und tat so, als ob er Angst hätte, während wir durch den dunklen Tunnel gingen. Wir trugen beide Masken.

„Er wollte dich als Verräterin hinrichten lassen, Rowan. Ich musste etwas tun. Auch wenn es gefährlich war. Orion will die City of Thorns zerstören und dich umbringen. Beides konnte ich nicht akzeptieren.“

Es war noch nie meine Stärke, cool zu bleiben, wenn mein Verstand mit einer Million Meilen pro Minute raste. Monate zuvor war ich dem Druck einer Psychologiepräsentation kaum gewachsen gewesen. Und jetzt war ich hier, neben einem mächtigen Feind, auf dem Weg, einen Dämonenkönig aus dem Gefängnis zu befreien.

Auch wenn *ich* nicht gut darin war, ruhig zu bleiben, Mortana war es. Meine Schwester, mein dunkler Schatten. Ich ließ meine Hüften ein wenig schwingen, pure Gelassenheit, als Kas mich in die Kerker führte.

„Ich komme mir dumm vor, weil ich mich wieder von ihm habe täuschen lassen“, sagte ich mit fester Stimme. „Ich dachte wirklich, er hätte sich geändert. Aber er ist derselbe Orion, der mich schon einmal aus der City geworfen hat. Wie hast du es geschafft, ihn einzusperren?“

„Es war nicht einfach, aber ich habe das Gift benutzt. Das habe ich von den Dämonenjägern gelernt. Ich vermute, es ist ein altes Geheimnis von ihnen. Wahrscheinlich haben sie auch so die Lilu vor all den Jahren daran gehindert, sich zu wehren.“

Unter meinem gelassenen Lächeln lauerte eine tiefe Quelle der Wut. „Danke, dass du dich um mich gekümmert hast, Kas.“

Wir betraten den Kerker. Hier wurde die Luft von einem gequälten Gefühl des Schmerzes erfüllt. Er glitt in meine Lungen und setzte sich in meinen Knochen fest, als Kas mich zu Orions Zelle führte und einen alten eisernen Skelettschlüssel herauszog, um die Tür zu öffnen.

Mein Herz drohte zu zerspringen, als ich Orion sah, der bewusstlos auf dem Boden lag. Kas hatte ihn mit gefesselten Armen in seiner alten Zelle eingesperrt. Seine dunklen Wimpern hoben sich von seinen Wangen ab. Selbst jetzt war er übermenschlich schön.

Ich hatte die Warnungen von Legion im Hinterkopf, als ich nähertrat: *In dem Moment, in dem Kas merkt, dass etwas nicht stimmt, wird er seine Klauen in deine Brust schlagen und dir das Herz herausreißen.*

„Ich weiß, dass das schwer für dich ist, Rowan", sagte Kas und seine Stimme triefte vor gespieltem Mitgefühl. „Aber ich weiß auch, dass du eine Überlebenskünstlerin bist. Und eine Beschützerin. Du wirst nicht zulassen, dass er dich oder unser Königreich zerstört."

Ich trat in die Zelle und warf einen Blick zurück auf Kas. Hinter ihm schwankte die Schlinge in einer geisterhaften Brise.

„Kannst du mich eine Minute mit ihm alleine lassen?", fragte ich.

Ein Muskel zuckte in seinem eckigen Kiefer, aber dann kehrte das fade Lächeln zurück. „Natürlich."

Er trat zurück in den Schatten, und ich betrat die Zelle.

Ich griff in meine Tasche und meine Finger verkrampften sich um die Spritze mit dem Gegengift. Doch kaum hatte ich die Spritze herausgezogen, spürte ich schon, wie die sanfte Magie von Kas mich umgab, wie sich Ranken aus Seide um meinen Hals legten und mir die Luft abschnitten.

In dem Augenblick wurde mir klar, wie mächtig Kas war – sogar hier unten, wo die Magie zu schwinden begann.

KAPITEL 44

Orion

Es war ihr Duft, der meine Augen aufflattern ließ, und die Wärme ihrer in Licht getauchten Haut.

Einen Moment lang fragte ich mich, ob ich gestorben war. Natürlich wäre *sie* die erste Person, an die ich im Jenseits denken würde – ihre Gegenwart. Und es war, als könnte ich diese köstlich warme Magie spüren, wie die Glut des Sommers. Der Duft von reifem Obst ...

Mein Herz stand still. Ich konnte sie nicht mehr spüren. Eine furchtbare Stille herrschte um mich herum.

Ich öffnete die Augen und mein verschwommener Blick schweifte über die Wände meiner Zelle. Mit einem diffusen Gefühl der Angst fragte ich mich, ob dies meine Welt nach dem Tod sein würde. Einfach hier. Für immer.

Rowan.

Ich spürte, wie ihre Seele nach der meinen rief. Meine Finger verschränkten sich hinter meinem Rücken.

Vielleicht war ich doch nicht tot.

Mein Herz schlug noch. Und winzige Rinnsale der Kraft strömten wieder durch mich, von meinem Oberschenkel aufwärts.

Ich schaute an mir herunter und sah eine leere Spritze, die aus meinem Oberschenkel ragte. Aus dieser Spritze strömte Kraft durch meinen Körper. Das Gegengift.

Wo war Rowan?

Angst raste durch meine Nerven und ließ meine Muskeln steif werden.

Jemand in der Nähe schrie. Eine männliche Stimme, die ich hasste ...

„Du glaubst, du bist eine Heldin?“, brüllte er. „Eine Anführerin, die durch den Fund einer magischen Krone auserwählt wurde? Oder durch ein Buch? Durch verdammte Schmuckstücke und Spielchen? Eine Zweiundzwanzigjährige ohne irgendwelche magischen Kenntnisse. Warum zum Teufel glaubst du, dass du irgendetwas verdienst?“

Ich richtete meinen Blick wieder nach oben. Und da sah ich sie.

Sie schlug ihre Krallen in Kas’ Gesicht. Blut spritzte aus einer Wunde. Aber seine Gegenwehr war schnell und brutal. Spinnenartige Ranken seiner Magie fesselten ihre Arme. Er hob sie an der Kehle hoch und Krallen erschienen an seinen Fingerspitzen.

Mein Blut rauschte.

Ich würde ihm ein Ende setzen. Ich würde ihn in Stücke reißen. Ich würde diese alten Steine mit seinem Blut tränken.

Ich hatte kaum noch Kraft in meinem Körper. Aber für sie war es genug, um die Seile zu zerreißen, die meine Handgelenke fesselten.

Meine Welt wurde still, bis auf den Klang meines Herzens, das wie eine Kriegstrommel in meiner Brust schlug. Als ich auf die Beine sprang, riss ich mir den Knebel aus dem Mund und meine Reißzähne wurden länger.

Rowan war gerade dabei, sich aus den Fesseln zu befreien. Mit ihren Krallen schlug sie Kas quer über die Brust, und Blut spritzte durch die Luft. Als er sich zu mir drehte, ließ ich meine eigenen Krallen erscheinen, bereit, ihn auszuweiden.

Aber dort, wo eben noch Kas gestanden hatte, stand Rowan jetzt vor mir und sah mich erschrocken an.

Zwei Rowans, beide blutgetränkt. Ich taumelte zurück und versuchte zu verstehen, was gerade passierte.

In dem Moment verschwand eine der Rowans im Schatten.

Die andere stolperte nach vorne und hielt sich den Hals. Blut floss aus ihrer Kehle, und ich hielt sie um die Taille fest. An ihrem Geruch und der Art, wie sie sich an mich schmiegte, wusste ich, dass sie es war.

Ich zog sie dicht an mich heran. „Du verlierst zu viel Blut. Wir müssen dich aus den Tunneln herausbringen."

„Er kann sich verwandeln", raunte sie.

„Das ist mir eben auch klar geworden."

Sie drehte sich zu mir um, eine Hand um ihren blutenden Hals. „Bring dich in Sicherheit. Ich habe alles unter Kontrolle."

Sie machte wohl Witze. Als ob ich sie allein gegen einen alten Dämon kämpfen lassen würde.

Rowan rannte Kas hinterher, eine Blutspur hinter sich herziehend. Ich ignorierte den Schmerz in meinen Muskeln, als ich ihr nachlief. Sie war wie ein Fleck in den Tunneln, wie Rauch, der zwischen meinen Fingern verschwand. Aber sobald wir in die City of Thorns eindrangen, würde meine Magie wiederhergestellt sein.

Ich sah zu, wie sie sich an der Seite des Tunnels hochhangelte und durch die Öffnung verschwand. Die Müdigkeit zermürbte meine Knochen, als ich mich vorwärts und die Tunnelwand hinauf zwang.

Endlich, unter dem Sternenhimmel, durchflutete mich meine Magie. Zuerst holte Rowan meine Seele aus dem Kerker, dann meinen Körper.

Ich brüllte, als meine Flügel aus meinem Rücken hervorbrachen, und ich folgte meiner Liebe in den klaren Nachthimmel.

KAPITEL 45

Rowan

Kaum war ich zurück in der City of Thorns, durchfuhr mich meine Magie mit der Kraft des Ozeans. Ich erhob mich in die Lüfte, um unter den Sternen nach Kas zu suchen.

Orions warme Magie strahlte über meinen Körper, als ich spürte, wie er in meine Nähe schwebte. Der Wind rauschte über meine Flügel und peitschte durch meine Haare, während ich über die Bäume flog. Das war die alte Art der Lilu – gebadet im silbernen Mondlicht, hungrig nach Blut. Wir jagten aus der Luft, während unsere Beute zu Fuß herumkroch.

Ein aufgeregtes Kribbeln durchfuhr mich und mein Herz schlug heftig gegen meine Rippen. Ich drehte mich um, um Orions Blick zu erhaschen. Seine blassen Augen funkelten mich an und sein Dämonenmal, der Stern Luzifers, strahlte von seiner Stirn. Göttlich.

Wir waren Lichtbringer. Und wenn die Schatten uns verzehrten, würden wir wieder auferstehen.

Ich hoffte nur, dass Orion seine Macht nicht vor dem richtigen Zeitpunkt entfesseln würde, denn ich wollte die City of Thorns stehen lassen.

Ich atmete tief ein und nahm Kas' parfümierten Duft auf. Er hatte sich natürlich getarnt, sodass ich ihn nicht sehen konnte. Aber das war nicht schlimm. Auch früher hatten wir uns bei der Jagd nicht auf unsere Augen verlassen. Ich konnte spüren, wie er sich auf den Turm von Baal zubewegte – genau das, was ich befürchtet hatte. Kas rechnete damit, dass wir unsere Lichtbringer-Kräfte nicht einsetzen würden, solange er in der Nähe von genügend anderen Dämonen war. Schließlich wollten wir nicht die ganze City zerstören und alle Bewohner töten.

Aber anders als die Lilu von früher hatte ich ein Handy. Als ich also durch die Luft flog, zog ich es aus meiner Tasche und rief Legion an.

„Ja", flüsterte Legion. „Was ist los?"

„Kannst du das Gebiet vor dem Turm von Baal räumen lassen? Ich bin Kas dicht auf den Fersen, aber wir dürfen niemanden in unserer Nähe haben. Und sorg dafür, dass du dich in Sicherheit bringst, nachdem du fertig bist, verstanden?"

Ich schob das Handy zurück in meine Tasche und kreiste über dem Platz. Eine Schar von Dämonen stand vor dem Turm.

Über mir zogen Gewitterwolken auf, und ein eisiger Wind fegte über die Steine. Die Temperatur in der Luft sank so schnell, dass meine Zähne zu klappern begannen und mein Atem in der Dunkelheit um mich herum beschlug.

Blitze zuckten durch den Himmel und ein Strudel aus Eis wirbelte in der Mitte des Platzes herum und trieb die Menge auseinander. Schreie wurden laut und die Dämonen begannen zu fliehen. Shai ließ einen Blitz auf den Steinen einschlagen – dann einen weiteren, der die Felsen unter uns versengte. Der eisige Sturm peitschte auf uns zu und ich kämpfte darum, die Kontrolle zu behalten, während ich flog. Schnee und Hagel schlugen auf mich ein. Legions magischer Sturm ließ mich bis ins Mark frieren.

Der Wind zerrte an meinen Flügeln. Fröstelnd landete ich auf dem geräumten Platz.

Orion kam neben mir auf. Seine kohlschwarzen Augen suchten nach Anzeichen für unsere Beute. Auf einem Teil des Platzes wütete das Gewitter nicht, wie das Auge in einem Wirbelsturm. Meine Muskeln wurden wieder weicher und meine Atmung langsamer.

Wir konnten Kas jagen oder wir konnten ihn dazu bringen, zu uns zu kommen. Ein Mann wie er mochte zwar mächtig sein, aber sein Ego würde ihm in die Quere kommen. Darum ging es doch eigentlich, oder? Um sein tödlich gekränktes Ego.

Eine Zweiundzwanzigjährige ohne magische Kenntnisse. Warum zum Teufel glaubst du, dass du irgendetwas verdienst?

Kas mochte Orion hassen, aber das war es nicht, was das Feuer in ihm entfachte. Er dachte, *er* sollte auf dem Thron sitzen.

Eine eisige Böe fegte um mich herum, aber ich blieb in der Mitte der Steine stehen, um mich an die Menge zu wenden. „Kasyade hat euch getäuscht", rief ich über die Winde hinweg und hoffte, dass die Menge mich hören konnte. „Er hat seine Magie benutzt, um die Gestalt eures Königs anzunehmen. Aber er ist ein schlechter Ersatz, ein Schatten eures wahren Königs. Kas wurde nicht wie wir von den Göttern gesegnet. Er ist eine Illusion, ein gewöhnlicher Dämon und nichts weiter als ein Scharlatan."

„Von den Göttern gesegnet?", dröhnte Kas' Stimme über den Platz, aber ich konnte ihn nicht sehen. „Die Götter sind wahnsinnig. Lasst das Volk wählen! Sollen die Dämonen doch sehen, wer es verdient, zu herrschen!

Lasst denjenigen den Thron besteigen, der die besten Fähigkeiten besitzt!“

„Du willst, dass die Leute wählen – dieselben Leute, die du absichtlich täuschst?“, knurrte Orion. „Dieselben Leute, die du belogen hast?“

„Ich habe sie beschützt“, kam Kas’ Stimme von irgendwoher. „Keiner von euch ist in der Lage zu regieren. Ich habe jahrhundertelang Magie studiert. Während du in einem Gefängnis eingesperrt warst und deinen Verstand verloren hast, Ashur, habe ich mich dem Handwerk gewidmet. Unserer Geschichte. Ich wollte verstehen, was ein Dämon wirklich ist. Und Rowan, lange bevor du geboren wurdest, hatte ich jedes Zauberbuch in den Bibliotheken der Stadt auswendig gelernt. Plötzlich stolperst du hier herein, ohne etwas über unsere Welt zu wissen, und glaubst, du hättest die Krone verdient? Nur wegen eines Fehlers bei deiner Geburt?“

„Warum zeigst du dich nicht?“, rief Orion. „Wenn du schon so überzeugt von deinen Fähigkeiten bist. Mal sehen, wer überlebt!“

Vor uns tauchen sie im silbrigen Licht auf – sechs Versionen von Kas. Alle waren tätowiert, muskulös und leuchteten in blassem Licht. Auf ihren Stirnen glühte ein dämonisches Zeichen in Form einer Mondsichel, und ihre Augen waren dunkel wie Pech. Orions Klauen schossen aus seinen Fingerspitzen und er schlug nach einem von ihnen, dann nach einem anderen. Er bewegte sich blitzschnell, aber jedes Mal, wenn er einen traf, tauchte ein neuer auf.

Seidige Fäden peitschten um mich herum und rissen mich von der Erde hoch in den Himmel. Dann schleuderten sie mich wieder nach unten. Ich schlug hart auf den

Steinen auf. Der Schmerz zersplitterte mich, und einen Moment lang spürte ich, wie jeder meiner Knochen brach, bevor sie wieder zu heilen begannen.

Ich schaute zum Himmel hinauf, wo sich dunkle Schatten über uns ausbreiteten – ein Schild aus Eis und Schatten, das uns einschloss.

Da waren sie – Sabazios und Legion – und arbeiteten zusammen. Genau wie geplant.

Gut.

Dunkelheit umhüllte uns.

Die Ranken der seidigen Magie schlangen sich wieder um mich und hoben mich hoch in die erdrückende Dunkelheit.

Aber das spielte keine Rolle mehr, denn ich beschwor mein Licht.

KAPITEL 46

Orion

Haltet mich nicht für einen Helden. Ich würde die ganze Welt zerstören, um die Person zu retten, die ich am meisten liebe.

Schatten glitten über uns und ich konnte Rowan nicht mehr sehen.

Die Angst, sie zu verlieren, ließ mich nicht mehr los, bis ich kaum noch wusste, wo oben und unten war. Wenn ich Rowan jetzt verlieren würde, würde die Welt wieder stillstehen – ein eingefrorener Uhrenturm, ein nicht mehr schlagendes Herz. Eine Welt voller Stille.

Ich hatte schon einmal versagt, die zu schützen, die ich liebte. Diesmal würde ich meine Feinde in Feuer und Asche untergehen lassen, selbst wenn ich den Rest der City of Thorns mit ihnen reißen würde.

Weil ich nur sie liebte – Rowan. Sie war für mich der Anfang und das Ende. Und wenn ihr jemand auch nur ein Haar krümmen sollte, würde ich die Sterne vom Himmel reißen und sie wie Speere schleudern.

Rowan und ich würden diejenigen sein, die das hier überlebten, und das musste reichen.

Eis und Schatten hüllten mich ein, und meine Gedanken begannen sich wild wie kleine Lichtpunkte zu drehen. Eine Königin mit einer Stachelkrone. Molor, der mir das Schachspielen beibrachte. Meine Mutter, die mir sagte, dass sie nächste Woche Geburtstag hätte – immer nächste

Woche. Eine schöne rothaarige Frau, die in meinen Armen schlief, jemand, der mir jetzt die Welt bedeutete. Eine weiche Hand auf meinem Gesicht, die mich wieder zum Leben erweckte. Sie führte mich aus dem Kerker in die Welt unter den Sternen.

Ordnung und Chaos ... ein Licht, das in die Unterwelt fällt.

Schatten verschlagen mein Licht.

Ich bin das Chaos. Ich bin der Anfang und das Ende.

Ich würde die Welt verschlingen.

KAPITEL 47

Rowan

Licht erblühte in der Dunkelheit, blassgolden und blendend. Es schwoll an, füllte die Schatten unter dem Schild und verbrannte jede Illusion von Kas, bis ich nur noch Licht sehen konnte. Ich hatte mein eigenes Licht noch nicht vollständig wachgerufen, als Orions wie ein sterbender Stern unter dem Schild explodierte.

Heiße Magie strömte über mich, in mein Blut und meine Knochen und heilte meinen gebrochenen Körper. Orions höllisches Licht war eine Taufe aus reinen Flammen, die mir Kraft gab.

Kas war jetzt nichts weiter als Partikel, die in einem glitzernden Nebel umherschwebten.

Langsam begann das Licht zu schwinden und hinterließ eine Welt aus schimmerndem Staub – und nur eine weitere Person blieb zurück.

Orion lag nackt auf dem Boden, umgeben von glitzernden Lichtflecken und der Dunkelheit, die über uns hereinbrach. Wärme durchflutete meine Brust, als ich ihn ansah.

Ich sprang auf, eilte zu ihm hinüber und legte seinen Kopf in meinen Arm. Seine dunklen Wimpern flatterten. Blassblaue, silbern gesprenkelte Augen starrten mich an. Er war irgendwo dort drin, aber benommen und unkonzentriert.

Ein schwaches Lächeln umspielte seine Lippen und er streckte seine Hand aus, um meine Wange zu berühren.

„Du bist hier.“

Ich lächelte ihn an und strich ihm die Haare aus den Augen. „Du hast den Schutzschild gesehen.“

Er runzelte die Stirn. „Schutzschild?“

Meine Augenbrauen hoben sich.

Vielleicht hatte Orion also kein Problem damit, die ganze City of Thorns mit seiner Lichtbringer-Kraft zu zerstören. Wahrscheinlich war es gut, dass er mich hatte, um ihn zu zügeln, denn ich würde ihn nicht verlassen.

Ich blickte hinauf in den Dunst aus Licht und Schatten, bis die Sterne wieder am Himmel auftauchten und der Schutzschild wegglitt. Der schimmernde Nebel um uns herum trieb in die Nacht, ein goldener Strudel, der zum Mond schwebte. Orion wirkte noch immer wie im Delirium. Ich legte meinen Arm um seinen Rücken und hob ihn auf die Füße. Er lehnte sich an mich, während ich mir den Schaden ansah.

Ein großer Kreis umgab uns. Die Steine unter uns waren zerstört worden. Am Rande des Kreises, wo der Schild uns geschützt hatte, stand eine Dämonenmenge und starrte uns an. Der Turm von Baal ragte hinter ihnen auf, fast verdeckt von der Staubwolke.

Ich sah Legion, wie er bei Shai und Sabazios stand.

In diesem Moment dachte ich daran, dass Orion und ich völlig nackt waren, weil die Explosion unsere Kleidung zerstört hatte.

Ich stand trotzdem aufrecht. Wir waren Lilu, und wir schämten uns nicht für unsere Körper.

„Das ist euer König, Orion“, rief ich. „Und ich bin eure Königin! Wir werden euch beschützen, aber wir werden dafür keinen Krieg mit den Sterblichen anfangen. Und wir werden euch niemals opfern, wie es Nergal einst getan hat. Wir werden uns nicht unangemessenen Forderungen beugen. Unsere Stadt wird ein Leuchtfeuer in der Dunkelheit sein."

Ich hörte, wie sie meinen und Orions Namen riefen, während ich seine Taille stützte. Ich wollte ihn nur nach Hause bringen.

Ich saß auf Orions Hüfte und strich mit dem Daumen über seine Unterlippe. Er knabberte daran, dann zerrte er an seinen magischen Fesseln.

Ich beugte mich hinunter, küsste seinen Hals und spürte, wie die Muskeln in seiner Schulter zuckten.

„Rowan", knurrte er, „es ist schon eine Woche her. Du kannst mich jetzt frei lassen. Ich bin vollständig geheilt."

Ich küsste seine Brust. „Ich bin mir nicht sicher."

Als ich aufblickte, entdeckte ich ein nachsichtiges Lächeln auf seinen Lippen. „Ich habe bereits deiner Krönung beigewohnt. Also bin ich vollständig geheilt."

Ich drückte einen Finger auf seine Lippen. „Du redest zu viel. Du machst dich noch kaputt."

Ich knabberte an seiner Unterlippe. Als ich das tat, hörte ich Stimmen durch den Steinboden.

„Ich glaube, Amon hat Besuch", sagte ich. Ich wurde hellhörig, als ich eine weibliche Stimme vernahm. „Ist das Shai?"

„Dann sollten wir uns vielleicht ein paar Klamotten anziehen", sagte Orion.

Ich runzelte die Stirn und löste die magischen Fesseln. „Welcher Tag ist heute?"

„Ich habe absolut keine Ahnung."

In der letzten Woche hatten wir Orions Zimmer kaum

verlassen und Verabredungen hatten keine Bedeutung mehr.

Ich sprang von ihm herunter, zog eine Schublade auf und holte Unterwäsche und ein langes schwarzes Kleid heraus. „Ich glaube, Shais Geburtstag ist diese Woche.“

„Ah! Ich werde den Opferaltar vorbereiten. Vielleicht gibt es einen Verbrecher, den wir ihr zu Ehren opfern können ...“

Ich drehte mich zu ihm um, während ich in meine Unterwäsche schlüpfte. „Weißt du, Orion, ich kann immer noch nicht erkennen, wann du Scherze machst, aber ich denke, dass Drinks und Musik für Shai ausreichen werden.“

Ich zog mir das Kleid über den Kopf, das mir bis zu den Knöcheln reichte.

Als ich die Treppe hinunterging, fand ich eine kleine Gruppe vor, die mit Amon am Tisch saß und Wein trank.

Shai saß auf dem Schoß von Legion. Sabazios war extravagant gekleidet, in einem kastanienbraunen Samtanzug mit einem schwarzen Hemd darunter. „Rowan!“ Er strahlte. „Eure Majestät.“

„Rowan reicht aus.“

„Komm schon“, sagte Shai und hob ihr Glas. „Heute ist mein Geburtstag. Und es ist Zwei-für-den-Preis-von-einem-Cocktail-Nacht im *Cirque de la Mer.*“

Meine Augen weiteten sich. „Oh, ich will Fladenbrot. Und Mojitos. Und jetzt, wo ich Königin bin, bezahle ich.“

Barfuß und ohne Hemd, nur mit einer dunklen Jeans bekleidet, betrat Orion die Küche. Er zerzauste sein Haar. „Du willst die Nacht unter Sterblichen verbringen?“

Ich blinzelte ihn an. „Und du kommst mit. Ich habe dich noch nie zu Daft Punk tanzen sehen.“

„Das wirst du auch nie, meine Königin. Aber ich werde mich dir trotzdem anschließen."

„Gut", sagte Shai. „Denn ich möchte euch bei der Planung der Hochzeit helfen. Wahrscheinlich hast du schon ein paar Ideen, aber wie wäre es, wenn die Zeremonie im alten, stillgelegten Tempel im Asmodean-Bezirk stattfindet? Zeremonien sind normalerweise total langweilig, also könnte es vielleicht auch für diesen Teil eine Cocktailbar geben. Danach könnten wir die Party in der Wildnis feiern, aber einen Teil davon in einen Garten verwandeln. Ganz im Sinne von ‚skurrilem Zauberwald', mit dem Essen auf Holzscheiben, die wie Baumstämme aussehen, und …"

„Shai?", unterbrach Orion sie. Er zog sich ein Hemd an und begann es zuzuknöpfen. „Ich bin mir nicht sicher, was ‚skurril' angeht. Es gibt die alten Lilu-Hochzeitsbräuche: die Öle und Parfüms, die Vollziehung vor den Gästen, die Weissagung mit den Eingeweiden einer geschlachteten Taube …"

Ich räusperte mich. „Lasst uns doch einfach was trinken gehen."

„Von mir aus." Orion schlüpfte in seine Schuhe. „Wenn ich mit Sterblichen abhängen muss, dann fliege ich aber hin." Er drehte sich wieder zu Shai um. „Was wünschst du dir zu deinem Geburtstag?"

„Dass ihr eine skurrile Zauberwald-Hochzeit habt?"

Orion wandte sich ab und ging hinaus in die Nacht. Sabazios folgte ihm – zweifellos lockte ihn, den Inkubus, der unaufhaltsame Ruf des Himmels.

Ich wandte mich an Amon. „Komm mit! Wann bist du das letzte Mal in Osborne ausgegangen?"

Er runzelte die Stirn und seine Narbe vertiefte sich. „Ich bin buchstäblich nie in Osborne ausgegangen. Sterbliche und Dämonen vertragen sich nicht.“

Ich hakte mich bei ihm unter, während ich zur Tür ging. „Das ändert sich heute Abend, Amon.“

Je mehr Zeit Dämonen und Sterbliche miteinander verbrachten, desto mehr erkannten sie, dass sie abgesehen von ihrer Lebensspanne viel gemeinsam hatten.

Draußen löste ich meine Hand von Amons Arm. Ich blickte hinauf zum Sternenhimmel, wo Orion und Sabazios bereits über mir kreisten und ihre Umrisse vom silbernen Mondlicht beleuchtet wurden. *Atemberaubend.*

Ich drehte mich um und sah Shai und Legion Hand in Hand nach draußen gehen. „Wir treffen uns in zwanzig Minuten.“

Meine Flügel erschienen auf meinem Rücken. Ich raste in den Himmel und schmeckte die salzige Luft. Ein Hochgefühl durchströmte mich, als ich mit den beiden Inkubi in die Höhe stieg. Es war so aufregend, dass ich nur noch wild lachen konnte, und ich hörte, wie Sabazios und Orion dasselbe taten. Diese Unbeschwertheit hatten wir alle vermisst, und jetzt, wo sie wieder da war, erfüllte mich der Nervenkitzel mit Leben.

Die Lilu waren wieder frei.

Von hoch oben blickte ich auf die City of Thorns hinunter, und sie schien in der Nacht golden zu leuchten.

Vielleicht würde eine Zeit kommen, in der wir das Grimoire wirklich öffnen und die Dämonen vollständig befreien mussten. Aber für den Moment hatten wir hier alles, was wir brauchten, und unsere kleine Stadt war wieder ein Licht, das aus der Dunkelheit aufstieg.

KAPITEL 48

Rowan

Dreizehn Jahre später

Ich spürte, dass er im Zimmer war, und als ich die Augen öffnete, sah ich ihn: meinen kleinen Jungen mit den großen grünen Augen. Eigentlich sollte ich mich darüber ärgern, dass er mich geweckt hatte. Aber er war so absurd niedlich, dass es schwer war, ihm irgendetwas übel zu nehmen, selbst zu dieser Stunde. Das Mondlicht umspielte ihn, und sein kastanienbraunes Haar stand in alle Richtungen ab.

Ich warf einen Blick auf Orion, der so still und unbeweglich wie eine Statue schlief und von all dem nicht wach wurde.

Mein kleiner Junge hielt einen Arm hoch. Der andere umklammerte seinen Plüschwolf, den er fantasievoll Wolfi nannte. „Ich will kuscheln“, sagte er mit seiner kleinen Stimme und wartete darauf, ins Bett gehoben zu werden.

Er trug seinen Schlafanzug mit dem Cartoon-Kraken, auf dem stand: „Mehr Arme für Umarmungen.“

Während ich ihn verschlafen anstarrte, griff er nach dem Laken und versuchte sich daran hochzuziehen. Schon war sein Hintern in der Luft, und er stöhnte bei der Anstrengung.

Ich griff ihm unter den Hintern und half ihm aufs Bett. „Komm rauf, mein Süßer.“

Er schmiegte sich eng an mich, als wollte er zurück in den Raum kriechen, in dem er einst gelebt hatte.

Ich umarmte ihn und zog ihn an meinen riesigen, runden Bauch. „Sei vorsichtig, Schatz. Denk dran, Mom hat ein Baby hier drin."

„Tut mir leid, Mom", sagte Nico, als er sich an mich schmiegte. „Und es tut mir leid, Baby", fügte er hinzu, als er meinen Bauch streichelte.

Nicodemus steckte sich den Kragen seines Hemdes in den Mund, um darauf herumzukauen – seine Lieblingsbeschäftigung, seit wir seine Schnuller abgeschafft hatten.

„Dem Baby geht es gut", versicherte ich ihm und streichelte seinen Kopf. „Es ist nur zu groß."

„Hey, Nico." Orion griff über mich hinweg und berührte Nicos Haare mit verschlafenen Fingern.

„Hi, Daddy", antwortete Nico. „Ich muss in der Mitte sein." Er kletterte über mich, wobei er vorsichtig versuchte meinem Bauch auszuweichen und stattdessen auf meine Brüste trat. Er ließ sich in der Lücke nieder und freute sich, zwischen seinen beiden liebsten Personen zu sein. „Ich bin die Mitte des Sandwichs", erklärte er mit einer Stimme, die für die Uhrzeit viel zu laut war.

Angesichts der Größe meines Bauches war es nicht leicht, mich umzudrehen. Also ließ ich mich zuerst auf den Rücken fallen, bis der Luftmangel durch das Baby mich wieder zum Umdrehen zwang, und dann hievte ich meinen dicken Bauch auf die andere Seite. Man sollte *meinen*, dass es einfacher war, eine schwangere Dämonin zu sein als eine schwangere Sterbliche, aber obwohl ich noch nie eine Schwangerschaft als Sterbliche erlebt hatte, hatte ich den leisen Verdacht, dass das hier nicht wirklich besser war. Als die Götter die Frauen mit diesem Unbehagen verflucht hatten, galt das für uns alle, Dämonen und Sterbliche gleichermaßen.

Mein Körper entspannte sich schließlich, als ich Nico und Orion ansah, und ich konnte wieder etwas leichter atmen. Ich schob meinen Arm über Nicos Bauch. „Schlaf weiter, mein Schatz."

Er runzelte nachdenklich die Stirn, bevor er die Frage stellte, die wir jede Nacht erwarteten: „Sind Geister echt?"

Wir brauchten nicht zu fragen, worum es in seinem bösen Traum ging. Es war immer derselbe.

Und obwohl Orion und ich aus erster Hand wussten, dass es Geister gab und dass sie im Asmodean-Bezirk spukten, sah ich keinen Grund, Nico schon jetzt einzuweihen. Wenn wir das täten, würden wir unser Bett mit ihm teilen, bis er mindestens ein Teenager war.

„Ich glaube nicht, dass sie es sind", sagte Orion. „Und selbst wenn sie es wären, was soll's? Sie können nichts tun. Sie sind nur wie Nebel. Vielleicht ist der Nebel manchmal ein bisschen traurig, aber der Nebel kann uns nichts anhaben."

Nico nickte.

„Und stellen wir uns vor", fügte Orion hinzu, „nur so zum Spaß, weil ja sowieso nichts davon echt ist, dass ein Geist es geschafft hat, die magischen Wachen zu überwinden und dann irgendwie in unseren Palast gelangt ist. Was glaubst du, was mit diesem Geist passieren würde, wenn Mom ihn zu fassen bekäme?"

„Kein Geist mehr?", fragte Nico.

„Das stimmt." Mir fielen die Augen zu. „Kein Geist mehr."

Von allen gruseligen Dingen auf der Welt, vor allem in *unserer* Welt, hatte sich mein Baby aus irgendeinem Grund auf Geister als die schlimmste Art von Alptraumtreibstoff eingeschossen. Ich war zwar kein Fan von Geistern, aber sie stellten keine Bedrohung für uns alle dar. Geister waren so substanzlos wie Rauch.

Wenn es um Bedrohungen ging, hatte unser kleiner Nico jedenfalls nicht viel zu befürchten.

Vor allem nicht, als wir erfuhren, was die Götter ihm geschenkt hatten.

Mit einem Lächeln leerte ich ein weiteres Anzu-Ei in die Schüssel und schlug es auf. Der Duft von Kaffee erfüllte die Luft und Sonnenlicht strömte in unsere Küche. Abends kam Amon immer noch zum Essen vorbei, aber die Morgenstunden hatten wir ganz für uns allein. Irgendwann in der Nacht hatte Orion den kleinen Nico zurück in sein Zimmer getragen, nachdem er uns im Schlaf zu oft getreten hatte. Jetzt schlummerte Nico nach einer anstrengenden Nacht, in der er über Geister nachgedacht hatte, in seinem eigenen Bett.

Wir waren in einen neuen Palast gezogen – größer als Orions Haus, aber kleiner als der Turm von Baal. Ein Palast aus goldenem Stein, der von oben bis unten mit Bibliotheken gefüllt war, direkt gegenüber dem Uhrenturm im Asmodean-Bezirk.

Obwohl wir mehrere Köche hatten, machte ich am liebsten Frühstück für meine beiden Jungs, Orion und Nico. Zugegeben, ich mochte es auch, wenn ich ausschlief und Orion mich mit heißem Kaffee und Obst weckte.

Ich holte einen Laib frisches Brot heraus und begann Scheiben abzuschneiden, um sie im Ofen zu rösten. Ich würde sie mit Butter bestreichen, bevor ich sie mit den Anzu-Eiern belegte. Wir hatten seit Nicos Geburt keine Anzu-Eier mehr gegessen, aber jetzt hatte unser Sohn eine Vorliebe für Rühreier entwickelt. Ein Anzu-Ei war mit nichts anderem zu vergleichen, also lächelte ich schon bei dem Gedanken, wie es ihm schmecken würde.

In der Elysischen Wildnis gab es nur etwa drei Anzu, dämonische Vögel, die dreimal so groß wie Kondore waren und jeweils den Kopf eines Löwen hatten. Wenn sie hungrig waren, hatten sie nichts dagegen, ein Pferd oder eine Kuh zu verschlingen. Am liebsten fraßen sie Schweine. Dämonen standen normalerweise nicht auf dem Speiseplan, aber wenn die Anzu hungrig genug waren, sollten Sterbliche lieber in Deckung gehen.

Anzu-Eier brachten eine Menge Geld ein, denn sie zu besorgen war ein blutiges Geschäft. Wenn eine Gruppe von Jägern ein Nest mit einem Gelege fand und es schaffte, die Eier zu erbeuten, bevor die Mutter sie in Stücke riss, konnten sie ein Jahr oder länger von dem Gewinn leben.

Als ich das Brot in den Ofen schob, überkam mich ein warmer Zauber. Ich drehte mich um und sah Orion in die Küche kommen, ohne Hemd und mit zerzaustem silbernem Haar. Auch jetzt noch stockte mir jedes Mal der Atem, wenn ich ihn ansah.

Sein Blick glitt an meinem Körper hinunter und ich hörte sein anerkennendes Knurren. „Du trägst mein grünes Lieblingsgewand aus Seide. Willst du mich in Versuchung führen?“

Ich legte eine Hand auf meinen Bauch und spürte das *Klopfen* der kleinen Hände, als das Baby seine Anwesenheit kundtat. „Ich kann mich kaum bewegen. Ich will niemanden in Versuchung führen."

Er zog beim Anblick der leuchtend roten Eierschalen eine Augenbraue in die Höhe. „Woher hast du die Anzu-Eier?"

„Ein Geschenk von der Herzogin des Luzifer-Bezirks selbst, auch bekannt als Lydia."

Orion fuhr sich durch die Haare. „Das heißt, sie will etwas von uns für die nächste Ratssitzung."

Ich zog eine Augenbraue hoch. „Abgesehen von der zusätzlichen Finanzierung des Shalem-Platzes hat sie schon immer dich gewollt."

„Natürlich." Er streifte mir das grüne Gewand von den Schultern und begann sie mit Küssen zu bedecken. Hitze kribbelte bei jeder Berührung auf meiner Haut. „Aber sie kann mich nicht haben. Nicht für alle Anzu-Eier der Welt."

Ich schlang meine Hand um seinen Nacken. „Lass mich Frühstück machen, Liebes, bevor Nico aufwacht." Der kleine Kerl konnte mit Hunger nicht gut umgehen.

Orion schaute auf seine Uhr und runzelte die Stirn. „Er hat noch nie länger als neun Uhr geschlafen."

Mein Herz begann schneller zu schlagen. War es schon neun? Nico war normalerweise um sieben oder früher wach. Ich sagte mir, dass ich einem geschenkten Gaul nicht ins Maul schauen sollte.

Ich hörte das ferne Knarren von Orions Gewicht auf der Treppe, während ich ein weiteres Ei aufschlug und einen Klecks Sahne in die Mischung gab.

„Rowan!" Orions Stimme durchbrach die Stille, dröhnte durch den Palast und hallte von der Steintreppe wider. „Wo ist Nico?"

Ich erstarrte. Mein Herz schlug heftig gegen meine Rippen.

So schnell mein schwangerer Körper mich tragen konnte, rannte ich die geschwungene Steintreppe hinauf in Nicos Zimmer. Orion stand in der Mitte und umklammerte die karmesinrote Decke unseres Jungen.

Aber Nico war nicht im Raum.

Die Luft verließ meine Lunge. Es sollte keine große Sache sein. Er war vier und versteckte sich wahrscheinlich irgendwo. Aber Orion und ich spürten dasselbe – die schreckliche Abwesenheit von Nico. Wir konnten seine Magie nicht mehr spüren oder seinen kleinen Herzschlag hören.

„Nico?", rief ich und suchte mit meinen Augen Nicos Bett, sein Bücherregal und seinen Spielzeugstapel ab.

Soldaten in blauer Uniform stürmten in die Halle. Ihre Körper waren angespannt, während sie auf Befehle warteten.

Orions Augen verdunkelten sich. „Ich kann ihn nirgendwo spüren."

Das Äußere des Palastes wurde von mächtigen Schutzwällen und einer Horde von Dämonensoldaten geschützt. Wir hatten mehrere Schichten magischen Schutzes sowie die altmodische rohe Gewalt der Höllenhunde, die in den dornigen Gärten um den Palast herum patrouillierten. Wenn ein Eindringling hereingekommen wäre, hätten die Höllenhunde es uns wissen lassen.

Ich schloss meine Augen und konzentrierte mich. Orion und ich teilten eine Verbindung mit Nicodemus, die es uns ermöglichte, seinen Aufenthaltsort immer zu überwachen, egal wo er war. Aber in diesem Moment fühlte ich nichts.

Ich schnappte nach Luft.

Orion fuhr sich durchs Haar. „Durchsucht das Haus“, bellte er den Soldaten zu. Dann sagte er etwas leiser: „Er ist wahrscheinlich in einem Schrank oder so.“

Wie alle Eltern hatten wir uns darauf gefreut, dass unser Sohn anfing zu laufen. Und wie alle Eltern wünschten wir uns, dass er damit aufhören würde, sobald er es tat. Er wollte alles erklimmen und wissen, was sich hinter jeder verschlossenen Tür, in jedem Schrank und jeder Schublade befand. Seine Neugierde und Energie waren grenzenlos.

Und jetzt war er verschwunden.

„Ich werde draußen nach ihm sehen“, sagte Orion.

Ich ging mit Nicos Decke von Zimmer zu Zimmer, rief seinen Namen und lauschte dann leise auf eine Antwort. Unsere Soldaten nahmen den Ort Stück für Stück auseinander.

Stille folgte unseren Rufen, aber ich konnte nicht glauben, dass er weg war – das war einfach nicht möglich. Ich war wütend auf jemanden, aber ich konnte nicht genau sagen, wer es war. Die Soldaten, die diesen Ort bewachen sollten? Nico?

Auf mich selbst, dachte ich.

In seinem Schlafzimmer, das mit Kraken dekoriert war, seinem Lieblingsmotiv, begann ich mit wachsender Dringlichkeit zu suchen, zog die Decke beiseite und riss den Schrank auf. Die Fenster waren geschlossen, also war er nicht hinausgesprungen oder entführt worden. Wie konnte es sein, dass ihn niemand gesehen hatte?

Erschöpft setzte ich mich auf sein kleines Bett.

Was wir brauchten, war ein bisschen magische Hilfe.

Ich schnappte mir mein Handy und rief das beste sterbliche Orakel der City of Thorns an, Isabeau. Es gab magische Möglichkeiten, sie zu kontaktieren, aber sie bevorzugte SMS. Aber jetzt dauerte mir eine SMS zu lange.

Nach dem ersten Klingeln nahm sie ab. „Guten Morgen, Eure Majestät“, begrüßte sie mich. „Nico, stimmt's? Vermisst Ihr ihn?“

„Ja, danke.“ Ich war schon beruhigt, dass sie wusste, was los war. „Wir können ihn nicht finden.“

„Seltsam“, antwortete das Orakel. „Eure Siegel und Glyphen sind alle an ihrem Platz. Die Schutzwälle funktionieren weiterhin.“

„Ja, ich glaube schon ...“

„Das war keine Frage.“ Ihre Fähigkeiten erlaubten ihr einen gewissen Spielraum, wenn es um ihre Sticheleien ging, aber ich war nicht in der Stimmung für ihre Spielchen.

„Wenn sie an Ort und Stelle sind, wo ist dann Nico?“, fragte ich. „Wie konnten die Zaubersprüche umgangen werden? Wer hat ihn entführt und wie schirmen sie ihn vor uns ab?“

„So viele Fragen“, antwortete sie langsam. „Aber keine Antworten. Wenn er auf dieser Ebene wäre, würde ich es wissen. Wenn er diese Ebene verlassen hätte, wüsste ich das auch, selbst wenn ich ihm nicht folgen könnte. Er hätte eine Spur hinterlassen.“

Panik schoss durch meinen Körper. „Ist er in Osborne? Bei den Sterblichen?“

Während ich auf ihre Antwort wartete, stürmte Orion in den Raum, die Farbe aus seinem Gesicht verschwunden. Er zuckte mit den Schultern und drehte resigniert beide Handflächen nach oben.

„Es gibt diejenigen, die das Talent haben, Dinge vor dir zu verbergen“, bemerkte Isabeau. „Und eine sehr kleine Anzahl hat die Fähigkeit, Dinge vor mir zu verbergen. Aber keiner von ihnen hätte einen Grund, deinem Sohn zu schaden. Die Person, die du brauchst ... die Person, die dir helfen kann ... ist eine Herzogin aus dem Hause Shalem.“

Orion machte mir ein Zeichen, ihm das Handy zu geben.

„Lydia hat uns heute Morgen Anzu-Eier gebracht“, informierte Orion das Orakel. „Ich glaube nicht an Zufälle.“ Ich beobachtete, wie er nickte, während er Isabeau zuhörte. „Finde ihn. Hast du verstanden?“ Er reichte mir das Telefon zurück.

Ich nickte und starrte auf Nicos Decke in meinen Händen. Ich dachte an einen Gedanken, der zu schrecklich war, um ihn zu erwägen, und Übelkeit stieg in meinem Bauch auf. „Orion, wenn weder wir noch das Orakel ihn spüren können, kann das bedeuten, dass er ... er kann nicht...“

Ich musste mich von diesem schrecklichen Gedanken fernhalten, und Orion schüttelte nur den Kopf. Als er über meine Schulter zu den Soldaten blickte, hatten seine Augen die Farbe von Tinte angenommen.

„Bringt die Herzogin des Luzifer-Bezirks zu mir“, sagte er mit einer tödlichen Kälte in seiner Stimme.

Wir saßen auf unseren Thronen. Ich wollte nicht auf einem Thron sitzen – ich wollte herumrennen und die Stadt nach Nico absuchen. Aber anscheinend waren die Throne eine Machtdemonstration, die jemandem Angst einjagen und ihn dazu bringen konnte, die Wahrheit zu sagen. Ich hielt mich an der Kante fest.

Lydia aus dem Haus Shalem betrat den Marmorsaal vor uns mit einer Anmut, die es so aussehen ließ, als würde sie eher schweben als gehen. Durch ihr langes rotes Kleid hindurch waren ihre feurigen Tattoos zu sehen. Es war schwer zu glauben, dass sie etwas so Unüberlegtes tun würde. Vor Jahren, als ich noch sterblich gewesen war, hatte sie versucht mich zu töten. Aber das gehörte zu den Aufnahmeprüfungen, um in die Stadt zu kommen, und seither hatten wir uns gut verstanden.

„Willkommen zurück, Lydia", sagte ich.

„Ich hoffe, die Eier haben geschmeckt?"

„Wir sind nicht hier, um über die Eier zu reden", sagte Orion gleichmütig. „Wir sind auf der Suche nach unserem Sohn. Du warst heute Morgen hier. Unser Orakel dachte, du wüsstest vielleicht, wo er ist."

„Ich?" Sie legte einen Finger an ihre Lippen. „Ah. Mein Sohn ist früher ständig verschwunden. Es war wirklich sehr einfach, ihn zu finden."

Ich beugte mich über meinen Bauch nach vorne. „Wie?"

Sie legte die Hände an den Mund und brüllte in die Luft: „Feigenpudding!" Ihre Stimme hallte von den Steinen wider.

Ich starrte sie fassungslos an. Ich hatte sie noch nie etwas Unwürdiges tun sehen. Aber dann wiederum hatte ich sie auch noch nie als Mutter gesehen.

Sie drehte sich zu mir um und runzelte die Stirn. „Das ist schon lange her. Damals war Feigenpudding sein Lieblingsessen. Was isst dein Sohn am liebsten auf der Welt?"

„Zuckerwatte", sagte ich.

Sie legte ihre Hände wieder an den Mund. „Die Zuckerwatte ist fast alle! Es wird nichts mehr für den armen Nico übrigbleiben. Sagt allen Bescheid, dass die Zuckerwatte fast alle ist!"

Er schien sich aus den Schatten in den Ecken des Saals zu materialisieren.

Sein Gesicht war tränenverschmiert und seine Nase lief. „Ich habe Hunger, Daddy!"

Orion hob Nico in die Luft und schlang seine Arme um ihn. Nico war rot im Gesicht und suchte bereits nach der versprochenen Zuckerwatte. Er war kurz davor, in hungrige Tränen auszubrechen, als er merkte, dass es hier keine gab. Aber trotzdem, er war wieder bei uns, und ich hätte nicht erleichterter sein können.

Bevor sie ging, umarmte ich Lydia und drückte sie an meinen riesigen Bauch.

Dann sah ich Nico an, der wegen der Zuckerwatte weinte, die er erwartet hatte. Wo zur Hölle war er gewesen?

Am Nachmittag besuchten wir Isabeau. Wenn irgendjemand herausfinden konnte, was mit Nico passiert war, dann war es unsere sterbliche Orakelfreundin. Wir fanden sie in ihrem kleinen Häuschen. Ihr weißes Haar war mit Blumen und Muscheln geschmückt. Sie begrüßte uns alle mit Tee.

Einige Minuten lang saß Isabeau bei Nico, hielt seine Hände und ließ ihr Bewusstsein sich mit seinem vereinen, um die Welt durch seine Augen zu sehen. Schließlich nickte sie und lehnte sich in ihrem Stuhl ein wenig zurück. „Oh ja, das ist es", rief sie aus. „Genau das ist es!" Sie ließ Nicos Hände los und strahlte ihn an. „Ein ganz besonderer junger Mann."

Ich schluckte. „Was genau ist passiert?"

„Zeigen wir es ihnen“, schlug die alte Frau vor, stand auf und reichte unserem Sohn die Hand. Er nahm sie und sie gingen gemeinsam durch das unordentliche Zimmer, das voller Tierschädel und Trockenblumen war. Als sie die hintere Wand erreichten, drehte sich Nico um und winkte uns mit einem fröhlichen Lächeln zum Abschied zu – dann liefen die beiden direkt durch die Wand auf die kopfsteingepflasterte Straße hinaus.

Mein Magen sank, aber im nächsten Moment kamen sie auf die gleiche Weise durch die Wand zurück.

„Wie hast du ...“, begann ich, aber ich war zu erstaunt, um zu Ende zu sprechen. Ich beugte mich über meinen Bauch und zog Nico an mich heran.

„Ich bin ein Geist“, rief er vergnügt. „Ein großer, großer, *großer*, riesiger Geist!“ Er stampfte mit den Füßen auf, um es zu betonen.

Ich sah zu Isabeau auf.

Sie zuckte mit den Schultern. „Ich kann die Magie, die dahinter steckt, nicht genau erklären, aber Nicodemus kann durch Wände gehen. Oder offenbar auch durch Böden fallen. An Orte wie Kerker.“

„Scheiße“, murmelte ich.

„Scheiße“, wiederholte Nico.

„Pst, nein, Schatz.“ Ich legte einen Finger auf seine Lippen. „*Scheibenkleister*. Ich sagte Scheibenkleister.“

„Er kann durch Böden *fallen*?“, fragte Orion kühl.

„Eine starke Emotion kann es auslösen“, sagte Isabeau.

„Ein großes Scheibenkleistergeist“, rief Nico erfreut.

Ich erhob mich langsam. „Was können wir tun, um ihn zu schützen?“

Isabeau rieb ihre Hände aneinander. „Es gibt einige großartige Hexen hier in Belial, die ihm helfen können, seine Gaben zu nutzen. Aber in der Zwischenzeit ..." Sie zog einen kleinen Stoffbeutel hervor, der mit einem Stück Garn zusammengebunden war. „Leg ihm das um den Knöchel. Eibenblätter. Sie werden seine Magie so weit unterdrücken, dass sie nicht außer Kontrolle gerät."

„Danke."

„Ja. Danke", stimmte Orion zu.

Wir verließen das Haus mit einer Liste von Anweisungen von Isabeau und ganz neuen Sorgen, die uns als frischgebackene Eltern beschäftigten. Wie zum Teufel sicherte man ein Haus für ein Kind, das durch die Wände gehen konnte?

Vor Jahren wurde ich von einem schrecklichen Albtraum geplagt, in dem es um einen kleinen grünäugigen Jungen ging, der kastanienbraunes Haar hatte. In dem Traum hatte eine Horde von Dämonen die Welt überrannt und jeden in Sichtweite abgeschlachtet. Ein dämonisches Heer, angeführt von meinem Mann Orion.

Der Traum war so lebhaft gewesen, dass er mir Angst eingejagt hatte.

Manchmal kam dieser Traum zu mir zurück. Aber jetzt war es Kas, der das Grauen auf die sterbliche Welt losließ. Wenn die Träume am schlimmsten waren, stellte ich mir den kleinen Jungen als einzigen Überlebenden vor, sah den Schrecken in seinen Augen, als alle um ihn herum getötet wurden und er niemanden hatte, an den er sich wenden konnte. Ich wachte weinend auf und griff nach Orion. Wenn Nico schlief, suchte ich nach ihm, um mich zu vergewissern, dass es ihm gut ging. Manchmal sah ich mehrmals in der Nacht nach ihm.

Ich würde gern sagen, dass ich als Elternteil in einer Welt der Glückseligkeit lebte, in der meine Ängste verschwanden und alles in Ordnung war.

Aber ich würde nie aufhören, mir Sorgen um Nico zu machen, oder um das Baby in meinem Bauch, das ständig Schluckauf hatte.

Es gab keine Liebe ohne Angst. Die Angst vor dem Verlust.

Aber diese drei Dämonen waren meine Welt, und ich würde diese Angst ertragen, um in ihrer Wärme zu leben.

DANKSAGUNG

Danke an Michael Omer und Nick für ihr Feedback zum Buch und dafür, dass sie mir geholfen haben, über wichtige Handlungspunkte nachzudenken.

Lauren und Jean sind meine fabelhaften Redakteurinnen, die dazu beigetragen haben, dass die Geschichte glänzt.

Danke an Linsey Hall, K.F. Breene, May Sage und Laura Thalassa für die moralische Unterstützung beim Schreiben.

Vielen Dank an mein Leseteam, das mir dabei geholfen hat, das Buch zum Strahlen zu bringen, und an C.N. Crawfords Coven.

NACHWORT DES VERLAGS

Danke, dass ihr Rowan und Orion begleitet habt! Wir arbeiten daran, CN Crawfords nächste großartige Serie ins Deutsche zu übersetzen: *Shadow Fae.*

Um über die Neuerscheinung informiert zu werden und um gedruckte Bücher zu gewinnen, schreibt „City of Thorns" an vvm.verlosung@gmail.com Viel Glück!

Oder besucht uns auf Instagram @vonmorgenverlag

Gemütliche Lesestunden wünschen euch
Jenny und Katharina
Von Morgen Verlag

LESETIPP

Wenn euch *Die Königin der Dämonen* von CN Crawford gefallen hat, dann schaut euch unbedingt auch *Darkblood Academy* von G.K. DeRosa an. In dieser cozy Akademie-Fantasyserie kommt Luna an eine Akademie für Übernatürliche, obwohl ihre Magie sich noch nie gezeigt hat.

Als wäre der Unterricht nicht schwierig genug, verliebt sie sich auch noch in ihren geheimnisvollen, jungen Lehrer … Aber niemand darf wissen, was zwischen ihnen läuft. Erst recht nicht, als sie mit einem geheimen Auftrag betraut werden.

Vorsicht, die Bücher werden zunehmend spicey mit expliziten Szenen, je älter die Figuren werden!

Printed in Poland
by Amazon Fulfillment
Poland Sp. z o.o., Wrocław

38081674R00203